ESCAPE

BRENNE ZWISCHEN UNS

LARA SPÄTH

Black Edition

Eine explizite Triggerliste findest du im Buch auf der letzten Seite.

For all those, who are burning for bookboyfriends covered in red flags ...

EIN PAAR WORTE DER AUTORIN VORAB:

Liebe Leser und Leserinnen,

es gibt nichts, das mich als Autorin mehr ehren könnte, als euch hier auf den ersten Seiten meines Romans begrüßen zu dürfen. Dennoch gibt es eine Sache, auf die ich euch aufmerksam machen möchte.

Dieser Roman greift in mehreren Fällen moralische Grauzonen auf, welche ausschließlich der Unterhaltung dienen. Bitte macht euch selbst vor dem Lesen bewusst, inwieweit ihr bereit seid, diese Fiktion von der Realität zu unterscheiden.

Mein oberstes Ziel ist es, euch mit meinen Worten ein paar wunderschöne Lesestunden zu bescheren. Daher beachtet bitte die Triggerwarnung.

Auf dass die Southside eure Herzen zum Brennen bringt und euch unvergessliche Lesemomente bescheren mag.

In Liebe

Lara Späth

1

DAMIAN …

Keine Seele wird dich erretten, o du zarte Blume.

In den Schatten meiner Seele lauern Abgründe, die nur deine Liebe zu vertreiben vermag. Komm mit mir, bevor die Kälte meines Herzens die letzten Spuren von Wärme verschlingt.

Komm mit mir. Ich geleite dich zurück zu deinem Ursprung – dorthin, wo du hingehörst.

Sofern du es nicht selbst zu begreifen vermagst, werde ich dich eben dazu zwingen müssen. Doch vertraue mir, das überlebst du nicht.

In Liebe
Damian

Being positive in a negative situation
isn't naive, it's leadership.

2

IVORY ...

DAD – 14:15 UHR:

Ich bin stolz auf dich, du hast die richtige Entscheidung getroffen.

Seufzend lasse ich das Handy zurück in meine Tasche gleiten und hoffe flehend darauf, dass mein Vater mit seinen Worten recht behält.

Doch kaum bin ich aus dem Wagen gestiegen, bereue ich mein Vorhaben bereits. Kalter Regen peitscht mir ins Gesicht und rinnt wie bittersüße Tränen über meine Wangen. Um meine Sicht nicht vollends verschwimmen zu lassen, kneife ich die Augen ein wenig zusammen. Der Gedanke, kehrtzumachen und mich einfach wieder zurück nach Hause fahren zu lassen, lockt mich wie ein reizvolles Versprechen nach Freiheit.

Der Horrorflug, gefangen zwischen einer Mutter mit schreiendem Baby und einem schnarchenden Mann, der seine Spuren aus Sabber an meiner Schulter hinterließ, ist noch immer so präsent in meinen Erinnerungen, dass mir ein kalter

Schauer über den Rücken läuft. So viel zur ach so tollen Businessclass.

Ohne ein weiteres Wort zu sagen, drückt der Fahrer mir meine zwei übergroßen Koffer in die vor Kälte zittrigen Hände, begibt sich wieder in seinen SUV und fährt davon. Meine Mom wird so was von ausrasten, wenn sie davon erfährt.

Als ich meinen prüfenden Blick umherschweifen lasse, bemerke ich die neugierigen Augenpaare, die auf mir ruhen. Krampfhaft versuche ich, nicht zu analysieren, was in deren Köpfen vorgeht.

Viel wichtiger ist, herauszufinden, wie ich den Eingang dieser verfluchten Akademie erreiche. Entweder folge ich dem vorgegebenen Weg zum prunkvollen Haupteingang, der einige Meter entfernt von mir liegt – was bedeuten würde, meine Koffer mühsam über den gesamten Campus zu schleppen – oder ich schreite geradewegs über die Wiese, die sich nahezu verlockend vor mir ausdehnt.

Da es nicht danach aussieht, als wolle einer der hier Anwesenden auch nur einen Gedanken daran verschwenden, mir zu helfen, entscheide ich mich für den Gang durch das nasse Grün, der weitaus kürzer erscheint als der Asphalt. Erhobenen Hauptes fixiere ich mein Ziel und stapfe los. So entschlossen wie möglich setze ich einen Fuß vor den anderen und mit jedem Schritt, den ich gehe, höre ich das Plätschern unter meinen Füßen ein wenig deutlicher. Meine Socken werden an den Spitzen spürbar vom Wasser benetzt und meine einst weißen Sneaker sind nunmehr Zeugen meiner unbeirrbaren Entschlossenheit.

Dumme Idee, Ivory!

Die große Uhr, welche direkt unter dem Schriftzug *Southside Academy* an der Gebäudefassade prangt, verrät mir, dass die Einführungsveranstaltung für Erstsemester in zehn Minuten beginnt. Obwohl ich eigentlich gestresst sein sollte, haftet mein Blick nahezu auf der herrschaftlichen Erscheinung des Akademiegebäudes. Von Efeu umrankte Statuen schmücken die prächtige Eingangstür und schmeicheln mit ihrer dunklen Farbe der steinernen Fassade des Gebäudes.

Als ich endlich vor dem Haupteingang stehe, stoße ich die Tür mit einem kräftigen Ruck auf und betrete einen Aufenthaltsraum, welchen ich fast schon als Saal bezeichnen würde. Überall tummeln sich Studenten, mein Interesse jedoch gebührt den Kunstwerken und Skulpturen, die den Raum mit ihrer Vollkommenheit erfüllen.

Es ist faszinierend, wie ein Künstler mit der Leichtigkeit einer Feder seine Gefühle auf der Leinwand tanzen lassen kann. Und dennoch verstehen die wenigsten, was sich hinter der Farbe auf der Oberfläche verbirgt. Welch tiefe Bedeutung einem ein scheinbar einfaches Bild offenbaren kann.

Wenn es nach mir ginge, hätte ich mich sofort für ein Studium an der Kunsthochschule entschieden. Vater jedoch hielt an seinem Vorhaben fest, mich auf die Southside Academy zu schicken. Die Akademie, an der bereits er selbst studierte – und alle anderen Blackwells vor ihm auch. Hier studieren nur die Besten – die Erfolgreichen.

Ein Studium an einer Kunsthochschule? Das würde – so seine Überzeugung – die Ehre unserer Familie beschmutzen. Und das, obwohl er meine Kunst im Privaten schätzt und sogar ein eigens aus meiner Hand gefertigtes Porträt der Familie über seinem Schreibtisch prangt. Meine akademische Zukunft jedoch liegt hier, die Southside Academy ist meine Bestimmung.

Was für ein schreckliches Bild ich abgeben muss, wird mir erst bewusst, als ich die abfälligen Blicke meiner zukünftigen Kommilitonen auf mir spüre. Völlig durchnässt stehe ich inmitten einer Traube Erstsemester und bilde bereits eine kleine Pfütze unter mir. Wie meine fehlende Verbundenheit zu diesem Ort haftet das Gewicht meiner Kleidung schwer an meiner Haut.

Am liebsten würde ich schon jetzt in mein Zimmer verschwinden. Was jedoch nicht möglich ist, da alle wie gebannt der Rede der Dekanin folgen, und auch ich lasse mich dazu hinreißen, zumindest ein paar Gesprächsfetzen aufzunehmen, bevor meine Gedanken erneut in die Ferne abschweifen.

Die meisten, die hier studieren, kennen den Campus bereits in- und auswendig, bevor sie überhaupt einen Fuß hier hereingesetzt haben. Für mich jedoch lag das Thema immer in weiter Ferne und wurde gezielt in die tiefsten Regionen meines Bewusstseins verbannt. Doch ehe ich mich versah, hielt ich den High-School-Abschluss mit Bestnoten in den Händen und glitt mühelos durch die Aufnahmetests der Southside Academy.

Für Vater kam es nicht einmal infrage, mich woanders zu bewerben. Warum es ihm so verdammt wichtig ist, dass ich hier studiere, bleibt mir ein Rätsel. Doch für ihn bin ich bereit, selbst dieses ätzende Studium in Kauf zu nehmen. Er hat viel zu viel durchgemacht, als dass ich ihm den Wunsch hätte abschlagen können.

Eine dumpfe Stimme reißt mich aus meinem Meer der Gedanken. Verwirrt blinzle ich auf und blicke in die braunen Augen eines jungen Mannes. Schnipsend zieht er meine

Aufmerksamkeit auf sich, wie ein ferner Sirenenruf, der mich aus meiner Trance befreit.

»Sorry?«

»Ich bin Lucian«, stellt er sich mir vor. »Ab heute dein Vertrauensschüler. Alles, was du wissen musst, erfährst du von mir.« Mehr als ein stummes Nicken bringe ich nicht zustande. Viel zu verloren bin ich in seinen Augen und den markanten Gesichtszügen. Doch nur wenig später zerstört er meine Vorstellungen eines Traummanns schon wieder. »Ich wäre dir allerdings dankbar, wenn du mich nicht permanent nervst. Ich mache das hier ausschließlich wegen des Vermerks im Zeugnis.«

Stirnrunzelnd blicke ich ihm hinterher, während er sich längst meine Koffer geschnappt hat und entschlossen auf die Treppen zusteuert. Eilig bahne ich mir meinen Weg durch die Menge an Studenten und konzentriere mich darauf, Lucian nicht aus den Augen zu verlieren. Ein anstrengendes Vorhaben, wie mir meine Atmung beweist. Ich sollte dringend darüber nachdenken, an einem der Sportangebote teilzunehmen.

Die langen Korridore, durch die er mich führt, werden von künstlichem Kerzenlicht beleuchtet. Ein düsteres Ambiente, das mich sofort in seinen Bann zieht.

»So, die sind für dich«, sagt Lucian und drückt mir einen Schlüsselbund in die Hand. »Der eine ist für dein Zimmer, der andere für den Safe.« Dankbar bringe ich ein schmales Lächeln zustande. »Sonst noch Fragen?«

Schnell schüttle ich den Kopf, da er offensichtlich kein Geheimnis daraus macht, dass er mich so schnell wie möglich loshaben will. *Toller Vertrauensschüler.*

»Gutes Mädchen. Wenn etwas ist oder du jemanden zum Ficken brauchst, melde dich bei mir. Noch stehe ich zur Verfügung, bevor ich im nächsten Semester als wissenschaftlicher

Mitarbeiter hier anfange«, erklärt Lucian und drückt mir einen Zettel mit seiner Nummer in die Hand.

Ehe ich mich versehe, ist er verschwunden und lässt mich perplex blinzelnd im Gang zurück.

Um die Ereignisse des Tages verarbeiten zu können, brauche ich dringend meine Ruhe. Ein Glück teilt die Elite meine Vorstellungen der Privatsphäre, weshalb jeder Student hier sein eigenes Zimmer gestellt bekommt.

Einen tiefen Atemzug später raffe mich dazu auf, den Schlüssel ins Schloss zu stecken und die Tür aufschwingen zu lassen. Der Duft nach frisch gewaschener Bettwäsche steigt mir in die Nase und alles, woran ich denken kann, ist, mich warm und frisch geduscht in diese Wolke einer Bettdecke zu verkriechen.

Gerade als ich nach meinen Koffern gegriffen und mich wieder dem Zimmer zugewandt habe, wird mir der Weg von einer hochgewachsenen Gestalt versperrt. Augen so blau wie seltener Larimar blicken auf mich herab und durchbohren mich förmlich mit ihrer Intensität. Als sei es das Normalste der Welt, lehnt der Unbekannte lässig in meinem Türrahmen.

»Kann ich dir helfen?«, frage ich bemüht höflich.

Statt mir zu antworten, mustert er mich einmal ausgiebig von oben bis unten, bevor er sich theatralisch mit der Hand übers Kinn streicht. »Verdammt, ich hatte wirklich darauf gehofft, du wärst ... weniger fickbar. Du machst es mir echt schwer, dich zu hassen, Ivory.«

Die Verwirrung muss mir ins Gesicht geschrieben stehen. Denn es ist kaum zu übersehen, wie dieser mir unbekannte Mann ein Schmunzeln zu unterdrücken versucht. »Woher weißt du, wie ich heiße? Und wer bist du überhaupt?« *Und warum zur Hölle solltest du mich hassen?*

Keine Antwort. Das Einzige, was er tut, ist, seine Arme demonstrativ vor der Brust zu verschränken. Die hervorstechenden Adern seiner Unterarme lassen keinen Zweifel daran, dass sich unter dieser Uniform ein makellos trainierter Körper verbergen muss, der sicher mehr als eine nette Überraschung bereithält.

Um den Kloß, der sich in meinem Hals bildet, hinunterzuschlucken, schnaube ich frustriert. »Wenn das irgendein dummer Witz sein soll, dann nerv jemand anderen damit. Ich habe einen anstrengenden Flug hinter mir und möchte einfach nur noch schlafen. Also bitte, lass mich in Ruhe.« Entschlossen fahre ich den Griff meines Koffers aus und deute ihm mit einem Nicken an, dass er aus dem Weg gehen soll.

Erst als er allmählich realisiert, dass ich mich von seiner dominanten Haltung nicht einschüchtern lasse, wird das Glitzern in seinen Augen durch etwas Dunkleres ersetzt.

»Lass mich durch«, wiederhole ich – diesmal mit noch mehr Nachdruck. Diese Machtspielchen zu Beginn des Semesters kann er mit anderen Studentinnen spielen, aber sicher nicht mit mir. »Ich schrecke nicht davor zurück, dir wehzutun.«

»Natürlich nicht«, erwidert er lachend. »Aber verbrenn dich nicht dabei, Kleines. Glaub mir, das passiert hier schneller, als du denkst.« Seine Worte klingen mehr nach einem Versprechen als nach einer Drohung und bevor ich mich versehe, ist auch er in den Weiten des Korridors verschwunden.

Mit einem merkwürdigen Gefühl in der Magengegend widme ich mich meinem neuen Zuhause. Ich darf mich über ein wunderschönes Bett mit dunkelrot karierter Bettwäsche freuen. Direkt daneben befindet sich ein kleiner hölzerner Nachttisch, auf welchem sich bereits ein paar Werke der klassischen Literatur stapeln, die ich vermutlich innerhalb weniger

Tage verschlingen werde. Zu meiner Linken befindet sich eine antike Kommode, die sich perfekt anbietet, um meine Klamotten darin zu verstauen. Die Vorstellung, an verregneten Herbsttagen neben dem von roten Backsteinen umrahmten Kamin zu sitzen und bei loderndem Feuer ein Buch zu lesen, lässt die Tatsache, hier sein zu müssen, nicht mehr ganz so trist erscheinen.

Der gesamte Raum wird in gedimmtes Licht gehüllt, welches ihm eine behagliche Wärme verleiht.

Neugierig begebe ich mich in das angrenzende Badezimmer. Ein hohes Fenster mit sanft geschwungenen Spitzen erstreckt sich vor mir und ist von dunklen Vorhängen umrahmt, die den wunderschönen Mondschein auffangen und optimales Licht auf die offenstehende Badewanne werfen.

Wie im Wohnbereich wird auch dieser Raum von einem kleinen Kronleuchter erhellt, der anmutig von der Decke herabhängt.

Nachdem ich alles aus meiner Kosmetiktasche auf der anthrazitfarbenen Badezimmerkommode platziert habe, schäle ich mich aus meinen nassen Klamotten, steige in die Dusche und lasse das heiße Wasser über meinen Körper rinnen. Mit einem Funken Optimismus für den kommenden Tag lege ich mich Minuten später ins Bett und segle friedlich in den Schlaf.

3

ACE …

In dunkler Nacht erscheine ich. Kalt wie das eisige Herz der Finsternis.

Versuche nicht, eine Flamme zu löschen, die mit Benzin genährt wird, Kleines. Du kannst ihr nicht entkommen, sie wird dich jagen, bis sie dich verschlungen hat und nichts mehr von dir übrig bleibt.

Dabei bist du so naiv und unwissend. Ahnungslos, was dir bevorsteht.

Renn. Renn, solange du noch kannst.

Und wage es nicht, zurückzublicken. Denn in meinen Augen liegt das Dunkel, das dich verzehren wird.

Storms make trees take deeper roots.

4

IVORY ...

Mit neu gewonnenem Enthusiasmus eile ich von einer Veranstaltung zur nächsten.

Jegliche Negativität habe ich in die hintersten Ecken meines Bewusstseins verdrängt und lebe den Tag, als wäre es mein erster hier an der Akademie. Ganz sicher werde ich keine von den Studentinnen sein, die den Scherzen hormongesteuerter Studenten zum Opfer fallen, die sich einen Spaß mit den Erstsemestern erlauben wollen.

Ich bin eine Blackwell und Blackwells lassen sich von nichts und niemandem den Boden unter den Füßen wegreißen ... Diese Lektion haben meine Eltern mir von klein auf wie ein Mantra ins Gehirn eingebrannt – und bis heute halte ich daran fest, wenn irgendetwas in meinem Leben aus dem Ruder zu laufen scheint.

Mein voller Fokus liegt im Moment darauf, das Familienerbe zu erfüllen und an der Southside Academy meinen Bachelorabschluss zu absolvieren.

Allein der Gedanke daran, dass Mom und Dad sich

inmitten dieser Flure kennengelernt haben, lässt mein Herz automatisch höherschlagen. Wie romantisch es gewesen sein muss, sich heimlich nachts zu treffen, immer in Sorge, dabei erwischt zu werden.

Und auch heute: Solange die Leistungen nicht beeinträchtigt oder die Mädchen geschwängert werden, wird es sogar ausdrücklich begrüßt, wenn zwei Studenten der Southside Academy miteinander anbandeln. Diese Paare sind es nämlich, die sich später mit aller Kraft dafür einsetzen, dass ihre eigenen Kinder ebenfalls hier studieren, um die Welt mit ihrem Ehrgeiz zu bereichern.

Wer an der Southside studiert, hat eine goldene Zukunft. In der Finanzbranche gibt es kaum ein Unternehmen ohne einen Absolventen der Southside Academy in der Führungsebene. Wir wurden dafür geboren, erfolgreich zu sein. *Ob wir wollen oder nicht ...*

Inmitten des lebhaften Treibens auf dem Campus bemühe ich mich, meine Mitmenschen so gut wie möglich auszublenden. Lediglich den Vertrauensschülern, welche uns nicht nur über Kurse und Freizeitangebote informieren, sondern auch über verpflichtende Unterrichtseinheiten außerhalb des Lehrplans, lausche ich aufmerksam. Besonders freue ich mich auf klassischen Tanz. Ich liebe Tanzen. Es ist eine stille Form der Kommunikation, die zwei Seelen miteinander verbindet, während sie sich von der Welt um sie herum lösen, um eine geschlossene Einheit zu bilden.

»Diese wird eure erste und letzte Woche sein, in der ihr geschont werdet. Sie dient dazu, dass ihr euch mit dem

Campus anfreundet, euch sortiert und einlebt. Ab Montag beginnt euer Studium und die Welpenzeit endet. Wer dann noch nicht mental angekommen ist, wird schlichtweg untergehen«, erklärt Lucian mit einem strengen Ton, der nicht nur mich, sondern auch viele andere um mich herum schlucken lässt. »Die Southside ist keine gewöhnliche Hochschule, an der ihr die besten Jahre eures Lebens verbringen werdet. Vielmehr wird sie euch bis aufs Äußerste ausreizen. Aber wenn ihr überlebt ... dann werdet ihr die Besten der Besten sein, das verspreche ich euch.«

Ein paar meiner Kommilitonen geben ein anerkennendes Pfeifen von sich, gefolgt von einem kurzen Applaus. Und auch ich lasse mich nicht von meiner Entschlossenheit entmutigen, denn ich weiß, dass ich nicht ohne Grund als Blackwell geboren wurde.

Nachdem Lucian uns verabschiedet hat, entscheide ich mich, den Campus noch ein wenig auf eigene Faust zu erkunden. Ich glaube, ich werde mich nie an dem ästhetischen Anblick dieses Ambiente sattsehen können. Es ist, als sei alles aufeinander abgestimmt. Jedes Blatt, das von den Ästen herabgleitet, verschmilzt mit dem Boden und bildet ein harmonisches Zusammenspiel zu den dunkelgrünen, akkurat geschnittenen Hecken, die kunstvoll das gesamte Gebäude umschließen.

Auch im Innenleben der Akademie offenbart sich der Perfektionismus als ungeschriebene Regel, die Tag und Nacht gelebt wird. Unauffällig folge ich zwei Studentinnen, die perfekt in das Gesamtbild passen und sich in gehobener Sprache miteinander unterhalten. Ich trage dieselbe Uniform wie sie, nur habe ich mich dazu entschieden, unter dem schwarzen Rock eine dunkle statt eine helle Feinstrumpfhose zu tragen. Die dazu ausgewählte lockere Bluse in einem warmen

Braunton betont meine mintgrünen Augen auf schmeichelhafte Weise.

In der Bibliothek angekommen, verliere ich sie aus den Augen, da meine Aufmerksamkeit an den kolonialen Möbelstücken hängen bleibt. Überall stapeln sich Bücher, was auf den ersten Blick zwar unordentlich wirken mag, die Ästhetik allerdings kein bisschen mindert. Überraschenderweise beginne ich, mich wohlzufühlen. Sanft streiche ich mit den Fingern über die Buchrücken. Der betörende Duft von Papier steigt mir in die Nase und lässt mich für einen Augenblick vergessen, weshalb ich überhaupt hergekommen bin. Mein ursprüngliches Ziel, nach Büchern Ausschau zu halten, welche ich die nächsten Wochen als Einschlaflektüre nutzen kann, verliert sich inmitten der fesselnden Kulisse. Spontan entscheide ich mich für den Gang mit historischen Romanen. In den kommenden Jahren benötige ich ausreichend Lesestoff, um dem Alltagsstress durch eine Flucht in ferne Welten zu entkommen.

Gerade als ich dabei bin, mich in der Suche nach einer neuen, fesselnden Geschichte zu verlieren, dringt eine weibliche Stimme zu mir durch. »Die Schlampe hält sich wohl für etwas Besonderes, weil Ace gestern Abend vor ihrer Tür stand.«

»Dabei spielt sie überhaupt nicht in unserer Liga«, stimmt ihr ein anderes Mädchen kichernd zu.

Lediglich durch einen engen Spalt zwischen zwei Bücherstapeln kann ich erkennen, dass es sich um die beiden von vorhin handelt. Sie befinden sich in der gegenüberliegenden Regalreihe und unterhalten sich offensichtlich über jemanden, der kein Teil dieser Konversation sein soll.

»Er checkt vermutlich nur die Erstsemester aus, bevor er sich wieder uns widmet.« Schulterzuckend wendet die Blondine ihre Aufmerksamkeit wieder den Büchern zu und zieht ausgerechnet das aus dem Regal, welches ihr volle Sicht auf mich gewährt. Als sie mich entdeckt, trifft mich ihr Blick wie ein Blitz.

Mit offenem Mund starrt sie mich an, was auch das zweite Mädchen neugierig durch den Spalt spicken lässt. Erschrocken zieht sie scharf die Luft ein, bevor sich ihre Miene vor Empörung verzieht. »Was fällt dir eigentlich ein, uns zu belauschen?«

»Was? Ich habe euch nicht belauscht!«, verteidige ich mich etwas zu laut, weshalb uns aus mehreren Ecken ein genervtes »Psst!« entgegengeschmettert wird. »Ich stand nur zufällig hier, um mir ein Buch auszuleihen«, wiederhole ich nun etwas leiser und greife nach dem ersten Buch, das mir in die Quere kommt.

Aus zusammengekniffenen Augen starren die Mädchen erst mich und dann das Buch an. Angewidert verziehen sie das Gesicht und auch ich muss kurz blinzeln, als ich feststelle, dass es sich um einen Roman handelt, welcher die Geschichte eines Helden erzählt, der gegen einen Verbrecher vorging, der sich an Bauernhoftieren vergangen hatte.

Ein wenig beschämt räuspere ich mich und lege das Buch zurück ins Regal. »Wäre es denn ein Problem, wenn ich euch belauscht hätte?«, frage ich provokant, um von der Situation abzulenken. »Ich werde nämlich das Gefühl nicht los, dass es sich bei eurem Gespräch um mich gehandelt hat. Oder steht dieser *Ace* bei jedem Mädchen vorm Zimmer?« Demonstrativ halte ich den Augenkontakt aufrecht. Ein Spiel darum, wer zuerst den Blick abwendet, entwickelt sich, und ich bleibe so lange standhaft, bis sie sich dazu entscheiden, aufzugeben.

»Nein«, erwidert Mädchen Nummer eins schnippisch. »Wir haben nicht von dir gesprochen.« Mit einem süffisanten Grinsen auf dem Gesicht schließt sie die Regallücke zwischen uns und versperrt mir so wieder die Sicht.

Entschlossen schiebe ich das Buch, welches noch in meiner Hand ruht, in das Regal zurück und schnappe mir eines, das ich bereits mehrmals gelesen habe. Dann verlasse ich mit erhobenem Kopf die Bibliothek.

In meinem Zimmer angekommen, frische ich mich für das Mittagessen auf. Dabei wollen die beiden mir einfach nicht aus dem Kopf gehen. Ich hasse es, wenn man hinter meinem Rücken über mich spricht. Ich hasse es, wenn man lügt.

Meine schmerzenden Füße mahnen mich, dass es an der Zeit ist, die unbequemen Stiefeletten abzulegen. Offenbar war es keine gute Idee, sie ausgerechnet an dem Tag anzuziehen, an dem wir über den gesamten Campus gehetzt werden. Stöhnend streife ich sie mir von den Füßen und tausche sie gegen ein Paar bequemere Laufschuhe.

Und wieder muss ich an die beiden Mädchen denken. Sollten die beiden in der Bibliothek tatsächlich mich gemeint haben – wovon ich stark ausgehe – dann frage ich mich, was es mit diesem Ace auf sich hat.

Was ist so besonders daran, wenn er bei einem Mädchen vor der Tür steht? Bei Lucian hat sich schließlich auch keiner gefragt, was er vor meinem Zimmer zu suchen hatte.

Trotz der Verwirrung bleibt ein merkwürdiger Gedankensplitter in meinem Kopf haften. Ein Fragment eines Gesprächs, das mich nicht loslassen will. Ein mir völlig fremder Mann steht vor meiner Tür, kennt meinen Namen und hält mir vor, dass er mich hasst – oder es zumindest versucht.

Verdammt, ich hatte wirklich darauf gehofft, du wärst … weniger fickbar.

Warum zum Teufel versetzt mich diese Aussage des Schönlings derart in Aufruhr? Es ist nicht so, als wäre er der Erste, der mir Derartiges zu verstehen gegeben hat. Nein … definitiv nicht der Erste. Also, was hat er an sich, dass ich mich so an dieser Aussage aufhänge? Verräterische Hitze lodert in mir, wenn ich an seine Muskeln denke. Oder an sein charismatisches Lächeln, mit dem er sicher schon so manche Frau verzaubert hat. Bei diesem Gedanken verkrampft sich etwas in meinem Inneren. Erschrocken über die Reaktion meines Körpers, greife ich hastig nach meinem Puder, um die aufsteigenden Rötungen in meinem Gesicht zu kaschieren.

Kaum eine Minute später verlasse ich mein Zimmer schon wieder und freue mich auf das Mittagessen.

Bereits beim Betreten des Speisesaals lecke ich mir genüsslich über die Lippen. Der verlockende Duft von frischer Trüffelpasta steigt mir in die Nase und mischt sich mit dem süßlichen Geruch feinster Mousse au Chocolat. Wäre ich zu Hause, würde ich jetzt einen kleinen Freudentanz aufführen. Angesichts der Umstände halte ich mich jedoch zurück.

Ein sanftes Tippen auf meiner Schulter lässt mich zusammenzucken, ehe ich mich umdrehe und in die Gesichter der beiden Grazien – inklusive eines dritten Anhängsels – sehe. Versöhnlich lächeln diese mich an. Sogar diejenige, die ich noch nie zuvor getroffen habe.

Ich erwidere deren Blicke und warte gespannt darauf, was sie mir zu sagen haben.

Statt einer schnippischen Bemerkung oder weiteren Feindseligkeiten schenkt mir die Blondine ein versöhnliches Lächeln und streckt mir ihre Hand entgegen. »Wir hatten noch gar nicht die Gelegenheit, uns bei dir vorzustellen«, erklärt sie. »Ich bin Anastasia.«

Der Höflichkeit wegen erwidere ich widerwillig den sanften Händedruck und unterstriche diesen mit einem knappen Nicken.

Ihr langes Haar wirft sie sich in einer geübten Bewegung über die Schulter und zeigt anschließend auf das andere Mädchen aus der Bibliothek. Im Gegensatz zu Anastasia ist sie eher klein geraten, gibt jedoch genau denselben, arroganten Eindruck von sich. »Das hier ist Evelyn und zu guter Letzt Cecelia.« Sie deutet auf ein weiteres Mädchen mit rabenschwarzem Haar und roten Lippen.

Die Schönheit der drei ist unbestreitbar. Einzig die gute Manier, mit welcher ich erzogen wurde, bringt mich dazu, mich ihnen ebenfalls vorzustellen. »Ich bin Ivy.«

»Du meinst Ivy wie Ivory? Ivory Blackwell?«, fragt Anastasia überrascht und ich meine, ein Gefühl aus ihrer Aura wahrzunehmen, welches Boshaftigkeit ziemlich nahekommt.

Verwirrt runzle ich die Stirn. »Ähm ... ja, genau.«

Bevor ich ein weiteres Wort sagen kann, unterbricht sie mich schon. »Was für eine interessante Wendung«, sagt sie und ich kann förmlich sehen, wie ihr Kopf zu arbeiten beginnt. »Weißt du was? Setz dich doch zu uns. Wir haben noch einen Platz frei und ich glaube, es gibt einiges, worüber wir uns unterhalten könnten. Lass uns das mit Ace doch einfach vergessen und von vorn anfangen.«

Ein gekünsteltes Lächeln stiehlt sich auf ihr Gesicht, doch ich durchschaue ihre Absichten sofort. Lieber sterbe ich, als mich an einen Tisch mit dieser hochnäsigen Gruppe Lästerschwestern zu setzen. »Sorry, also ehrlich gesagt ...«, beginne ich und sehe schon jetzt, wie die Farbe aus Anastasias Gesicht zu weichen beginnt. »Ich glaube, ich setze mich lieber woanders hin, aber vielen Dank für das Angebot.«

Ein selbstgefälliges Grinsen huscht über ihre Lippen. »Klar, kein Problem«, presst sie zwischen zusammengebissenen

Zähnen hervor, bevor sie sich ihre Mädels schnappt und auf dem Absatz kehrtmacht.

Falls es eine Anleitung geben sollte, wie man sich innerhalb von vierundzwanzig Stunden das Leben schwer macht, würde mein Name zweifellos als Überschrift darauf stehen.

Seufzend greife ich nach einem Tablett und schleppe mich zur Speiseausgabe, wobei mir der Appetit bereits längst vergangen ist. Nur das aufmunternde Lächeln der Küchenmitarbeiterin lässt mich nicht völlig in Trübsinn versinken.

Unauffällig scanne ich meine Umgebung nach einem passenden Platz ab. Ganz am Rand entdeckte ich ein Mädchen, das mutterseelenallein dasitzt und in ihrem Essen herumstochert. Zielstrebig marschiere ich auf sie zu, hänge meinen Trenchcoat über die Stuhllehne und lasse mich wortlos gegenüber von ihr auf einen freien Stuhl sinken.

Ihre Augen blicken hilfesuchend umher, als hätte sie Angst, ich könnte sie statt meinem Essen verspeisen.

»Keine Panik, ich habe nicht vor, dich aufzufressen. Mein Essen reicht mir«, witzele ich, um das Eis zu brechen.

Ihre Miene jedoch bleibt steinhart und undurchdringlich.

Schweres Publikum.

»Wie heißt du?«, beginne ich den üblichen Small Talk.

»Camilla.« Eine Gegenfrage nach meinem Namen bleibt aus.

»Du scheinst nicht sehr gesprächig zu sein.«

»Hör zu, es wäre wohl besser für uns beide, wenn du dich nicht neben mich setzen würdest. Also erspare uns am besten den Small Talk«, entgegnet sie unverblümt.

Perplex blinzle ich und verharre für einen Moment in meiner Bewegung.

»Es war ein Fehler, Anastasia sitzenzulassen, glaube mir, du hast dir damit keinen Gefallen getan. Ich habe euch beobachtet«, gibt Camilla mit gleichgültiger Miene preis.

»Ich denke, das entscheide immer noch ich, mit wem ich meine Zeit verbringen möchte«, protestiere ich und lege mein Besteck geräuschlos beiseite.

»Wenn du meinst. Aber du und ich in Kombination?« Mit dem Finger deutet sie zwischen uns beiden hin und her und schüttelt dabei vehement mit dem Kopf. »Nicht gut.«

Wut brodelt in mir, da ich einfach nicht verstehen kann, warum sich gefühlt die gesamte Akademie gegen mich verschworen zu haben scheint. »Was soll das eigentlich?«

Camilla beugt sich leicht zu mir vor und prüft diskret die Umgebung, bevor sie mir ins Ohr flüstert: »Du bist bestimmt nett, okay? Aber die Leute reden über dich – falls es dir noch nicht aufgefallen ist. Mich mit dir abzugeben, würde mich angreifbar machen und meinem ohnehin schon zerstörten Ruf nur noch mehr schaden. Nimm es mir nicht übel, aber ...« Entschuldigend legt sie die Stirn in Falten und lehnt sich wieder in ihrem Stuhl zurück.

Verbittert knalle ich mein Tablett auf den Tisch, was die Aufmerksamkeit mehrerer Mitstudenten auf uns zieht. Als ich meinen Blick kurz prüfend hebe, sticht besonders ein neugieriges Augenpaar hervor. Ace steht mit verschränkten Armen am anderen Ende des Speisesaals und betrachtet mich dabei eingehend. Hitze, von der ich hoffe, dass er sie aus der Ferne nicht erkennen kann, schießt mir in die Wangen. Ruckartig wende ich mich von ihm ab und durchbohre Camilla mit funkelnden Augen. »Gut. Dann essen wir eben nicht zusammen. Wir müssen ja nicht gleich beste Freundinnen werden. Ich dachte einfach nur, es wäre nett, zusammen zu essen. Aber von mir aus«, gebe ich mich vorerst geschlagen und verlasse, ohne auch nur einen Bissen genommen zu haben, den Speisesaal.

Draußen angekommen, atme ich tief die frische Luft ein, um meinen Kopf zu klären. Was würde ich jetzt dafür geben, all meine Gefühle in den Himmel schreien zu können? Dennoch entscheide ich mich für die einfachere Variante, meine Hände zu Fäusten zu ballen, bis ich den Schmerz fühle, der sich an meinen Handinnenflächen bildet.

I'll never forget the first time I saw you.

5

IVORY …

Vierzig Minuten – und etliche Kieselsteine, die Bekanntschaft mit meinem Fuß machen mussten – später habe ich mich endlich beruhigt und dazu entschlossen, die Zeit sinnvoller zu nutzen als damit, wütend zu sein.

In meine weiche Übergangsjacke gepackt, lasse ich mich an einem der gigantischen Pinienbäume nahe dem Campus nieder. Vor meiner Ankunft hier an der Akademie habe ich mir ein Studienjournal besorgt und nun möchte ich beginnen, es auszufüllen. Wunderschöne Zierden aus echtem Gold schmücken das Cover. Behutsam greife ich nach dem Lesebändchen und schlage die erste Seite auf. Noch ist zwar so gut wie alles scheiße, was ich darin niederschreiben kann, aber dennoch möchte ich die Gelegenheit nicht ungenutzt lassen, meine Erfahrungen festzuhalten. Vielleicht, irgendwann in der Zukunft, werde ich darin blättern und mir sagen können, dass sich alles zum Guten gewendet hat. Also schnappe ich mir Kugelschreiber und Textmarker und fülle die erste Doppelseite aus. Zugegeben, komme ich mir etwas in die Junior School zurückversetzt vor, da ich neben dem Beantworten von Fragen auch kleine Kästchen mit Emojis ausmalen muss, die meine momentane Stimmung beschreiben.

Emoji mit Herzaugen – bombastische Stimmung.

Lächelnder Emoji – neutrale Stimmung.

Weinender Emoji – Katastrophe.

Besonders verspottet fühle ich mich jedoch von der Seite *Achtsamkeitsübung für deinen Semesterstart.* Darin befinden sich mehrere Weisheiten und Übungen zur Stressbewältigung. Lächerlich. Niemand hätte mich auf diesen Mist hier vorbereiten können. Und schon gar nicht kann man mir durch eine Atemübung helfen, das hier zu überstehen.

Inzwischen ist es recht frisch geworden, ein kalter Luftzug streift meinen Nacken. Eine Gänsehaut zieht über meine Armen und lässt die feinen Härchen in alle Richtungen abstehen. Fröstelnd richte ich mich auf, als auch schon das erste Donnergrollen den grauen Himmel durchringt. Noch ist es weit genug entfernt, doch die Farben der Wolken deuten darauf hin, dass es nicht mehr lange dauert, bis das vermutlich erste Herbstgewitter des Jahres über die Southside Academy hinwegziehen wird.

Zügig schnappe ich mir meine Sachen und eile schnellen Schrittes über den Campus. Auf dem Weg vernehme ich langsam den Geruch von leichtem Nieselregen. Verdammt, wie ich das liebe. Mit geschlossenen Augen lege ich den Kopf in den Nacken und lasse die hauchzarten Tropfen mein Gesicht liebkosen. Zum ersten Mal seit meiner Ankunft spüre ich, wie sich meine Mundwinkel aufrichtig in die Höhe bewegen.

Doch dieser Moment währt nicht lange. Als hätte das Schicksal mich verflucht, dröhnt mein Name plötzlich über den gesamten Campus. »Wir bitten Ms Ivory Blackwell umgehend in das Büro von Dekanin Augustine. Ich wiederhole. Wir bitten Ms Ivory Blackwell umgehend in das Büro von Dekanin Augustine.«

Der raue Klang der Lautsprecher erfüllt die Luft, wodurch die Studenten neugierig ihre Blicke erheben.

Was zur Hölle könnte passiert sein, dass ausgerechnet ich an meinem zweiten Tag hier zu Mrs Augustine zitiert werde? Cordelia Augustine ... Die Frau, von der ich gehofft hatte, ihr nie persönlich begegnen zu müssen – oder es zumindest so lange wie möglich hinauszögern zu können.

Auf dem Weg durch die langen Flure der Akademie zu ihrem Büro spüre ich eine seltsame Anwesenheit. Es ist, als würde jemand meine Schritte verfolgen. Ich kann förmlich spüren, wie ein unsichtbares Augenpaar auf meinem Rücken ruht. Nervös drehe ich mich um, doch da ist niemand. Ich bin vollkommen allein. Verliere ich jetzt völlig den Verstand? Stirnrunzelnd schüttle ich mir die Gedanken von den Schultern, als ich vor Mrs Augustines Büro zum Stehen komme. Zögernd erhebe ich die Hand, lasse sie wieder sinken und ringe mir erst nach weiteren endlos langen Sekunden den Mut ab, zu klopfen. Dann wippe ich mit den Zehenspitzen auf und ab.

Einen Wimpernschlag später, öffnet sich die Tür und ein hochgewachsener Mann in schwarzem Herrenanzug bittet mich höflich darum, einzutreten. Ich folge seiner Anweisung und begrüße ihn mit einem Nicken, bevor ich Mrs Augustine ins Visier nehme und ein schmales Lächeln aufsetze.

Obwohl sie nur einen Bruchteil des bordeauxroten Ledersessels einnimmt, strahlt sie eine überwältigende Autorität aus.

Mit strengem Blick empfängt sie mich, aber ich meine, den Ansatz eines Lächelns auf ihren Lippen zu erkennen. »Ms Blackwell, bitte, nehmen Sie doch Platz.«

Was auch immer der Grund dafür ist, dass ich hier bin, meine Handflächen beginnen zu kleben und ich kann nicht anders, als nervös auf meinem Stuhl hin und her zu rutschen. Meine sonst selbstbewusste Art bröckelt in diesem Moment. Diese verfluchte Akademie tut meiner Seelenruhe nicht gut.

Ein Seufzen entweicht Mrs Augustine, während sie sich ihre Brille von der Nase nimmt und sich mit Daumen und Zeigefinger an die Nasenwurzel greift.

O Gott, was zur Hölle blüht mir hier?

»Ms Blackwell, ich weiß Ihre Anwesenheit an der Southside Academy sehr zu schätzen. Besonders aufgrund Ihrer Eltern, die maßgeblich am Erfolg dieser Einrichtung beteiligt waren und noch immer ihren Beitrag zum Erhalt dieser leisten«, erklärt sie und für den Bruchteil einer Sekunde kann ich so etwas wie Stolz in ihren Augen aufblitzen sehen. Auch in mir erblüht ein Ehrgefühl, wenn ich höre, wie positiv der Eindruck ist, den meine Eltern hier hinterlassen haben. »Dennoch kann ich das ... unschickliche Verhalten, welches sie an den Tag legen, an meiner Akademie nicht gutheißen. Ich hoffe natürlich, Sie können das nachvollziehen?« Ihr letzter Satz klingt mehr nach einer Frage als nach einer Aussage.

Perplex blicke ich zwischen ihr und dem Mann von vorhin hin und her, der offensichtlich ihr Sicherheitsmann ist. Dieser jedoch verzieht keine Miene und scheint sich für unsere Konversation nicht einmal im Geringsten zu interessieren. Seine Gleichgültigkeit schürt meine Unsicherheit nur noch mehr. »Entschuldigen Sie, aber wovon sprechen Sie?«

Mrs Augustine verengt ihre Augen zu schmalen Schlitzen,

als hätte ich sie höchstpersönlich beleidigt. Offensichtlich habe ich sie mit meiner – ihrer Ansicht nach gewiss erlogenen – Unwissenheit nicht glücklich gestimmt. »Mir wurde zugetragen, dass Ihnen bereits gestern – an Ihrem ersten Abend hier – *zwei verschiedene* Männer einen Besuch in Ihrem Zimmer abgestattet haben.« Mit hochgezogener Augenbraue wartet sie auf meine Reaktion.

Mir jedoch bleibt lediglich der Mund offenstehen. Noch während ich versuche, mir passende Worte zurechtzulegen, fährt sie bereits fort.

»Wir vertreten hier Werte, Ms Blackwell. Ich bin mir sicher, dass sie darüber bereits umfangreich informiert wurden und ich diese nicht noch einmal zu erläutern brauche«, erklärt sie knapp und faltet abwartend die Hände in ihrem Schoß.

»Mrs Augustine, das muss ein Missverständnis sein, ich –«, beginne ich, ihr die Situation aus meiner Sicht zu schildern.

»Ms Blackwell«, unterbricht diese mich jedoch sofort mit ruhiger Stimme. »Ich möchte nicht, dass Sie sich rechtfertigen. Dieses Mal belasse ich es Ihrem Vater zuliebe bei einer Verwarnung. Beim nächsten Mal jedoch sehe ich mich gezwungen, Ihre Eltern einzuschalten. Diese versicherten mir, dass Sie hier keine Probleme bereiten würden, ich hoffe doch, er behält recht.«

Nachdem sie mir einen letzten halb strengen, halb versöhnlichen Blick zugeworfen hat, erhebt sie sich aus ihrem Stuhl und verabschiedet mich mit den Worten: »Ich wünsche Ihnen noch viel Freude an der Southside Academy. Jetzt habe ich allerdings noch einen Stapel Arbeit zu erledigen, daher würde ich Sie darum bitten, zu gehen. Sollten Sie Probleme haben, wenden Sie sich an ihren zuständigen Vertrauensschüler – in dringenden Fällen steht Ihnen auch meine Tür offen.«

Sie gab mir nicht einmal mehr die Möglichkeit, meinen eigenen Standpunkt zu erläutern.

Niedergeschlagen verlasse ich das Büro und schließe die Tür hinter mir. Tränen der Wut brennen in meinen Augen, welche ich verzweifelt wegzublinzeln versuche. Der Gedanke an meinen Vater schnürt mir die Kehle zu. Ich kann mir lebhaft vorstellen, wie enttäuscht und besorgt zugleich er wäre, wenn er erfahren würde, welche Gerüchte über mich an der Southside verbreitet werden. Niemals darf er auch nur den Hauch eines Verdachts schöpfen, dass die Zeit hier nicht ansatzweise so reibungslos verläuft, wie er es sich für mich vorgestellt hatte.

Das Vibrieren meines Handys reißt mich aus der Starre, in der ich bis eben noch wie gebannt gefangen war. Wild krame ich in meiner Birkin umher, bis ich das iPhone endlich in den Händen halte und ich es entsperre.

Beim Lesen des Namens auf dem Display läuft mir ein eiskalter Schauer den Rücken hinunter. *Eingehender Anruf von Dad.*

Hat Mrs Augustine ihn etwa doch angerufen? Unentschlossen, ob ich den Anruf annehmen soll, starre ich auf den kleinen Bildschirm.

Die Liebe und Unterstützung meines Vaters bedeuten mir alles, aber ich kann es mir nicht erlauben, ihn zu enttäuschen. Die Unruhe in mir wächst von Sekunde zu Sekunde. Doch ich muss stark sein, für ihn und für mich selbst. Also atme ich tief durch und nehme den Anruf entgegen.

»Dad?«, hauche ich leise in den Hörer und versuche, meine Nervosität zu verbergen.

»Mein Diamant«, entgegnet er liebevoll und ich kann die Grübchen, die seine Mundwinkel umspielen, förmlich vor mir sehen.

Sofort beginne ich zu lächeln, obwohl sich noch immer ein schwarzer Schatten um mein Herz bewegt. »Weshalb rufst du an?«

»Darf ich meine Tochter nach ihrem ersten richtigen Tag als Studentin etwa nicht anrufen? Hast du mich denn so schnell vergessen?«, fragt er mit gespielt schmerzverzerrter Stimme.

»Natürlich nicht«, versichere ich ihm. »Ich dachte nur ... Ich freue mich, dass du anrufst.«

Das ist die Wahrheit. Auch wenn ich die letzten sechsunddreißig Stunden kaum Zeit hatte, über meine Familie nachzudenken, realisiere ich jetzt, wie sehr ich sie bereits vermisse. Trotz unseres nicht immer harmonischen Verhältnisses würde ich nie vergessen, woher ich komme und welches Blut durch meine Adern fließt.

»Wie geht es Mom?«, werfe ich noch hinterher, um das Gespräch nicht allzu schnell enden zu lassen. Dafür genieße ich es gerade zu sehr, seine vertraute Stimme zu hören.

»Es geht ihr gut. Du weißt doch, wie sie ist. Immer auf der Jagd nach dem nächsten Deal.«

Das stimmt. Meine Mutter ist eine wahre Geschäftsfrau, wie sie im Buche steht. Ich liebe sie und weiß, dass ich auf sie zählen kann – genauso wie sie weiß, dass auch ich für sie durchs Feuer gehen würde. Sie war nur viel zu häufig unterwegs, als dass wir hätten eine enge Bindung zueinander aufbauen können. Aber das ist okay. Ich verüble es ihr nicht.

»Und wie geht es dir, Ivy? Hast du dich gut eingelebt?«, fragt er beinahe beiläufig. Im Hintergrund höre ich Papier rascheln, was darauf hindeutet, dass er während unseres Telefonats am Arbeiten ist.

Es fällt mir schwer, meinen Vater anzulügen. Jedoch bringe ich es nicht übers Herz, ihm die Wahrheit zu sagen und zu gestehen, dass ich mich alles andere als wohlfühle. »Es ist alles in Ordnung, Dad«, versichere ich ihm. »Der Campus ist wunderschön. Vor allem in die Bibliothek habe ich mich verliebt.«

»Wenn es nur bei der Bibliothek bleibt«, scherzt er, ich kann jedoch einen Hauch Ernsthaftigkeit aus seiner Stimme heraushören. »Die Bibliothek war damals schon toll, als ich noch an der Southside war.« Dad legt eine nostalgische Pause ein, ehe er fortfährt. »Ich freue mich so sehr für dich, Ivy. Ich kann kaum glauben, dass meine Tochter tatsächlich in meine Fußstapfen tritt. Ich hoffe, du weißt, wie stolz ich auf dich bin.«

Seine Worte berühren mich tief und ich weiß, dass ich diese Unterstützung mehr denn je brauchen werde. Meine Eltern sind mein persönlicher Anker in dieser aufwühlenden See aus Zweifeln.

»Ja ... das weiß ich«, gebe ich von mir und spüre, wie meine Kehle sich erneut zuschnürt.

Und wie ich das weiß ...

Ich durchquere den mittlerweile tobenden Sturm, der passend zu meiner Laune draußen wütet. Begleitet werde ich von schneidendem Wind, der meine empfindliche Haut sanft streift und seine Spuren auf ihr hinterlässt.

Ein knarzendes Geräusch hinter mir lässt mich erschrocken zusammenfahren, doch als ich mich umdrehe, finde ich nichts als den nahezu leeren Campus. Nur wenige Studenten erkenne ich auf weite Sicht. Ich beginne scheinbar zu halluzinieren und bilde Paranoia, die in meinem Kopf nichts zu suchen haben.

Entschlossen widme ich mich wieder dem Weg zum Gebäude, in dem die Kurse zu den Studiengängen *Finance and Management* und *Jura* unterrichtet werden. Inzwischen kenne ich mich hier ein wenig besser aus. Ein dunkler Gedanke schleicht sich in mein Inneres, als ich mein Zimmer anpeile.

Genau in diesem gedankenverlorenen Moment tritt ein Schatten neben mir vor einem Baum hervor und ich reiße meinen Kopf herum. »Du scheinst es echt nicht leicht hier zu haben«, erklingt seine Stimme, tief und melodisch.

Ein eiskalter Schauer durchfährt mich.

Ach. Du. Scheiße.

Noch nie in meinem Leben habe ich einen derart makellosen Mann gesehen. Unwillkürlich entfährt mir ein überraschter Laut, doch ich versuche, es wie einen erschrockenen Atemzug klingen zu lassen. Ruckartig halte ich mir die Hand vor die Brust. Sein Anblick raubt mir fast den Atem.

Während er seine Augen über meinen Körper schweifen lässt, nutze auch ich die Gelegenheit, ihn unauffällig zu mustern. Über seine braunen Lederschuhe blicke ich hinauf zu einer weit geschnittenen, schwarzen Hose, in die er ein ebenso schwarzes Hemd gesteckt hat. Über seiner Brust trägt er den üblichen braunen Pullunder mit dem geprägten Wappen der Southside Academy, einem majestätischen Adler mit weit ausgebreiteten Flügeln. Dieser soll vermitteln, dass wir – die Elite – die Herrschenden sind, die über all den anderen hinweg schweben. Unantastbar und frei.

Sein Gesicht ist von einer bezaubernden Aura umgeben. Ein markanter Kiefer sowie eine symmetrische Nase, gefolgt von Augen in der Farbe von Ahornsirup runden seine Schönheit auf eine Weise ab, die ich umgehend auf einer Leinwand festhalten möchte. Lockiges, schwarzes Haar fällt ihm gewellt in die Stirn und rahmt seine verführerischen Augen ein.

Für einen kurzen Moment verfangen sich unsere Blicke miteinander und ich fühle mich wie in einem Sog, der mich in sich gefangen nimmt. In seinen Augen erahne ich eine Reihe Geheimnisse, denen ich am liebsten sofort auf den Grund gehen möchte, doch bevor ich tiefer in ihnen versinken kann, wende ich meinen Blick von ihm ab. Eine Welle der Verwirrung durchströmt mich. Er kommt mir verdammt noch mal irgendwoher bekannt vor ...

»Hm?« Ich möchte, dass er seine Frage wiederholt, da ich längst vergessen habe, was er von mir wollte.

Ein raues Lachen entweicht seiner Kehle, das so aufrichtig klingt, dass es mir ein Lächeln entlockt.

Mit Schwung wirft er sich seinen Mantel über die Schulter. Mit dem anderen Arm stützt er sich neben mir an der Wand ab und betrachtet mich aus neugierigen Augen, die mich fesseln. *Was zur Hölle ist nur in mich gefahren?*

Wie automatisch lecke ich mir über die Lippen, was für den Bruchteil einer Sekunde Verlangen in seinen wunderschönen Augen aufblitzen lässt.

»Wie heißt du?«

»Flynn«, erwidert er knapp.

»Flynn«, wiederhole ich, als ob ich seinen Namen fest in mir verankern möchte.

»Und du?«

»Ivy ... Ivory.«

»Das ist ein schöner Name«, merkt er an und stößt sich im

Zauber des Augenblicks wieder von der Wand ab, um uns aus der fesselnden Atmosphäre zu reißen.

Verwirrt nuschle ich ein »Danke«, bevor ich mich erschrocken umsehe, um sicherzugehen, dass uns niemand beobachtet hat. Ein solches Zusammentreffen mit einem Fremden, der so anziehend ist wie Flynn, fühlt sich fast surreal an. Aber genauso real, dass es mir eigentlich nur wieder Ärger einbringen kann.

Mit einem gespielt verletzten Ausdruck legt Flynn sich die Hand aufs Herz. »Uh, also dass du Angst hast, mit mir gesehen zu werden, tut schon etwas weh, muss ich zugeben.«

Seine Worte bringen mich zum Lächeln und eine wohlige Wärme umspielt meine Brust. Schnell kläre ich ihn auf. »Um Himmels willen, nein. Es ist nur so, dass ich irgendwie eine Art Zielscheibe für ein paar hier geworden bin und vermeiden möchte, dass noch mehr Gerüchte über mich gestreut werden.«

Flynn lässt seinen skeptischen Blick an mir herabwandern. »Wenn Anastasia etwas damit zu tun hat, brauchst du dir keine Sorgen zu machen. Sie stiftet immer Unruhe, das ist nichts Neues.«

Unschlüssig ziehe ich eine Augenbraue in die Höhe. »Wie kommst du darauf, dass sie es gewesen sein könnte?«

»Glaub mir, sie sucht immer Ärger. Hat gern ihre Opfer.«

»Glaubst du wirklich, sie geht nach einem Tag schon so weit, mich bei der Dekanin anzuschwärzen?«

»Das ist bei Weitem nicht das Schlimmste, was dich erwartet, wenn du es mit Anastasia zutun hast.« Er lacht und auch wenn mir selbst ganz und gar nicht zum Lachen zumute ist, stimme ich mit ein.

Seltsamerweise fühlt es sich nicht falsch an, ihn an meinem Streit mit den Mädchen teilhaben zu lassen. So skurril das auch klingen mag. »Die drei waren nicht sonderlich nett zu mir.«

»Ich weiß.«

»Woher?«

Er übergeht meine Frage. »Sollten sie weiterhin Ärger machen, dann sag einfach, dass du dich mit Flynn angefreundet hast. Sie wissen, wer ich bin. Und wenn auch das nichts hilft, du findest mich in Turm vier, oberste Etage, Zimmer 19. Ich regle das.«

Angefreundet?

Das ist so ziemlich das Einzige, was mir von seinen Worten im Gedächtnis geblieben ist. Wir haben uns erst vor fünf Minuten kennengelernt und er spricht schon von Freundschaft? Wer weiß, vielleicht spürt auch er diese merkwürdige Verbindung, die uns in ebendiese Richtung zieht.

»Danke, Flynn«, hauche ich.

»Sehr gerne, Ivory«, erwidert er und zwinkert mir zu, ehe wir uns verabschieden und jeder seine eigenen Wege geht.

6

FLYNN …

Wie eine Sirene verzaubere ich dich mit meiner Erscheinung. Doch lass dich nicht täuschen, Ivory. Die Grenzen zwischen Freundschaft und Feindschaft verwischen schnell.

Ein einziger Blick in deine mintgrünen Augen hat genügt, um zu erkennen, dass es nicht einfach wird, eine Frau wie dich für sich zu gewinnen. Um deine Gunst zu erlangen, bedarf es mehr – viel mehr – als simpler Worte.

Du bist der Sechser im Lotto, die Akademie ist der Spielschein und ich bin der Spieler. Ich verzehre mich nach deiner Unerreichbarkeit. Du bist anders als all die anderen, die vor dir hier waren.

Gefährlich.

Was tust du nur, Ivory? Entfliehe meinem Geist, bevor es Konsequenzen nach sich zieht, die nicht nur uns, sondern die gesamte Akademie erschüttern könnten.

Sei gewarnt – hat die Jagd erst einmal begonnen, gibt es kein Zurück mehr. Und ich … ich verliere *nie*.

7

IVORY ...

Im Vergleich zu meinem holprigen Start hier verliefen meine letzten Tage deutlich schneller und angenehmer. So gut es ging, hielt ich mich im Verborgenen und beschränkte meine sozialen Kontakte auf Unterhaltungen mit der Bibliothekarin. Mittlerweile weiß ich, dass sie zwar nicht an der Southside Academy studiert hat, es aber immer ihr Traum war, einmal hier arbeiten zu dürfen. Außerdem weiß ich, dass ihr Kater Percival vor Kurzem kastriert wurde und sie felsenfest davon überzeugt ist, dass er es ihr übel nimmt.

Genau wie Percivals Fruchtbarkeit, neigt sich nun aber endlich auch meine Woche dem Ende zu. Und somit steigt auch meine Vorfreude darauf, dass das Studium bald so richtig losgeht. Zwar vermisse ich mein Kunstatelier zu Hause und bin untröstlich, dass ich mich derzeit ohne meine geliebte Pinsel- und Farbsammlung durch den Tag schlagen muss, aber ich habe mich inzwischen mit dem Campus angefreundet. Die mystischen Korridore, das gute Essen, die inspirierende Atmosphäre – alles ist genau so, wie ich es mir vorgestellt hatte. Wären da bloß nicht die Kommilitonen, die versuchen, mir mein Leben hier schwerer zu machen, als es sein müsste. Und ich glaube, dass ich nicht das einzige potenzielle Opfer bin.

Und auch wenn mir Lucians Worte noch immer fest ins Gedächtnis gebrannt sind, kann ich es kaum erwarten, endlich loszulegen und mich auf die Arbeit zu stürzen.

Das bisschen Lernen wird mich schon nicht umbringen. Zumindest hoffe ich das. Nein, ich bin felsenfest davon überzeugt, dass sich der zwischenmenschliche Ballast im Sande verlaufen wird, sobald erst einmal alle in ihrem Studyflow feststecken.

Meinen letzten freien Tag möchte ich nutzen, um einen ausgiebigen Spaziergang etwas außerhalb des Campus zu machen. Nicht weit von hier entfernt liegt ein kleiner See, welchen ich bis jetzt nur aus der Ferne betrachtet habe.

Ruckartig schleudere ich die Bettdecke von meinem Körper und schwinge erst das eine, dann das andere Bein aus dem Bett, um mich an meinem Schminktisch für den Tag fertigzumachen.

Nachdem ich mich meinen Haaren gewidmet und diese zu zwei streng anliegenden Zöpfen geflochten habe, trage ich etwas Rouge auf und tusche meine Wimpern. Währenddessen schweifen meine Gedanken immer wieder zu Flynn. Er hat mir gezeigt, dass scheinbar doch nicht alle Studenten hier unausstehliche und verzogene Biester sein müssen. Hinter ein paar von ihnen verbirgt sich offenbar doch noch so etwas wie ein netter Mensch. Oder zumindest ein Bruchteil davon.

Auf sein Angebot, mich bei ihm zu melden, kam ich bislang nicht zurück. Zugegeben, es wäre mir äußerst unangenehm, auch nur darüber nachzudenken, dies zu tun. Vielleicht bin ich oldschool, aber ich möchte erobert werden. Abgesehen davon liefen wir uns auch gar nicht mehr über den Weg und es gäbe keinen triftigen Grund dazu, wieder mit ihm in Kontakt zu treten.

Ich weiß nicht, wie viel Bedeutung ich seiner Aussage zuschreiben soll, Anastasia und ihre Mädchen seien schuld an dem Desaster vor ein paar Tagen. Die drei Drachen ließen mich in Ruhe und auch sonst gab es niemanden, der mir hätte Probleme bereiten wollen.

Dennoch erwische ich mich immer wieder dabei, wie ich die aus meinem Notizbuch ragende Ecke des Zettels beäuge, auf welchem er seine Nummer für mich notiert hat. Wäre es wirklich so verkehrt, Verbündete zu finden?

Es dauert eine Weile, bis ich realisiere, dass da nicht nur eine Spitze herausragt, sondern gleich zwei. Stirnrunzelnd greife ich nach dem Journal und schlage es auf, nur um es wenig später vor Schreck wieder zuzuschlagen. Fuck, da ist wirklich ein weiterer Zettel drin. Und den habe sicher nicht ich da rein getan. Ruckartig greife ich das Buch am Lesebändchen und schüttele es aus, um zu prüfen, ob sich noch weitere Botschaften darin befinden. Doch da ist nur diese eine und was auf ihr geschrieben steht, erschüttert mich.

Eifersucht tobt in meinen Adern, wild und heiß,
denn du gehörst nur mir allein, das ist mein Preis.
Ebenso wie dein Körper, Seele und Geist.
So schreibe ihm nicht, vergiss seinen Namen,
oder mein unbändiger Zorn sprengt jeglichen Rahmen.

Was zur Hölle …

Unruhig gehe ich in meinem Zimmer auf und ab. Das Buch lag die ganze Zeit über in meinem Zimmer, niemand hätte auch nur den Hauch einer Möglichkeit dazu haben dürfen, es überhaupt zu erreichen. Wer also hat es geschafft, diesen verdammten Zettel hineinzulegen?

Okay, ganz ruhig. Auch hierbei handelt es sich sicher nur um einen schlechten Scherz. Vielleicht habe ich mich in Flynn getäuscht und er selbst war es, der mir unbemerkt zwei Zettel untergejubelt hat.

Was auch immer es ist, du musst atmen, Ivy. Atmen und spazieren gehen, um einen klaren Kopf zu erlangen.

Ein letztes Mal betrachte ich mich selbst im Spiegel und wiederhole die Worte meines Vaters wie ein Mantra in meinem Kopf.

Du bist eine Blackwell und Blackwells lassen sich von nichts und niemandem aus der Fassung bringen.

Selbstsicher schnappe ich mir meine Handtasche, schlendere einige Momente später bereits über den Campus und lausche dem lieblichen Gesang der Vögel. Es wird mir guttun, für ein paar Stunden dem Trubel zu entfliehen und der Friedlichkeit des Waldes zu verfallen.

Zwischen all den Studenten, die wie ich über den Campus eilen, erblicke ich auf einmal ein mir vertrautes Gesicht.

»Camilla!«, rufe ich, ohne darüber nachzudenken, und winke ihr fröhlich zu. Doch sie wendet sich prompt von mir ab, tut so, als hätte sie mich nicht gesehen. Empört stampfe ich mit einem Fuß auf dem Boden auf und balle die Hände zu Fäusten, bevor ich in meinen hohen Stiefeletten hinter ihr her jogge. »Camilla, komm schon. Was soll das?«, flehe ich sie beinahe an, sich zu mir umzudrehen. *Gott, wie erbärmlich ich klingen muss.*

Als sie für einige Sekunden stehen bleibt, um darüber nachzudenken, wo sie am besten hinlaufen soll, ergreife ich die Chance und packe sie bei der Schulter.

»Puh, willst du etwa, dass ich einen Marathon für dich laufe?« Um die Stimmung ein wenig anzuheben, lache ich, vergeblich. »Ein Wunder, dass es mich in diesen Schuhen noch nicht gelegt hat. Obwohl ich mir zugegeben auch ein bequemeres Paar hätte aussuchen können, um spazieren zu gehen.« Demonstrativ deute ich auf meine fünf Zentimeter hohen Stiefeletten und sehe anschließend in ihr emotionsloses Gesicht.

Ihre Mimik lässt nicht einmal ansatzweise darauf deuten, dass sie irgendetwas von dem, was ich gesagt habe, amüsant fand. Dunkle Ringe unter ihren Augen verraten mir, dass sie die vergangene Nacht – und vermutlich viele weitere davor – nicht viel geschlafen haben kann. Stirnrunzelnd wende ich den Blick von ihr ab, um sie nicht in Verlegenheit zu bringen.

»Lass mich bitte in Ruhe«, stößt sie seufzend aus, macht sich jedoch nicht die Mühe, meine Hand von ihrer Schulter zu nehmen. Vermutlich weiß sie inzwischen selbst, dass ich mich nicht so einfach abwimmeln lassen werde.

»Hör zu, ich weiß nicht, was dir widerfahren ist, dass du solch eine Angst hast, mit mir gesehen zu werden – fuck, ich weiß nicht einmal, warum ausgerechnet ich den Stempel der unbeliebten Studentin aufgedrückt bekommen habe, aber –«

»Es liegt nicht an dir … zumindest nicht direkt«, unterbricht sie mich und kratzt sich nervös am Kopf.

Ich weiß, dass ich mich mit meinen nächsten Worten auf gefährliches Terrain bewege, da wir bei weitem noch nicht an dem Punkt angelangt sind, uns über private Angelegenheiten auszutauschen. Um ehrlich zu sein, sind wir noch gar nirgends angelangt. Aber immerhin ist Camilla im Gegensatz zu den anderen die Einzige, die irgendwie ehrlich zu mir ist. Das ist doch schon mal ein Anfang, zudem hat sie irgendetwas an sich, das mich fasziniert.

Vielleicht ist es die abweisende Art, die sich jedoch nicht mit der Wärme in ihren Augen in Einklang bringen lässt, oder einfach die Tatsache, dass sie, genauso wie ich, dauernd allein über den Campus spaziert.

»Woran liegt es dann, Camilla? Du kannst es mir erzählen, ich verspreche dir, es für mich zu behalten. Na ja, wem sollte ich es auch großartig erzählen? Ich meine, ich bin nicht gerade das It-Girl des Campus.« Abwartend, wie groß der Schritt war, den ich über die imaginäre Grenze zwischen uns gegangen bin, lege ich ein warmes Lächeln auf.

Sie seufzt. »Ich ... *mir* ist egal ... wer du bist, aber nicht jeder sieht das so, verstehst du?«

Die Betonung liegt ganz klar auf dem Wort *mir*, was mir nun endgültig die Bestätigung gibt, dass manche Menschen es hier auf mich abgesehen haben. Nur kann ich mir beim besten Willen nicht erklären, was ich ihnen angetan haben soll. Bevor ich hierherkam, habe ich bestmöglich versucht, die Southside Academy aus meinem Leben auszublenden, und auch Dad sprach nie gern über seine Zeit an dieser Akademie. Nur darüber, wie wichtig es sei, dass ich hier studiere und das Familienerbe weitergebe.

Außerdem bin ich doch nur Ivy. Einfach nur Ivy.

Ich räuspere mich. »Okay, lass es mich zusammenfassen. Wenn ich dich richtig verstehe, dann hast du zwar eigentlich kein Problem mit mir, aber weil *andere* eines haben könnten, irgendwie dann doch, oder wie?«

»Es klingt dümmer als es ist, wenn du es so ausdrückst ...«, gibt sie zu und lässt für einen kaum merklichen Moment den Ansatz eines Lächelns zu, woraufhin ich ihr sofort ermutigend in die Seite pikse.

»Sieh mal, geteiltes Leid ist halbes Leid und gemeinsam lebt es sich doch bekanntlich stärker. Du bist allein, ich bin allein, wieso nutzen wir diese Gelegenheit nicht aus und zeigen den ganzen Möchtegern-Rambos da draußen, dass wir viel stärker sind, als sie denken?« Um meinen Standpunkt noch einmal zu verdeutlichen, strecke ich meinen Arm in die Luft und deute auf meinen nicht vorhandenen Bizeps, während ich die Augenbrauen verspielt auf und ab springen lasse. Ich kann in Camillas Gesicht erkennen, dass sie ernsthaft über meine Worte nachdenkt, und nutze die Gelegenheit, um mit übertrieben bedauerndem Tonfall hinzuzufügen: »Oder natürlich wir leben weiter traurig vor uns hin und versinken in unserer einsamen Welt. Die Entscheidung liegt ganz bei dir.« Schulterzuckend wende ich mich von ihr ab und stapfe mit gesenktem Kopf davon.

Camilla zieht hörbar scharf die Luft ein. »Fuck, ich glaube, ich begehe hiermit einen ziemlich großen Fehler.« Ich halte inne, ein stolzes Lächeln umspielt meine Mundwinkel. »So in der Kategorie lebensbedrohlich groß«, fügt sie murmelnd hinzu.

Glücklich mache ich auf dem Absatz kehrt und komme zu ihr zurück. »Ich wusste, dass du zur Besinnung kommen würdest. Und keine Sorge, ich gebe auf dein Leben Acht, neben mir wirst du dieses nicht so schnell verlieren.« Mein Arm legt sich automatisch um ihre Schulter. »Ab jetzt bringe ich dir bei, was es bedeutet, wahre Stärke zu zeigen und auf das, was andere von dir halten, zu ... na ja, du weißt schon.«

Ein schmales Lächeln ist alles, was Camilla zustande bekommt. Doch dahinter verbirgt sich eine unergründliche Tiefe, die mir zeigt, dass sich etwas dahinter verbergen muss, dem ich auf den Grund gehen möchte. Etwas Schlimmes muss ihr widerfahren sein, anders kann ich mir diese übertriebene Angst nicht erklären. Mein Helfersyndrom meldet sich in meinem Unterbewusstsein und das Verlangen überkommt mich, ihr beizustehen. Bei was auch immer. Fest nehme ich mir vor, ihr zu beweisen, dass es sich lohnt, für sich selbst einzustehen und nicht klein beizugeben.

Aus Angst, sie könnte wieder die Flucht ergreifen, nehme ich meinen Arm zwar von ihrer Schulter, lasse sie aber kaum eine Sekunde aus den Augen. Zwar gestehe ich es mir ungern ein, aber das Alleinsein fällt auch mir schwerer, als ich von mir selbst gedacht hätte. Normalerweise genieße ich es, Zeit mit mir selbst zu verbringen. Aber zwischen dem Alleinsein und dem Einsamsein liegen Welten, die ich noch nie zuvor so stark zu spüren bekommen habe wie hier an der Southside Academy. Besonders nachts holen mich die Zweifel oft ein, ob ich die richtige Entscheidung getroffen habe oder ob ich einfach durchbrennen und an die Kunsthochschule verschwinden sollte. Doch die Worte meines Vaters und sein stolzer Ausdruck, als ich die Zusage für die Southside Academy in der Hand hielt, geben mir die Kraft, standhaft zu bleiben und meine Zweifel zu überwinden.

»Komm doch mit mir zum See.«

»Jetzt?«

»Kannst du denn?«

»Na ja, mein Unterricht beginnt erst am Mittag.«

»Worauf warten wir dann noch?« Hoffnungsvoll strecke ich meine Hand nach ihr aus, darauf wartend, dass sie einschlägt. Was nur wenige Augenblicke später auch genau so geschieht.

Am See angekommen, atme ich die frische Brise des Wassers ein. Hochgewachsene Pinienbäume werfen einen Schatten über uns. Das Laub unter unseren Füßen raschelt. Wie von selbst beginne ich, die Farben der bunten Blätter vor mir zu zählen. Hier, abseits des Campus, kann ich einfach ich selbst sein und die Natur auf mich wirken lassen. Die Sonne erhellt den Himmel in warmen Farbtönen, als wir unseren Spaziergang beginnen. Weit und breit ist kein anderer Student in Sicht und irgendwie habe ich das Gefühl, dass Camilla, seit sie weiß, dass wir allein sind, lockerer geworden ist. Ich schaffe es sogar tatsächlich, ein paar Informationen über sie zu erhaschen.

»Ich studiere in die Richtung Wirtschaft. Du bist im *Finance and Management*, oder?«, erwidert sie auf meine Frage, was sie an der Southside Academy studiert.

»Genau, meine gesamte Familie hat Finanzen studiert. Besonders der Aktienmarkt spielt bei uns eine große Rolle. Was macht deine Familie denn?«

»Ach, mein Vater ist Gründer der *Southside Report*. Aber momentan läuft es nicht so gut.« Betrübt senkt Camilla ihren Blick.

»Tut mir leid, falls ich ...«

»Nicht der Rede wert«, unterbricht sie mich. »Erzähl mir lieber etwas über dich.«

Nach kurzem Zögern komme ich zu dem Entschluss, nicht weiter auf dem Thema herumzureiten. Schließlich soll sie sich nicht, kurz nachdem ich ihr endlich einen Schritt näherkam, schon bedrängt fühlen. »Nun, ich hätte da eine ziemlich lustige Geschichte ...« Erwartungsvoll dreht Camilla sich ein Stück weit in meine Richtung, gespannt, was ich zu erzählen habe. »Es ist noch nicht allzu lange her, dass mein Vater mir endlich zugetraut hat, selbstständig mit Kryptowährungen zu handeln. Ausgerechnet an diesem Tag habe ich einen Trade so falsch gesetzt, dass ich knapp zweihunderttausend Pfund in den Sand gesetzt habe.

Dad hat mich danach *tagelang* mit Ignoranz gestraft. Nicht einmal meine berühmten Pancakes zum Frühstück konnten seine Laune wieder anheben, ist das zu fassen?« Lachend schüttele ich leicht mit dem Kopf.

»Wow, das klingt echt hart. Ist er denn noch immer wütend?«

Ein gedehnter Seufzer entfährt mir. »Na ja, er hat mir den Zugang zu allen möglichen Depots entzogen. Erst, wenn ich Erfolge im Studium aufweisen kann, darf ich wieder mit dem Demo-Trading beginnen.«

»Demo-Trading?«

»Ja, mit virtuellem Geld. Zur Übung.« Mit den Fingern male ich Anführungszeichen in die Luft und verdrehe theatralisch die Augen. »Es wird wahrscheinlich noch eine Weile dauern, bis er dazu bereit ist, mich wieder einsteigen zu lassen.« Wenn ich so darüber nachdenke, ist das vermutlich gar nicht mal so schlecht. Auf diese Weise kann ich mich dem Studentinnen-Dasein völlig hingeben – sofern es mir nicht von irgendwelchen Idioten ruiniert wird.

Wir haben bereits fast den gesamten See umkreist, da dreht sich Camilla plötzlich einmal um die eigene Achse. »Hast du das auch gehört?«

»Was denn?«, frage ich.

»Keine Ahnung, ich dachte, ich hätte ein Rascheln oder so etwas gehört.«

»Das war bestimmt nur ein Reh.«

Sie nickt unschlüssig.

Nun drehe auch ich mich unsicher um und halte nach

etwas Ausschau, das mir sonderbar vorkommen könnte. Doch da ist nichts. Nur wir und der von Nebel überzogene See.

Zumindest bis auch mir ein Schatten auffällt, der sich verräterisch hinter einem Gebüsch hervorschiebt.

»Cami?«, hauche ich angespannt. Mit großen Augen sieht sie mich an. »Ich glaube, wir sollten gehen.«

Hand in Hand sprinten wir los, lassen den Wald mitsamt dem unbekannten Schatten hinter uns. Jetzt besteht kein Zweifel mehr daran: Irgendwer verfolgt mich und ich habe nicht die leiseste Ahnung, was er von mir will.

Far away, I saw a piece of me in you.

8

IVORY …

Bereits in wenigen Tagen steht die erste Deadline für eine Hausarbeit an. Verrückt, wenn man bedenkt, dass wir in den Vorlesungen gerade einmal an der Oberfläche gekratzt haben. So als müssten wir intuitiv erahnen, welchen Stoff wir vertiefen müssen, um das Semester zu überstehen.

Gemeinsam mit Camilla habe ich das Thema internationale Finanzmärkte zur Ausarbeitung gewählt. Heute Mittag hatten wir uns heimlich zum Brainstorming in ihrem Zimmer verabredet. Ein Zimmer, das, im Vergleich zu meinem, hell erstrahlt. Anstelle von künstlichen Kerzen zieren LED-Lichter die Räume und tauchen es in verschiedene, bunte Farbnuancen. Ihr Bücherregal wird von moderner Literatur und Thrillern geschmückt, was einen starken Kontrast zu meiner Auswahl an klassischer Literatur und historischen Romanen darstellt. Irgendwie habe ich das Gefühl, dass sich hinter ihrer dunklen Erscheinung und der unnahbaren Art ein lebensfrohes und gutherziges Mädchen versteckt.

Mit jeder Stunde, die wir miteinander verbringen, dringen

wir ein Stückchen mehr zueinander vor und ich muss sagen, dass sie mir – obwohl wir kaum etwas voneinander wissen – bereits ans Herz gewachsen ist. Und insgeheim glaube ich, dass es ihr genauso geht wie mir.

Da ich gerade drauf und dran bin, meine erste Tanzstunde, auf die ich mich so sehr gefreut hatte, zu verpassen, muss ich die Gedanken an meine Fast-aber-irgendwie-doch-nicht-Freundin erst einmal beiseiteschieben und mich beeilen.

Flink husche ich durch das Labyrinth aus langen Fluren und zwischen den anderen Studenten hindurch. Meine Sportkleidung und meine Lehrbücher balanciere ich geschickt in meinen Armen, da in meiner Handtasche längst kein Platz mehr dafür ist.

Schwer atmend komme ich an der nächsten Kreuzung zum Stehen und überfliege die vielen Wegweiser an der Wand. Auf der Suche nach Raum D28 bemerke ich, dass ich mich zwischen Turm A und B befinde statt zwischen den Türmen C und D. »Verdammt.«

»Scheint, als bräuchtest du nun endlich mal meine Hilfe«, ertönt eine mir nur zu bekannte Stimme neben meinem Ohr.

Erschrocken fahre ich herum und blicke in Flynns strahlende Augen. »Scheint tatsächlich so.«

»Wohin soll ich dich bringen? Ich habe ein paar Minuten, bevor meine nächste Vorlesung beginnt«, fragt Flynn freundlich.

Dankbar seufze ich. »D28.«

Mit einem Nicken in die entgegengesetzte Richtung lädt Flynn mich ein, ihm zu folgen. Dankbar gehe ich ihm hinterher. Wo er einen Schritt geht, brauche ich gleich zwei. Nach einem kurzen Blick auf die Uhr stelle ich fest, dass die Zeit immer knapper wird. Nur noch zehn Minuten verbleiben mir, bis die

Tanzstunde beginnt. Vorher muss ich mich noch umziehen und frisch machen. An der Southside Academy wird Unpünktlichkeit nicht so locker genommen wie an anderen akademischen Einrichtungen. Zuverlässigkeit zählt hier zum Verhaltenskodex.

»Findest du es freundschaftlich, mich tagelang zu ignorieren?«, fragt Flynn geradeheraus, wobei er die Ernsthaftigkeit seiner Frage mit einem Schmunzeln überspielt.

Schuldbewusst sehe ich ihn an. »Ich habe dich nicht ignoriert. Ignorieren wäre es, wenn ich auf Interaktionen deinerseits nicht reagiert hätte. Dem war allerdings nicht so. Man könnte es höchstens als ein Aus-dem-Weg-gehen bezeichnen«, schildere ich schulterzuckend.

Mit hochgezogener Augenbraue sieht er zu mir herüber. »Aus dem Weg gehen also?«

Herausfordernd zucke ich mit den Schultern.

Zum ersten Mal höre ich Flynns Lachen. Es klingt aufrichtig und warm, ich glaube, meine Ohren haben noch nie einen so schönen Klang vernommen. »Ein einfaches ›Sorry‹ hätte mir schon gereicht.«

»Wofür sollte ich mich denn entschuldigen? Du gabst mir das Angebot, mich bei dir zu melden, sollte ich Probleme haben. Da dies nicht der Fall war, sah ich keinen Grund, dem Angebot nachzukommen.« *Abgesehen davon, dass ein Drohbrief in meinem Notizbuch aufgetaucht ist, der es mir untersagt, dir zu schreiben*, füge ich in Gedanken hinzu.

Flynn verschränkt die Arme vor der Brust und mustert mich ausgiebig, während wir uns noch immer auf dem Weg zu Raum D28 befinden. Durch die hochgekrempelten Ärmel seines Southside-Academy-Rollkragen-Pullovers kann ich den Ansatz eines Tattoos erkennen. »Tja, dann liegt es wohl an mir, mich für meine missverständliche Formulierung zu entschuldigen.«

Nachdenklich lege ich die Hand an mein Kinn. »Entschuldigung akzeptiert.«

Triumphierend schlägt Flynn schauspielerisch mit der Faust in die Luft, als fiele ihm ein Stein vom Herzen.

Kurze Zeit später klopft er mit dem Knöchel seines Zeigefingers auf ein Schild neben einer großen, hölzernen Doppeltür. »Da wären wir. Raum D28.«

Erleichtert atme ich auf, als ich das weiße Schild erblicke und feststelle, dass wir tatsächlich angekommen sind. Den Kopf leicht zur Seite geneigt, lasse ich behutsam meine Handfläche über Flynns Unterarm streifen – eine Geste der Dankbarkeit. Augenblicklich merke ich jedoch, wie er sich unter meiner Berührung anspannt. Sofort ziehe ich meine Hand von ihm zurück und wahre so wieder den sicheren Abstand zwischen uns.

Er räuspert sich und ein zaghafter Schritt trennt uns voneinander, während sich ein ungutes Gefühl in meiner Magengegend ausbreitet. Bin ich zu weit gegangen? War unsere Freundschaft noch nicht bereit, sich durch die Leichtigkeit einer Berührung zu festigen? Selbst wenn es nur eine unschuldige Geste war, umfängt mich das Gefühl, etwas Falsches getan zu haben.

Um die gekippte Stimmung nicht unnötig in die Länge zu ziehen, verabschiede ich mich mit den Worten: »Vielen Dank noch mal für deine Hilfe« und verschwinde in den Tanzsaal.

9

FLYNN …

Deine Berührung.

Das zarte Gefühl deiner Finger auf meiner rauen Haut.

Du hast etwas in mir erregt, Ivory. Und damit meine ich nicht nur jene Gedanken, die ich in stillen Momenten für uns hege. Wenn du mir doch nur die Möglichkeit dazu geben würdest, die schmutzigen Augenblicke meiner Träume real werden zu lassen.

Nein.

Das sind Emotionen, die aus mir sprechen. Emotionen, von denen ich hoffe, sie in den tiefen meiner Selbst zu bewahren, fernab von deiner zarten Seele. Ich weiß, es wäre das Beste, dich vor mir zu schützen. Du musst mich aus deinem Gedächtnis streichen, Ivory. Doch selbst, wenn du es tust, könnte ich es auch?

Du bist ein Magnet, der mich unwiderstehlich zu sich zieht, selbst wenn ich es nicht will.

Du musst verschwinden, sofort. Bevor du jene Seite in mir

entfesselst, die ich seit Jahren mit aller Kraft zu verbergen versuche.

Doch ich kenne mich selbst zu gut. Niemals wird es mir gelingen, mich von dir fernzuhalten. Und deshalb muss ich dich brechen, damit du mein bist.

10

IVORY …

Kurz nachdem ich mich in der Umkleidekabine umgezogen habe, betrete ich den gigantisch großen Saal, in dem der Tanzkurs stattfinden soll. Natürlich bin ich zu spät dran. Nur wenige Minuten, aber dennoch zu spät.

Zögerlich mache ich einen Schritt vor den anderen. Mein Vorhaben, mich unbemerkt unter die Leute zu mischen, schlägt fehl. Alle Augenpaare sind auf mich gerichtet, ich jedoch fixiere ausschließlich mit erhobenem Kinn den Tanzlehrer. Die Stille der Blicke lastet auf mir wie tausend unsichtbare Gewichte.

»Es tut mir leid, Mr …« Verdammt, ich habe seinen Namen vergessen. Wie schlimm kann es eigentlich noch werden?

Von oben herab mustert er mich abfällig. »Griffin«, stellt er sich mir kurz angebunden vor. Sein Gesicht ist eine undurchdringbare Maske, die mir keine Rückschlüsse auf seine Gedanken gewährt.

»Es tut mir leid, Mr Griffin«, hauche ich atemlos. »Ich habe den Raum nicht gefunden. Ich verspreche, so etwas wird nicht noch einmal vorkommen.« Meine Wangen glühen beinahe vor Verlegenheit.

Ohne mich einer Antwort zu würdigen, wendet er sich der Klasse zu. »Ladies, Gentlemen. Bitte stellen Sie sich in zwei Reihen auf. Die Geschlechter voneinander getrennt und parallel zueinander.«

Während all die anderen Mädchen bereits wild umherwuseln und vermutlich versuchen, die erwünschten Tanzpartner zu ergattern, halte ich mich bedeckt und beobachte das Geschehen aus der Ferne. Am liebsten würde ich kotzen, als ich Anastasia, Evelyn und Cecelia inmitten der Gruppe entdecke, wie sie sich um den Platz gegenüber des Captains unseres Softballteams streiten. Augenrollend wende ich mich von ihnen ab und finde meinen Platz ganz am rechten Rand. Ehrlich gesagt ist mir scheißegal, wer sich mich als seine Partnerin aussucht. Hauptsache es harmoniert auf der Tanzfläche zwischen uns.

Als sich langsam Ruhe im Raum ausbreitet und wir uns in einer einigermaßen geordneten Linie aufgestellt haben, habe ich noch immer niemanden, der mir gegenübersteht. Die Angst, dass ein Kursteilnehmer fehlt und wir somit eine ungerade Zahl bilden würden, steigt in mir auf. In diesem Fall wäre wohl ich diejenige, die nicht mittanzen kann.

Zaghaft erhebe ich die Hand und richte mich an Mr Griffin. »Entschuldigen Sie, Mr Griffin. Ich habe noch keinen Tanzpartner.«

Dieser wirft skeptisch einen Blick durch den Raum, bevor er den Mund öffnet, um etwas zu erwidern. Bevor er jedoch überhaupt dazu kommt, mir eine Antwort zu geben, wird er bereits unterbrochen.

»Ich habe auch noch keine Partnerin«, erklingt eine tiefe

Stimme, welche sich hinter einem hochgewachsenen Studenten verborgen hält.

»Worauf warten Sie denn dann noch? Wir sind nicht zum Spaß hier!«, maßregelt Mr Griffin den Studenten und klatscht anschließend zweimal motivierend in die Hände. »In unserer ersten gemeinsamen Stunde starten wir ganz einfach, mit einem Tanz, den jeder von Ihnen bereits kennen sollte – dem klassischen englischen Walzer. Lernen Sie Ihren Partner kennen, passen Sie sich einander an, denn es wird das gesamte Semester über kein Tausch des Tanzpartners mehr stattfinden.«

Hochmotiviert nehme ich meine Position ein, als sich eine Hand in mein Sichtfeld schiebt. Als ich aufblicke, trifft mein Blick auf Ace.

»Na, Kleines? Hast du mich vermisst?«

Wie von selbst klappt mir der Mund auf.

Was zur Hölle? Nein. Bitte nicht …

Direkt vor mir platziert er sich und sieht mich aus seinen blauen Augen an. Ein diabolisches Grinsen stiehlt sich auf sein Gesicht und ich spüre, wie sich eine Aura aus Arroganz um ihn legt, wie ich sie noch nie zuvor an einem Mann gesehen habe. Er scheint so überzeugt von sich selbst zu sein, dass ich nicht anders kann, als meine übliche Schutzmauer vor ihm hochzuziehen.

Um seine überhebliche Ausstrahlung an mir abprallen zu lassen, wende ich hochnäsig den Blick ab. Dabei bleibe ich an Anastasia, Evelyn und Cecelia hängen, die mich allesamt aus zusammengekniffenen Augen anstarren. Auch sie müssen Ace übersehen haben, als er sich wie ein Schatten im Verborgenen hielt, nur um mich dann mit seiner Präsenz zu überraschen.

»Was zum Teufel tust du hier?«, presse ich aus zusammengebissenen Zähnen hervor.

»Vielleicht ist es dir entgangen, Kleines. Aber ich bin genauso wie du dazu verpflichtet, hier zu sein. Glaube mir, ich wäre auch lieber woanders.«

Bestimmt läuft mein Gesicht bereits rot an vor Zorn. Wieso muss es ausgerechnet Ace sein, mit dem ich den Rest des Semesters tanzen werde? Es hätte jeder andere sein können. Wieso verdammt noch mal er?

Mit geballten Fäusten höre ich dabei zu, wie die Musik leise den Saal erfüllt, nur um dann von Sekunde zu Sekunde lauter zu werden, bis sie die optimale Lautstärke erreicht hat. Mr Griffin klatscht zweimal elegant in die Hände, um uns den Startschuss zum Tanzen zu geben.

Alle anderen wiegen sich bereits sanft zur Musik. Nur ich weigere mich, über meinen Schatten zu springen und mich Ace zu nähern. Ich verschwende nicht einmal einen Gedanken daran, auf ihn zuzugehen.

Doch plötzlich, als wäre er ungeduldig, umfasst er grob meine Taille und zieht mich ruckartig zu sich. Scharf ziehe ich die Luft ein, als unsere Oberkörper aufeinanderprallen.

Ace genießt es sichtlich, mich aus der Fassung zu bringen. Kurze Zeit später sucht seine Hand mein Schulterblatt. Mit der anderen Hand fordert er mich dazu auf, meine mit seiner zu verschränken.

Ein Blick zur Seite genügt, um Mr Griffins strenges Auge zu vernehmen, das er bereits auf uns geworfen hat.

Innerlich fluchend raffe ich mich dazu auf, seine Hand zu ergreifen und meine andere in professioneller Distanz auf seiner Schulter zu platzieren.

Obwohl ich seiner Aufforderung nur widerwillig nachkomme, spüre ich, wie sich die Auswirkungen unserer Berührung zwischen uns ausbreiten. Jeder unserer Schritte wird von einer Spannung begleitet, als wäre ein unsichtbares Band zwischen uns gespannt, mit welchem wir Tauziehen spielen. Wir beide wollen unser Gegenüber mittels Überheblichkeit zu Fall bringen.

Während ich ihn mit Distanz strafe, versucht er alles, um mir zu beweisen, dass er immer bekommt, wonach er verlangt. Fordernd sucht er meinen Blick, gräbt seine Finger in mein Fleisch und lacht leise auf, als ich mich weigere, ihm meine Aufmerksamkeit zu schenken.

Starr halte ich meinen Blick auf unsere Füße gerichtet. Seine Nähe ist erdrückend. Jeder Versuch, mich gegen ihn zu wehren, scheitert kläglich. Mit jedem Schritt, den ich vor ihm zurückweiche, zieht er mich nur noch näher an sich heran. Der Abstand zwischen uns ist bereits viel zu gering und für den Walzer unüblich, doch das scheint ihm völlig gleichgültig zu sein.

Angestrengt versuche ich, mich auf den Tanz zu konzentrieren. Was jedoch nicht so einfach ist, wenn man bedenkt, wer hier vor mir steht. Statt mich dem Takt hinzugeben, spüre ich, wie die Wut von Sekunde zu Sekunde stärker in mir wächst. Als ich dann auch noch Anastasias gleichermaßen forschenden und abwertenden Blick auf mir spüre, genügt es mir.

Ruckartig stoße ich Ace mit beiden Händen an der Brust von mir weg. Schwer atmend stehe ich nun gute zwei Meter von ihm entfernt. Dem Impuls, mir aus Verzweiflung die Haare zu raufen, widerstehe ich. Dieses verdammte, aufbrausende Temperament habe ich von meiner Mutter geerbt.

Seine Hände neben sich zu Fäusten geballt, durchbohrt Ace mich förmlich mit seinem düsteren Blick. Mr Griffin hingegen hat die Augen zu schmalen Schlitzen verengt. »Mr Wellington«, knurrt er über die laute Musik hinweg. »Wir befinden uns hier im Tanzkurs, nicht im Boxen für Anfänger.«

Ohne seinen Blick von mir abzuwenden, gibt Ace ebenso laut zurück: »Fahren Sie mit dem Unterricht fort, ich regele das.« Seine Augen funkeln dabei so böse, dass es keiner Worte bedarf, um zu verstehen, dass ihm das, was ich soeben getan habe, überhaupt nicht gefallen hat.

Schwer schlucke ich und trete einen Schritt zurück, als er einen auf mich zugeht. Dieses Spiel wiederholt sich insgesamt dreimal, bevor er die Geduld verliert und mich so grob am Arm packt, um mich zu sich zu ziehen, dass ich vor Schmerz das Gesicht verziehe.

»Blamiere mich noch einmal, Kleines, und du wirst einen weitaus schlimmeren Schmerz als diesen hier erleiden«, zischt er mir ins Ohr. »Ich gebe dir eine letzte Chance, dich mir gegenüber respektvoll zu verhalten. Dann denke ich vielleicht auch darüber nach, zu vergessen, was eben geschehen ist.«

Diesmal entscheide ich mich, ihm keiner Antwort zu würdigen. Stattdessen greife ich trotzig nach seiner Hand und lasse mich von ihm durch den restlichen Tanz führen. Nicht weil seine Drohung mir nahegeht, sondern weil ich Angst davor habe, wieder bei Mrs Augustine aufkreuzen zu müssen. Sein selbstgefälliges Grinsen, weil er diese Runde gewonnen hat, ignorierend, durchbohre ich ihn mit meinem durchdringenden Blick. Mit jeder Minute, die vergeht, werden unsere Körper lockerer und bewegen sich geschmeidiger zur Musik.

Als die Stunde sich allmählich dem Ende zuneigt, wandert seine Hand von meinem Schulterblatt hinunter zu meinem unteren Rücken. Die Art, wie er mich wie selbstverständlich für sich beansprucht, lässt unbändige Wut in mir aufkochen. Ich mache Anstalten, mich von ihm zu lösen, doch er denkt nicht einmal daran, mich gewähren zu lassen. Fest umgreift er meine Hände, legt diese um seinen Hals, nur um anschließend mit seinen eigenen meine Taille zu umgreifen. Ein sanfter Druck bringt sein Becken meinem ein Stück näher. Ich wehre mich nicht gegen die Härte in seiner Hose, die er auf provokante Weise gegen meinen Bauch drückt – denn ich weiß, es hat sowieso keinen Sinn. Auch das sich anbahnende Ziehen in meinem eigenen Unterleib blende ich so gut wie möglich aus.

Langsam wiegen wir uns zur Musik, während das Lied allmählich verklingt. Wenige Sekunden bevor es völlig still wird, verfestigt er seinen Griff um mich und bohrt seine Finger tief in mein Fleisch, was mich ungewollt aufkeuchen lässt. Mit seinen schönen blauen Augen fängt er meine auf, hinter ihnen muss sich ein gesamtes Universum mit völlig neuen Planeten verbergen. Anders kann ich mir diese einzigartige Farbe nicht erklären.

Mit seinen Fingern zeichnet er sanfte Kreise über dem Stoff meines Kleides. Es fühlt sich trotz der dünnen Schicht, die uns voneinander trennt, so an, als würde er Spuren auf meiner Haut hinterlassen. Was hat dieser Mann nur an sich, dass ich ihn gleichermaßen abstoßend und anziehend finde?

Das Lied ist zu Ende, die meisten Tanzpaare haben sich bereits voneinander getrennt, nur wir stehen noch in unserer eng umschlungenen Position da. Die fragenden Blicke meiner Kommilitonen werden mir allmählich unangenehm, weshalb ich versuche, mich aus seinem Griff zu winden. Er hingegen hat natürlich andere Pläne, hält mich weiterhin fest an seinen Körper gepresst.

Langsam beugt er sich zu mir vor. Sein Atem streift mein Gesicht und ich spüre die Hitze seiner Nähe, die mir dennoch fern vorkommt. Ein Teil von mir sehnt sich danach, aus dieser

Umarmung zu entfliehen, während sich ein anderer, ganz kleiner Teil, merkwürdig angezogen fühlt.

»Ich hatte wirklich gehofft, du wärst schlau genug, nicht hier aufzutauchen, Kleines«, haucht er mir ins Ohr.

Eine Gänsehaut zieht sich über meinen gesamten Körper, als sein warmer Atem auf meine kalte Haut trifft. Seine Stimme ist so verdammt erotisch, dass ich dem Impuls, meinen Kopf in den Nacken zu legen, einfach nicht widerstehen kann.

Augenblicklich folgt er meiner Bewegung, legt seine weichen Lippen unter meinem Ohrläppchen ab und saugt kaum merklich an der empfindlichen Haut. Bevor ich es nicht mehr schaffe, ein Keuchen zu unterdrücken, drehe ich mich von ihm weg und verarbeite das, was er soeben gesagt hat.

»Du hast dich doch freiwillig gemeldet, um mit mir zu tanzen.« Verständnislos schüttle ich mit dem Kopf. Der Zauber, der bis eben noch zwischen uns umhergeflattert ist, ist wie weggeblasen und schmettert mich mit voller Wucht zurück in die Realität.

»Fuck, du hast echt keine Ahnung, wovon ich spreche, kann das sein?« Leise lachend schüttelt er kaum merklich den Kopf und legt sich eine Hand an die makellos glatte Stirn, woraufhin ich ihn mit hochgezogener Augenbraue fixiere.

»Du sprichst ja auch in Rätseln, wie soll ich denn wissen, wovon du sprichst?«, gebe ich kleinlaut zurück.

Kurz denkt er über meine Worte nach, bevor er die Augen ein Stück weit aufreißt, als hätte sich ihm soeben ein grandioser Einfall geboten. »Komm mit, ich möchte dir etwas zeigen.« Erwartungsvoll streckt er mir seine Hand entgegen.

Skeptisch betrachte ich erst sie und dann den Rest des Raumes, welcher von immer mehr Studenten verlassen wird. »Ich? Mit dir? Dass ich nicht lache.«

Ace denkt nicht einmal daran, seine Hand sinken zu lassen. Herausfordernd zieht er eine Augenbraue in die Höhe. Ich weiß, dass er weiß, dass ich mich auf seine Einladung einlassen werde. Seine rätselhafte Art fasziniert und verwirrt mich gleichermaßen. Cecelia ist als Einzige neben uns noch übrig geblieben. Ihre ausgiebige Musterung entgeht mir keinesfalls. Ich denke, es ist an der Zeit, zu verschwinden.

»Na schön«, gebe ich mich geschlagen, ergreife jedoch nicht seine Hand, sondern stolziere mit erhobenem Haupt an ihm vorbei, um meine Sachen aus der Umkleidekabine zu holen. Nicht weil ich Zeit mit ihm verbringen will, sondern weil ich auf Antworten hoffe, die erklären, weshalb er – und viele andere – sich mir gegenüber so merkwürdig verhalten. Ich meine, was soll schon großartig passieren? An der Southside Academy bin ich sicher – zumindest hoffe ich das.

Als wir uns beide umgezogen und vor der Tür wiedergetroffen haben, führt er mich zielstrebig durch die Korridore und lässt mich dabei nicht mehr aus den Augen. Fast, als befürchte er, ich könnte vor ihm fliehen. Dabei bin ich fest entschlossen, meine Entscheidung nicht zu bereuen – auch, wenn ich mir sicher bin, dass er spürt, dass ich mir das insgeheim nur einrede.

»Ace. Ich kenne die Bibliothek bereits«, erkläre ich und schüttle seine Hand von mir, die er soeben auf meiner Schulter platziert hat.

»Die Bibliothek ist nicht das, was ich dir zeigen möchte«, sagt er, greift nach meiner Hand und zieht mich weiter hinein, vorbei an meiner geliebten Bibliothekarin.

Im Vorbeigehen schenkt er ihr ein freches Zwinkern,

woraufhin sie sich verlegen eine Strähne hinters Ohr schiebt. Sie mag zwar viel zu alt für die Studenten hier sein, aber dennoch wirkt ihre Ausstrahlung zeitlos, von ihrem jugendlichen Charakter ganz zu schweigen.

Augenrollend folge ich ihm, bis wir schließlich vor einem Regal in den hintersten Ecken der Bibliothek stehenbleiben. Seine warme Hand löst sich aus meiner und obwohl ich mir einrede, nicht traurig darüber zu sein, fühlt meine sich nun viel kälter und leerer an als zuvor. Sanft streiche ich über die Stellen, die er zuvor noch berührt hat, als wolle ich die Erinnerung daran noch ein wenig länger festhalten.

Als ich meinen Blick umherschweifen lasse, stechen mir einige Geschichtsbücher, aber auch Sachbücher und Ratgeber ins Auge. Konzentriert widmet Ace sich den Regalen und zieht nacheinander drei Bücher aus ihnen heraus, welche bereits ziemlich alt und verstaubt wirken. Kurzerhand klopft er diese an seiner Hose sauber und hinterlässt einen dicken Streifen Staub auf dem teuren Stoff. Vergilbte Seiten und halb gelöste Umschläge deuten ebenfalls auf ihr fortgeschrittenes Alter hin. Bei einem genaueren Blick auf eines der Bücher kann ich den Titel *Soziale Ungleichheit und warum diese wichtig ist* entziffern.

Seine literarischen Interessen stellen nur noch ein weiteres Warnsignal dar, weshalb ich mich so weit wie möglich von Ace fernhalten sollte.

Kritisch beobachte ich ihn dabei, wie er über den Einband streicht, die Seiten durchblättert und anschließend den Klappentext still durchliest, bevor er mir das Buch in die Hand drückt. Schwer liegt es in meinen Händen, was vermutlich an dem massiven Einband liegt. Da ich sofort weiß, dass er möchte, dass ich es ausleihe, stopfe ich es augenrollend in meine Tasche.

Doch das allein genügt mir nicht als Antwort, ich möchte, dass er mir mehr darüber erzählt, was hier vor sich geht.

Er lächelt, zufrieden über meine Bereitschaft, das Buch zu lesen. »Seit Anbeginn der Zeit leben verschiedene Gesellschaftsschichten in Rivalität zueinander«, beginnt Ace und macht einen gefährlich großen Schritt auf mich zu. So nah, dass ich meinen Kopf in den Nacken legen muss, um ihn weiter ansehen zu können. »Dies zog sich von der Steinzeit, in der die schwächsten Glieder aussortiert wurden, über die klassische Ständegesellschaft des Mittelalters, bis hin in die heutige Neuzeit. Ohne die Armen gäbe es die Reichen nicht und ohne die Reichen würden die Armen an ihrer Unwissenheit untergehen«, philosophiert er zu Ende und geht dabei sichtlich in seiner Leidenschaft auf.

»Ace, ich danke dir wirklich für deinen Vortrag. Aber nun weiß ich noch immer nicht, was du von mir willst.« Seine Geheimniskrämerei macht mich müde. Vielleicht gefällt es ihm, eine Schnitzeljagd daraus zu machen und mich zur Weißglut zu bringen.

Mit den Fingern streicht er sanft über meinen Unterarm und sieht mir dabei fest in die Augen. Sein Larimarblau kollidiert mit meinem Mintgrün, bildet eine gefährliche Allianz aus Abscheu und Begierde. »Ich möchte, dass du verstehst, warum wir an der Southside Academy so sind, wie wir sind, und weshalb es so wichtig ist, zwischen Gut und Böse zu differenzieren.«

»Den bösen Jungen zu spielen, gefällt dir, hm?«, provoziere ich, um ihn aus der Reserve zu locken. Ich liebe es, zu spielen, auch wenn es bedeutet, ebenfalls eine Spielfigur auf seinem Schachbrett zu sein. Wichtig ist nur, dass ich die Dame bilde, während er ein einfacher Bauer bleibt.

Und es funktioniert. Seine Mundwinkel schnellen wie automatisch verschmitzt in die Höhe. »Ich gehöre zu den Guten, Kleines. So wie alle, die hier studieren.«

Ich stoße ein verächtliches Lachen aus. »Ist das so? All das, was mir die vergangenen zwei Wochen widerfahren ist, liegt nur daran, dass die meisten hier sich für unaufhaltsam halten. Und das macht sie verdammt noch mal unausstehlich. Dich inbegriffen.«

Ich habe das Gefühl, niemand hier denkt auch nur eine Sekunde lang darüber nach, was er sagt oder was er tut. Die meisten wiegen sich in Sicherheit, da sie sich schlichtweg unantastbar fühlen. Ich selbst gehöre ebenfalls zu den Mädchen, die immer alles hatten und ein sorgenfreies Leben führen konnten. Auch ich werde niemals in finanzielle Schwierigkeiten geraten, dieses Gefühl der Angst kenne ich überhaupt nicht. Dennoch habe ich nie zugelassen, mein Herz an den Reichtum zu verlieren, und dies wird auch immer so bleiben.

»Früher oder später wirst du lernen, was ich versuche, dir zu sagen. Es wird schmerzhaft sein, dich zum Ausbluten bringen.« Mit dem Handrücken streicht er über meine Wange. »Dabei bist du so zart, es wäre eine Schande, dir dabei zusehen zu müssen, wie du zerbrichst.«

Angewidert verziehe ich das Gesicht, während mir ein tonloses Lachen entweicht. Ace stählerner Blick durchbohrt mich dabei, als sei ich in seinen Augen nichts als ein Stück Dreck, das an seiner Schuhsohle klebt. Dieser Typ muss größenwahnsinnig sein, anders kann ich mir die eisige Kälte, die er ausstrahlt, beim besten Willen nicht erklären.

Ganz deutlich spüre ich, wie mein Körper mir Warnsignale zu senden versucht, mich förmlich dazu drängt, der Situation zu entfliehen, bevor es zu spät ist.

Mich räuspernd lenke ich meine Aufmerksamkeit auf die vielen Buchrücken in den Regalen um uns. Nahezu alle hängen mit sozialen Schichtungen oder gesellschaftlichen Unterschieden zusammen. Wieso suhlen wir Reichen uns so sehr in unserem Erfolg? Ich werde es nie verstehen. Vermutlich liegt es an der Bequemlichkeit oder schlichtweg daran, dass wir es einfach können. Niemand wird uns je daran hindern, uns am Leben der Armen zu laben.

Mit seiner Hand fährt Ace unter mein Kinn und möchte mein Gesicht in seine Richtung wenden. »Sieh mich an«, raunt er.

Ich denke nicht einmal daran, mich seiner Bitte hinzugeben, sondern verstärke nur den Gegendruck.

Schroff fährt er mir mit der Hand in den Nacken und zwingt mich dazu, ihn anzusehen. »Sieh mich an, habe ich gesagt.« Seine Stimme ist fest und autoritär.

Unmittelbar nachdem ich dem schmerzhaften Druck nachgegeben habe und unsere Blicke aufeinanderprallen, messen wir uns in einem stummen Duell aus Willenskraft und Stärke. Seine Hand wandert hinauf an meinen Hinterkopf, gegen meinen Willen folge ich der Richtung, in der er mich haben will. Ein paar Strähnen seines pechschwarzen Haars fallen ihm rebellisch über die Stirn und enden genau an seiner Schläfe. Dem Impuls, meine Augen über seine markante Kinnpartie bis hin zum Ausschnitt seines Kragens wandern zu lassen, kann ich einfach nicht widerstehen. Es ist fast unfair gegenüber der Männerwelt, wie gut dieses Exemplar vor mir aussieht.

»Geht doch«, lobt er mich.

Ich kann mir nicht erklären, warum, aber irgendwie gefällt es mir, ihn zufrieden zu sehen. Seine Autorität zwar auszureizen, es aber nie so weit kommen zu lassen, dass er tatsächlich das Interesse daran verliert, sich mit mir zu messen. Andererseits möchte ich ihm nicht zu viel meiner Gefügigkeit gewähren, aus Angst, unser kleines Machtspiel könnte dann ein Ende nehmen.

»Denke nicht, ich spüre nicht, wie du mich ansiehst, wenn du glaubst, ich sehe nicht hin, Kleines.«

Obwohl ich es hasse, dass er recht hat, nicke ich, weil ich instinktiv weiß, dass es gerade genau das ist, was er braucht. Und verdammt, noch viel mehr hasse ich ihn – will ihn aus tiefstem Herzen hassen. Will mich selbst dafür hassen, dass ich mich ihm so schutzlos ausliefere.

Unwillkürlich schweifen meine Augen zu seinen Lippen, welche er genüsslich mit seiner Zungenspitze benetzt, was ich ihm automatisch gleichtue.

Hitze steigt meine Wangen hinauf und meine Knie werden dieser Folter bald nicht mehr standhalten können. Wann verdammt hat sich die Stimmung zwischen uns so drastisch aufgeladen? Wann kam er mir so verflucht nahe, dass uns kaum noch eine Handbreite voneinander trennt?

»Verdammt, ich hasse dich so sehr, dass ich dich bewusstlos ficken will«, haucht er mir wie ein Déjà-vu ins Bewusstsein, während er seinen Oberkörper weit über mich beugt. Ein Teil seines schwarzen, welligen Haares fällt ihm dabei ins Gesicht und versperrt ihm zumindest auf einem Auge die Sicht auf mich.

Ich wage es nicht, weiterzuatmen, viel zu heiß ist dieser Anblick, den er mir bietet. »Vielleicht fällt es dir leichter, wenn ich dir sage, dass ich dich so sehr hasse, dass nichts auf der Welt mehr wehtun könnte, als noch eine weitere Sekunde in deiner Nähe zu sein ...«

»Fuck ... Was machst du nur mit mir?«, fragt er atemlos,

bevor er die letzten Zentimeter zwischen uns überwindet und seine Lippen auf meine legt. Es ist ein langsamer Kuss, ganz anders, als ich es erwartet hatte.

Sanft streift er mit seinem Daumen meinen Hals entlang, nur um auch diesen anschließend sanft über meine Lippen gleiten zu lassen. Es ist fast so, als wolle er erkunden, ob diese wirklich existieren und das hier zwischen uns gerade wirklich passiert.

Ein leises Keuchen entfährt mir, woraufhin er mich umgehend mit dem Rücken gegen das Bücherregal hinter uns drückt. Unser Kuss wird mit jeder Sekunde intensiver, ich kann kaum atmen, so überwältigend fühlt es sich an. Mit der Zunge teilt er meine Lippen. All die aufgeladene Energie zwischen uns entlädt und regeneriert sich in Dauerschleife. Es ist, als würde sich eine unsichtbare Verbindung zwischen uns aufbauen, die weit über die Grenzen der Bibliothek hinausgeht. Eine Verbindung, die auf gemeinsamer Neugier und dem Verlangen nach mehr beruht. Trotz der Ablehnung, die wir füreinander empfinden, spüre ich eine eigenartige Spannung zwischen uns, die mich gleichzeitig anzieht und abstößt.

Ein paar der Bücher hinter uns fallen um und verursachen ein kleines, Staub aufwirbelndes Domino, welches uns nicht gleichgültiger sein könnte. Alles, was ich wahrnehme, sind wir und seine Hände, die vorsichtig den Weg unter mein Kleid gefunden haben. Hitzig streichelt er über meine Oberschenkel und hält kurz vor meinem Hintern inne, als wolle er sich selbst damit herausfordern, wie lange er seinem Verlangen nach mir standhalten kann.

Mit flackernden Lidern lege ich den Kopf in den Nacken, als er beginnt, sanfte Spuren an meinem Hals zu hinterlassen. Zur Antwort greife ich grob in sein Haar und beglücke auch ihn mit lieblichen Küssen an seinem Ohr und in der Halsbeuge. Mit jedem Zentimeter, den ich fortschreite, verfestigt er den Griff um meine Hüften, bis er es nicht mehr aushält und seinen Schritt hart gegen mich presst.

Viel zu laut für diesen Ort stöhne ich auf, was ihm ein animalisches Brummen entlockt. Ich bin versucht, mich ihm noch mehr zu öffnen, ihm mehr von mir zu geben und mir im Gegenzug auch mehr von ihm zu nehmen. Seine Härte zu umgreifen und ihm eine Ekstase zu bescheren, die er nie wieder vergessen wird. Aber das kann ich nicht, denn so würde ich nur zeigen, dass ich leicht zu haben bin und sein Interesse verlieren. Und erschreckenderweise ist es im Moment genau das, was ich will: sein Interesse.

Daher deute ich lediglich an, seiner Mitte näherzukommen, bevor ich innehalte, mich diabolisch grinsend wieder ein paar Zentimeter von seinem Gesicht entferne und ihn verstohlen anlächle.

In seinen Augen liegt eine unergründliche Tiefe, die ich zu erforschen versuche, und ich kann nicht anders, als mich in ihnen zu verlieren.

Doch dann realisiere ich, dass ich mich gar nicht in ihnen verlieren will. Ich möchte mich nicht von seinen blauen Augen gefangen nehmen lassen, nicht auf diese Weise. Zu viele Mysterien verbergen sich in ihnen, in deren Sog ich nur ungern geraten möchte. Daher drücke ich ihm zum Abschluss einen kaum spürbaren Kuss auf die Wange und löse mich endgültig von ihm.

Perplex über das abrupte Ende blinzelt er mir nur entgegen. Ich muss zugeben, es ist lustig, ausgerechnet ihn sprachlos zu erleben.

»Was ist?«, frage ich mit verführerisch provokanter Stimme

und mustere ihn ein letztes Mal ausgiebig, wobei ich ein bisschen zu lange an seinem Schritt hängen bleibe, welcher noch immer deutlich erkennbar ausgebeult ist.

Ein kehliges Lachen entfährt ihm, während er sich mit den Fingern durchs Haar streicht, um seine zerzauste Mähne zu bändigen. »Du denkst also, du beherrschst dieses Spiel besser als ich, Kleines. Sagte ich nicht, du sollst aufpassen, was du tust, bevor du dich an mir verbrennst?«

Herausfordernd ziehe ich einen Mundwinkel in die Höhe. Mit den Fingerspitzen fahre ich über meine noch immer pochenden Lippen, eine Geste, die er aufmerksam mit seinen blauen Augen verfolgt.

»Komm her«, fordert Ace und breitet einladend seinen Arm für mich aus. Seine Stimme klingt entschlossen, ohne Raum für weitere Spielchen. Zumindest nicht heute.

Ein ungewohntes Verlangen, ihm zu gehorchen, erfüllt mich, weshalb ich widerstandslos näher an ihn herantrete. Doch statt mich wie erwartet zu sich zu ziehen, um mich erneut in den Genuss seiner weichen Lippen kommen zu lassen, beugt er sich hinunter und hebt meine Tasche vom Boden auf, um sie mir anschließend zu überreichen. Als ich danach greife, sieht er mir fest in die Augen und denkt gar nicht erst daran, von der Tasche abzulassen. »Ich warne dich ein letztes Mal«, knurrt er, ehe er den gesamten Inhalt meiner Tasche vor mir auf dem Boden entleert und sie mir anschließend vor die Füße wirft. »Respektiere mich oder ich ficke dich, Ivory Blackwell.«

Mein Name aus seinem Mund klingt wie eine bittersüße Symphonie. Wie ein Echo hallt er in meinen Ohren wider, bis ich realisiere, was er da soeben von sich gegeben hat. Der Rausch, der mich bis eben noch durchströmt hat, verpufft mit einem Mal und katapultiert mich ungebremst zurück in die

Realität. Ich versuche, gegen meine immer trockener werdende Kehle anzukämpfen, schlucke den Kloß, der sich in meinem Hals gebildet hat, hinunter und bemühe mich um eine aufrechte Haltung. Ace Wellington ist der letzte Mensch dieser Erde, dem ich auch nur den Hauch einer Bedeutung zuschreiben würde. Er bedeutet mir nichts, ebenso wie unser Kuss, der mir noch immer schwer auf den Lippen liegt.

»Es war ein ... einmaliger Ausrutscher. Das alles, meine ich. Wir sollten uns zukünftig einfach voneinander fernhalten«, lüge ich, wobei ich überraschend überzeugend klinge.

Seine Züge verdunkeln sich, was darauf schließen lässt, dass meine Wortwahl ihm zu missfallen scheint. Wortlos wendet er sich von mir ab und macht sich, ohne mir dabei zu helfen, meine Sachen aufzuheben, auf den Weg, die Bibliothek zu verlassen.

Wie kann man bloß ein so exorbitantes Arschloch sein? »Ach, fick dich doch«, murmele ich, als ich mich auf den Boden bücke und alles einzeln aufzusammeln beginne.

Mitten in der Bewegung hält er inne, macht sich jedoch nicht die Mühe, sich zu mir umzudrehen. »Für diese Aussage sollte ich dich eigentlich jetzt und hier mit dem Gesicht voraus an die Wand klatschen«, spuckt er die Worte so abschätzig aus, dass sich etwas schmerzhaft in mir zusammenzuziehen beginnt. »Aber du hast Glück, dass ich mich mit Flynn verabredet habe und bereits zehn Minuten zu spät dran bin.«

Was? Die beiden haben etwas miteinander zu tun?

Als die Bedeutung seiner Worte zu mir hindurchdringt, verlässt ein überraschtes »Welcher Flynn?« meine Lippen. Ich kann mir beim besten Willen nicht vorstellen, dass jemand wie Ace mit jemandem wie Flynn befreundet sein könnte. Dafür unterscheiden sie sich viel zu sehr voneinander.

Inzwischen hat Ace sich doch dazu durchgerungen, sich mir

doch noch einmal zuzuwenden. »Es gibt nur einen Flynn an dieser Akademie. Flynn Wellington, mein Bruder. Groß, braune Augen, genauso sexy wie ich?«

Sein entnervter Blick ruht auf mir, während ich nicht dazu in der Lage bin, meinen Mund zu schließen. Viel zu schockiert bin ich von der Offenbarung, mit der er mich soeben ohne Vorwarnung in eine Situation gebracht hat, von der ich keine Ahnung habe, wie ich ihr wieder entkommen soll.

Mit hochgezogener Augenbraue fixiert er mein Gesicht, ehe er mir wieder den Rücken zukehrt und nach wenigen Schritten hinter der großen Doppeltür der Bibliothek verschwindet.

Flynn soll Ace' Bruder sein? Das ist ... unmöglich. Wie konnte mir dieses verdammt wichtige Detail bloß entgangen sein?

People who hide their feelings
usually care the most.

11

ACE …

Mit dem heutigen Tag hast du den stillen Vertrag unterzeichnet, mein zu sein. Mir zu unterliegen, mir einen Anspruch auf dich zu geben.

Du selbst hast dein Schicksal besiegelt, also wundere dich später nicht, wenn ich mein Recht an dem einfordere, was mir gehört.

Für mich spielt es keine Rolle, wer du bist, Kleines. Schon immer habe ich mich zu dem Verbotenen hingezogen gefühlt. Und ich kann spüren, dass es dich ebenso in den Bann zieht wie mich. Auch wenn ich tief in meinem Inneren weiß, dass du verschwinden musst. Nicht nur um mich, sondern auch um dich selbst zu schützen. Es war ein Fehler, so offen mit der unverkennbaren Anziehung zwischen uns umzugehen. Nun richten die Leute ihre spöttischen Blicke auf mich und ich sehe es nicht gern, kritisiert zu werden.

Ich verfluche dich dafür, dass du es mir so schwer machst, dich zu hassen. Aber ich muss es tun und ich werde sicherstellen, dass auch du mich verabscheust. Deine größte Schwäche werde ich gegen dich verwenden. Du musst gehen, bevor sie dich zu Fall bringen.

Du bekämpfst Feuer mit Feuer – nur weißt du nicht, dass du nur ein Teelicht bist, im Vergleich zu dem Inferno, welches ich entfachen kann. Du bringst mich zum Lodern, und es wird nicht mehr lange dauern, bis ich alles niederbrenne, was mir in die Quere kommt – dich eingeschlossen.

Sei gewarnt.

12

IVORY …

Fuck.

Wie zur Hölle konnte mir bloß entgehen, dass die beiden Brüder sind? Ace, dessen Charme ich offensichtlich nicht widerstehen konnte, und Flynn, um den meine Gedanken seit Tagen unentwegt kreisen?

Ich meine, niemals wäre ich von selbst auf diese Idee gekommen. Zwischen den Charakteren der beiden liegen verdammt noch mal Welten.

Flynn, so unglaublich hilfsbereit, zuvorkommend und freundlich. Und Ace, dessen herrisch dominante Ausstrahlung mich, entgegen meiner eigenen Willenskraft, vollkommen vereinnahmt. Das einzige Indiz dafür, dass sie miteinander verwandt sein könnten, ist deren gleichermaßen umwerfendes Äußeres. Rabenschwarzes Haar, scharfkantige Gesichtszüge und eine Ausstrahlung, die an Maskulinität kaum zu übertreffen ist.

Dass zwischen so vielen Studenten ausgerechnet die

Wellington-Brüder auf die Idee kamen, sich zeitgleich in mein Leben zu drängen, lässt mich innerlich die Hände über dem Kopf zusammenschlagen. Welchen Streich möchte das Schicksal mir eigentlich spielen?

Von Frust getränkt massiere ich mir die Schläfen und denke darüber nach, welche Konsequenzen es mit sich ziehen könnte, wenn Flynn davon erfährt, dass Ace und ich ... dass wir ... verdammt, ich habe keine Ahnung, in was ich mich da schon wieder verflochten habe.

Die Furcht vor dem Tag, an dem ich es herausfinden werde, ruht wie ein dunkler Schatten über mir.

Flynn gibt mir das Gefühl, gesehen zu werden, und bei jeder unserer Begegnungen beweist er mir aufs Neue, dass auch er es wert ist, von mir gesehen zu werden. Ace hingegen verschafft meinem Leben einen nie dagewesenen Adrenalinkick. Ein Blick in seine blauen Augen genügt, um tiefe Abneigung mit einer Spannung zu paaren, die es mir unmöglich machen, ihn aus meinem Kopf zu verbannen.

Beides Dinge, die ich – zumindest jetzt – nicht mehr missen möchte. Sie bringen mich auf andere Gedanken und helfen mir dabei, nicht an der einnehmenden Einsamkeit zu ersticken.

Außerdem finde ich, ist es an der Zeit, endlich egoistisch zu sein, endlich zuerst an mich zu denken, bevor ich mich darum bemühe, es den anderen recht zu machen.

Die Zeit wird zeigen, wie groß das Ausmaß des Fehlers sein wird, den ich im Begriff bin, zu begehen. Doch bis es so weit ist, werde ich herausfinden, wie ich es schaffe, mich nicht selbst ins Verderben zu stürzen, indem ich eine Fehde zwischen zwei Brüdern zum Leben erwecke. Im Moment wäre es naheliegend, einfach so zu tun, als wüsste ich nichts von deren Verbindung zueinander. Zumindest, wenn nicht Ace selbst es gewesen wäre, der mich über Flynns Existenz aufklärte.

Mein erster Impuls ist es, mit einer Freundin darüber zu sprechen, um mir ihren Rat einzuholen. Am liebsten würde ich all meine wirren Gefühle in die Welt hinausbrüllen, in der Hoffnung, dass irgendjemand da draußen eine Antwort für mich parat hält. Da Camilla jedoch die Einzige ist, die ich hier habe, und sich unsere Beziehung irgendwo auf der Schwelle zwischen Bekanntschaft und Freundschaft bewegt, verwerfe ich meinen Gedanken genauso schnell wieder, wie er gekommen ist.

Wir verstehen uns zwar immer besser, aber sind noch lange nicht an dem Punkt angelangt, an dem es angebracht wäre, über Männerprobleme zu philosophieren.

Die wenigen Treffen, die wir bisher hatten, lagen allesamt weit außerhalb des Campus, um die Wahrscheinlichkeit, jemanden anzutreffen, den wir kennen, auf ein Minimum zu reduzieren. Doch ich betrachte es optimistisch, dass sie sich bereits nach so kurzer Zeit außerhalb der Türschwelle ihres Zimmers mit mir blicken lässt. Wenn auch ein kleiner, ist es immer noch ein Fortschritt im Vergleich zu den Anfängen unserer Freundschaft.

Heute Nachmittag beim Kaffeetrinken glaubte ich sogar, für den Bruchteil einer Sekunde so etwas wie aufrichtige Freude in ihren Augen aufblitzen zu sehen. Und die Tatsache, dass ich der Auslöser hierfür bin, lässt mich nur noch fester an dem festhalten, was ich mir versuche mit ihr aufzubauen – eine Freundschaft, die Berge in Bewegung versetzen kann.

Sie mag es vielleicht nicht zugeben, aber sie mag mich ebenso sehr wie ich sie. Das spüre ich einfach, meine weibliche Intuition täuscht mich nicht. Auch sie möchte mich näher kennenlernen, nur steht da irgendetwas zwischen uns, von dem ich noch nicht weiß, was es ist und wie ich es eliminieren kann.

Statt mir weiterhin den Kopf darüber zu zerbrechen, nehme ich einen tiefen Atemzug und beschieße, eine Runde am See joggen zu gehen. Seit unserer gemeinsamen Fluchtaktion war ich zwar nicht mehr dort gewesen, aber ich lasse mich auch nicht länger von meinen Kommilitonen hinters Licht führen. Erst wenn sie merken, dass ich mich von ihren dummen Streichen nicht beeindrucken lasse, werden sie aufhören, mich für ihre eigene Belustigung zu missbrauchen.

Aus den entlegensten Winkeln meines Kleiderschranks ziehe ich meine Turnschuhe hervor und schlüpfe anschließend in ein Paar formschmeichelnde Sportleggings. *Ich sollte öfter Sport treiben, einfach nur, um diese Klamotten tragen zu können,* denke ich, während ich einen Blick in den Ganzkörperspiegel neben meinem Bett werfe.

Mich dem Lauf und dem Takt meines Pulsschlags vollkommen hingebend, stelle ich fest, dass mein letztes Ausdauertraining viel zu lange her ist. Schon nach wenigen hundert Metern zwingt mich ein schmerzhaftes Seitenstechen dazu, eine Atempause einzulegen. Doch auch das hält mich nicht davon ab, die wenige freie Zeit, die ich zur Verfügung habe, vollkommen auszukosten. Rund fünfundsechzig Prozent meiner Zeit wird inzwischen von Vorlesungen und Kursen beansprucht. Dreißig widme ich dem Lernen und die übrigen fünf nutze ich, um mich selbst nicht zu vergessen. Mein einst belächelter Studienplaner lehrte mich, der Wahrung meiner mentalen Gesundheit die höchste Bedeutung zuzuschreiben. Ist diese erst einmal verloren, reißt sie all die anderen Bereiche des Lebens, inklusive der Leistungen im Studium, mit in den Abgrund. Damit bricht dann eine Kettenreaktion aus, die sich nur schwer wieder aufhalten lässt.

Gerade als ich wieder die Kraft gesammelt habe, um loszulaufen, höre ich ein zischendes Geräusch hinter mir. Es hört sich an, als habe sich jemand verletzt, weshalb ich mich sofort besorgt umdrehe. »Hallo?«

Niemand reagiert auf meinen Ruf, weshalb ich schon fast denke, an Wahnvorstellungen zu leiden, als plötzlich etwa zwanzig Meter von mir entfernt eine dunkle Gestalt mit Kapuzenpullover durch den Wald flüchtet.

Was zum ...

»Hey!«, rufe ich hinterher und wage es sogar, ihm ein paar Schritte zu folgen. »Wer zur Hölle bist du und was willst du von mir?«

Als er keine Anstalten macht, mir zu antworten, kicke ich frustriert mit dem Bein in die Luft und beginne beinahe hysterisch in den Wald hineinzubrüllen. »Bleib verdammt noch mal stehen und zeig mir, wer du bist! Dafür sind deine Eier wohl nicht groß genug, hm? Fick dich und lass mich in Ruhe!«

Wer auch immer der Wichser ist, der es da auf mich abgesehen hat, sollte ich ihn jemals in die Finger bekommen, dann werde ich ihn verdammt noch mal kastrieren.

Voller Unbehagen jogge ich zurück zum Campus und suche sofort Zuflucht in meinem Zimmer. Ich möchte einfach allein sein und mir diese ekelhaften Gefühle von den Schultern waschen. Vom warmen Strahl der Dusche umhüllt, denke ich unentwegt darüber nach, was ich tun kann, um meinen Beobachter von mir fernzuhalten. Die naheliegendste Option wäre es, meinen Vater anzurufen, um ihm von den jüngsten Ereignissen zu berichten. Allerdings möchte ich weder, dass er sich um mich sorgt, noch, dass er erfährt, dass ich bereits mit meinen ersten Schwierigkeiten hier konfrontiert bin.

Das Erste, was er tun würde, wäre ins Auto zu steigen, herzufahren und der Akademie ordentlich die Hölle heißzumachen. Aus diesem Grund entscheide ich mich dazu, auf eigene Faust zu versuchen, es in den Griff zu bekommen. Ich werde mich einfach nicht mehr allein außerhalb des Campus herumzutreiben und auch hier mit wachsamerem Auge agieren.

Nachdem ich schweren Herzens aus der Dusche gestiegen und in meinen Pyjama geschlüpft bin, binde ich mir die Haare zu einem unordentlichen Dutt zusammen. Zur Skin Care trage ich mir eine Creme auf, die nach frischen Beeren duftet und mich mit einem betörenden Duft umhüllt.

Manchmal denke ich darüber nach, sie einfach zu essen, da sie so himmlisch riecht, entscheide mich dann aber doch dazu, nach echten Beeren zu greifen.

Zu guter Letzt schnappe ich mir meinen aktuellen Roman – einen Liebesroman, den ich auf Camillas Empfehlung hinweg ausgeliehen habe – zünde ein paar Kerzen an und kuschle mich unter die Bettdecke.

Vergeblich versuche ich, mich in die Geschehnisse des Romans zu vertiefen und mich in den Stimmen der Protagonisten zu verlieren. Wären da nicht meine eigenen inneren Stimmen, die sich mir unablässig aufdrängen und keine Anstalten machen, mich zur Ruhe kommen zu lassen. Der geheimnisvolle Fremde im Wald und all die unerklärliche Abneigung mir gegenüber lassen mein Herz unruhig pochen.

Die Geschichte in meinen Händen verblasst vor dem Labyrinth meiner Gedanken, das mich gefangen hält.

Ich bin gerade dabei, mir gequält die Müdigkeit aus den Augen zu reiben, als ein kräftiges Klopfen an der Tür ertönt. Erschrocken sehe ich auf die Uhr. Es ist noch nicht besonders spät, aber wer könnte schon auf die Idee kommen, ausgerechnet mir einen Besuch abzustatten?

Unweigerlich erinnere ich mich an das Gespräch mit Dekanin Augustine zurück und gerate in Panik, es könnte ein Mann sein, der da vor meiner Tür steht.

Als es nach einigen verstrichenen Sekunden erneut an der Tür klopft, ringe ich mich dazu durch, aufzustehen und mich noch einmal kurz im Spiegel zu betrachten. Ungeschminkt und im Pyjama hadere ich mit mir selbst, die Tür zu öffnen. Vielleicht sollte ich so tun, als wäre ich nicht da?

Doch egal, mit wem ich es da draußen zu tun habe – er ist hartnäckig. Abermals erklingt ein Klopfen an der Tür, diesmal noch entschlossener als die beiden Male zuvor. Widerwillig gebe ich mich der Sehnsucht nach Gesellschaft hin und löse mit einem resignierten Seufzen meinen Dutt. Mein langes, gewelltes Haar fällt mir über die Schultern und verleiht dem Look somit zumindest einen Hauch von Eleganz.

Kurz darauf finde ich mich an der Innenseite meiner Tür wieder, wie ich die Klinke nach wie vor unschlüssig hinunterdrücke und meinen Kopf durch den schmalen Spalt hindurch strecke.

Flynns fröhliches Gesicht strahlt mir entgegen und ich bin gleichermaßen erfreut und betrübt darüber, ihn zu sehen. Wäre es Camilla gewesen, müsste ich mir nicht so große Sorgen darüber machen, wieder von irgendwem bei Mrs Augustine verpetzt zu werden.

»Hi«, begrüße ich ihn und kann ein glückliches Grinsen nicht unterdrücken.

»Darf ich?«, fragt er und deutet mit dem Kinn in mein Zimmer.

Die Tatsache, dass er in mein Zimmer kommen möchte, überrascht mich etwas. Unsicher wage ich mich ein Stück weiter in den Flur und hebe den Blick prüfend, um meine Umgebung zu überblicken. Zwar scheint niemand hier zu sein, darauf würde ich mich allerdings nicht verlassen.

»Ich weiß nicht ... Die Nachtruhe ist bereits angebrochen und du weißt, du darfst eigentlich kein Mädchenzimmer betreten.« So bedauernd wie möglich bringe ich meine Bedenken vorsichtig zum Ausdruck und schaue entschuldigend zu ihm auf.

Ein Schatten der Enttäuschung huscht über sein Gesicht. Seine ahornsirupfarbigen Augen suchen die meinen und ich kann die Hoffnung darin sehen, dass ich meine Bedenken über Bord werfe und ihn doch eintreten lasse. »Du bist also eine von denen, die sich an Regeln hält, hm?«

»Nein, aber ... also doch«, stottere ich, was Flynn zum Schmunzeln bringt und mich etwas gereizter als beabsichtigt hinzufügen lässt: »Sag mir doch einfach, was es zu besprechen gibt.«

»Nichts«, erwidert er schulterzuckend. »Wollte nur sehen, wie es dir geht und ein bisschen reden, was Freunde halt so tun. Aber ich kann auch wieder gehen, wenn dir das lieber ist.« Mit dem Daumen deutet er über seine Schulter und nimmt bereits eine Haltung ein, die es ihm möglich macht, jederzeit kehrtzumachen, sollte ich ihm erneut eine Abfuhr erteilen.

In meinem Inneren findet gerade ein Kampf zwischen meinem Verstand und meinem Herzen statt. Einerseits möchte ich mit allen Mitteln verhindern, dass weitere Gerüchte über mich gestreut werden, andererseits möchte ich ihn auch nicht verletzen, indem ich ihn schon wieder von mir wegstoße. Unsicher kaue ich mir auf der Unterlippe herum, woraufhin er mir mit beruhigend sanftem Ton versichert, dass er die Dekanin gut kennt und selbst, wenn etwas erzählt werden würde, er die Sache auf seine eigene Kappe nehmen würde.

Dieses Argument als Ausrede nutzend, um gegen meine eigene Regel zu verstoßen, knicke ich letztendlich ein und trete zur Seite. Dass er mich zum ersten Mal ohne Uniform sieht, fühlt sich verdammt komisch an.

»Tut mir leid, ich hatte nicht mit Besuch gerechnet, daher ...« Ich blicke an mir selbst hinab. »Mehr als Wasser und einen angeknabberten Schokoriegel kann ich dir tatsächlich auch nicht anbieten. Vielleicht liegt irgendwo noch eine Packung Nerds herum«, füge ich halb lachend hinzu, um mein Unwohlsein zu überspielen. »Gastgeberin des Monats oder so, wuhu.« Hüstelnd kratze ich mich am Kopf und lasse die Tür hinter uns ins Schloss fallen.

Flynn setzt sich auf meine Bettkante. »Ich bin nicht hier, um deinen Kühlschrank zu leeren.« Mit gespreizten Beinen sitzt er da und stützt sich mit den Ellbogen auf den Knien ab, das Kinn auf die Hände gebettet. Zum ersten Mal mustert er mich nun von unten herauf statt von oben herab, während ich ausdrucklos vor ihm stehe und darauf hoffe, dass ich aus seinem Blickwinkel kein Anzeichen von einem Doppelkinn zeige.

»Gut, dann ... wie war dein Tag?«, starte ich einen unverfänglichen Small Talk. Dabei hasse ich normalerweise nichts mehr als diese Art von Gesprächen.

Ihn jedoch scheint dies überhaupt nicht zu stören, denn er beginnt mir ausführlich davon zu erzählen, wie genervt er von seinem Dozenten Mr Godfrey ist und dass er einfach nicht verstehen kann, wie man diesem Mann die Erlaubnis erteilen konnte, hier zu unterrichten. Außerdem berichtet er mir von seiner heutigen Partie Schach mit einem koreanischen Austauschschüler, der erstaunlich gut gewesen zu sein scheint. Dennoch konnte Flynn ihn noch in letzter Sekunde schachmatt setzen. Um die Aufmerksamkeitsschwelle der Studenten zu trainieren, bietet die Southside Academy regelmäßige Schachtrainings an.

»Und wie war dein Tag?«, fragt er nach seiner wasserfallartigen Erzählung.

Ich zucke mit den Schultern. »Ganz in Ordnung. Der typische Studienstress eben.«

Ungläubig richtet er sich auf. »Dich bedrückt doch etwas«, stellt er fest.

Ja, zum Beispiel, dass ich mit deinem Bruder rumgemacht habe, mich gefühlt die gesamte Akademie nicht einmal mit dem Arsch ansieht oder mir irgendein Irrer seit Wochen auflauert … aber hey, alles halb so wild …

Schützend verschränke ich die Arme vor der Brust und stoße einen theatralischen Seufzer aus. »Irgendwie macht das Leben hier mir mehr zu schaffen, als ich erwartet hatte. Es ist sehr stressig momentan.«

Mit einem verständnisvollen Ausdruck auf dem makellosen Gesicht klopft Flynn einladend neben sich aufs Bett. »Setz dich.«

Einen angemessenen Abstand zwischen uns wahrend, lasse ich mich neben ihm nieder, meinen Körper so gedreht, dass ich ihn direkt ansehen kann. Was ich jedoch nur widerwillig tue, denn es fällt mir verdammt schwer, nicht nach Spuren von Ace in seinen Zügen zu suchen.

Wenn auch nicht auf den ersten Blick, wird es mir in diesem Moment deutlicher als je zuvor bewusst – zweifellos teilen sie eine verwandtschaftliche Verbindung zueinander. Ähnlichkeiten, die mir längst hätten auffallen müssen, zeichnen sich unverkennbar in seiner Mimik ab.

Sie beide tragen ihr geschmeidiges, dunkles Haar wie eine Krone. Ace in wilden Wellen, die seine rebellische Natur widerspiegeln und Flynn so sanft und glatt wie feinste Seide. Ganz zu schweigen von den Konturen ihrer markanten Nasen, die die Verbindung ihrer Blutlinie in nahezu identischer Form aufzeigen. Einzig die Farben ihrer Iriden unterscheiden sich wie Tag und Nacht. Flynns wunderschöne Ahornsirupaugen, die mich seit unserer ersten Begegnung nicht losgelassen haben, bilden das genaue Gegenstück zu Ace‘ leuchtend blauen Augen. Wie der seltene Larimar strahlen sie ihre schimmernde Einzigartigkeit aus. Wenn ich sie ansehe, bin plötzlich dazu bereit, alles zu opfern, nur um mich noch einen Augenblick länger in ihnen verlieren zu können.

»Weißt du, es ist völlig normal, dass man sich am Anfang etwas überrumpelt fühlt von den Eindrücken dieser Akademie. Im Vergleich zu dem, was davor war, ist das hier ... echt heftig. Aber das legt sich irgendwann und dann kann dich nichts und niemand mehr aufhalten«, spricht er mir Mut zu.

Dankbar lächle ich ihn an, berührt von seiner liebevollen Art. Das Verlangen, meine Hand nach ihm auszustrecken, um ihm zu zeigen, wie kostbar mir diese Geste ist, durchströmt mich. Inmitten der Bewegung ziehe ich meine Hand allerdings zurück, aus Angst, erneut eine Grenze zu überschreiten. Daher wahre ich den Abstand zwischen uns und murmle ein leises »Danke«.

Ohne lange darüber nachzudenken, rückt Flynn mir näher

und zieht mich – wie ein Wunder, das kaum zu fassen ist – in seine starken Arme.

Der Moment ergreift mich so unerwartet, dass ich scharf die Luft einziehe und für einen kurzen Augenblick den Atem anhalte.

Seine Hand ruht zärtlich an meinem Hinterkopf, während sie behutsam über mein Haar streicht. Ich wage es nicht, die Umarmung zu erwidern, daher sauge ich bloß seinen herben Duft in mich auf. Er riecht nach Holz und unsagbar männlich, was mir mit Sicherheit wieder schöne Träume bescheren wird. Seine Finger zwirbeln kleine Strähnen meines Haares in sich auf, bevor er sich zurücklehnt und mir mit den Worten »Tut mir leid wegen letztens. Es war nicht meine Absicht, einen komischen Eindruck zu hinterlassen«, einen Kuss auf den Scheitel drückt.

»Hast du nicht«, hauche ich, woraufhin er seine Hand ein letztes Mal über meinen Nacken fahren lässt und mir somit einen angenehmen Schauer über den Rücken jagt. Gemeinsam entscheiden wir uns dazu, in meinem Buch weiterzulesen. Ich lehne mich entspannt zurück, während er die erste Seite aufschlägt und beginnt, sie mir vorzulesen. Friedlich lausche ich seinen Klängen und versinke geradezu in seiner rauen Stimme.

Es erstaunt mich, dass Flynn bisher noch nicht den Versuch unternommen hat, in verführerischer Absicht meine Nähe zu suchen. Die einzig logische Schlussfolgerung liegt darin, dass er ein rein platonisches Interesse an mir hegt. Und ganz ehrlich? Es gibt nichts, das ich gerade mehr brauchen würde als das. Vielleicht schaffen wir es ja, eine kleine Abendroutine daraus zu entwickeln. Er kommt heimlich, wir lesen zusammen, er geht wieder. Nur das, mehr nicht. Kein Sex, keine Forderungen. Doch bevor ich die Gedanken weiter verstricken kann, keimt erneut die Frage in mir auf, was er wohl davon halten würde, wenn er erfährt, was zwischen Ace und mir in der Bibliothek vorgefallen ist. Allzu lange werde ich mich nicht mehr davor drücken können, ihm davon zu erzählen. Zunächst möchte ich allerdings eine feste Basis zwischen uns schaffen, bevor ich die Granate der Offenbarung fallen lasse.

Quiet people have
the loudest minds .

13

FLYNN …

Hast du auch nur die geringste Ahnung, wie schwer es mir gefallen ist, meine Hände von dir zu lassen, Ivory?

Wie ich mich danach sehne, den lieblichen Duft deines Haares in mir aufzunehmen und deinen Körper dicht an meinem zu spüren? Ohne mich sofort in das Raubtier zu verwandeln, das ich so krampfhaft vor dir zu verstecken versuche?

Verschwinde verdammt noch mal aus meinem Verstand, ich warne dich ein letztes Mal. Denn solange du in meiner Nähe bist, schaffe ich es nicht, mich von dir fernzuhalten. Wie ein Magnet, dem ich hilflos erliege, ziehst du mich an.

Die einzige Facette, die ich dir erlaube von mir kennenzulernen, ist jene, die ich dir selbst als Wahrheit präsentieren möchte. Dabei ahnst du nicht, wie unermüdlich der Kampf ist, den ich gegen mich selbst führe, um meine innere Dunkelheit zu bändigen. Jeden Abend, wenn ich erschöpft ins Bett falle, wünsche ich mir, dir nie begegnet zu sein – und doch zieht es mich immer wieder zu dir. Wieso? Sag mir, was hast du an dir, das mich derart in seinen Bann zieht?

Ist es der verführerische Blick, den du mir bei unserer ersten Begegnung entgegengeworfen hast, oder doch deine aufrichtige, warme Art, die das exakte Gegenstück zu meiner dunklen Seele bildet?

Denn meine Seele ist gefährlich, brutal und bereit, alles zu zerstören, was sie liebt. Denn genau das hat sie verdient.

14

IVORY …

Wie von Flynn angekündigt, mindert sich der Lernstress mit jedem weiteren Tag, der verstreicht. Ein wohlüberlegter Lernplan begleitet mich durch die Tage, welchem ich bis jetzt strikt gefolgt bin. Auf diese Weise gelang es mir, meine letzte Hausarbeit mit siebenundneunzig Prozent abzuschließen, was eine herausragende Leistung ist. Wenn auch die einhundert Prozent meinem Vater lieber gewesen wären, zeigt er sich fürs Erste stolz und beteuert, er habe gewusst, wie großartig ich mich hier schlagen würde.

Mindestens genauso sehr wie meine Eltern vermisse ich jedoch mein Kunstatelier. Beinahe sehnsuchtsvoll habe ich Flynn erzählt, wie untröstlich ich darüber bin, seit Wochen nicht mehr gemalt zu haben.

Inzwischen sind schon einige Tage vergangen, in denen er jeden Abend bei mir verbringt, um mir etwas vorzulesen oder um gemeinsam eine Folge *Bridgerton* anzusehen. Wie ein Chamäleon schafft er es, sich unbemerkt durch die Gänge zu schleichen und am späten Abend wieder zu verschwinden.

Seine Anwesenheit gibt mir genau die Art Geborgenheit, die ich so schmerzlich vermisst habe.

Die Euphorie über unsere Freundschaft hat beinahe dazu geführt, ihn um Hilfe zu bitten, was den mysteriösen Typen angeht, der mich verfolgt. Um ihn zu schützen, habe ich mich dann aber doch dagegen entschieden. Ich glaube, es liegt zunächst an mir, mehr über ihn herauszufinden, bevor ich andere in Gefahr bringe. Wer weiß, wozu dieser Typ fähig ist?

Wie genau ich das anstelle, weiß ich noch nicht. Aber irgendwo an dieser gigantischen Akademie muss es doch eine Spur geben, die mir verrät, wer er sein könnte und was er von mir will.

Mein erster Schritt hierbei führt mich in die mir heiligen Hallen der Bibliothek. Wenn es einen Ort gibt, der mir Informationen liefern könnte, dann ja wohl dieser. Bloß weiß ich nicht, wo ich inmitten dieser unendlichen Stapel Bücher anfangen soll, zu suchen.

Gut, fiktive Romane kann ich schon einmal ausschließen, genauso wie Sachbücher und Reklame. Was ich viel eher brauche, sind wohl ... Jahrbücher – oder Schülerzeitungen – oder irgendetwas, das mir einen Einblick in die Vergangenheit dieser Akademie verschafft. Vielleicht gab es ja schon einmal einen Artikel darüber, der auch erklären würde, warum die meisten hier mich vehement zu meiden scheinen, während er regelrecht besessen von mir ist.

Beatrice, die Bibliothekarin, muss durch ihr wachendes Auge erkannt haben, dass ich zwischen all diesen Regalen verloren bin wie ein aufgescheuchtes Reh.

»Was suchst du denn?«, fragt sie freundlich und taucht wie ein Geist vor mir auf.

Um keine Fragen aufzuwerfen, versuche ich, mich so

beiläufig wie möglich auszudrücken. »Gibt es hier so etwas wie Jahrbücher und Schülerzeitungen?«

Misstrauisch lässt sie ihren Blick an mir herabwandern, während sie damit fortfährt, ein paar Regalbretter neben uns abzustauben. »Eigentlich schon, aber diese werden nicht in der öffentlichen Bibliothek gelagert. Wofür brauchst du sie denn?«

Selbstverständlich habe ich mir keine passende Erklärung für mein Vorhaben zurechtgelegt, weshalb ich schweigend ihre Bewegungen verfolge und nervös an meiner Nagelhaut herumspiele.

Die Hände in die Hüften gestemmt sucht Beatrice meinen Blick, als wolle sie mich dafür rügen, ihr die wahre Bedeutung meines Vorhabens vorzuenthalten.

»Ehrlich gesagt, weiß ich selbst nicht, wonach ich suche. Ich würde nur einfach gern etwas mehr über die Vergangenheit der Akademie erfahren«, erkläre ich und zucke entschuldigend die Schultern. Was zugegeben nicht ganz gelogen ist.

»Na schön, ich kann sie dir zeigen. Aber das machen wir am besten, wenn nicht so viel Trubel herrscht. Sonst kommen irgendwann alle auf die Idee, die Jahrbücher ihrer Vorgänger zu durchstöbern.« Zwinkernd streichelt sie mir über den Oberarm, woraufhin ich ihr ein aufrichtig dankbares Lächeln schenke.

»Du bist die Beste, Beatrice.«

Bescheiden wie sie ist, winkt sie meine Worte mit einer wegwerfenden Handbewegung ab, ehe sie sich wieder den Regalbrettern widmet. »Was hat es eigentlich mit dem gut aussehenden Wellington-Jungen auf sich, mit dem du letztens hier warst?« Augenblicklich nehmen ihre Wangen eine rosa Farbe an.

Ich schmunzle und verschränke spielerisch die Arme vor

der Brust, um ihr zu zeigen, dass ich sie auf frischer Tat ertappt habe. »Beatrice! Ace könnte dein Sohn sein!«

Gemeinsam brechen wir in schallendes Gelächter aus, was uns einige missbilligende Blicke einbringt. Beatrice fährt erschrocken zusammen und drückt mir ihren Zeigefinger auf die Lippen, um mich zum Schweigen zu bringen. Wobei sie es selbst nur mit Mühe schafft, nicht erneut laut loszulachen.

Wir verabreden uns für Montagabend, um gemeinsam die Jahrbücher und Schülerzeitungen zu durchforsten. Trotz dessen gebe ich nicht auf und widme noch über eine Stunde meiner Zeit dem Durchstöbern von Büchern nach Hinweisen. Bis auf die Geschichte der Southside Academy und berühmte Persönlichkeiten, die ihren Abschluss hier absolviert haben, finde ich jedoch nichts Spannendes. Ich weiß ja nicht einmal, wie der Fremde überhaupt aussieht.

Mit leicht gesenkten Schultern verlasse ich schließlich die Bibliothek und gebe das Buch zurück, welches ich mir mit Ace zusammen ausgeliehen habe. Zwar habe ich nun mehr über die Wirtschaft und das soziale System gelernt, kann mir aber noch immer nicht vorstellen, was er mir damit zu sagen versucht. Wut rührt an meiner Oberfläche und ich sträube mich bereits jetzt gegen die bevorstehende Tanzstunde, die wir gleich gemeinsam abhalten müssen. Das einzig Gute daran ist, dass ich ihn zur Rede stellen und all meine negative Energie an ihm auslassen kann.

Diesmal finde ich den Raum D28 deutlich schneller als beim letzten Mal. Meine Orientierungskünste sind zwar noch immer nicht die Besten, aber genau deshalb habe ich mir auch angewöhnt, stets überpünktlich bei den Kursen und Vorlesungen zu erscheinen, damit mir so etwas wie beim letzten Mal garantiert nicht noch einmal passieren kann.

Schon fünfundzwanzig Minuten vor Kursbeginn finde ich mich in der Umkleidekabine der Frauen wieder und betrachte mein Spiegelbild. Heute habe ich mich für ein kurzes, smaragdgrünes Kleid und schwarze, halb hohe Heels entschieden. Mein Haar habe ich in einem aufwändigen Dutt hochgesteckt und mit zahlreichen Bobby Pins fixiert. Zufrieden mit meinem Erscheinungsbild, gehe ich noch einmal die einzelnen Schritte des Slowfoxes durch, welche ich mir mithilfe eines Online-Tutorials angeeignet habe. Ich kann es kaum erwarten, diesen sinnlichen Tanz zu tanzen. Diesmal werde ich zumindest versuchen, mich voll und ganz auf das Tanzen zu konzentrieren, statt Ace die kalte Schulter zu zeigen.

»Buh!«

Erschrocken zucke ich zusammen und springe einen Schritt zur Seite. Evelyn steht plötzlich dicht neben mir und grinst mir schelmisch entgegen. Stärker denn je fällt mir auf, dass sie aussieht wie eine überzüchtete Zuchtstute.

»Erschreck mich doch nicht so«, fauche ich und fummle an meinem Ohrring herum, den ich gerade einsetzen wollte.

Angriffslustig schleicht sie um mich herum, ihre Blicke fixieren mein Kleid. Ein anerkennender Ausdruck bildet sich auf ihrem schmalen Gesicht. Als auch Anastasia und Cecelia den Umkleidebereich betreten, rolle ich genervt mit den Augen und steuere entschlossen auf den Ausgang zu.

Doch mein Versuch wird jäh unterbrochen, als ein plötzlicher, ziehender Schmerz meine Kopfhaut durchfährt und ein schriller Schrei meiner Kehle entrinnt. Taumelnd mache ich ein paar Schritte rückwärts, bevor ich mich wutentbrannt Anastasia zuwende. »Bist du eigentlich komplett bescheuert?« Wie eine Raubkatze hat sie sich in meiner mühsam hochgesteckten Frisur festgekrallt und mich durch einen festen Ruck daran gehindert, zu gehen.

Als hätten sie soeben den lustigsten Streich aller Zeiten gespielt, halten sich die drei Biester allesamt die Hände vor den Mund, um zu kichern. Die Schmerzen in Kombination mit meiner zerstörten Frisur sind für mich jedoch alles andere als ein Spaß.

Bevor ich mich jedoch auf dasselbe kindische Niveau herablasse, löse ich einfach alle Bobby Pins und Haargummis aus meinem Haar und versuche kläglich, das zu retten, was noch zu retten ist. Minuten später habe ich es noch immer nicht geschafft und gebe auf. Frustriert binde ich mir einen lockeren Zopf und sehe die drei aus zusammengekniffenen Augen an. »Seid ihr jetzt zufrieden?«

»Ehrlich gesagt noch nicht, nein«, gibt Anastasia, die selbsternannte Anführerin der Gruppe, schulterzuckend von sich. Ehe ich mich versehe, macht sie einen großen Schritt auf mich zu und schüttet mir eine Flüssigkeit ins Gesicht, die mich von oben bis unten durchnässt. »Wir akzeptieren hier kein schmutziges Blut, Ivory.« Meinen Namen spuckt sie mir förmlich entgegen, während ich mir die Flüssigkeit aus den Augen reibe, um wieder etwas sehen zu können.

»Bilde dir bloß nichts darauf ein, hier sein zu dürfen«, fügt Evelyn noch in einem boshaften Unterton hinzu und schubst mich mit beiden Händen grob gegen die Brust, sodass ich nach hinten stolpere und direkt mit dem Steißbein auf dem harten Boden aufkomme.

Mit offenem Mund sitze ich da und kann nicht fassen, was soeben geschehen ist. Automatisch stecken sie mit ihrem Lachen auch die anderen an, die sich mit uns im Umkleidebereich befinden. Keiner traut sich, das Wort gegen die Gruppe zu erheben, um ihnen zu sagen, dass sie mit dieser Aktion eine Grenze überschritten haben. Niemand von ihnen denkt auch nur eine Sekunde darüber nach, für mich einzustehen. Mit dieser Sekunde hat jeder Einzige von ihnen jeglichen Respekt von mir verloren. »Ihr seid doch alle nichts weiter als jämmerliche, hinterhältige …«

»Komm«, flüstert eine mir bekannte Stimme und legt eine Hand auf meiner Schulter ab, um mich zum Aufstehen zu animieren.

»Cami?«, frage ich erleichtert und lasse mir von ihr aufhelfen, um ihr auf die Toilette zu folgen – weg von den anderen Studentinnen.

Mit beiden Händen taste ich meine Wangen ab, nur um festzustellen, dass sie voller verschmierter Mascara sind.

Aus dem Augenwinkel sehe ich, wie die Mädchen anfangen, über uns zu tuscheln, und auch Cami versteift sich plötzlich in meiner Gegenwart.

»Du hättest das nicht tun müssen«, erkläre ich ihr, während ich mir die klebrige Flüssigkeit aus den Haaren winde. Auch mein Kleid ist nass geworden und mit mehreren dunklen Flecken versehen. Von Wut getrieben kralle ich die Hände ins Waschbecken und schließe die Augen.

»Ich weiß. Aber ich konnte mir das nicht länger mitansehen«, gibt sie zu und drückt kurz zum Zeichen ihres Mitgefühls meine Hand. Zum allerersten Mal, seit wir uns kennengelernt haben, vermittelt sie mir das Gefühl einer echten Freundschaft auf Vertrauensbasis. Ein Schwall Zuneigung überkommt mich, weshalb ich ihr kurzerhand um den Hals falle und sie fest an mich drücke.

Ein überraschter Laut entweicht ihren Lippen, der mich kurz auflachen lässt, doch mein Lachen geht schnell in ein

Schniefen über. Meine Emotionen spielen gerade verrückt und ich kann mich einfach nicht zwischen Lachen und Weinen entscheiden.

In wenigen Minuten schon beginnt der Kurs und ich sehe absolut schrecklich aus. Heiße Tränen brennen mir in den Augen, die ich schnell versuche wegzublinzeln.

Ich spüre Camillas mitleidigen Blick auf mir und könnte mich selbst dafür ohrfeigen, mich so schwach vor ihr zu zeigen. Aber ich bin ausgelaugt. Jedes Mal, wenn ich denke, es geht bergauf, versetzt das Schicksal mir erneut einen Schlag ins Gesicht. *Habe ich all das wirklich verdient*?

Entschlossen, mich zusammenzureißen, nehme ich einen tiefen Atemzug und richte mich vor dem Spiegel auf. An meinem Aussehen kann ich nichts mehr ändern, aber zumindest kann ich selbst kontrollieren, wie viel meines Stolzes ich mir nehmen lasse. Und so tue ich es. Erhobenen Hauptes marschiere ich in den Tanzsaal und ziehe Camilla hinter mir her. Die abwertenden Blicke der anderen ignorierend, stelle ich mich an meinem vorgesehenen Platz in die Reihe. Von Respektlosigkeiten wie diesen lasse ich mich sicher nicht unterkriegen. Nicht jetzt, nicht heute.

Mr Griffin mustert mich kritisch, woraufhin ich nur die drei kichernden Mädchen fixiere. Die Botschaft, die ich ihm mitteilen möchte, scheint sofort bei ihm anzukommen, weshalb er sich mit gleichgültiger Miene von mir abwendet. Es wird nicht mehr lange dauern, bis ich mir eine ordentliche Standpauke von ihm anhören muss. Bis jetzt war ich in jeder einzigen seiner Unterrichtsstunden eine Unruhestifterin. An seiner Stelle wäre ich längst an die Decke gegangen. Ich könnte also verstehen, wenn er mich früher oder später aus seinem Kurs werfen würde.

Nur hätte Ace dann ebenfalls keine Tanzpartnerin mehr, beziehungsweise würde eine neue zugeteilt bekommen. Und auch, wenn ich mich selbst dafür verabscheue, kann ich mich mit dem Gedanken nicht anfreunden, ihn mit einer anderen als mir tanzen zu sehen ... Schnell verdränge ich den Gedanken wieder aus meinem Kopf und ignoriere das Kribbeln, das sich nicht nur in meiner Magengegend zu bilden beginnt.

Nun sind die Jungs an der Reihe, sich uns gegenüber aufzustellen. Ace ist wie immer der Letzte, der sich vor mir platziert. Unmittelbar nachdem er mich erblickt, weiten sich seine Augen überrascht. »Was ist denn mit dir passiert? Du siehst aus wie eine Kanalratte«, flüstert er. Die abfällige Tonalität in seiner Stimme lässt mich unweigerlich nervös werden.

Kopfschüttelnd signalisiere ich ihm, dass ich nicht darüber sprechen möchte, insbesondere nicht mit ihm.

Auch bin ich heute nicht in der Stimmung für seine Sticheleien, weshalb ich jegliche weiteren Versuche, meine Aufmerksamkeit auf sich zu lenken, konsequent ablehne.

Stattdessen lausche ich Mr Griffins Worten und blende Ace' einnehmende Ausstrahlung völlig aus.

Erst als er uns dazu auffordert, die gemeinsame Ausgangsposition einzunehmen, richte ich meinen Blick wieder auf Ace. Unsere Oberkörper liegen viel zu nah beieinander, als dass ich weiterhin so tun könnte, als wäre er nicht anwesend. Mein nasses Kleid trifft auf Ace' teuren Anzug. Wo ich ihn sonst mit einem schadenfrohen Grinsen aufgezogen hätte, werfe ich ihm heute einen entschuldigenden Blick zu. Unter anderen Umständen würde ich es genießen, diesen Tanz zu erlernen. So wie ich es von Anfang an geplant hatte – aber scheinbar wird mir dieser kurze Moment der Freunde einfach nicht vergönnt.

»Ivy«, versucht er es dennoch weiter, was mich die Augen genervt verdrehen lässt.

»Tanz einfach, ich bin gerade nicht in der Stimmung für deine nervtötende Art, falls es dir bis jetzt nicht aufgefallen ist«, fahre ich ihn schnippischer an als beabsichtigt. Doch ich habe Glück und die Musik ist laut genug, dass niemand außer er mich hören kann.

Seine Finger graben sich tiefer in mein Schulterblatt, eine warnende Geste. »Sag mir, wer dir das angetan hat«, fordert er mit strenger Miene, während wir uns rhythmisch zur Musik bewegen.

Ich kenne diesen Tonfall. Er wird weder ein Nein noch irgendwelche Ausreden gelten lassen. Zudem bin ich viel zu müde, um mich einer Diskussion mit Ace Wellington zu stellen.

»Anastasia und ihre Freundinnen, eben im Umkleidebereich. Es war nur ein dummer Streich«, versuche ich die Situation herunterzuspielen. »Nichts, wo ich nicht drüber stehen würde.«

Selbstsicher lächelnd bemühe ich mich, meine verräterisch glitzernden Augen vor ihm versteckt zu halten und lege provokant meine Hand auf seiner wohlgeformten Brust ab. Ein kläglicher Versuch, ihn von meinem inneren Kampf auszuschließen.

Er hingegen erwidert meine gefälschten Annäherungsversuche nicht, sondern wirkt plötzlich in sich gekehrt und nachdenklich. Ganz anders, als ich es sonst von ihm gewohnt bin. So als hätte er eine unsichtbare Barriere um sich errichtet und die einst zwischen uns spürbare Elektrizität abgeschnitten. Die Flammen aus Hass und Verlangen sind erloschen, unsere Bewegungen wirken steif und die Berührungen gezwungen, als wären sie nur noch Teil einer Verpflichtung. Es gibt keine energischen Griffe und auch keinen tiefen Augenkontakt mehr.

Sein Körper mag zwar physisch bei mir sein, aber sein Geist hat sich meilenweit von mir distanziert.

Auf meine Frage hin, ob alles in Ordnung sei, erhalte ich nicht weiter als ein knappes »Ja« zur Antwort. Doch seine Augen sprechen eine andere Sprache. Es ist, als würde er versuchen, etwas vor mir zu verbergen, als wolle er seine Gefühle und Gedanken völlig von mir abschirmen.

Was auch immer hinter seinem merkwürdigen Verhalten steckt, ich nehme mir fest vor, der Ursache hierfür auf den Grund zu gehen. Bis dahin werde ich seine Nerven nicht weiter strapazieren. Ich weiß, wie impulsiv er ist. Ein falsches Wort und er geht an die Decke wie eine Silvesterrakete. Völlig anders als sein Bruder Flynn, der eine unfassbare Ruhe ausstrahlt.

Ohne ein weiteres Wort mit mir zu wechseln, verlässt Ace den Raum und lässt mich mit einem mulmigen Gefühl im Bauch zurück. Nicht einmal darüber, wie wir die Fehler unseres Tanzes zukünftig korrigieren können, wollte er sprechen. *Was ein aufgeblasenes Arschloch …*

Niedergeschlagen sprinte ich als Erste in den Umkleidebereich und mache mir gar nicht erst die Mühe, mein Kleid auszuziehen, um in meine Uniform zu schlüpfen. Ich schnappe mir meine Sachen und verlasse so schnell wie möglich diesen Ort, um in meinem Zimmer zu verschwinden.

Erleichtert darüber, endlich allein zu sein, stoße ich die Luft aus meinen Lungen und lasse mich aufs Bett fallen. Statt zu lernen, lausche ich eine Stunde lang einem Hörbuch, das mich in eine Welt voller Fantasiewesen entführt. Die Magie der Worte fasziniert mich so sehr, dass ich beschließe, mir noch das gedruckte Buch zu besorgen. Fantasy ist ein Genre, welchem ich viel zu wenig Beachtung schenke, dabei ist es so unglaublich vielseitig und würde mir sicher einen Haufen Inspiration für meine Kunstwerke schenken.

Auch am Abend nach dem Essen lassen mich die Gedanken an Ace' merkwürdiges Verhalten einfach nicht los. Weit und breit war er nicht zu sehen und das, obwohl er jeden Abend zur exakt selben Zeit am exakt selben Platz sitzt.

Auf dem Weg in mein Zimmer schweifen meine Gedanken nicht nur zu seinen hasserfüllten, blauen Augen, sondern auch zu seinen vollen Lippen, die meist nur negative Worte für mich übrig zu haben scheinen. Erst als ich mich in der Fantasie verliere, wie es wohl wäre, ihn mit meinen Lippen an seiner Spitze zum Schweigen zu bringen, schüttle ich mir die Gedanken energisch von den Schultern.

Ich darf nicht – nein, ich will nicht – auf diese Weise an ihn denken. Nicht an das Keuchen, das er von sich geben könnte, wenn ich langsam beginne, seinen Schaft mit meiner Zungenspitze zu benetzen und ihm dabei tief in die Augen sehe. Nicht an seine Hand, die sich dabei tief in meinem Haar vergräbt und mich in genau die Richtung lenkt, in der er mich haben möchte.

Plötzlich sehne ich mich nach Ablenkung, nach jemandem, der mich daran erinnert, wer ich bin und dass ich zu Besserem bestimmt bin, als mich in erotischen Fantasien mit Ace Wellington zu verlieren. Sofort denke ich an Camilla. Daher zögere ich nicht lange und schreibe ihr eine Nachricht.

ICH – 19:21 UHR:

Hi, was machst du gerade?

CAMILLA – 19:22 UHR:

Bin am Lernen, warum?

Kurz überlege ich, was ich ihr antworten könnte. *Ja, Ivy, warum eigentlich?* Noch immer befinde ich mich in der Situation, nicht einschätzen zu können, woran ich bei ihr bin. Vermutlich verbringt sie nur aus dem Grund Zeit mit mir, dass ich sie in der verzweifelten Suche nach einer Verbündeten in ebendiese Rolle dränge. Schließlich hat sie mir zu Beginn unmissverständlich klargemacht, dass sie nichts mit mir zu tun haben möchte. Einzig der kurze Moment vor unserem Tanzkurs hält mich davon ab, klein beizugeben. Eine leise Stimme in meinem Unterbewusstsein bringt mich dazu, meine nächste Nachricht zu tippen.

ICH – 19:24 UHR:

Ich dachte, wir könnten uns bei dir im Zimmer treffen? Weißt du, ein bisschen quatschen.

Den Blick noch immer starr auf mein Handy gerichtet, schreite ich durch den endlosen, verschlungenen Korridor des Frauenkomplexes. Die Zeit dehnt sich wie Kaugummi, als ich auf Camillas Antwort warte, doch sie bleibt aus. Enttäuscht schalte ich das Handy in genau dem Moment aus, als es in meiner Hand zu vibrieren beginnt.

Doch statt auf die soeben eingegangene Nachricht zu achten, lausche ich den Stimmen, die aus einem der Seitengänge zu mir durchdringen. Obwohl ich normalerweise versuche, mich aus Gesprächen, die mich nichts angehen, herauszuhalten, weckt die Neugier in mir das Verlangen, dem Gemurmel auf den Grund zu gehen. So richtig aufmerksam werde ich allerdings erst, als ich realisiere, wie vertraut die Stimme mir vorkommt, die ich da vernehme.

Kurzerhand entschließe ich mich dazu, nur einen kleinen Blick um die Ecke zu werfen, wünsche mir allerdings noch im selben Moment, es nicht getan zu haben. Das Bild, welches sich mir bietet, lässt mir das Herz in die Hose rutschen. Nicht nur das Herz. Es fühlt sich an, als lägen Steine in meiner Magengegend, die mir das Atmen erschweren. Schockiert reibe ich mir die Augen, in der Hoffnung, dass diese mir nur einen üblen Streich spielen wollen, doch dem ist nicht so. Was ich sehe, ist real und es reißt mir – entgegen meiner eigenen Willenskraft – den Boden unter den Füßen weg.

Ace steht eng umschlungen mit Anastasia im Gang und umfasst ihr Gesicht so zärtlich, als würde er einen wertvollen Schatz in den Händen halten. Mit demselben charmanten Grinsen, mit welchem er bereits mich schwach werden ließ, steht er nun ihr gegenüber. Nur dass er sie ansieht, als wäre sie der Inbegriff von Perfektion. Während er meinen Körper grob umfasste, ihn für sich beanspruchte, fasst er sie mit Samthandschuhen an, behandelt sie wie ein zartes Wesen, das behutsame Zuwendung verdient.

Wie gebannt bleibe ich stehen, unfähig, den Blick abzuwenden. Neben Hass und unerklärlicher Trauer, für die ich mich selbst verurteile, macht sich vor allem Ekel in mir breit. Wie kann er es wagen, ausgerechnet Anastasia gegen die Wand zu nehmen, in aller Öffentlichkeit? Das Mädchen, das mir seit Tag eins versucht, das Leben zur Hölle zu machen? Er wusste doch, dass ich früher oder später hier entlanglaufen würde, um in mein Zimmer zu gelangen, und es scheint ihn nicht im Geringsten zu interessieren.

Weitere endlos lange Sekunden bleibe ich wie angewurzelt stehen und sehe dabei zu, wie er immer wieder seinen Schwanz in ihr versenkt. Wie sie ihren Kopf in den Nacken legt und er ihr den Mund zuhält, um ein lautes Stöhnen zu verhindern.

Das war also der Grund für sein plötzlich verändertes Verhalten. *So ein verdammter …*

Ace ist der Erste, der mich mit einem diabolischen Lächeln auf den Lippen erblickt. Unbeirrt fährt damit fort, Anastasia genau das zu geben, wovon ich dachte, dass es mir irgendwann zustehen würde. Als sie dann auch noch ihre Lippen in seiner Halsbeuge versenkt, stößt er ein gedehntes »Fuck« aus, ohne jegliche Rücksicht darauf zu nehmen, dass ich hier stehe und ihm dabei zusehe. Im Gegenteil, zu sehen, wie ich meine Hände zu Fäusten balle, scheint ihm auch noch zu gefallen.

Tief in meinem Innersten tobt ein Inferno, in welchem ich alle um mich herum verbrennen lassen möchte – insbesondere Anastasia mit ihren verflucht perfekten Haaren und ihren künstlichen Klimper-Wimpern.

Als auch sie mich aus dem Augenwinkel erkennt, springt sie reflexartig aus Ace' Armen und präsentiert mir sein noch immer befeuchtetes bestes Stück. Nicht einmal ein Kondom hielten die beiden nötig zu benutzen. Kreischend zieht sie sich hüpfend die Hose nach oben. »Verschwinde, du Spannerin!«

Unvermittelt zucke ich zusammen und lasse dabei meine Tasche fallen, welche direkt vor meinen Füßen auf dem Boden landet. Ich war so tief in meiner mir unerklärlichen Eifersucht versunken, dass ich nicht bemerkt habe, wie sich Tränen der Wut in meinen Augenwinkeln angesammelt haben – kurz davor, aus ihnen auszubrechen.

Ace hingegen scheint mein völlig entgleister Gesichtsausdruck absolut kalt zu lassen – *natürlich tut er das.*

Lasziv streicht er sich durch sein unverschämt perfektes Haar. Nicht einmal der Anflug von Reue ist in seinen Zügen zu erkennen. Aber was habe ich auch erwartet? Es ist Ace. Ace, der mich mit jeder seiner Facetten zur Weißglut bringt und der auch mir gegenüber nicht wohlgesinnt ist.

Triumphierend macht er einen Schritt auf mich zu und

schenkt mir ein siegessicheres Lächeln, als wäre es das Selbstverständlichste der Welt, Anastasia auf diese Weise zu berühren, obwohl er genau weiß, was sie mir angetan hat.

»Na, Kleines?« Noch ein Schritt in meine Richtung. »Du siehst überrascht aus. Hast du etwa gedacht, ich lebe enthaltsam?«, fragt er lässig, was mir nun endgültig den Rest gibt.

»Was? Nein! Bilde dir bloß nichts ein!« Angewidert verziehe ich das Gesicht, ehe ich meine Tasche vom Boden aufhebe und zielstrebig auf mein Zimmer zusteuere, das nur wenige Meter entfernt liegt. Die Tür fällt mit einem lauten Knall hinter mir ins Schloss.

Schwer atmend lasse ich mich an der Innenseite meiner Tür hinabgleiten und finde mich nun auf dem kalten Boden meines Zimmers wieder. Meine Gedanken kreisen unaufhörlich, während ich mich frage, wie ich es so weit kommen lassen konnte. Das bin nicht ich. Ich bin keine Frau, die sich von einem Mann wie Ace um den Finger wickeln lässt und dann in Selbstmitleid versinkt. Selbst sein verdammtes Grübchen-Lächeln ändert nichts daran, dass er nicht einmal einen Funken meiner Gunst verdient hat. Es war naiv von mir, an diesem Katz- und Mausspiel festzuhalten. Mit dieser Aktion ist er für mich genauso gestorben wie der Hamster, von dem ich dachte, er sei unsterblich, da mein Vater ihn jedes Mal durch ein identisches Tier ausgetauscht hat, nachdem er gestorben ist. Durch einen Blick auf mein Handy sehe ich, dass inzwischen zahlreiche Nachrichten von Camilla eingegangen sind.

CAMILLA – 19:25 UHR:

Denkst du, das ist eine gute Idee? Was, wenn uns jemand sieht?

CAMILLA – 19:35 UHR:

Hallo?

CAMILLA – 19:37 UHR:

Weißt du was? Ich habe darüber nachgedacht. Komm zu mir, wenn du noch willst.

Kurz überlege ich, ihre Nachrichten einfach zu ignorieren, entscheide mich dann aber doch dagegen. Stattdessen entschuldige ich mich mit der Ausrede, dass etwas dazwischengekommen ist, wir es aber gern ein anderes Mal nachholen könnten.

Auch Flynn sage ich für den heutigen Abend ab. Ich fühle mich einfach nicht in der Verfassung, mit ihm zu sprechen und so zu tun, als brenne mir nichts auf der Seele. Er würde es ohnehin durchschauen und mich in Erklärungsnot bringen. Und heute ist definitiv nicht der richtige Zeitpunkt, um ihm zu erzählen, was zwischen Ace und mir gelaufen ist.

In another life, we'll meet each other again.
And our story will be a happy ending.

15

ACE …

Ein Mann, ein Wort.

Ich sagte dir, ich würde alles dafür tun, dich von mir fernzuhalten. Selbst wenn es bedeutet, uns beiden das Herz zu brechen. Deine mintgrünen Augen haben sich in mein Herz gebrannt, bis tief in meine Seele.

Das traurige Schimmern in ihnen, als du meinen Schwanz in einer anderen Frau stecken sahst, werde ich nie vergessen. Es traf mich bis ins Mark. Etwas in dir ist zerbrochen und doch ahnst du nicht, dass das, was du jetzt empfindest, nichts im Vergleich zu dem ist, was auf uns zukommen würde, wenn wir der unbestreitbaren Anziehung zwischen uns erliegen würden. Hat sich der Funke erst einmal in eine Flamme verwandelt, dauert es nicht lange, bis sie versuchen werden, uns zu brechen. Glaube mir, selbst *ich* hätte gegen sie keine Chance – und ich bin ein Nachfahre des verdammten Gründers dieser Akademie.

Tu dir das nicht an. Tu *uns* das nicht an.

Aber sei vorsichtig! Lass nicht zu, dass ein anderer dich

berührt, meine Kleine. Komm gar nicht erst auf die Idee, mich zu hintergehen.

Denn wenn das passiert, entfachst du ein Feuer, dessen Ausmaß man nicht einmal erahnen kann. Alles um uns herum würde in Schutt und Asche gelegt. Das verspreche ich dir mit meinem Leben.

In unendlichem Hass

Ace

16

IVORY …

Die vergangene Nacht verlief schrecklich. Ich glaube, ich war länger wach, als dass ich überhaupt geschlafen habe. Tiefschlafphase? Kein einziges Mal.

Und obwohl ich es besser weiß, versuche ich, mir einzureden, dass dies die Schuld des Vollmonds ist, der mein Zimmer die gesamte Nacht über mit strahlendem Mondschein erhellt hat. Dabei konnte ich die ganze Zeit über an nichts anderes als das Bild von Ace' Schwanz in Anastasia denken.

Egal wie oft ich aufstand, mein Gesicht wusch und mich wieder ins Bett legte, jedes Mal, wenn ich die Augen schloss, erschienen die beiden vor meinem inneren Auge und spotteten über mich. Mein Kopfkissen war es, das darunter leiden musste und nicht nur einmal gegen die Wand flog. Was verdammt noch mal ist nur los mit mir?

Auch wenn wir hier eine Sechs-Tage-Woche haben, tut es verdammt gut, zumindest einen Tag in der Woche frei zu haben. Wenn man das – in Anbetracht des Umfangs dieses Studiums – überhaupt so nennen kann. Meist gehen die vermeintlich freien Tage nämlich fürs Lernen drauf. Mittlerweile hängt es mir einfach nur noch zum Hals heraus. Ich kann meine Hefte, Bücher, Dozenten und Kommilitonen nicht mehr sehen. Und mit jedem Tag, der vergeht, wünsche ich mir mehr, mich einfach in Luft aufzulösen.

Um mich zu beruhigen, beschließe ich, den gesamten freien Tag in meinem Zimmer zu verbringen und mir ein wenig Me-Time zu gönnen. Nicht einmal zum Essen bewege ich mich nach unten. Die Visagen der anderen – insbesondere die von Ace und Anastasia – sehen zu müssen, wäre heute einfach zu viel für mich. Wie in einem Bunker verschanze ich mich in meinem kleinen Reich und lasse mir eine große Portion Pasta liefern. Diese ist auch das Einzige, das mich dazu bewegt, mich für fünf Minuten aus meiner Komfortzone hinauszubewegen.

Mit einem großzügigen Trinkgeld verabschiede ich den Lieferanten am Parkplatz vor der Akademie und sprinte so schnell wie möglich zurück in mein Zimmer.

Manche Mädchen hier an der Akademie würden sich vermutlich an den Kopf fassen, wenn sie mich hier sitzen sehen würden, wie ich diese deftigen Nudeln mit Käsesoße verputze und im Anschluss noch ein Schokoladeneis als zusätzliche Kalorienbombe vernichte. Ich kann deren angewiderten, von Neid zerfressenen Gesichter förmlich vor mir sehen. *Tja, nicht jeder kann mit einem solchen Stoffwechsel gesegnet worden sein,* denke ich gehässig und stopfe mir die nächste Gabel in den Mund.

Frisch geduscht setze ich mich mit wohltuend kühlenden Augenpads vor meinen Schreibtisch und beschließe, mir doch noch ein bisschen des Unterrichtsstoffs anzusehen. Hätte mir vorher jemand gesagt, wie viele verschiedene Arten von Steuern es gibt, hätte ich mir vermutlich lieber die Kugel gegeben. Stöhnend vergrabe ich das Gesicht in beiden Händen.

Fuck, wohin ist nur meine Motivation verschwunden? Kann mir doch keiner erzählen, dass das ernst gemeint sein soll. Selbst Geld, das bereits versteuert wurde, wird noch einmal versteuert. Wo liegt der Sinn darin? Kein Wunder, dass es so viele Menschen gibt, die ihre Steuern hinterziehen. Damals habe ich es nie verstanden, wenn mein Dad mir darüber berichtete, dass er gewisse Summen seines Gewinns verstecken muss. Jetzt verstehe ich es. Völlig verrückt.

Mein mäßig gut laufendes Lernen wird durch ein Klopfen an der Tür unterbrochen. Ich erwarte niemanden und möchte allein sein. Daher entschließe ich mich, das Klopfen zu ignorieren und unbeirrt da fortzufahren, wo ich aufgehört habe.

Nach weiteren Malen des vergeblichen Klopfens, klingelt mein Handy und Flynns Name erscheint auf dem Display. Ich lehne ab und lege es mit dem Bildschirm nach unten auf dem Tisch ab.

Doch er gibt nicht auf und lässt mein Handy im Sekundentakt vibrieren. Genervt schnaube ich und nehme nun doch den Anruf entgegen.

»Was ist denn?«, fauche ich in den Hörer.

»Du ignorierst mich inzwischen seit fast zwei Tagen. Es reicht, mach die Tür auf. Für Spielchen wie diese habe ich keine Zeit.« Seine Stimme klingt entschlossen, aber doch irgendwie bedrückt. Kaum hat er seinen Satz beendet, übermannt mich das schlechte Gewissen. Als ich bloß in den Hörer schweige, fügt er noch hinzu: »Ich habe eine Überraschung für dich.«

Neugierig schiele ich zur Tür und führe einen innerlichen Kampf mit mir selbst. Eigentlich möchte ich nicht mit Flynn sprechen, aber offensichtlich scheint ihm wirklich etwas daran zu liegen, wie es mir geht. Wäre es nicht ziemlich unhöflich, ihn dann einfach wegzuschicken? Ich komme zu dem Entschluss, dass es das definitiv wäre und beende das Telefonat, um die Tür zu entriegeln. Es dauert einige Sekunden, bis ich mir ein bequemes Paar Leggings und ein übergroßes T-Shirt übergezogen habe, die beiden selbst angebrachten Schlösser geöffnet und die Tür aufgestoßen habe.

Als ich erkenne, womit Flynn mich empfängt, traue ich meinen Augen kaum. »Was …«, krächze ich und halte mir eine Hand vor den Mund.

Mit vor Stolz gewölbter Brust lehnt er an der Wand, sein Mund formt ein schiefes Lächeln. Neben ihm erhebt sich eine wunderschöne Staffelei, umringt von Leinwänden unterschiedlicher Größen und einem ganzen Koffer voller Malutensilien.

»Flynn …«, flüstere ich und trete in den Flur hinaus. Mir ist völlig egal, wer uns hier gemeinsam sehen könnte. Viel zu sehr bin ich von der atemberaubenden Holzstaffelei gebannt. Sie muss von Hand gefertigt worden sein, denn keine Maschine der Welt schafft es, derart filigrane Schnörkel und Details in das feine Holz zu hauchen.

»Sie ist … wunderschön«, hauche ich, von einem leichten Schniefen begleitet.

Ein zufriedenes Lächeln stiehlt sich auf seine Lippen. »Schau mal auf die Rückseite.«

Augenblicklich umkreise ich die Staffelei, suche nach einer weiteren Überraschung und werde nicht enttäuscht. Auf dem Stützbalken sind in kleinen Buchstaben die Initialen *I.B.* graviert. Das B ist stark geschwunden und ich glaube, ich habe noch nie eine schönere Schriftart gesehen. Mit den Fingern streiche ich sanft über das glatte Holz und kann kaum fassen, dass er sich tatsächlich daran erinnert, dass ich male. Es ist inzwischen Wochen her, dass ich ihm davon erzählt habe.

»Ich weiß gar nicht, was ich sagen soll. Vielen Dank«, hauche ich und schließe ihn in eine feste Umarmung.

»Soll ich sie rein bringen oder willst du mir noch länger die Organe ausquetschen?«, fragt er belustigt, woraufhin ich sofort eifrig nicke und von ihm ablasse.

Während er die Sachen mühelos anhebt, schieben sich die Ärmel seines Poloshirts ein Stück nach oben und gewähren mir somit freien Blick auf seine kräftigen Oberarme. Ich kann noch immer nicht glauben, dass ich eine stinknormale Freundschaft mit einem derart attraktiven Mann führe, ohne meine Besonnenheit zu verlieren. Aber so ist das zwischen uns, wir brauchen keine Intimität, um die Bande zwischen uns zu stärken. Sie existiert einfach und ich glaube, es gibt nichts, das diese cutten könnte.

Nachdem ich ihn mehrmals die Position meiner neuen Kunstausrüstung habe ändern lassen, bin ich endlich zu einhundert Prozent zufrieden. Fröhlich klatsche ich in die Hände und drehe mich dabei hüpfend im Kreis herum.

»Es freut mich, dass sie dir gefallen«, gibt Flynn freudestrahlend zu. »Jetzt bist du aber eigentlich schon dazu verpflichtet, ein Porträt von mir anzufertigen, findest du nicht?« Wie ein Model positioniert er sich vor mir und bringt mich somit wie so oft zum Lachen.

»Du wirst der Erste sein, dessen Gesicht ich mit dieser Ausrüstung verewigen werde«, versichere ich und lasse mich hinter mir an die Wand sinken.

Nachdem die sonst übliche Unbeschwertheit verklungen ist, breitet sich eine unangenehme Stille zwischen uns aus. Keiner traut sich, das Schweigen zu brechen, um das Problem aufzuarbeiten. Bis wir beide gleichzeitig das Wort ergreifen und uns gegenseitig unterbrechen.

»Fang du an«, sage ich und gewähre ihm den Vortritt, was mir ohnehin lieber ist, wenn ich ehrlich bin.

»Ivory ...«, beginnt er. Flynn ist der einzige Mensch, bei dem mich der Klang meines vollen Namens nicht stört. Normalerweise bevorzuge ich Ivy, aber aus seinem Mund klingt Ivory gar nicht mal so schrecklich. »Zwei Tage infolge hast du unsere Abende ohne Begründung abgesagt. Wenn ich etwas falsch gemacht habe, dann musst du mir das sagen, statt mich anzuschweigen.«

Dass er denken könnte, er sei der Grund für mein Verhalten, kam mir überhaupt nicht in den Sinn. »O Gott. Nein«, beruhige ich ihn. »Du hast damit absolut nichts zu tun! Es sind nur ein paar Dinge geschehen, die mich ... aus der Bahn geworfen haben. Ich brauchte nur ein wenig Zeit, um abzuschalten.«

Langsam kommt er auf mich zu und umfasst mein Gesicht, nur um mir anschließend einen aufbauenden Kuss auf den Scheitel zu drücken. Eine typische Flynn-Geste.

Dankbar lächle ich ihn an. »Es tut mir leid, dass ich dir das Gefühl gegeben habe, unerwünscht zu sein. Das war wirklich nicht meine Absicht«, beteuere ich nachdrücklich und lege meine Hände auf seinen tätowierten Unterarmen ab.

Einen Mundwinkel leicht in die Höhe ziehend greift er

nach meinen Händen. »Du weißt, dass du über alles mit mir sprechen kannst, oder? Ich kann dir nur helfen, wenn du mir erzählst, was passiert ist.«

Als mir bewusst wird, dass nun der Moment gekommen ist, in dem ich mich nicht länger vor der Wahrheit drücken kann, beginnen meine Beine kaum merklich zu zittern. Ich winde mich aus seinem Griff und laufe im Zimmer auf und ab, die Hände hinterm Kopf verschränkt. Es ist nicht in Worte zu fassen, wie sehr ich mich dafür schäme, ihm gleich offenbaren zu müssen, dass sein Bruder und ich … Intimitäten miteinander ausgetauscht haben.

Ein letztes Mal sammle ich mich, bevor ich mich ihm wieder zuwende. Sein fragender Ausdruck ruht bereits besorgt auf mir. »Es gibt da eine Sache, über die ich tatsächlich mit dir sprechen sollte …«, gebe ich vorsichtig zu und lasse die Arme wieder sinken.

Beunruhigt setzt er sich aufs Bett und bittet mich darum, mich neben ihn zu setzen. Er nimmt meine Hände in seine, ohne zu wissen, zu welchem Geständnis ich mich gleich bekennen werde und welche Auswirkungen es auf unsere Freundschaft haben könnte.

Nach etwa zwei endlos langen Minuten, die sich wie eine Ewigkeit anfühlen, hole ich tief Luft und bringe endlich den Mut auf, mit ihm über das Thema zu sprechen, das mir seit Tagen schwer auf dem Herzen liegt. »Zu Beginn meines Studiums hier, habe ich jemanden kennengelernt. Er ist *wirklich* ein exorbitantes Arschloch, aber … irgendwie dachte ich, dass sich hinter seiner Bad-Boy-Fassade vielleicht doch so etwas wie ein Herz verbergen könnte …«

Abwartend betrachte ich sein Gesicht, um abschätzen zu können, wie weit ich noch gehen kann. Flynn jedoch sitzt einfach da, hält meine Hände weiterhin fest und verzieht keine Miene. Also fahre ich fort. »Vor ungefähr zwei Wochen kamen wir uns auch ... näher.«

»Definiere *näher*.« Flynns Blick wird misstrauisch und der Druck seiner Hände um meine verstärkt sich minimal.

»Wir hatten keinen Sex oder so, wir haben bloß ... rumgemacht ... irgendwie.«

Flynn nickt und ich spüre, dass die Anspannung in ihm von Sekunde zu Sekunde anwächst. »Hat er etwas getan, das du nicht wolltest? Ich schwöre dir, wenn ja, dann -«

»Um Himmels willen, nein«, unterbreche ich ihn schnell. »So ist das nicht.«

Die Stirn in tiefe Falten gelegt, verzieht er verständnislos das Gesicht. »Was ist es dann?«

Die plötzliche Ungeduld, die er mir signalisiert, lässt meinen Puls rasant ansteigen und bringt mich in Erklärungsnot. Stotternd rutsche ich auf meinem Platz hin und her. »D-das war aber alles, bevor wir richtige Freunde wurden ... und bevor das mit unseren abendlichen Treffen begonnen hat, das schwöre ich!«, erkläre ich, um den Knall, der gleich kommen wird, zumindest ein bisschen einzudämmen.

»Ich verstehe nicht, was du mir damit sagen willst. Warum zur Hölle erzählst du mir das alles?«, fragt Flynn und ich kann die Fragezeichen, die in seinem Kopf umherschwirren, förmlich aus ihm herausflattern sehen.

»Weil ich glaube, dass du den Jungen, von dem ich spreche, kennst. Ziemlich gut sogar ... Aber ich verspreche dir, ich wusste nichts davon. Ich habe es erst erfahren, nachdem das passiert ist. Das musst du mir glauben!«

Flynn zieht eine Augenbraue in die Höhe und verringert

den Druck um meine Hände wieder, als würde er sich schon jetzt darauf vorbereiten, mich loszulassen.

»Versprich mir, dass du mir glaubst, okay?«

»Versprochen«, sagt er rau.

Während mein Körper vor innerer Anspannung bebt, überkommt mich die Angst, all das, was wir uns aufgebaut haben, mit einem Mal zu zerstören. Die Vorstellung, dass er mich danach vielleicht nie wieder mit denselben Augen ansehen kann, ist überwältigend. Und doch schaffe ich es, all meinen Mut zusammenzunehmen und die Bombe platzen zu lassen. »Es ist ... Ace ... dein Bruder.«

But "just friends" don't look
at each other like that.

17

IVORY ...

Es war noch nicht der richtige Moment, ich hätte noch warten sollen, mir bessere Worte zurechtlegen sollen. Kurz nachdem ich die Worte ausgesprochen habe, stößt Flynn meine Hände von sich, als hätte er sich daran verbrannt.

All die Farbe ist aus seinem Gesicht gewichen und er starrt mich bloß fassungslos an. In diesem Moment fühle ich mich wie das Allerletzte. Wie konnte ich nur davon ausgehen, dass er cool damit umgehen würde? Niemand wäre erfreut über eine Nachricht dieser Art.

Traurig verziehe ich das Gesicht und rutsche ein Stück näher an ihn heran, woraufhin er sofort vom Bett aufspringt und sich von mir entfernt, als sei ich ein lästiges Insekt. Mit geballten Fäusten steht er mitten im Raum, seine Atemzüge wirken ungleichmäßig. Die Art, wie angeekelt er mich ansieht, versetzt mir einen schmerzhaften Stich mitten ins Herz. Verzweifelt stehe auch ich auf und strecke meine Hand nach ihm aus.

»Flynn«, hauche ich einfühlsam, doch er schlägt erneut

meine Hand von sich. Und ich glaube, das hat den Auftakt für alles gegeben, was jetzt noch folgen wird.

Erschrocken zucke ich zusammen, als Flynn mit der Faust ausholt und dicht neben mir gegen die Wand schlägt. Mit einer solchen Wucht, dass ein Teil des Putzes abbröckelt und seinen Weg auf den frisch gewischten Boden findet.

Fassungslos halte ich mir die Hand vor den Mund und reiße die Augen weit auf. Noch nie zuvor habe ich ihn auf diese Weise erlebt. Was er mir da von sich preisgibt, ist eine Seite an ihm, von der ich nicht einmal im Traum dachte, dass sie existieren könnte. Sein Gesicht ist wutverzogen und die Aggressivität ausstrahlende Körperhaltung ist mir völlig fremd. Es ist, als würde er in genau diesem Moment innere Dämonen freilassen, die tief unter der Oberfläche verborgen lagen.

Als sich unsere Blicke treffen, erkenne ich ihn nicht wieder. Jegliche Wärme ist aus seinen sonst so schönen Augen gewichen. Wer auch immer da vor mir steht, das ich nicht *mein* Flynn, das ist ein Monster.

Unbeirrt setzt er zu einem weiteren Schlag an. Diesmal verfehlt er mich so knapp, dass der Luftzug seiner Faust meine Wange streift. Er scheint völlig weggetreten zu sein, alles, was ich so sehr an ihm schätzte, hat seinen Körper verlassen. Zurück bleibt nur eine brutale, gewalttätige Hülle seiner selbst.

»Flynn!«, schreie ich mit zitternder Stimme. »Hör auf damit!«

Die Arme über dem Kopf verschlungen gehe ich hinunter in eine hockende Position. Vor mir sehe ich Blut auf den Boden tropfen, welches sicher von Flynns Fingerknöcheln stammen muss. »Ich dachte, wir wären Freunde! Es tut mir leid, okay? Ich wusste nichts davon!«, flehe ich in der Hoffnung, dass er endlich aufhört.

»Freunde?«, spuckt er mir förmlich entgegen. Sein Atem gleicht noch immer dem eines wütenden Ochsen. »Du dachtest, wir beide könnten allen Ernstes nur Freunde sein?« Hysterisch fuchtelt er zwischen uns beiden hin und her.

Entgeistert schüttle ich den Kopf. »Natürlich dachte ich das! Das waren deine verdammten Worte! Nicht ein einziges Mal hast du versucht, mir näherzukommen. Wie hätte ich da denn bitte damit rechnen sollen, dass du dir mehr vorgestellt hast?«, frage ich ungläubig.

Statt mir zu antworten, packt er mich am Kragen, zieht mich wieder auf die Beine und drückt mich gegen die kalte Wand. Überrascht keuche ich auf und versuche, seine Hände von mir zu stoßen, doch er lässt keinen Widerstand zu. Unerwarteterweise umgreift er meine rechte Brust. Sein Griff ist grob und in seinen Augen spiegelt sich pure Vergeltung wider, als er beginnt, an meinem T-Shirt zu zerren, um sich besseren Zugang zu verschaffen.

»Hat er dich hier angefasst?«, presst er zwischen zusammengebissenen Zähnen hervor, sodass es sich beinahe wie ein Zischen anhört. »Oder hier?«, fährt er fort und wandert hinunter zwischen meine Beine. Abrupt halte ich die Luft an, als er ohne Vorwarnung in meiner Hose verschwindet und seine Finger durch meinen Spalt gleiten lässt.

Aus Angst, die Situation durch eine Lüge noch schlimmer zu machen, versuche ich gar nicht erst, in den Verteidigungsmodus zu wechseln. »Nein, nicht so …«, krächze ich heiser. »Nicht so schmerzhaft.«

»Ach nein?«, fragt er und verfestigt den Druck um meinen Hals plötzlich so heftig, sodass ich Luft verschlucke und sofort anfangen muss zu husten. Mein gesamter Körper wird von einer Panik erschüttert, die mich wie mechanisch dazu bringt, mich mit Armen und Beinen gegen ihn zu wehren. Wie ein frustriertes Kind strample ich unter seinem Griff und versuche, ihm mit aller Kraft gegen das Schienbein zu treten.

Als hätte ihn das zurück in die Realität geholt, lässt er von mir ab, taumelt ein paar Schritte zurück und betrachtet mich ein paar Sekunden lang eingehend, bevor er sich die Hände vors Gesicht schlägt und immer wieder die Worte »Nein ... Nein, nein, nein!« wiederholt.

Noch immer in einer Schockstarre gefangen, presse ich mich mit dem Rücken fest gegen die Wand. Was zur Hölle war das eben? Niemals hätte ich gedacht, dass ich mich einmal vor einem Mann fürchten könnte, der mir einst so vertraut schien. Flynn hat mich auf brutale Weise gelehrt, dass die Dunkelheit in jedem von uns schlummert, unabhängig von unserer vermeintlichen Freundlichkeit. Nur warum? Was ist es, das ihn zu dieser entfesselten Reaktion getrieben hat? Kann die Tatsache, dass Ace und ich uns geküsst haben, wirklich der einzige Grund sein? Oder habe ich schlichtweg nicht bemerkt, dass er vielleicht doch tiefere Gefühle für mich entwickelt hat?

»Ich wollte nicht, dass du mich so erlebst«, presst Flynn atemlos hervor und hält sich eine Hand aufs Herz, das vermutlich wie wild schlagen muss. »Ich ... ich muss gehen.«

»Nein! Bitte, warte.« Schwer schlucke ich und trete einen Schritt von der Wand weg, um nicht länger wie ein verängstigtes Reh auszusehen. Selbst mehr als verwirrt darüber, dass ich nach solch einer Aktion noch immer nicht will, dass er unwiderruflich aus meinem Leben verschwindet.

Ich weiß es ... ich erkenne es in seinen Augen, dass das, was soeben passiert ist, nicht er selbst war. Nein, so ist er nicht, ich kann mich nicht so sehr in ihm getäuscht haben.

Auch Flynn scheint mehr als perplex darüber zu sein, was

ich eben gesagt habe. Sein Mund steht weit offen, während er mich anstarrt. Doch wenige Augenblicke später holen die düsteren Gedanken ihn wieder ein und er wendet sich von mir ab, um in die Hocke zu gehen und sich die Haare zu raufen. Fuck, das kann nicht real sein, das *darf* nicht real sein.

»Ich kann das nicht«, murmelt er mehr zu sich selbst als zu mir.

»Was kannst du nicht?« So sehr ich es auch versuche, ich kann das noch immer vorhandene Zittern in meiner Stimme nicht verbergen.

»Das hier.« Seine Stimme ist kaum mehr als ein Flüstern. »Ich muss weg. Sonst … sonst werde ich dir noch mehr wehtun«, fügt er entschlossen hinzu und richtet sich auf. »Der einzige Grund, warum ich mich zu dir hingezogen gefühlt habe, war, weil ich das Verbotene liebe. Aber so zu tun, als sei ich einer der Guten, das halte ich keinen verdammten Tag länger aus. Du solltest verdammt noch mal meine Akademie verlassen.«

Meine Akademie? Er drückt es aus, als sei ich nur ein unerwünschter Gast, ein Nebencharakter in dieser schlossartigen Kulisse. Ratlos lässt er mich im Zimmer stehen und verschwindet im Flur. Tränen brennen in meinen Augen und am liebsten würde ich laut schreien, um meinen anhaltenden Frust zu mildern. Je mehr Zeit vergeht, umso aufgewühlter fühle ich mich. Er kann mich nicht einfach zurücklassen und verlangen, dass ich die Akademie verlasse. Er ist mir eine Erklärung schuldig, er muss … ach, scheiß drauf!

Ohne mir Schuhe anzuziehen, stürme ich hinaus und lasse meinen Blick durch die langen, in Kerzenschein getränkten Flure schweifen. Doch weit und breit ist niemand zu sehen. Der dunkle Haarschopf, nach dem ich suche, ist verschwunden. Wie ferngesteuert, renne ich von Turm B zu Turm C, in welchem sich die Zimmer der männlichen Studenten befinden. Ein paar vereinzelte Studenten kreuzen meinen Weg und werfen verwunderte, teils abschätzige Blicke auf mich. Aber das ist mir egal. Im Moment zählt für mich nur eines: Flynn zu finden und die Dinge wieder in Ordnung zu bringen, die ich verbockt habe.

Nach und nach laufe ich jede einzelne Tür ab und suche nach Hinweisen, die darauf hindeuten könnten, dass es sein Zimmer ist, vor dem ich mich befinde. Nach über dreißig Zimmern, die ich vergeblich abgeklappert habe, bin ich bereits dem Aufgeben nahe. Bis ich endlich dumpfe Schläge und leises Fluchen hinter einer der Türen vernehme. Wer auch immer sich hinter dieser Tür befindet, muss unglaublich in Rage sein. Da ich ohnehin nichts mehr zu verlieren habe, hebe ich die Hand und klopfe an der großen, schwarz gestrichenen Holztür.

»Verpiss dich! Ich trainiere!«, dringt ein gepresster Fluch von der anderen Seite zu mir durch.

»Flynn«, sage ich mit der Stirn gegen die Tür gelehnt. Unverzüglich verstummt es im Raum. Weder die Schläge noch die aufgebrachte Stimme sind noch zu hören. Jegliche Geräuschkulisse ist vollkommen verebbt. »Darf ich bitte reinkommen?«, frage ich vorsichtig.

Kurze Zeit später höre ich, wie auch er sich der Tür nähert. »Es ist nicht gut für dich, hier zu sein«

»Das ist mir egal. Öffne jetzt die Tür, ich habe keine Schuhe an«, erkläre ich, um eventuell ein bisschen Mitleid zu erregen.

»Ich habe dich gewarnt, Ivory.« Mit diesen Worten öffnet er die Tür und gewährt mir somit einen Einblick in sein Zimmer. Eigentlich hat es den exakt selben Aufbau wie meines, nur die Einrichtung unterscheidet sich grundlegend. Kaum Deko, keine

Pflanzen und anstelle einer Staffelei hängt ein großer bordeaux-roter Boxsack von der Decke herab.

Viel wichtiger ist jedoch, dass er kein Oberteil trägt und gerade dabei ist, sich die Boxhandschuhe von den Händen zu streifen, um sie anschließend unachtsam in die Ecke zu werfen. Seine prachtvollen Schultern sind in all ihren Details zu erkennen, als er mir den Rücken zuwendet. Die Definition seiner Muskeln ist beeindruckend, insbesondere die ausgeprägte V-Form. Er muss etliche Stunden mit Krafttraining verbracht haben, um so auszusehen.

Seine kurze Hose bedeckt gerade so das Nötigste, und auch wenn ich weiß, dass es in dieser Situation mehr als unangebracht ist, mich an seinem Äußeren zu erfreuen, kann ich nicht anders, als hinzusehen.

Räuspernd zwinge ich mich dazu, den Blick abzuwenden, woraufhin er sich augenblicklich zu mir umdreht. Auch seine atemberaubende Brust und die definierten Bauchmuskeln schaffe ich erfolgreich auszublenden, als ich einen großen Schritt auf ihn zugehe.

»Hör mir bitte zu …« Den Tränen nahe, mache ich eine Pause und sammle mich. Er soll mich kein weiteres Mal schwach sehen. Denn das bin ich nicht. Ich bin eine Blackwell und Blackwells lassen sich von nichts und niemandem den Boden unter den Füßen wegreißen – außer von den Wellington-Brüdern, so viel ist mir mittlerweile klar geworden. »Bitte, stoße mich nicht von dir weg, ich weiß, dass das vorhin … nicht *du* warst. Du hättest mir nicht ernsthaft wehgetan«, hauche ich und schaffe es endlich, meinen Kopf anzuheben, um ihm direkt in die Augen zu sehen.

Unsere Blicke treffen sich und augenblicklich kann ich etwas in mir brechen spüren. Denn die Verbundenheit, die ich sonst zwischen uns gespürt habe, ist wie weggeblasen. Nichts als Kälte ist von dem Flynn übrig geblieben, den ich kannte und schätzte. Mit abfälligem Blick betrachtet er mich von oben herab, als wäre es eine Schande für ihn, überhaupt mit mir zu sprechen.

»Wir haben nichts mehr zu besprechen, Ivory. Das Schauspiel, das ich dir seit Wochen geboten habe, ermüdet mich. Ich kann dir nicht länger den Flynn geben, den du dir wünschst«, erklärt er ernst und verschränkt die Arme demonstrativ vor der Brust.

Nun füllen sich meine Augen doch mit brennender Flüssigkeit, da er mir immer mehr zu entgleiten droht. Ich verliere die Kontrolle, was mich unwillkürlich nach Luft schnappen lässt. Alles in mir fühlt sich plötzlich an, als drohe ich, elendig zu ersticken. Schnell presse ich mir die Hand auf den Mund, um mich vor der Blöße – in welcher ich mich längst befinde – zu bewahren.

Schlagartig löst Flynn sich aus seiner abwehrenden Haltung und kommt einen Schritt auf mich zu, während ich mich kopfschüttelnd von ihm abwenden möchte. Doch er denkt gar nicht daran, mich fliehen zu lassen, sondern greift mit den Fingern unter mein Kinn, um mich dazu zu bringen, ihn anzusehen.

Mit nassen Augen blicke ich zu ihm auf. Alles, was ich wollte, war, zu studieren, Freunde zu finden und zu versuchen, Spaß zu haben. Dass es derart schwer werden würde, auch nur eines dieser Dinge zu erreichen, bringt mich Tag für Tag ein bisschen mehr um den Verstand – und irgendwann gelange ich an den Punkt, an dem ich diesem Druck nicht länger standhalten kann. Es fehlt nicht mehr viel, um den heutigen Tag zu genau diesem werden zu lassen. Denn Flynn war eine der wenigen Konstanten in meinem Leben hier an der Akademie.

Und auch, wenn sein Blick auf mir etwas weicher wurde, fühlt er sich noch immer meilenweit entfernt an. Die quälende Distanz zwischen uns besteht weiterhin, woran auch meine Tränen nichts ändern können.

»Es tut mir so, so leid«, ächze ich und schlinge meine Arme um seine Taille. Mein Gesicht presse ich fest an seine nackte Brust und atme sein Parfüm ein, welches ich mittlerweile nur zu gut kenne. Alles in mir gefriert zu Eis, als er nach einer viel zu langen Zeit, die sich wie Stunden anfühlt, endlich seufzend meine Umarmung erwidert und seine Hand auf meinem Hinterkopf ablegt.

Ein leises, erleichtertes Schluchzen verlässt meine Kehle und ich drücke so fest wie möglich zu. Meine Gefühle scheinen verrückt zu spielen, denn genau in diesem Moment erscheint plötzlich Ace‘ Gesicht vor meinem inneren Auge. Ace, der es im Gegensatz zu Flynn überhaupt nicht verdient, dass ich an ihn denke.

Schnell verdränge ich ihn in die hintersten Regionen meines Bewusstseins und lenke meine Konzentration wieder auf den Mann, an dessen nackte Brust ich geschmiegt stehe.

Nach weiteren Minuten, in denen wir einfach nur so dastehen und uns in den Armen halten, fahre ich mit meinen Fingernägeln sanft seinen Rücken entlang. Eine Gänsehaut breitet sich auf seinen Armen und seiner Brust aus, welche mir ein verstohlenes Lächeln auf die Lippen zaubert.

Brummend krallt Flynn sich in meinem Haar fest. »Du solltest damit aufhören, Darling.«

Statt auf ihn zu hören, fahre ich unbeirrt fort, woraufhin er seine Hände von meinem Kopf hinunter zu meiner Taille gleiten lässt, um diese von beiden Seiten zu umfassen.

Ein Kribbeln breitet sich in meinem gesamten Körper aus.

Das Gefühl seiner großen Hände um meine schmale Taille lässt mir für einige Sekunden den Atem stocken. »Womit soll ich aufhören?«, frage ich heiser.

Er stößt ein animalisches Knurren aus und umgreift meine Hände hinter seinem Rücken, sodass ich meinen Kopf automatisch in den Nacken lege, um ihn anzusehen. »Du bewegst dich auf dünnem Eis«, haucht er mir entgegen und studiert jeden Zentimeter meines Gesichts.

Die plötzliche Nähe zwischen uns löst Gefühle in mir aus, die einem tosenden Sturm nahekommen. Bittersüß wird die Rache schmecken, mich von Ace' Bruder nehmen zu lassen, nachdem er meine Mobberin direkt vor meinen Augen gefickt hat. Langsam lasse ich meine Lippen über Flynns makellose Brust streifen. In kleinen Kreisen gleite ich mit meiner Zunge über sein Schlüsselbein und entlocke ihm so einen lustvollen Laut. »Wie dünn ist es denn?«

»Sehr, sehr dünn«, stellt er keuchend fest. Mit einer einzigen von seinen umfasst er meine beiden Hände und nutzt die andere, um meinen Kopf ein paar Zentimeter von sich wegzuschieben.

Verführerisch lecke ich mir über die Lippen und beobachte ihn dabei, wie seine Augen die ganz Zeit über auf meinen Mund gerichtet sind. Zu wissen, dass er mich die ganze Zeit über wollte und ich nicht einmal den Ansatz eines Verdachtes geschöpft habe, ist erotisch und beängstigend zugleich. Scheiß auf Freundschaft zwischen Mann und Frau. Es war dumm von mir, diesem Konzept überhaupt Glauben zu schenken. Die schmale Grenze haben wir ohnehin längst überschritten. Nichts von dem, was wir hatten, wird je wieder so sein, wie es war. Also warum nicht die Gelegenheit nutzen und das Beste daraus machen? Fuck, ich will ihn. Ich will ihn, obwohl ich es nicht sollte, und ich will ihn, obwohl ich eigentlich seinen verdammten Bruder wollte.

»Du würdest es bereuen, glaube mir, ich ...«, beginnt er, doch ich lasse ihn seinen Satz nicht beenden.

»Ich sehe in deinen Augen, dass du es willst. Du wolltest es schon die ganze Zeit über.«

Seufzend reibt er sich über die Stirn. »Das spielt keine Rolle. Du weißt nicht, wie ich sein kann, wenn ich *wirklich* die Kontrolle verliere. Das vorhin war nur ein Vorgeschmack auf das, was dich erwartet, wenn du dich auf das zwischen uns einlässt.« Seine Hände geben meine frei und streichen behutsam über meine glühenden Wangen. »Es ist besser für dich, wenn du gehst. Nicht nur aus diesem Zimmer, sondern aus der gesamten Akademie. Geh zurück nach Hause, bevor ein Sturm über dich hereinbricht, vor dem auch ich dich nicht länger beschützen kann.« Kurz nachdem er seine Ansprache beendet hat, weicht er von mir zurück und zerstört somit den Moment zwischen uns.

»Was zur Hölle habe ich euch allen eigentlich getan, dass ihr mich wie eine Aussätzige behandelt? Seit meiner verfluchten Geburt steht mir ein Platz an dieser Akademie zu! Ich bin weder eine Stipendiatin noch eine Austauschschülerin, bei der euer Hass auf irgendeine verdrehte Weise gerechtfertigt wäre!« Protestierend stemme ich die Hände in die Hüften und stapfe hinter ihm her.

Er stößt ein verächtliches Schnauben aus. »Oh, glaube mir, es geht noch viel schlimmer als das«, erklärt er resigniert und setzt sich auf seinen großen Ohrensessel in der Ecke des Raumes.

Verständnislos stapfe ich auf ihn zu. »Ich habe keine Ahnung, was euer verdammtes Problem ist, und scheinbar hat keiner von euch die Eier in der Hose, mir zu erklären, was es ist. Fakt ist, dass ich einfach nur studieren und das zwischen uns zulassen möchte. Selbst, wenn es bedeutet, mich einem Sturm stellen zu müssen. Weil mich die Meinung anderer einen Scheißdreck interessiert und das sollte sie dich offen gestanden auch nicht.« Direkt vor ihm komme ich zum Halten und blicke auf ihn herab.

»Du unterschreibst dein eigenes Todesurteil, Darling«, erklärt er so ruhig, dass ich meine, er möchte mich auf den Arm nehmen.

»Du spinnst komplett.« Beinahe hysterisch lachend weiche ich einen großzügigen Schritt vor ihm zurück. Ich habe keine Energie mehr, mich diesen zermürbenden Spielchen hinzugeben.

»Du willst dich einfach nicht zur Vernunft bringen lassen, oder? Egal was ich sage, du wirst dein Ding weiterhin durchziehen.« Nachdenklich reibt er sich die Handflächen aneinander. Seine Augen sind zu schmalen Schlitzen verengt, als er sich anmutig aus seinem Sessel erhebt und wie ein Raubtier auf mich zu stolziert.

»Pah!«, stoße ich aus. »Denkst du ernsthaft, ich lasse mir das Studium nehmen, aufgrund von ein paar Idioten, die meinen, sie könnten mir das Leben schwer machen? Dann kennst du mich leider viel zu schlecht, Wellington.«

Wenige Zentimeter, bevor unsere Nasenspitzen sich berühren, richtet er sich bossartig vor mir auf. Seine Präsenz ist auf positive Weise erdrückend. Mit gewölbter, nackter Brust mustert er mich ausgiebig. »Du wirst diese Entscheidung noch bitter bereuen, das verspreche ich dir«, knurrt er, bevor er mich bei der Hüfte packt und mich wie eine Feder hochwirft, um mich auf seiner eigenen aufsitzen zu lassen.

Scharf ziehe ich die Luft ein und kralle mich an seinen breiten Schultern fest. Sofort spüre ich, wie sich etwas in mir verräterisch zusammenzieht.

»Ich werde dich ficken, Darling. So lange, bis du nie wieder an diesen Bastard denkst. So lange, bis du seinen Namen vergisst.« Flynn trägt mich so lange rückwärts, bis ich hart an der Wand anstoße. Sofort vergräbt er sein Gesicht in meiner Halsbeuge, um meinen Duft in sich aufzusaugen. Seine Gier unterstreicht er, indem er seine Finger in meine Oberschenkel bohrt.

Dicht aneinandergepresst verschmelzen unsere Körper miteinander, als würden sie eine gemeinsame Melodie spielen. Dass allein er halb nackt ist, bringt mich noch um den Verstand. Ich verzehre mich förmlich danach, seine Haut auf meiner zu spüren. Jeder noch so dünne Fetzen Stoff zwischen uns fühlt sich an wie die Gitterstäbe einer rostigen Zelle.

»Ivory«, haucht er in mein Ohr, woraufhin sich eine angenehme Gänsehaut auf meinem Körper bildet. »Habe ich dich erst einmal für mich beansprucht, wird es kein Zurück mehr geben.«

Die geheimnisvolle und zugleich leicht drohende Art, mit der er mit mir spricht, macht mich verdammt noch mal so an. Ein unbändiges Prickeln durchfährt meine Mitte und ich kann nicht anders, als schnell und ungeduldig zu nicken.

»Du hast es so gewollt«, gibt er mir spöttisch lachend zu verstehen und sieht mir dabei direkt in die Augen. »Sag später nicht, ich hätte dich nicht gewarnt.«

Nur wenige Zentimeter trennen uns voneinander und ich frage mich, wann er endlich die Barriere durchbricht und mich küsst.

Als hätte er meine Gedanken gelesen, presst er seine

Lippen auf meine. Anders als bei Ace ist dieser Kuss nicht leidenschaftlich, sondern gierig und fordernd. Sein Mund bewegt sich rasch auf meinem und schon bald teilt auch seine Zunge forschend meine Lippen.

Überrumpelt vergrabe ich meine Hände in seinem Haar und ziehe leicht daran, als müsste ich einen Anker finden, der mich davor bewahrt, den Verstand zu verlieren. Meine pulsierende Mitte dränge ich immer näher an ihn und signalisiere ihm durch kreisende Bewegungen, wie sehr ich das hier gerade brauche. Mit einem wilden Ruck wirbelt er mich in die Richtung seines Bettes, um mich dann darauf fallen zu lassen.

Mit überwältigendem Verlangen liege ich auf seinem Bett und mustere den halb nackten Mann, von dem ich dachte, wir könnten nur Freunde sein. Wie leichtsinnig von mir ...

Mit beiden Händen greift er nach meinen Knien und drückt diese so weit auseinander, dass er sich zwischen meinen Beinen platzieren kann. Sein massiver Körper lehnt nun über mir und seine Augen fixieren die meinen. Ich werde nahezu wahnsinnig, als er beginnt, eine Linie sanfter Küsse an meinem Hals zu verteilen. Mit meinen Händen streiche ich zuerst über seine straffe Brust, dann über seinen Nacken, wo ich letztendlich verharre.

Seine Hand wandert zu meiner Brust, welche noch immer in mein T-Shirt gehüllt ist. Genervt lässt er die Luft aus seiner Lunge entweichen. »Setz dich, sofort.«

Ich folge seiner Anweisung und richte mich auf. Ohne zu zögern, stülpt er mir das Shirt über den Kopf und wartet auch nicht damit, meinen BH zu öffnen und mir die Leggings auszuziehen. Willig lasse ich es geschehen und spüre die Hitze in jeder Region meines Körpers aufsteigen.

»Was ich mit dir anstellen würde ...«, schwärmt er, als er

mich so gut wie nackt vor sich sitzen sieht. Augenblicklich stürzt er sich wieder auf mich. Ehe ich mich versehe, umspielt er die empfindlichste Region meiner Brüste mit seiner Zunge. Keuchend kralle ich mich an ihm fest und bringe es gerade so zustande, ihm zu sagen, dass er mit mir tun und lassen kann, was er möchte.

Ein dunkles Funkeln umgibt seine Pupillen und binnen weniger Sekunden hebt er mein Becken mit einem seiner starken Arme an und wirft mich mit einem Ruck direkt neben sich. Ein kurzer Schrei entweicht mir, woraufhin er mir sofort den Mund mit seiner Hand zuhält und mir direkt ins Ohr flüstert: »Spar dir die Schreie für später auf, Darling.«

Wie schafft dieser Mann es, mich allein durch seine Worte beinahe zum Höhepunkt zu bringen?

»Bitte, spann mich nicht weiter auf die Folter«, flehe ich, drehe mich zur Seite und lasse meine Hand zu seinem Schritt wandern. Am Bund seiner Hose pausiere ich, stecke lediglich zwei Finger hinein, um sie quälend langsam von links nach rechts wandern zu lassen. Die Beule in seiner Hose wird immer größer und ich erkenne an seinen flatternden Lidern, dass auch er unser Vorspiel kaum noch aushält.

Drohend blickt er auf mich herab. »Habe ich gesagt, dass du die Führung übernehmen darfst?«

Herausfordernd sehe ich ihm in die Augen und mache mich an seinem Gürtel zu schaffen. »Nein ... Nein, das hast du nicht.«

Ruckartig umfasst er meine Hände und zieht sie von seiner Hose weg. »Dann tu es auch nicht. Oder hast du etwa vor, mich wütend zu machen?«

»Nein«, flüstere ich und lasse mich wieder auf die Matratze sinken, woraufhin er meinen gesamten Körper mit seinen

Händen erkundet. Rau fahren sie über meine Brüste, meinen Bauch und meine Oberschenkel. Nur die eine Stelle, an der ich sie wirklich haben will, lässt er aus. Jammernd wölbe ich ihm mein Becken entgegen.

»Du folterst mich«, hauche ich.

»Nichts lieber als das«, lächelt er an meinem Bauch, auf welchem er gerade zarte Küsse verteilt. »Ich wäre dumm, das hier schneller enden zu lassen, als ich muss.«

Schwer atmend kralle ich mich ins Bettlaken und unterdrücke ein Stöhnen, als er sich meiner empfindlichsten Stelle nähert.

»Ich habe noch gar nichts getan und du verlierst bereits beinahe die Beherrschung. Was soll erst passieren, wenn ich das hier mache?«, fragt er rau und lässt seine Zunge über meinen völlig durchnässten Slip streichen.

»Fuck ... Flynn«, keuche ich seinen Namen, was ihn dazu verleitet, den Stoff beiseitezuschieben und mir alles zu geben, was er zu bieten hat.

Mit genau dem richtigen Druck lässt er die Spitze seiner Zunge über meinen pulsierenden Mittelpunkt kreisen. Fest beiße ich die Zähne zusammen und kralle mich in seinem Haar fest, während ich stöhnend den Kopf in den Nacken lege. »Schneller ... bitte«, bettle ich nahezu verzweifelt.

Seine Bewegungen werden schneller, während sein Hunger unstillbar scheint und er sich mit den Fingern tief in das Fleisch meiner Hüften gräbt. Doch egal, wie stark er sein Tempo beschleunigt, es reicht mir nicht, *das hier* ist nicht genug. Ich will mehr, ich ...

Meinen Gedanken Folge leistend, nimmt er noch zwei seiner Finger hinzu und schiebt diese quälend langsam in mich hinein. Mit harten, gleichmäßigen Stößen gleitet er immer wieder in mich hinein und lässt mich völlig vergessen, wer ich bin.

Lustvolle Schreie befreien sich aus meinem Inneren und erfüllen den Raum mit den Klängen unseres Liebesspiels.

Kurz bevor ich zitternd zum Höhepunkt komme, lässt er abrupt von mir ab und lässt all meine Lust in sich zusammenbrechen. Flehend blicke ich in sein Gesicht. »Was …?«

»Ich bitte dich … *So* lasse ich dich doch nicht zum Höhepunkt kommen. Du sollst *alles* spüren. Dich und mich, vereint.«

Hart schlucke ich und senke meinen Blick. In meiner Euphorie habe ich überhaupt nicht bemerkt, dass er sich seiner Hose entledigt und bereits ein Kondom übergestülpt hat.

»Hab keine Angst«, besänftigt er mich und drängt sich zwischen meine Beine. Mit seinen Zähnen liebkost er mein Ohrläppchen und lässt zeitgleich die Spitze seiner Eichel meine empfindliche Stelle erkunden. Es fühlt sich an, als kenne er sie bereits in- und auswendig, weshalb ich bereitwillig meine Beine weiter für ihn spreize, um ihm den vollen Zutritt zu gewähren. Ungeduldig legt er seine Hand um meinen Hals, bevor er ganz langsam in mir ertrinkt. Mit jedem Millimeter verstärkt er den Druck um meinen Hals ein wenig.

»Fuck«, keucht er, als er mich endlich vollkommen ausfüllt. »Du bist so bereit für mich.«

Das Gefühl, wie meine Pussy sich um ihn herum zusammenzieht und sich optimal an seine Größe anpasst, ist überwältigend.

Zustimmend nicke ich bloß, da ich nicht dazu in der Lage bin, auch nur einen geraden Satz über die Lippen zu bringen. Ich öffne mich ihm vollkommen und winkle meine Beine noch ein Stück weiter an, in der Hoffnung, ihn noch ein paar Millimeter weiter in mir aufnehmen zu können. Lustvoll beiße ich in seine Schulter, als er beginnt, sich mithilfe seines Beckens in langsamen Bewegungen in mir zu bewegen.

Seine immer härter werdenden Stöße gepaart mit dem Ansatz seines Schwanzes, der immer wieder gegen meine Klitoris drückt, führen mich beinahe in einen Höhenzustand der geistigen Abwesenheit. So beflügelnd fühlt es sich an, wie er mich um den Verstand fickt.

»Flynn ... ich ... ich komme gleich«, stöhne ich laut neben seinem Ohr.

»Komm für mich, Ivory«, raunt er atemlos.

Ein letztes Mal intensiviert er seine Bewegungen. Wenige Augenblicke später halte ich diesem quälend langsam aufsteigenden Druck in mir nicht mehr stand und es überkommt mich in überwältigenden Wellen. Zweimal hintereinander komme ich in den Genuss dieses explosiven Gefühls und auch er ergießt sich wenige Sekunden später in mir.

18

IVORY …

Völlig verstrahlt wache ich mitten in der Nacht auf und für einen kurzen Augenblick frage ich mich, in welchem Paralleluniversum ich mich gerade befinde. Gähnend reibe ich mir über die Augen, als ich Flynns Silhouette neben mir entdecke und mich kerzengerade aufrichte.

Fuck … was zur Hölle habe ich getan? Ich verfluchte Idiotin.

Seelenruhig liegt er neben mir im Bett. Seine Brust hebt und senkt sich in gleichmäßigen Abständen.

Völlig egal, wie atemberaubend die letzte Nacht gewesen sein mag, ich hätte es niemals so weit kommen lassen dürfen. Ich war nicht mehr Herr meiner Sinne, war vollkommen triebgesteuert. Von der Angst davor, erneut allein dazustehen ganz zu schweigen.

Zwischen Wut, Hass und dem Wunsch nach Rache schlich sich die tiefe Sehnsucht nach einem Freund. Mit ihm zu schlafen, schien die einzige Möglichkeit zu sein, ihn festzuhalten. Es ist nicht das Geschehene an sich, das ich bereue, es ist, dass ich nicht eher erkannt habe, in welche ausweglose Situation ich mich durch mein Handeln manövriert habe. Jetzt fühlt es sich an, als sei ich ihm etwas schuldig, als sei ich ihm verpflichtet.

Unsere Freundschaft wird nie wieder so sein, wie sie vorher einmal gewesen ist. Wir werden nie wieder gemeinsam im Bett liegen und eine Serie schauen oder ein Buch lesen können.

Die Erinnerung daran, wie er seinen harten Schwanz in erbarmungslosen Stößen in mich stieß, hat einen Keil zwischen uns getrieben.

Don't fuck your fucking friends or businesspartner, Ivory!, rufe ich mir selbst den Satz in Erinnerung, den meine Mutter mir seit der Highschool immer wieder durch die Blume einzuflößen versucht.

Außerdem bin ich nicht bereit, mich auf einen Mann wie ihn einzulassen. Völlig egal, ob es sich dabei um eine feste Beziehung oder etwas Lockeres handelt. Beide Varianten erfordern Vertrauen, welches ich nicht besitze. Sie erfordern Kommunikation, für welche ich nicht ausreichend aufbringen kann, und Zuversichtlichkeit, die ich längst verloren habe.

Solange ich nicht herausgefunden habe, was es mit all den Gerüchten um mich auf sich hat, kann ich mich nicht auf etwas einlassen, das auch nur den Hauch einer Verpflichtung mit sich bringt. Flynn ist dominant, besitzergreifend und eifersüchtig, was eine Beziehung zwischen uns – egal, auf welcher Basis – undenkbar macht.

Panik steigt in mir auf.

Hektisch sammle ich meine Kleidung zusammen, stülpe sie mir über und verlasse das Zimmer. Mit tapsenden Schritten schleiche ich in Socken durch die Flure, bis ich an meinem Zimmer ankomme und mich darin wie in einem Schutzbunker verkrieche. Erleichtert lasse ich die Luft aus meinen Lungen entweichen und verschwinde im Badezimmer. Es ist noch nicht einmal vier Uhr morgens, aber ich werde es ohnehin nicht schaffen, noch einmal einzuschlafen.

Motivationslos bereite ich mich also jetzt schon für den heutigen Tag vor und hole das, was ich gestern Abend hätte lernen sollen, nach. Um nicht wie eine der Frauen zu wirken, die nach einer gemeinsamen Nacht einfach ihre Sachen packen und verschwinden, zücke ich mein Handy und tippe eine Nachricht an Flynn.

ICH – 04:05 UHR:

> Guten Morgen. Wunder dich nicht, warum ich einfach gegangen bin, ich wollte dich nicht aufwecken. Ich hoffe, das ist in Ordnung. Wir sehen uns, Xoxo.

Sicher, dass dies weder zu abweisend noch zu anhänglich klingt, lege ich mein Handy beiseite und beginne, mir mein Alltags-Make-up aufzutragen. In Gedanken versunken, bemerke ich nicht, dass ich mir bereits viel zu viel Rouge auf die Wangen gepinselt habe. Das zwischen uns beiden – Flynn und mir – kann ich, egal wie sehr ich es auch versuche, einfach keiner Kategorie zuordnen.

Unmittelbar nachdem wir beide gekommen waren, war die Spannung wie erloschen. Es gab weder Küsse noch haben wir gekuschelt, um einzuschlafen. Wir lagen einfach nur da und haben uns über belanglose Themen unterhalten, so wie wir es immer tun. Wie Freunde es tun.

Vielleicht interpretiere ich zu viel in das unromantische Ende unseres Abends. Verdammt, es sollte mir egal sein, viel eher noch sollte es mich sogar freuen, dass wir nicht sofort das Verlangen verspürten, erneut übereinander herzufallen. Am liebsten wäre es mir, er würde auf mich zukommen und sagen

›Hey, es war ein atemberaubender Sex, aber ich habe gemerkt, dass wir nicht mehr als Freunde sein können‹.

Es würde alles einfacher machen. Nur leider ist das Leben der Elite nicht einfach und ich bin mir sicher, dass diese Aktion mir noch viel Ärger einbringen wird. Falls es einen Knopf gibt, mit dem man all seine negativen Gedanken ausstellen kann. Wo zum Fick bekomme ich diesen her?

Die Vorlesung über die Finanzbuchhaltung bringt mich zum wiederholten Male zum Gähnen, so einschläfernd ist das, worüber der Dozent seit fünfundvierzig Minuten ohne Aussicht auf ein Ende spricht. Wie bei einem Wasserfall sprudeln die Wörter aus ihm heraus und unwillkürlich frage ich mich, wo er diesen Enthusiasmus so früh am Morgen hernimmt.

Gelangweilt kritzle ich in meinem Notizheft herum, statt mitzuschreiben, da ich all das, was er erzählt, bereits eine Million Mal gehört habe. Diese Themen hat mein Vater mir bereits in der Grundschule beigebracht, da er sie als Grundlagenwissen einstuft.

Immer wieder schiele ich nach vorn in die ersten Reihen, um Camillas kupferfarbenen Haarschopf ausfindig zu machen. Die hochgewachsenen Typen vor mir versperren mir jedoch immer wieder die Sicht, sodass ich nur sekundenweise einen Blick auf sie erhaschen kann.

Was ich zu Gesicht bekomme, gefällt mir nicht. Normalerweise strotzt sie während der Vorlesungen nur so vor Tatendrang und meldet sich selbst dann noch zu Wort, wenn der Dozent sie bereits mehrfach ermahnt hat, einfach zuzuhören und sich bei Fragen im Anschluss persönlich bei ihm zu melden.

Heute allerdings sitzt sie da, den Kopf in die Hände gestützt, und scheint den Dozenten völlig auszublenden. Zugegeben, sie wirkt auch sonst die meiste Zeit über bedrückt, aber heute stimmt etwas ganz gewaltig nicht, das spüre ich. Wenn sie auch mit vielen Dämonen zu kämpfen hat, den Spaß an ihrem Traumstudium hat sie sich sonst nie nehmen lassen.

Stirnrunzelnd lehne ich mich in meinem Stuhl zurück und lasse die übrige Zeit der Vorlesung qualvoll über mich ergehen. Als wir endlich am Ende ankommen, eile ich als Erste nach unten und stelle mich Camilla in den Weg. Unauffällig drücke ich ihr einen Zettel in die Hand, auf dem steht: *Ich warte in zehn Minuten vor deinem Zimmer auf dich, bitte komm und lass uns reden.*

Vor ihrem Zimmer angekommen, lege ich mir die richtigen Worte zurecht, um sie aus der Reserve zu locken. Nachdem ich sie wochenlang in Watte gepackt und mich ihr nur in kleinen Schritten genähert habe, muss ich mich heute endlich dazu durchringen, ein ernstes Wort mit ihr zu sprechen. Ich möchte das Vertrauen zwischen uns stärken, habe aber keine Ahnung, wie ich das anstellen soll, da ich noch immer nicht so ganz verstanden habe, wer sie überhaupt ist. Vielleicht würde es helfen, ihr etwas aus meinem Leben anzuvertrauen. Wer weiß, vielleicht vertraut auch sie mir dann irgendwann das an, worüber sie sich bis heute vehement weigert zu sprechen.

Ja, genau das werde ich tun. Ich werde ihr erzählen, dass ich einen Jungen kennengelernt habe, wir uns näherkamen, ich aber zeitgleich auch an einen anderen denken muss. Dass die beiden Brüder sind, werde ich zunächst noch für mich behalten. Vermutlich ist allein das schon mehr, als wir die vergangenen

Wochen je besprochen haben – und möglicherweise kann ihr Rat mir ja Aufschluss darüber geben, wie ich weiter verfahren soll.

Eine halbe Stunde später stehe ich noch immer abwartend vor der Tür und hoffe darauf, dass sie gleich um die Ecke biegt und mich nicht einfach so sitzen lässt. Egal was in ihrem hübschen Köpfchen vor sich geht, ich bin mir sicher, dass es nichts gibt, was wir nicht gemeinsam in den Griff bekommen könnten. Die Sekundenzeiger auf meiner Rolex verspotten mich und nachdem dieselben Studentinnen mittlerweile zum zweiten Mal an mir vorbeigelaufen sind und mich gefragt haben, ob ich jemand Bestimmtes suche, entscheide ich mich, zu gehen.

Doch gerade, als ich mich umdrehe, kommt ihr puppengleiches Gesicht vor mir zum Vorschein. »Sorry, ich wollte dich nicht warten lassen«, erklärt sie atemlos. »Ich musste noch ein Buch zurückbringen und wurde von Beatrice aufgehalten, du weißt ja, wie sie ist.«

Erleichtert ziehe ich die Mundwinkel in die Höhe. »Kein Problem.«

Nachdem ich mich vergewissert habe, dass niemand in der Nähe ist, ziehe ich sie in eine flüchtige Umarmung, bevor sie die Tür aufschließt und wir gemeinsam ihr Zimmer betreten.

Seit dem letzten Mal hat sich etwas in diesem verändert. Nicht sofort fällt mir auf, was es ist. Doch nach näherem Hinsehen erkenne ich, dass sie die Wände gestrichen und dabei ihrer künstlerischen Ader freien Lauf gelassen hat. Neben kleinen Zeichnungen fällt mir aber vor allem die Lichterkette auf, welche sich durch den kompletten Raum zieht und von kleinen Polaroid-Bildern bestückt ist.

Ich traue mich nicht, genauer hinzusehen, aber aus dem

Augenwinkel erkenne ich, dass es sich bei diesen Leuten nicht nur um ihre Familie handeln kann. Einige Menschen in unserem Alter sind auf den kleinen Bildern zu erkennen, ein paar von ihnen kommen mir bekannt vor, jedoch kann ich sie nicht genau zuordnen. Führt Camilla ein Doppelleben oder was steckt hinter all diesen mir unbekannten Leuten?

Mein Herz zieht sich ein klein wenig schmerzhaft zusammen, als ich realisiere, dass an dieser Wand kein einziges Foto von uns beiden hängt. Wie auch? Wir haben noch nie ein gemeinsames Foto geschossen. Vermutlich liegt das an unserer verkorksten Beziehung zueinander oder daran, dass sie kein Risiko eingehen möchte, dass irgendwer erfährt, dass sie in Kontakt zu mir steht.

Trotz dessen wende ich mich fröhlich zu ihr um, nur um Sekunden später ihr von Tränen gezeichnetes Gesicht zu erblicken.

»Oh, nein. Cami! Was ist denn los?«, frage ich besorgt und eile auf sie zu, um sie bei den Schultern zu packen und ihr Gesicht eingehend zu scannen.

Aus zusammengekniffenen Augen blickt sie mir entgegen und versucht krampfhaft, ein Schluchzen zu unterdrücken. Unter Schnappatmung schüttelt sie den Kopf, als könne sie sich nicht zwischen ›ich brauche dich gerade‹ und ›lass mich allein‹ entscheiden.

Ich beschließe, ihr die Verantwortung für diese Entscheidung abzunehmen, und führe sie zu ihrem Bett. Dort setze ich sie vorsichtig ab und gehe vor ihr in die Knie. »Sieh mich an, okay?«

Sie wendet den Kopf von mir ab, womit ich bereits fest gerechnet habe. Ihre Beine zittern und ich spüre förmlich, wie all der zurückgehaltene Ballast aus ihr herauszubrechen droht.

Beruhigend lege ich eine Hand auf ihrem Oberschenkel ab und streiche mit meinem Daumen darüber – einfach, um ihr zu zeigen, dass ich da bin und nicht wieder gehen werde. »Es ist okay, du darfst vor mir weinen. Ich möchte in jeder Lebenslage für dich da sein, nicht nur in den guten.«

Schluchzend vergräbt sie das Gesicht in ihren Händen. »Das ist doch alles scheiße.«

»Ja, das Leben kann ziemlich beschissen und verräterisch sein«, stimme ich ihr zu. »Aber weißt du, was das Gute ist?«

Schniefend stützt Camilla sich auf ihren Ellbogen ab. »Was denn?«

»Das Gute ist, wir können selbst entscheiden, wie viel Macht wir dem Leben über uns geben. Wie sehr wir uns davon vereinnahmen lassen.«

Scheinbar haben meine Worte eine gewisse Wirkung auf sie. Die vielen kleinen Zahnräder in ihrem Kopf setzen sich in Bewegung und verarbeiten das, was ich ihr versuche, klarzumachen.

»Niemand auf dieser Erde kann den Verlauf deines Lebens bestimmen, außer dir selbst. Du allein verleihst ihnen die Macht, dich zu beeinflussen. Hast du erst einmal gelernt, dies zu unterbinden, werden sie dich respektieren, und niemand wird mehr in der Lage dazu sein, dir das Wasser zu reichen.« Auch dies ist eine Weisheit, welche mein Vater mir früh gelehrt hat. Bis heute habe ich kein einziges seiner Worte vergessen. Tief in meinem Bewusstsein sind sie verankert und jederzeit wie auf Knopfdruck abrufbar.

Ich wechsle von meiner unbequemen Hockposition in den Schneidersitz. Ermutigend klopfe ich neben mir auf den hellgrauen Teppich und hoffe, dass sie sich zu mir setzt.

Zögerlich lässt sie sich von der Bettkante gleiten und landet neben mir auf dem Boden. Einen schweren Atemzug später zupft sie sich an der Nagelhaut herum und scheint vollständig in ihren Gedanken versunken zu sein.

Nachdem ich ihr ein wenig Zeit gegeben habe, sich zu sammeln, setzt sie wenige Minuten später zum Sprechen an. »Ich …«, beginnt sie, bricht jedoch ab und lächelt ungläubig in sich hinein, die Finger fest auf ihre Nasenwurzel gepresst.

»Camilla, du kannst mir vertrauen. Ich möchte wissen, was dich bedrückt, um für dich da zu sein«, erkläre ich nachdrücklich und drehe meinen Kopf in ihre Richtung. Ihr Seitenprofil sieht selbst, wenn sie geweint hat, noch hinreißend aus.

Camilla stößt ein verächtliches Schnauben aus. »Glaub mir, *du* bist die Letzte, die mir helfen kann.«

Stirnrunzelnd lasse ich den Kopf sinken. Auch, wenn ich versuche, ihre Worte nicht allzu nah an mich heranzulassen, haben sie mir doch einen eindeutigen Stich versetzt. »Wieso denkst du das?«

»Denkst du, ich finde es toll, nicht mehr Zeit mit dir verbringen zu können? Mich ständig mit dir irgendwo verstecken zu müssen, aus Angst, gesehen zu werden?« Todernst suchen ihre Augen meinen Blick, ihre sonst seidenglatte Stirn ist in tiefe Falten gelegt. Mit dem Handrücken wischt sie sich die letzte verbleibende Träne aus dem Gesicht. Mit einem feuchten Kosmetiktuch aus ihrer Handtasche tupft sie sich die Mascara Reste von ihrer Wange und wirft es anschließend unachtsam in die Ecke ihres Zimmers, wobei sie den Mülleimer nur um wenige Zentimeter verfehlt.

Da ich keine Ahnung habe, was ich darauf erwidern soll, starre ich sie bloß mit leicht offenem Mund an.

»Surprise«, trällert sie, hebt die Hände an und lässt ihre Finger spielerisch tanzen. »Nein, finde ich nicht. Um ehrlich zu sein, hasse ich es sogar. Glaub mir, Ivy, ich kann dich verdammt gut leiden! Auch wenn ich es bisher nicht so häufig gezeigt habe. Und fuck, ich wünschte, es könnte anders sein.«

Perplex blinzle ich sie an. Zwar hatte ich insgeheim nur darauf gewartet, dass sie zugibt, etwas für mich übrig zu haben – dass es jedoch in einem solchen Gefühlschaos endet, hätte ich nicht erwartet. Eher so etwas wie ›Übrigens bist du doch cooler als erwartet‹ gefolgt von einem freundschaftlichen High five.

»Aber das kann es nicht, dafür ist … zu viel passiert«, berichtet sie und ich habe mal wieder keine Ahnung, wovon sie spricht.

»Wieso spricht hier eigentlich jeder mit mir, als wäre ich ein Außenseiter, der noch dazu zu blöd ist, zu verstehen, was hier verdammt noch mal abgeht?«, murre ich verärgert, bereue es kurz darauf jedoch schon wieder.

Eben noch offenbart sie mir, dass sie sehr wohl Gefallen an unserer Freundschaft gefunden hat, und nun meckere ich sie hemmungslos an. Frustriert spiele ich an den Nähten des Teppichs herum. »Ich verstehe einfach nicht, was ich verbrochen habe, dass mich jeder von sich fernhält? Ich meine, was hindert dich daran, mit mir befreundet zu sein? Bitte, erkläre es mir, damit wir das Problem gemeinsam aus der Welt schaffen können.«

Verzweifelt lasse ich die letzten Wochen Revue passieren und versuche, die noch fehlenden Puzzleteile zusammenzusetzen. Meine erste Nacht, als Ace mir bereits merkwürdige Andeutungen zuspielte. Dann Anastasia und ihre Freundinnen, die mich von Beginn an verabscheuten und niedermachten. Flynn, dessen Worte nicht zu seinen Taten passten, und selbst Camilla, die immerzu auf Distanz blieb. Nicht zu vergessen, der mysteriöse Fremde, der mal da ist, mal nicht, und immer dann auftaucht, wenn ich ihn am wenigsten gebrauchen kann.

All diese scheinbar unzusammenhängenden Ereignisse fügen sich allmählich zu einem gemeinsamen Bild und die Erkenntnis, dass mehr hinter all dem stecken muss als reiner Zufall, trifft mich wie ein Blitz.

Camilla presst die Augenlider fest aufeinander und krallt sich mit den Fingern in den Fasern des Teppichs fest. »Ich … kann einfach nicht.«

»Was kannst du nicht?«, hinterfrage ich, bemüht, möglichst einfühlsam zu klingen.

»Dir sagen, was mich bedrückt. Du würdest … es würde dich zerstören, und mich gleich mit in den Abgrund ziehen. Das will ich einfach nicht, verstehst du?« Mitleidig sieht sie mir in die Augen und versucht offensichtlich, darin zu lesen, was mir durch den Kopf geht.

Doch dieser ist völlig leer. Ich kann weder denken noch fühlen. Mein Leben geht den verfluchten Bach runter und sie macht sich Sorgen darum, dass ich an irgendetwas zerbrechen könnte? Niemand wird es je schaffen, mich zu Fall zu bringen. Dafür habe ich zu hart gekämpft und zu viele der Gene meines Vaters geerbt.

»Glaubst du ernsthaft, es könnte etwas Schlimmeres geben, als von jedem abgestoßen zu werden, der einem etwas bedeutet? Ohne Begründung und ohne Rücksicht darauf, wie ich mich dabei fühle? Schlimmer, als sich jede Nacht vor dem Einschlafen den Kopf darüber zu zerbrechen, was ich falsch gemacht habe, um derart bestraft zu werden?«

Nun bin ich es, aus deren Augenwinkel sich eine kleine Träne befreit. Langsam kullert sie meine Wange hinab – ebenso wie meine Hoffnung auf ein normales Leben an der Southside

Academy, mit normalen Freunden und einem normalen Studentenalltag. Sie gleiten dahin und lösen sich auf wie Zuckerwatte, wenn man sie ins Wasser wirft.

Seufzend erhebe ich mich vom Boden und begebe mich vor das weitläufige Fenster. Es liegt auf der genau gegenüberliegenden Seite von meinem und bietet anstelle des gewohnten Blicks auf den umliegenden Wald eine vollkommene Panoramasicht über den Campus. Wie Ameisen bewegen sich unsere Mitkommilitonen auf den labyrinthartigen Wegen oder versammeln sich in kleinen Grüppchen auf den grünen Flächen, um zu lernen oder die Herbstsonne zu genießen. Während ich für einen Augenblick nur zu gern mit ihnen tauschen würde, erkenne ich doch nur zu deutlich, dass jeder von uns sein ganz eigenes Päckchen mit sich zu tragen hat.

»Mit dir hat all das nichts zu tun, es geht vielmehr um … um …«, stottert Camilla und platziert sich neben mir am Fenster. Ihre zarten Hände legen sich um einen mit Wasser gefüllten, goldenen Becher. Gierig nimmt sie einige Schlucke daraus, vermutlich um Zeit zu schinden.

Auch meine Kehle fühlt sich trocken an. Seit gestern Abend habe ich keinen Schluck Wasser mehr zu mir genommen.

»Um wen, Camilla?«, hake ich ungeduldig nach und nehme ihr den Becher aus der Hand. Mit einem lauten Knall stelle ich ihn auf dem Fensterbett ab, woraufhin ein wenig des Inhalts über den Rand schwappt und sich auf ihren alten Dielenboden ergießt.

Sie schluckt schwer. »Dein Vater … und mein Vater, sie kennen sich, sie haben gemeinsam hier studiert und … meiner ist nicht besonders gut auf deinen zu sprechen.«

Die Luft in diesem Raum beginnt allmählich eng zu werden, weshalb ich das Fenster öffne und tief die kalte

Morgenluft inhaliere. Auf den Ranken des Efeus, die sich neben ihrem Fenster emporschlängeln, zeichnet sich noch der minimale Hauch des morgendlichen Taus ab – und das, obwohl es bereits nach zehn Uhr ist.

»Okay, und jetzt?«, frage ich ernsthaft interessiert, was sie theatralisch nach Luft schnappen lässt.

Skeptisch ziehe ich eine Augenbraue in die Höhe. Wenn sie wüsste, mit wie vielen Menschen unsere Eltern verfeindet sind, dann würde sie sicher kein so großes Ding daraus machen. So läuft das in diesem Business unter den Männern. Nur wer den Fokus auf sich selbst legt und das Leid der anderen in Kauf nimmt, wird an der Spitze bleiben. Geplatzte Deals, Verrat und zwielichtige Geschäfte stehen hier an der Tagesordnung.

Mit Sicherheit hatten die beiden irgendeine unbedeutende Meinungsverschiedenheit und stehen sich seither kritisch gegenüber, keine große Sache.

»Camilla, hast du eine Ahnung, mit wie vielen Menschen unsere Väter vermutlich zerstritten sind? Mit uns beiden«, ich mache eine Pause und tippe mit dem Zeigefinger erst gegen ihre und anschließend gegen meine Stirn, »hat das überhaupt nichts zu tun.«

»Wenn du nur wüsstest«, murmelt sie und wendet den Kopf von mir ab, um auf ihren Schreibtisch zuzusteuern, wo sie ihre Tasche für die nächste Vorlesung packt.

»Weißt du was?«, sage ich ernst und schultere meine Handtasche. »Ich mache das so nicht mehr mit.«

Fragend und beinahe panisch dreht Camilla sich zu mir um, sagt jedoch kein Wort. Sie sitzt einfach nur da und sieht mich aus wehleidigen Augen an.

»Du willst mich auf Abstand halten? In Ordnung. Du bekommst mich auf Abstand. Ich werde nicht länger auf Abruf für dich verfügbar sein – immer nur dann, wenn kein anderer in der Nähe ist, der bereit ist, sich deine Scheiße anzuhören. Dieses bisschen Stolz lasse ich mir sicher nicht von jemandem nehmen, der sich für unsere Freundschaft schämt«, spucke ich ihr förmlich entgegen, so wütend bin ich.

Entrüstet folgt sie mir zur Tür. »Ich schäme mich nicht für dich«, behauptet sie, während sie sich zwischen mich und ihre Zimmertür stellt, um mir den Weg zu versperren.

»Dann beweise es.« Mit diesen Worten schiebe ich sie beiseite und verlasse das Zimmer.

Schwungvoll knalle ich ihr die Tür vor der Nase zu und stolziere zu meiner nächsten Vorlesung, welcher ich nicht eine einzige Sekunde lang aufmerksam folgen kann. Der Unterricht über die wichtigsten Unterschiede von Aktien, ETFs und Kryptowährungen zieht vollständig an mir vorbei. Würde mein Vater hier sein, wäre er sicher enttäuscht von mir, dass ich ausgerechnet bei diesem Thema nicht aufgepasst habe.

Ich habe genug von diesen Geheimnissen und dem offensichtlichen Unmut über meine Anwesenheit an dieser Akademie. Was zur Hölle ist los mit diesen Leuten? Ich werde nicht länger tatenlos herumsitzen und es über mich ergehen lassen, von jedem systematisch abgestoßen zu werden. Nein, verdammt, ich bin keine Praline, die man heimlich zu sich nimmt, obwohl man eigentlich auf Diät ist. Auf diese Weise lasse ich mich nicht länger behandeln. Dem wird noch heute ein Ende gesetzt. Ich muss herausfinden, was es mit all dem auf sich hat. Es kann doch nicht wahr sein, dass jeder etwas darüber weiß, nur ich nicht – die Person, die es am allermeisten betrifft.

19

IVORY …

MIT IN DIE HÖHE GERECKTEM KINN ZIEHE ICH AN ALL DEN – in meinen Augen minderbemittelten – Studenten vorbei, die sich offensichtlich für etwas Besseres halten. Seit Tag eins blicken sie von oben auf mich herab, ohne mit der Wimper zu zucken. Ihre dunkle Aura schreckt mich jedoch nicht im Geringsten ab. Sie haben keine Ahnung, welch eine einnehmende Dunkelheit in mir schlummert, und wie bereit ich dazu bin, sie ihnen endlich vorzustellen.

Die gigantische Doppeltür der Bibliothek steht bereits sperrangelweit offen, als ich die Türschwelle übertrete und geradewegs auf Beatrice zusteuere. Mit großen Augen blickt sie mir entgegen und schnalzt anerkennend mit der Zunge, als ich vor ihr zum Stehen komme. »Das nenne ich ein Temperament, kleine Blackwell.«

Die Hände in die Hüften gestemmt, durchbohre ich sie mit meinem todernsten Blick, der keine Widerrede zulässt. »Schülerzeitungen. Jetzt.«

»Wir wollten uns doch erst heute Abend treffen, um …«

Sofort unterbreche ich sie mit einer abwehrenden Handbewegung, nehme ihr ihren Kugelschreiber aus der Hand und bestrafe sie erneut mit undurchdringbarer Ernsthaftigkeit.

Seufzend klappt sie ihr Notizbuch mit dem Adlerwappen der Southside Academy zu und tritt hinter ihrem Tresen hervor. Beatrice ist eine altmodische, elegante Frau. Trotz der Tatsache, dass auch sie sich an den Dresscode dieser Akademie halten muss, zaubert sie Tag für Tag ein neues außergewöhnliches Outfit. Heute zum Beispiel trägt sie über dem engen, schwarzen Southside-Rollkragenpullover einen königsblauen Seidenschal, welcher sich hervorragend mit ihrem langen Faltenrock ergänzt. Trotz ihres fortgeschrittenen Alters von sechsundfünfzig Jahren, lässt diese Frau nichts anbrennen. Wenn sie sich etwas nicht nehmen lässt, dann ist es ihr Sinn für Mode.

»Tob dich aus«, sagt sie, als sie eine Tür öffnet, welche mir noch nie zuvor hier aufgefallen ist. Sie liegt leicht versteckt zwischen zwei hohen Bücherregalen und sofort steigt ein Gefühl von Anspannung in mir auf. Obwohl sie es selbst ist, die mir Zugang zu diesem Bereich verschafft, fühlt es sich an, als würde ich etwas Verbotenes tun.

Hoffentlich finde ich da unten Antworten auf meine Fragen oder zumindest Hinweise, die mich einen Schritt näher an mein Ziel führen.

Bevor ich die alten Steintreppen hinabsteige, drückt Beatrice mir eine durch Kerzenschein leuchtende Laterne in die Hand, da es dort unten in diesem Keller keinen Lichtschalter gibt. *Na super, noch klischeehafter kann es echt nicht mehr werden.* Vorsichtig setze ich einen Fuß vor den anderen, bis ich letzten Endes unten ankomme und mich erst einmal sortieren muss. Überall stehen eingestaubte Kartons und halb auseinanderfallende Regale herum. Ich möchte gar nicht wissen, mit wie vielen Spinnen ich mir gerade den Raum teile. Ein kalter Schauer läuft mir den Rücken hinab und ich schlucke schwer, bevor ich mich dem ersten Karton nähere, um die Beschriftung zu entziffern. In den ersten drei Kartons befinden sich lediglich Kostüme alter Veranstaltungen. Besonders interessant finde ich hierbei, dass sich scheinbar vor einigen Jahren der freiwillige Musical-Kurs dazu entschlossen hat, eine Aufführung zu *The Great Gatsby* zu performen. Wie gern ich da dabei gewesen wäre ... Es muss atemberaubend gewesen sein. Denn allein das, was ich im Vorbeigehen von den heutigen Talenten des Kurses erhasche, ist bereits herausragend. Doch dafür bin ich nicht nach hier unten gekommen. Ich bin auf der Suche nach Jahrbüchern und Schülerzeitungen.

Während ich meine Augen durch den dunklen Raum schweifen lasse, bleibe ich an einer alten Kommode mit goldenen Muschelgriffen hängen. Sie ist etwa zwei Meter lang und muss ein Vermögen wert sein. Allgemein sind alle Möbel in diesem schlossähnlichen Gebäude von antiker Schönheit geprägt, weshalb ich mich umso mehr frage, weshalb sie ausgerechnet in diesem heruntergekommenen Keller gestellt werden. Dafür sind sie doch viel zu schade. Ich male mir bereits aus, wie gut die Kommode mit meinem Kleiderschrank zu Hause harmonieren würde, als ich bemerke, dass meine Gedanken erneut vom Wesentlichen abgeschweift sind. Mit gestrafften Schultern marschiere ich zielstrebig auf die schöne Kommode zu. Ich traue mich kaum, die Schubladen zu öffnen, aus Angst, ich könnte die Griffe dadurch beschädigen. Wobei diese mir eigentlich völlig gleichgültig sein sollten. Das Einzige, was zählt, ist,

Informationen zu sammeln, und davon möglichst viele. Vielleicht sind diese sich ständig einschleichenden Gedanken auch eine Reaktion meines Körpers, um mich vor etwas zu warnen, was ich möglicherweise bereuen könnte. *Fange ich nun schon an, paranoid zu werden? Verdammt, Ivy, reiß dich zusammen!*

Mit einem kräftigen Ruck ziehe ich die erste Schublade auf und leuchte mit meiner Laterne hinein. Mehrere kleine Falter flattern aus dieser heraus und lassen mich die Augen zusammenkneifen. Als ich diese vorsichtig wieder einen Spaltbreit öffne, erwarten mich eine Vielzahl aneinandergereihte Bücher mit schwarzem Einband. *Bingo. Das müssen die Jahrbücher sein!*

Zaghaft ziehe ich eines von ihnen heraus und befreie es mittels mehrfachen Pustens von seiner dicken Staubschicht. Auf dem Cover ist in großer geschwungener Schriftart die Zahl *1859* abgebildet. Gott, wie viele Jahre bewahren die diese Bücher denn auf? Niemand von diesen Menschen ist noch am Leben.

Neugierig schlage ich die erste Seite auf. Da die ersten Farbfotos erst viel später entstanden, sind die in diesem Buch allesamt schwarz-weiß. Schon damals bestand das Wappen der Southside Academy aus demselben Adler wie heute und derselben geschwungenen Umrandung. Es ist interessant zu sehen, dass dieses, trotz all der Jahre noch immer unverändert blieb. Auch damals trugen die Männer lange Mäntel, einige von ihnen trugen zudem merkwürdig aussehende Zylinder. Jedoch wirkten sie insgesamt viel adretter und disziplinierter als die Jungs, die heute an dieser Akademie studieren.

Die Frauen trugen pompöse Kleider statt Blusen und Röcken. Ich weiß nicht, ob sie dies nur für die Fotos trugen, aber immerhin wussten sie, wie sie sich selbst in Szene setzen konnten.

Zu verfolgen, wie die Southside Academy sich mit den Jahren veränderte, zieht mich in einen unvermeidbaren Bann. Kutschen wurden durch Limousinen ersetzt, Reitsport wird von Softball von der Spitze gestoßen und irgendwann gegen 1930 mussten die Frauen und Männer sich auf den Abschlussfotos nicht mehr getrennt voneinander fotografieren lassen.

Besonders zu den Zeiten des ersten und zweiten Weltkrieges kann man erkennen, dass die Gesichter der Studenten müde waren. Wirtschaftliche Krisen, eingezogene Männer und familiäre Tragödien machten den Menschen sichtlich zu schaffen. Dunkle Ringe unterhalb der Augen zierten einige der Gesichter unserer Vorfahren. Ein unwohles Gefühl breitet sich in meiner Magengegend aus, wenn ich daran denke, dass all dies weniger als ein Jahrhundert hinter uns liegt. All das Leid und all die verlorenen Seelen. Wann versteht die Menschheit endlich, diesem Wahn ein Ende zu setzen und nie wieder irgendwo einen Krieg herrschen zu lassen?

Als ich mich den Jahrgängen meiner Eltern nähere, beginnen meine Hände leicht zu zittern. Zögernd ziehe ich das Buch mit der Aufschrift *1981* heraus, dem Jahr, in dem sie beide ihren Bachelorabschluss hier an der Southside Academy absolviert haben. Auch dieses ist ziemlich verstaubt, jedoch nicht so sehr wie das erste, das ich aus den Schubladen zog.

Unzählige fremde Gesichter lächeln mir entgegen, von welchen jedoch einige meinen Kommilitonen erstaunlich ähnlich sehen. Natürlich, die meisten ihrer Eltern studierten schließlich ebenfalls hier. Genauso wie meine. Generation für Generation tragen die Familien ihre Namen durch die Wände dieser Akademie und erzählen Geschichten, die auch Jahre später nie vergessen werden. Ohne den Familienbonus schafft man es nur durch ein schwer zu ergatterndes Stipendium oder einen herausragenden Intelligenzquotienten, hier zu studieren.

Nach mehreren Minuten des vergeblichen Blätterns, stoße ich endlich auf ein Gruppenfoto des Studiengangs *Finance and Management*. Es dauert eine Weile, bis ich unter all den in Roben gekleideten Menschen endlich meine Eltern erblicke. Sie stehen nebeneinander, Dads Arm fest um Moms Taille geschlungen. Sie beide strahlen glücklich in die Kamera, wobei ich den Stolz in den Augen meines Vaters noch viel deutlicher vernehmen kann.

Ebenfalls finde ich Fotos, auf denen meinem Vater Auszeichnungen für herausragende Leistungen verliehen werden, welche er mit einem festen Händedruck entgegennimmt. Meine Mutter steht währenddessen lächelnd an der Seite der Tribüne und schmachtet meinen Vater verliebt an. Die beiden waren schon immer ein Traumpaar. Obwohl mein Dad von Natur aus ein ziemlich schroffer Typ Mann ist, war es schon immer meine Mom, die ihn schwach werden ließ.

Wenn ich Mom auf diesen Bildern so betrachte, fällt mir erst so richtig auf, wie unfassbar ähnlich wir uns sehen. Genauso wie meines, fällt auch ihr Haar in sanften Wellen über ihre Schultern. Die Nase sowie die schlanke Statur habe ich ebenfalls von ihr geerbt. Mein Vater ist zwar nicht besonders groß – er überragt uns gerade einmal um einen halben Kopf – dafür ist er aber aufgrund seines jahrelangen, disziplinierten Trainings mit einer breiten Statur ausgestattet, die ihm deutlich mehr Körpervolumen verschafft.

Zuletzt suche ich nach den Einzelfotos der Absolventen und ihren Einträgen im Jahrbuch. Hier werde ich glücklicherweise sehr schnell fündig, da ich nur einmal durchzublättern brauche, um all die kleinen, aneinandergereihten Gesichter ausfindig zu machen. Stutzig werde ich erst, als ich unter dem Foto meines Vaters die Worte ›Auf dass der Name Blackwell auf ewig bereinigt sein mag‹ lese.

Was könnte er damit meinen und wieso hat er mir nie etwas darüber erzählt, dass unser Name scheinbar einst durch den Dreck gezogen wurde?

Stirnrunzelnd schlage ich das Buch zu und blicke mich suchend im Kellerraum um. Auch auf diese Frage muss es irgendwo hier unten eine Antwort geben. Dass irgendetwas Geheimnisvolles vor sich gehen muss und es sich nicht bloß um einen gut durchdachten Studentenstreich handeln kann, wurde mir spätestens jetzt schmerzhaft bestätigt. Ein unbehagliches Gefühl breitet sich in meiner Brust aus und ich drücke das staubige Jahrbuch fest an meine Brust.

Beatrice' schallende Stimme lässt mich unwillkürlich zusammenzucken. »Kind, was machst du denn so lange hier unten? Ich mache mir allmählich Sorgen!«, ruft sie von der obersten Treppenstufe zu mir herunter.

»Ich ... ich finde die alten Schülerzeitungen nicht«, fluche ich, während ich die Kartons durchwühle, auf denen in großen Buchstaben *Schülerzeitungen der Jahrgänge 1940 bis 2020* steht. In Klammern steht darunter noch, sie seien nach Jahrzehnten sortiert. Seit 2020 gibt es keine gedruckten Schülerzeitungen mehr. Inzwischen verfügen wir Studenten über einen Zugriff zu einem Onlineportal, in dem wir all die Artikel lesen können, die von den freiwilligen Redakteuren und Journalisten dieser Akademie verfasst werden. In den Kisten vor mir befinden sich aber keine Zeitungen. Sie sind verschwunden und wurden durch styroporartigen Füllstoff ersetzt. Wütend kicke ich gegen einen der Kartons. Er rutscht gute vier Meter von mir weg, bis er an der Wand aufstößt, umfällt und die gesamten Verpackungschips sich auf dem Boden verteilen.

»Na, na, na, kein Grund, die Beherrschung zu verlieren«, schimpft Beatrice und stapft die Treppenstufen zu mir hinunter.

Unten angekommen, lehnt sie sich weit über die offenstehenden Kartons, setzt sich die Brille auf die Nase, die bis eben noch an einem Brillenbändchen um ihren Hals hing, und hält Ausschau nach den Schülerzeitungen.

»Hm, das ist merkwürdig«, brummt sie nachdenklich. Eleganten Schrittes schreitet sie umher und tastet auch andere Regale, Kommoden und Kartons ab, doch nirgends wäre so viel Platz, um diese enorme Anzahl an Schülerzeitungen unterzubringen.

Gespannt folge ich ihr, in der Hoffnung, sie könnte auf magische Weise das finden, wonach ich, seit über einer Stunde, vergeblich suche. So ist das doch immer, oder nicht? Man sucht etwas, hat aber keinen blassen Schimmer, wo es stecken könnte, und dann taucht urplötzlich die Mutter – oder in diesem Fall die gleichaltrige Bibliothekarin auf – und binnen weniger Sekunden findet sie es dann und lässt einen wie einen Idioten dastehen.

»Tut mir leid, Schätzchen, ich fürchte, ich kann dir nicht weiterhelfen. Vielleicht wurden sie, um Platz zu schaffen, an einen anderen Ort gebracht«, grübelt Beatrice schulterzuckend.

Enttäuscht lasse ich den Kopf hängen. Jetzt weiß ich zwar, dass auch Dad kein offenes Buch ist, aber ich habe noch immer keine Antworten auf die Fragen, die mir auf der Seele brennen. Erstens, was hat es mit der Geheimnistuerei der Mitstudenten auf sich, und zweitens, wer ist dieser verdammte Typ, der um mich herumschleicht wie ein Geist?

»Ich finde es auch schade, vielleicht kann ich herausfinden, wo sie sind. Früher habe ich sie sehr gern gelegentlich gelesen. In ihnen steckt viel Geschichte«, erklärt Beatrice, bevor sie die Kartons wieder verschließt und zurück in ihre Ecke schiebt. »Mach dir keine Sorgen, wir werden sie schon irgendwie finden.«

Ermutigend lächelt sie mich an und schiebt mich wieder Richtung Treppe.

Gerade, als ich den Fuß auf die erste Treppenstufe setzen möchte, erstarre ich mitten in der Bewegung. Mein Blick richtet sich auf die offenstehende Tür, in dessen Rahmen niemand Geringeres steht als Ace Wellington. Sein missbilligender Blick ruht wachend auf mir. Meine Augen verengen sich zu schmalen Schlitzen, während ich versuche, ihn allein mittels meiner Mimik zu erdolchen. Was zur Hölle hat er hier zu suchen?

»Ivory Blackwell fängt also an, in der Vergangenheit meiner Akademie zu schnüffeln«, stößt er gehässig aus und lehnt sich mit der Hand am Türrahmen an. »Hast du keine Angst, dass das, was du finden könntest, mehr wehtut als Unwissenheit?«

Ehe ich es schaffe, ihm schnippische Worte entgegenzuschmettern, ergreift Beatrice bereits gereizt das Wort. »Komm schon, Schätzchen. Ich habe nicht ewig Zeit!« Mit ihrer Hand verstärkt sie den Druck an meinem Rücken, was mich widerwillig die Treppenstufen aufsteigen lässt. »Und Sie, Mr Wellington, sehen zu, dass Sie das Mädchen in Ruhe lassen und meine Bibliothek verlassen, bevor ich ihren Vater anrufe!«, fügt Beatrice grummelnd hinzu.

Einige Sekunden lässt er sich noch Zeit und taxiert mich mit seinem Blick, ehe er sich mit den gepressten Worten »Aber natürlich, Beatrice« von uns abwendet und schnellen Schrittes Richtung Ausgang verschwindet. Kopfschüttelnd geht Beatrice neben mir her und kramt bereits die Schlüssel aus ihrer Hosentasche. Sehnsüchtig werfe ich einen letzten Blick in den dunklen Kellerraum, bevor diese Tür sich endgültig für mich schließt.

Noch im selben Moment, in dem ich die Bibliothek verlasse, vibriert mein Handy. Camilla hat mir eine Nachricht geschriebene, offensichtlich mit der Intention, sich mit mir zu versöhnen.

CAMILLA – 11:54 UHR:

Ivory, bitte, stoß mich nicht von dir ab. Ich möchte wirklich deine Freundin sein. So richtig diesmal – mit allem, was dazu gehört. Ich wünschte, es wäre leichter, aber mein Vater verbietet mir den Kontakt. Wenn jemand herausfindet, dass wir befreundet sind und er davon erfährt ... es würde uns beide ins Verderben reißen. Bitte, lass uns noch mal darüber reden und eine Lösung finden. In Liebe, Cami.

Traurig blicke ich auf den Bildschirm hinab. Der Streit zwischen unseren Eltern scheint doch größer zu sein, als ich erwartet hatte. Dass der Groll ihres Vaters meinem Dad gegenüber so groß ist, dass er nicht einmal mit dem Gedanken leben könnte, seine Tochter mit mir zu sehen, bedeutet, dass er einen ernsthaften Hass gegenüber unserer Familie hegen muss. Schade nur, dass wir Nachkommen, die nichts für die Taten unserer Eltern können, darunter leiden müssen.

Zunächst überlege ich, was ich ihr auf ihre Nachricht antworten könnte. Mehrmals beginne ich zu tippen, nur, um das Geschriebene anschließend wieder zu löschen. Letzten

Endes komme ich zu dem Entschluss, mit meiner Reaktion zu warten, bis ich das Geschehene genauer reflektiert habe. Das Letzte, was ich möchte, ist, ihr das Gefühl zu vermitteln, abhängig zu sein. Ihr Verhalten mir gegenüber hat mich ernsthaft verletzt und ich möchte nicht, dass sie, ohne die Auswirkungen ihres Handels zu spüren, einfach so damit davonkommt.

Forgive and forget?
Nah. Fuck you and fuck that.

20

DAMIAN …

Hast du mich etwa schon vergessen, meine Blume?

Dachtest du wirklich, ich würde es dir so einfach machen? Dass ein paar Zeitungen mich daran hindern würden, meinen Plan in die Tat umzusetzen?

Zugegeben, ich war unvorsichtig, viel zu ungeduldig. Viel zu bestrebt, in deiner Nähe zu sein und deinen wunderschönen Körper zu beobachten. Nicht mehr lange, dann werde ich mein Eigentum endlich in den Händen halten.

Es hätte mich fast meinen Kopf gekostet, als ich dir an diesem einem Tag am See beinahe meine Identität offenbart habe. Seither beobachte ich dich aus der Ferne. Und was ich sehe, gefällt mir nicht. Oh, es gefällt mir ganz und gar nicht.

Sagte ich dir nicht, du sollst dich von ihm fernhalten? Ungehorsam muss bestraft werden und ich freue mich auf den Tag, an dem ich dich lehren kann, wie wir auf der Eastside mit bösen Mädchen wie dir umgehen.

Doch zunächst, muss ich mich meiner Mission widmen. Sie ist das Bedeutungsvollste, was in den vergangenen sechzig

Jahren zwischen der South- und der Eastside geschehen ist, sie wird in die verdammte Geschichte eingehen.

Dieser eine Moment, in dem ich meine Achtsamkeit verloren habe, hätte beinahe alles riskiert, worauf meine Ahnen mich seit dem Moment meiner Geburt vorbereitet haben.

All ihr Vertrauen lastet auf meinen Schultern, dem Sohn des Herrschers der Eastside. Es ist meine Pflicht, ihnen die Rache zu gewähren, welche ihnen von Beginn an zustand.

Die Southside nahm uns einen Schatz und nun werde ich ihnen einen Schatz nehmen. So spielt das Leben, meine Blume. Freunde dich besser mit dieser Tatsache an, bevor es dich wie eine nie enden wollende Lawine überrollt. Unerwartet, brutal, schmerzhaft.

Komm in meine Arme, du wunderschöne, schwarze Rose.

21

ACE …

WELCHER VERFLUCHTE IDIOT KAM AUF DIE GLORREICHE Idee, es sei ein guter Einfall, jemandem wie mir – Ace *fucking* Wellington – ein Herz zu schenken? Wer auch immer dieser Jemand war, ich möchte ihn finden, möchte ihm den verdammten Hals so lange umdrehen, bis er elendig erstickt. Denn selbst das wäre ein geringeres Leiden als jenes, welches ich im Moment durchmachen muss.

Aber was hätte ich tun sollen? Zulassen, mich von Ivorys atemberaubender Schönheit hinreißen zu lassen? Nein. Nein, nein, nein, so ein Mann bin ich nicht.

Wenn ich will, kann ich jedes Mädchen an diesem verdammten Campus haben. Wieso also muss es ausgerechnet Ivory sein, die sich wie ein Parasit in meinem Inneren festgesetzt hat? Was unterscheidet sie von den anderen Mädchen? Der Drang nach dem Verbotenem, nach etwas, das ich unmöglich haben kann. Ja, genau, der muss es sein.

Meine Eltern würden mir unverzüglich eine Kugel in den Schädel jagen, wenn sie wüssten, dass ich ausgerechnet in *ihr* meinen Schwanz versenken möchte. Was in Anbetracht der Tatsache, dass die anderen Studenten sich bereits jetzt die Mäuler darüber zerreißen, gar nicht mal mehr so undenkbar ist. Anastasia, die kleine Schlampe, hat es einfach nicht geschafft, ihre Fresse zu halten. Womöglich sollte ich einen Freund auf die ansetzen, der ihr beibringt, wie es sich anfühlt, wenn man das Maul gestopft bekommt.

Den Tiger – meinen Vater – am Schwanz zu packen, obwohl ich weiß, dass er gewillt ist, seine Reißzähne in mein Fleisch zu bohren, macht das Ganze nur noch reizvoller, als es sein sollte.

Die Southside Academy ist nämlich nicht nur mein Zuhause, sie ist meine beschissene Vergangenheit, Gegenwart und Zukunft. Als Gründungsnachfahre liegt es in meiner Verantwortung, für das Bestehen und den Erfolg dieser Akademie zu sorgen. Ivory ist mir in diesem Vorhaben ein Dorn im Auge. Einer, an dem man sich so tief schneidet, dass man zu verbluten droht, wenn man nicht vorsichtig genug ist.

Auch wenn die letzten Jahrzehnte der Versuch unternommen wurde, die Wahrheit im Verborgenen zu halten, gibt es doch immer ein paar, die ihre Zungen nicht zügeln können. Wie bei einer Flüsterpost lassen sie das Geheimnis durch die Flure wandern. Verfluchte Bastarde, allesamt sollen sie an ihren nicht zu bändigenden Zungen ersticken.

Wichtig ist nur, dass Ivory selbst niemals darüber in Kenntnis gesetzt wird, was damals vor sechzig Jahren geschehen ist. Genau genommen würde sie uns allen einen Gefallen damit tun, sich einfach zu verpissen. Dass sie ein angeborenes Recht auf das Studium hier besitzt, macht sie noch lange nicht zu einem willkommenen Mitglied unserer geschlossenen Gesellschaft. Dabei wirkt sie so unschuldig, beinahe elfengleich. Wie könnte ein derart filigranes Mädchen Dunkelheit über unsere abgeschirmte Welt bringen?

Nachdem ich mir eiskaltes Wasser aus einem der goldenen Wasserhähne unserer Schultoiletten ins Gesicht gekippt habe, befreit sich ein teuflisch verzweifeltes Lachen aus meiner Kehle. Mit den Händen stütze ich mich am Rand des Waschbeckens. Eine Weile verharre ich in dieser Position und lasse das Wasser mein Gesicht hinabrinnen, bevor ich mit meiner geballten Faust den großen Spiegel in tausende von Scherben zerschlage.

Dieses Mädchen verfolgt mich, wie eine Halluzination blitzt immer wieder ihr Gesicht vor mir auf, nachdem sie mich mit Anastasia im Gang hat stehen sehen. Niemals werde ich vergessen, wie das zarte Rosa aus ihren Wangen gewichen und durch einen finsteren Blick ersetzt worden ist.

Es ist eine Farce, welches Schauspiel ich mit Anastasia veranstalten musste. Wie ich ihre ekelhafte, von der halben Akademie durchgenommene Pussy ficken musste. Doch blieb mir keine andere Wahl, als Ivory mit genau der Sache von mir zu stoßen, die sie am meisten verletzen würde.

Nachdem sie mir die Anleitung hierfür quasi auf dem Silbertablett servierte, konnte ich keine Ausreden mehr dafür finden, sie nicht von mir fernzuhalten. Auch wenn ich mir selbst dadurch eine anhängliche Anastasia ans Bein gebunden habe. Seit diesem Tag klebt sie an mir wie eine Klette und lässt mich kaum eine Sekunde mehr aus den Augen. Selbst ihr einigermaßen ansehnliches Erscheinungsbild hilft mir nicht, gegen die Übelkeit anzukommen, die in mir aufsteigt, wenn ich in ihr Gesicht sehen muss. Was sie Ivory angetan hat, weckt Instinkte in mir, von welchen ich niemals gedacht hätte, dass sie überhaupt existieren. Wenn ich es schaffe, sie durch ein wenig meiner Aufmerksamkeit von Ivory fernzuhalten, dann nehme ich dies widerstrebend in Kauf.

Ebenso nehme ich in Kauf, bald den Verstand zu verlieren. Jeden einzelnen Tag beobachte ich Ivory aus der Ferne, wie sie sich bei dem Coffee-to-go-Shop unseres Campus einen Latte Macchiato mit extra Milchschaum bestellt. Mich selbst unter Kontrolle zu halten, nicht Tag für Tag an unsere Begegnung in der Bibliothek zu denken, macht mich wahnsinnig. Sie ist der Funke, der das jahrelang in mir schlummernde Feuer entfacht hat. Sie hat es geschafft, mich durch einen einzigen, unschuldigen Kuss zum Brennen zu bringen.

Geduldig steht sie in der Schlange, liest in ihrem Buch und wartet vermutlich sehnsüchtig darauf, ihren Gaumen mit der süßen Flüssigkeit zu beglücken. Schmutzige Gedanken schleichen sich in meinen Verstand, die ich augenblicklich abzuschütteln versuche, was mir mehr oder weniger auch gelingt. Heute ist sie zwanzig Minuten später dran als sonst, eigentlich sollte sie den wärmenden Kaffee längst in ihren zierlichen Händen halten. Die Vorstellung macht mich wütend und ich denke darüber nach, dass ein kurzes, unbedeutendes Gespräch schon nicht schaden wird. Ich möchte mich vergewissern, dass sie ohne mich genauso gut dran ist wie mit mir. Dass sie nicht wie ich von früh bis spät daran denkt, wie es wäre, wenn ich sie statt Anastasia gefickt hätte. Diese Gewissheit würde es mir leichter machen, mich von ihr fernzuhalten. Sie muss mich vergessen. Auch wenn allein der Gedanke, es könnte je ein anderer sein, an den sie denkt, lodernde Eifersucht in mir aufkochen lässt.

Mechanisch steuere ich auf den Coffee-Shop zu und reihe mich hinter ihr ein. Sie bemerkt mich nicht, doch ich nehme augenblicklich den Duft ihres herbstlichen Parfüms in mich auf. Es riecht nach Zimt und Vanille. Als sie endlich dran ist und ihre Bestellung aufgibt, beuge ich mich über ihre Schulter hinweg und strecke dem Verkäufer einen Zehn-Pfund-Schein entgegen.

»Geht auf mich, Rest ist Trinkgeld«, sage ich lässig und nehme ihm den heißen Becher aus der Hand, um ihn Ivory mit einem frechen Zwinkern zu überreichen.

Augenrollend schnappt sie sich den Becher, wendet sich von mir ab und stolziert davon. Wie von selbst schlendere ich neben ihr her und genieße es, dieselbe spannungsgeladene Luft wie sie einzuatmen.

»Was willst du von mir?«, faucht Ivory mir wie eine wütende Katze entgegen.

»Darf ich mich etwa nicht mehr mit meinen Freunden unterhalten?«

Verächtlich schnaubend nimmt sie einen großen Schluck ihres Kaffees. Für wenige Sekunden klebt ein kleiner Milchbart über ihrer Oberlippe, welchen sie allerdings sofort mit einer Serviette wegtupft. »Wir sind keine Freunde, Ace.«

»Tja, Kleines, wir sind aber Tanzpartner. Und ich finde, wir sollten unser Gespräch von letztens nachholen. Mr Griffin meinte, ich solle an meiner Haltung arbeiten. Sie sei wohl teils zu locker, vielleicht kannst du mir ja dabei helfen, *steifer* zu werden«, erkläre ich mit einem Hauch selbstgefälliger Anzüglichkeit in meiner Stimme.

Ivory schließt für einen kurzen Moment die Augen, als flehe sie den grauen Herbsthimmel um Geduld an. Das feuchte Gras unter unseren Füßen verliert immer mehr an Farbe und ich fürchte, der Winter lässt nicht mehr allzu lange auf sich warten. Noch stören mich die Temperaturen nicht. Während alle anderen bereits in ihren Pullovern stecken, laufe ich noch in Poloshirts herum.

»Frag doch Anastasia, ob sie dir hilft«, schlägt Ivy gehässig vor und würdigt mich keines Blickes.

»Mhmm«, seufze ich lang gezogen und spüre sofort, wie sich in meiner Hose etwas regt. »Du bist verdammt heiß, wenn du eifersüchtig bist.« Und es stimmt. Ich habe eine Schwäche für Eifersucht.

Empört bleibt Ivory stehen und funkelt mich wutentbrannt an. »Ich bin nicht eifersüchtig! Du kannst dir nicht einmal ansatzweise ausmalen, wie egal du mir eigentlich bist.«

Mit hochgezogener Augenbraue erwidere ich ihren Blick und versuche herauszulesen, wie viel Wahrheit in ihren Worten steckt. Selbstsicher baue ich mich vor ihr auf und lege meinen verführerischsten Blick auf. »Kleines ... Du kannst mir nichts vormachen.« Mein Ego wehrt sich dagegen, ihren Worten Glauben zu schenken.

Sie belächelt meine Worte. »Ich habe Besseres zu tun, als mich mit einem Möchtegern-Ficker wie dir abzugeben. Geh doch und schmeiß dich Anastasia um den Hals, *sie* würde sofort vor dir auf die Knie fallen, wenn du sie darum bittest.« Das angriffslustige Grinsen auf ihrem Gesicht lässt mich die Hände zu Fäusten ballen. Grob drückt sie mir ihren kaum angerührten Kaffee gegen die Brust, sodass mir ein großer Teil der heißen Flüssigkeit über das strahlendweiße Hemd läuft. »Mir ist die Lust darauf vergangen«, lässt sie mich resigniert wissen, ehe sie mich stehen lässt und zielstrebig Richtung Haupteingang stolziert.

Hätte ich gewusst, wie außerordentlich temperamentvoll diese Frau sein kann, hätte ich mir vermutlich einen anderen Weg gesucht, um sie zu verärgern. Zumindest einen, in dem ich mein Hemd nicht wechseln muss. *Wobei ... War das hier nicht genau das Ziel, welches ich erreichen wollte? Wollte ich sie nicht dazu bringen, mich zu verabscheuen, um es auch mir selbst leichter zu machen, sie zu hassen?*

Zornig blicke ich ihr hinterher, zu stolz, ihr auch nur einen weiteren Schritt zu folgen. »Ivory!«, gröle ich mit tiefer Stimme, doch sie reagiert nicht. »Du kannst nicht vor mir fliehen. Dein süßer Arsch gehört bereits mir, hast du das verstanden?«

»Fick dich, Ace!«, schreit sie und zeigt mir während des Gehens den Mittelfinger, ohne sich überhaupt noch einmal zu mir umzudrehen. Ihr ist, ebenso wie mir, völlig egal, wie viele neugierige Gesichter sich zu uns umdrehen und wessen Aufmerksamkeit wir durch diese Szene auf uns ziehen.

Kochend vor Wut trete ich gegen den nächstbesten Mülleimer, der mir in die Quere kommt. Klirrend rollt er neben eine der hölzernen Bänke um den Campus. Noch immer Ivorys Kaffee in der Hand haltend, trinke ich von genau der Stelle, an der ihre Lippen zuvor noch gelegen haben. Dieses verfluchte Mädchen hat mir den Kopf verdreht. Wie konnte ich es nur so weit kommen lassen?

Ich glaube nicht daran, dass sie das, was zwischen uns geschehen ist, kaltlässt. Und wenn doch, dann werde ich verdammt noch mal dafür sorgen, dass kein anderer Mann sie je wieder anfasst. Wenn nicht ich sie haben kann, dann soll verdammt noch mal keiner sie haben.

Nachdem ich all meine Kurse, inklusive den Tanzkurs, geschwänzt habe, sitze ich mit Flynn im Speisesaal und schlinge mein eigentlich liebstes Essen unbeeindruckt hinunter. Immer wenn es Lasagne zum Mittag gibt, weiß die gut aussehende Küchenhilfe, deren Namen ich jedes Mal wieder vergesse, bereits, dass sie mir eine doppelte Portion aufzutischen hat. Hält sie sich nicht daran, komme ich nach Schichtende in die Küche, um sie in der Speisekammer ordnungsgemäß zu bestrafen. Seit dem letzten Mal, bei dem ich zugegeben etwas damit übertrieben habe, meinen Frust an ihr auszulassen, ist ihr kein weiterer Fehler mehr unterlaufen.

»Was ist los mit dir, kleiner Bruder?«, fragt Flynn mit noch halb vollem Mund.

Angewidert verziehe ich das Gesicht und frage ihn, ob er nicht von der Erziehung unserer Eltern in Sachen Tischmanier Gebrauch machen möchte.

»Dasselbe könnte ich dich fragen«, kontert dieser und deutet auf meinen Teller.

Die Teigplatten auf meinem Teller sehen inzwischen mehr nach Teigklumpen aus, die sich mit Hackfleisch vermischt haben als nach einer appetitlichen Lasagne. Auch die Studenten an unserem Nachbartisch werfen einen verstohlenen Blick auf meinen Teller, bevor sie nuschelnd ihre Köpfe zusammenstecken.

Mittels eines vernichtenden Blickes bringe ich sie dazu, ihre Plätze zu verlassen und sich woanders hinzusetzen. Gott, ich kann nicht in Worte fassen, wie geladen ich bin. Schon lange kam es nicht mehr vor, dass mich etwas so sehr in Rage versetzt hat, das mir eigentlich völlig gleichgültig sein sollte. Appetitlos schiebe ich meinen kaum angerührten Teller beiseite, stehe auf und lasse meinen Stuhl dabei krachend über den Boden schleifen. Ohne mein Tablett aufzuräumen, stürme ich aus dem Saal.

Die Flure sind gähnend leer, da die meisten sich gerade beim Mittagessen aufhalten. Meine hellgraue Hose bildet einen starken Kontrast zu den ansonsten düsteren Farben der Southside Academy. Aber manchmal, da brauche ich das, um mir selbst zu bestätigen, dass ich wirklich lebe, dass ich mehr bin als nur eine funktionierende Maschine in diesem System. Das ist meine Art, mich von den anderen abzuheben.

Im Außenbereich angekommen, prasseln mir harte Regentropfen ins Gesicht. Ich nehme das Wasser in meinen Poren auf und lasse all den Druck in mir fallen. Seit klar wurde, dass Ivory anfangen wird, hier zu studieren, hat sich mein Leben in die reinste Hölle verwandelt. Ursprünglich war es meine Aufgabe gewesen, Ivory zum Studienabbruch zu bewegen. Flynn hatten unsere Eltern dies von Anfang an nicht zugetraut. Ich war hier die deutlich bessere Wahl gewesen. Zumindest dachten sie das.

Dass ausgerechnet ich in ihrer Nähe schwach werden würde, damit hätte doch niemand rechnen können – nicht einmal ich selbst – *vor allem* nicht ich selbst. Ich muss es schaffen, sie aus meinem Kopf zu vertreiben, sie als die Aufgabe zu betrachten, die mir einst gegeben wurde – bevor ich so dumm war, sie zu küssen und somit das Inferno zwischen uns zu entfachen.

Aus meiner hinteren Hosentasche ziehe ich mein Handy heraus und entsperre den Bildschirm. Ivorys Instagram-Profil ist glücklicherweise öffentlich, weshalb ich nie Probleme damit hatte, mir ihre neuesten Beiträge anzusehen. Sie postet zwar nicht viel, aber wenn, dann sind die Bilder meist mit Schwarz-weiß-Filter hinterlegt. Heute entdecke ich zwar kein neues Foto in ihrem Feed, jedoch sticht mir etwas anderes ins Auge und lässt mich das Display näher an mein Gesicht führen. Unter ihrer Biografie steht in kleinen Buchstaben geschrieben *Flynn_wellington und 2 weitere Personen sind Follower*.

Was zum Teufel hat Flynn auf Ivorys Profil zu suchen? Noch viel wichtiger, warum hat er sie abonniert?

Sofort rufe ich die Liste von Leuten auf, die Ivory abonniert hat und stelle fest, dass auch sie ihm folgt.

Ich kann kaum glauben, was ich da sehe. Woher kennen die beiden sich überhaupt und in welcher Verbindung stehen sie zueinander, dass sie sich gegenseitig auf Instagram abonnieren?

Das kann nicht sein, hier muss ein Missverständnis vorliegen. Doch auch auf Flynns Profil bleibt die Follower-Liste unverändert. Die beiden folgen sich wirklich und das Schlimmste ist, sie liken sogar gegenseitig ihre Beiträge. Ivory hat ernsthaft ein Bild von Flynn mit *Gefällt mir* markiert, auf dem er oben ohne Gewichte im Fitnessstudio stemmt.

Um Fassung bemüht, stecke ich das Handy zurück in meine linke Hosentasche und drücke stattdessen kraftvoll den E-Reader in der rechten zusammen. Kurz bevor ich es vollständig schaffe, ihn zu zerstören, ziehe ich ihn heraus und schmettere ihn mit voller Wucht gegen den Baum vor mir. Das Display zerspringt und ich sehe nur noch ein grünes Flackern, bevor er vollständig den Geist aufgibt.

Fuck, jetzt muss ich meine Eltern schon wieder um einen neuen anbetteln. Das ist nun schon das vierte Gerät in drei Monaten. Klar, könnte ich mir einfach selbst einen kaufen, aber momentan sind all meine Kreditkarten gesperrt. Was der Tatsache geschuldet ist, dass ich ziemliche Scheiße zu Hause gebaut habe, indem ich die Nanny unserer kleinen Schwester flachgelegt habe. Was dachten Mom und Dad sich auch dabei, eine Nanny einzustellen, die kein Jahrzehnt älter ist als wir? Kaum war sie bei uns eingezogen, machten Flynn und ich ein Spiel daraus, wen sie zuerst an sich ranlassen würde. Natürlich habe ich diese Wette gewonnen und einen Haufen Kohle einkassiert.

»Ace!«, ertönt eine schrille Stimme hinter mir.

Augenrollend drehe ich mich um und blicke Cecelia, gefolgt von Evelyn, ins Gesicht. Sofort verschränke ich die Arme vor der Brust und sehe sie herablassend an. Das Duo ist beinahe genauso nervtötend wie ihre Bandenführerin Anastasia.

Die beiden tauschen ernste Blicke miteinander aus und sehen mich dann gespielt mitleidig an. »Wir haben deinen kleinen Ausbruch im Speisesaal eben mitbekommen.«

»Und jetzt, was geht euch das an?«

»Ich glaube, wir müssen dir etwas sagen. Es geht um Ivory.« Evelyns hohe Stimme ist getränkt von gefälschtem Bedauern. Sie versucht nicht einmal, ein Geheimnis daraus zu machen, dass mir das, was sie gleich sagen wird, nicht gefallen wird.

Erst jetzt spitze ich die Ohren und werde hellhörig. Gespannt warte ich darauf, was sie mir zu sagen haben, und deute mit einer ungeduldigen Handbewegung an, dass sie fortfahren sollen.

»Na ja, keinem hier ist entgangen, dass du vor der Sache mit Anastasia irgendwie ein Auge auf Ivory geworfen hattest. Auch, wenn wir uns bis heute nicht erklären können, welchen Gefallen du an diesem schmutzigen Mädchen finden konntest«, erklären die beiden kichernd.

Waren meine verstohlenen Blicke wirklich so auffällig? Unbewusst balle ich die Hände zu Fäusten.

»Jedenfalls wollten wir dir nur sagen, dass du die richtige Entscheidung getroffen hast, dich für Anastasia zu entscheiden.«

Ich glaube, ich kotze einer der beiden gleich ins Gesicht, wenn sie noch einmal ihren Namen erwähnen. »Und warum?«, bringe ich gepresst hervor.

»Die letzten Tage haben wir mehrfach beobachtet, wie

Flynn bei Ivory ein- und ausgegangen ist. Meist kam er spät abends und verließ erst in der Nacht wieder ihr Zimmer.

Keine Ahnung, was da vor sich geht, aber sie scheinen eine Meeeenge Spaß zusammen zu haben«, erklärt Cecelia gedehnt, während Evelyn ihr vielsagend zuzwinkert. Seufzend wendet sie sich dem Baum zu, gegen welchen ich vor wenigen Augenblicken meinen E-Reader geschmissen habe.

»Was ist da denn passiert?«, fragt sie neugierig und deutet mit dem Finger auf die Trümmer, die sich auf dem Boden ergießen.

»Was sagst du da?«, frage ich mit einer überraschenden Ruhe in der Stimme und schließe die Augen, um langsam innerlich bis zehn zu zählen.

»Dein E-Reader, wieso hast du ihn gegen ...«, beginnt Evelyn, ihre Frage zu wiederholen, doch ich unterbreche sie sofort.

Fest umgreife ich ihre Oberarme und rüttle sie, als könne ich so die Antwort auf meine eben gestellte Frage aus ihr herausschütteln. »Scheiß auf den beschissenen E-Reader! Was sagst du da über meinen Bruder?«, spucke ich ihr entgegen.

Ein schriller Schrei entfährt Cecelia neben uns, fest kneift sie die Augen zusammen, als befürchte sie, dass ich gleich auch sie in meine Fänge nehmen könnte.

Evelyn hingegen bleibt völlig gelassen und betont mit langsamen, selbstgefälligen Lippenbewegungen jede ihrer Silben: »Dein Bruder fickt Ivory.«

Grob stoße ich sie von mir. »Du lügst! Das würde Flynn nicht tun! Hat Anastasia euch geschickt, um mir das zu sagen? Hofft sie so darauf, mein Interesse für sich zu gewinnen?«

Evelyn lacht bloß gehässig. Cecelia steht daneben und betrachtet uns aus einem Sicherheitsabstand von knapp drei

Metern. Nervös reibt sie sich über den Arm. Von den dreien ist sie mir definitiv die Liebste. Als Erstsemester hält sie meist die Klappe und ist nur das stille Anhängsel, um eine einheitliche Gruppe zu bilden, nachdem ihre Vorgängerin den Eskapaden dieser Akademie nicht länger standhalten konnte und freiwillig ging.

»Du!«, rufe ich in ihre Richtung und winke sie mit dem Zeigefinger zu mir. Mein gesamter Körper ist verkrampft und neben der Mülltonne und meinem E-Reader würde ich gerade am liebsten noch etwas viel Wertvolleres zerstören. Das Gesicht meines Bruders zum Beispiel.

Sie nähert sich uns ein paar Schritte, womit ich mich vorerst zufriedengebe.

»Stimmt es, was sie sagt? Du bist noch nicht ganz so verdorben wie diese Schlangen, also sag mir, ist es die Wahrheit? Hast du meinen Bruder in Ivorys Zimmer gehen sehen?« Meine Stimme ist ein wirres Durcheinander aus Wut und bitterer Verzweiflung. Innerlich hoffe ich so sehr darauf, dass sie meine Frage verneint, dass ich ihr sogar einen verfickten Orden dafür verleihen würde, wenn sie mir das Herz nicht aus der Brust reißt.

Doch sie nickt und das entfacht ein noch nie da gewesenes Flammenmeer in mir.

I will win.
Not immediately, but definitely.

22

ACE …

Du hast es geschafft, Bruder. Zum allerersten Mal in deinem erbärmlichen Leben hast du es geschafft, mir mit etwas zuvorzukommen. Du hast mein Mädchen gefickt und dafür werde ich dir jedes Einzelne deiner Eingeweide aus dem Körper reißen, so lange, bis nichts mehr von dir übrig ist.

Ivory war nicht nur eine unserer dämlichen Wetten. Du wusstest, dass sie mehr für mich ist als ein Spielzeug.

Du kennst mich – leider viel zu gut. Dir war von Anfang an bewusst gewesen, dass diesmal alles anders sein würde. Es war mein brüderliches Vertrauen, dass mich hat naiv werden lassen. Das mich dir hat anvertrauen lassen, wie schwer es mir fällt, mich zurückzuhalten, wenn es um sie geht.

Und dieses Wissen hast du schamlos ausgenutzt. Hast dich hinter meinem Rücken mit ihr getroffen. Einzig um endlich beweisen zu können, dass auch du der Gewinner sein kannst. Mit dem Unterschied, dass du dir in diesem Fall keine Anerkennung verdienst, sondern meinen puren, unerbittlichen Zorn. Dir war schon immer egal, was unsere Eltern von dir hielten.

Seit meiner Geburt bedeute ich ihnen mehr, als du es jemals tun wirst, denn ich war ihr Wunschkind, du nicht. Jedes Mal, wenn sie ihren Freunden oder Geschäftspartnern erzählten, wie stolz sie auf ihren Sohn seien, wusste man, von wem die Rede war. Immer von mir, nie von dir.

Glaubst du wirklich, all die Jahre über ließ mich kalt, was sie dir angetan haben? Zu sehen, wie enttäuscht du warst, jedes Mal, wenn sie dir mal wieder die kalte Schulter zeigten? Wenn sie dich für Fehler bestraften, die du nicht begangen hast, einfach, weil sie automatisch davon ausgingen, du allein seist schuld, wenn unsere Schwester Mist baute? Weil sie dich für den schlechten Einfluss hielten, der auf sie abfärbt? Es brach mir Mal für Mal mehr das Herz, Bruder.

Mich jedoch für die Boshaftigkeit unserer Eltern dir gegenüber zu bestrafen, war ein Fehler, den du noch bitter bereuen wirst. Das verspreche ich dir.

In Liebe, dein Bruder

23

ACE …

Wo ist sie? Wo zur Hölle ist Ivory?

Wie ein Wahnsinniger durchquere ich die Flure der Southside Academy. Die Menschen um mich herum fluchen lauthals, jedes Mal, wenn ich meine Schulter gegen ihre ramme. Doch das ist mir scheißegal, ich brauche meinen Platz. Und es fehlt nicht mehr viel, bis ich dieses verfluchte Schloss bis aufs letzte bisschen niederbrenne. Das große Kaminfeuer im Aufenthaltssaal der Akademie ist ein Witz gegen das Flammenmeer, mit dem ich am liebsten alles um mich herum überschwemmen würde.

Bilder von Ivory und Flynn tauchen vor meinem inneren Auge auf, wie er ihre zarte Haut mit seinen Händen erforscht und sie in liebevoller Hingabe berührt. Wie er an denselben Stellen ihres Halses Küsse verteilt, die zuvor von mir benetzt wurden. Mit immer schneller werdenden Stößen füllt er sie aus, während sie sich unter einer Welle der Lust für ihn entfaltet.

Fuck, wie konnte sie zulassen, sich ausgerechnet von *ihm* berühren zu lassen? Angewidert verdränge ich die Szene aus meinem Kopf und taxiere stattdessen wieder mein Ziel. Ivory. Wo auch immer sie steckt, sie wird bereuen, mich hintergangen zu haben.

Wie ein wild gewordenes Tier platze ich in die einzelnen Kursräume, in denen gerade die Fächer des Studiengangs *Finance and Management* unterrichtet werden.

Ich kenne jeden dieser verdammten Lehrpläne auswendig. Seit der Middle School bereiteten meine Eltern mich darauf vor, eines Tages die Southside Academy aus der Stille heraus zu regieren. So wie mein Vater es seit Jahren bereits tut. Verborgen im Hintergrund schreitet er nur dann ein, wenn es absolut notwendig ist. Die restliche Drecksarbeit lässt er von Leuten wie Dekanin Augustine erledigen.

Nachdem ich den vierten Raum gestürmt und die Dozenten in Aufruhr gebracht habe, befinde ich mich endlich in dem Raum, in welchem Ivory gerade über die Grundlagen der Finanzierung unterrichtet wird. In einer der hinteren Reihen entdecke ich sie. Völlig perplex schielt sie hinter ihrem aufgeschlagenen Kursbuch hervor, wohl ahnend, dass sie der Grund für diesen Aufstand hier ist.

Die Wahrnehmung der Realität schwindet mit jeder Sekunde, in der ich in ihre Augen blicke. Mit einem einzigen, kraftvollen Schwung meines Arms leere ich das Pult des Dozenten. Jegliche seiner Materialien und Unterlagen fallen zu Boden. Einige Studenten ziehen scharf die Luft ein, während andere wiederum regelrecht in ihrer Bewegung erstarren. Selbst der Dozent verfällt in entsetztes Schweigen und scheint nicht in der Lage dazu zu sein, mich für mein Verhalten zu tadeln. Es ist eine Schande, was für Waschlappen mein Vater hier unterrichten lässt.

Doch damit ich mich wieder auf das wirklich Wichtige

konzentrieren kann, blende ich all die unbedeutenden Menschen um mich herum vollständig aus.

Meinen zornigen Blick wieder auf Ivory gerichtet, erkenne ich, dass sich ihre Augen weiten und jegliche Farbe aus ihrem sonst so wunderschönen Gesicht weicht.

»Ivory Blackwell!«, brülle ich und deute mit dem Zeigefinger direkt auf sie. Binnen weniger Sekunden haben sich ausnahmslos alle Gesichter neugierig in ihre Richtung gedreht. »Du verdammte Bitch hast dich von meinem Bruder ficken lassen!«

Angeregtes Gemurmel schallt durch den Raum, was mich augenblicklich zur Weißglut bringt. »Haltet eure verdammten Fressen!«, zische ich drohend und blicke jedem Einzelnen von ihnen einmal kurz drohend in die Augen. Was fällt ihnen ein, *mich* – Ace Wellington – am Sprechen zu hindern?

Mit der Faust hole ich aus und schlage schwungvoll auf den Tisch vor mir, sodass sich eine tiefe Einkerbung darin bildet. Umgehend schüttle ich mir den stechenden Schmerz aus der Hand. Zu spüren, dass ich noch immer aus Fleisch und Blut bestehe und nicht zu einer eisernen Kampfmaschine mutiert bin – zumindest noch nicht – tut überraschend gut.

Ivory ist so tief in ihrem Stuhl versunken, dass ich bloß noch ihren Kopf und ihre Schultern sehen kann. Ich weiß nicht, ob es aus Angst oder aus Scham ist. Ehrlich gesagt hoffe ich auf eine Mischung aus beidem.

»Du hast exakt zehn Sekunden, um von deinem Platz aufzustehen und mir nach draußen zu folgen«, erkläre ich mit unheilvoll ruhigerer Stimme. Einzig das Zerstören des Lehrerpults hat mir dabei geholfen, meine Wut zumindest minimal zu zügeln. Wer weiß, was geschehen wäre, wenn sie sich noch weiter angestaut hätte. Vermutlich wäre dann einer der Studenten es geworden, dessen Gesicht ich verunstaltet hätte.

Ein kurzer Blick nach rechts verrät mir, dass der Dozent in eine solche Schockstarre verfallen ist, dass er sich keinen einzigen Millimeter von der Stelle gerührt hat. Beim Anblick seines karierten Pullunders, der ovalen Herrenbrille und des geleckten Mittelscheitels, wundert es mich auch ehrlich gesagt nicht, dass er in solch einer Situation nicht einzuschreiten weiß. Vielleicht sollte ich darüber nachdenken, meinen Eltern den Vorschlag zu unterbreiten, die Intelligenzbestien, die hier unterrichten, auch auf den Ernstfall vorzubereiten. Von diesem Vorfall hier werden sie ohnehin früher oder später erfahren, daher würde es sich doch anbieten, dies als Probedurchlauf auszuwerten.

Als ich wieder zurück in die Runde blicke, hat Ivory noch nicht einmal daran gedacht, sich in Bewegung zu setzen. Ich presse meine Lippen zu einer schmalen Linie zusammen und erhebe meine Hand, die Finger gespreizt, um von fünf abwärts zu zählen.

»Fünf«, beginne ich. »Bringe mich nicht dazu, dich selbst von da hinten abzuholen«, drohe ich.

Schon aus dieser Entfernung kann ich sie hart schlucken sehen, dennoch weigert sie sich vehement dagegen, aufzustehen.

»Vier«, zähle ich weiter und tippe dabei ungeduldig auf meine Uhr.

»Drei …«

Die anderen Studenten folgen gespannt dem Geschehen und in ein paar von ihnen kann ich die Anspannung förmlich spüren. Sie hoffen, dass Ivory aufsteht, denn es wäre nicht das erste Mal, dass ich eine filmreife Szene mache, weil jemand meinen Worten nicht Folge leistet.

Mit noch viel mehr Nachdruck in der Stimme als zuvor, stütze ich mich mit der Handfläche auf dem Tisch vor mir ab. Mein Blick schweift währenddessen auf die andere Hand, die noch immer in der Luft schwebt und inzwischen nur noch Zeige- und Mittelfinger emporhebt. »Zwei ...«

Ivory ringt mit sich selbst, das kann ich nur zu deutlich erkennen. Ihre Sitznachbarin ermutigt sie dazu, aufzustehen, indem sie ihr die Hand auf den Rücken legt und ihr irgendetwas scheinbar Mut bringendes ins Ohr flüstert.

»Eins ...«

Meine Augen boshaft auf sie gerichtet, senke ich den letzten Finger und bilde somit eine Faust. Noch bevor ich allerdings die Zahl Null aussprechen kann, erhebt sie sich vom Tisch, sammelt ihre Sachen ein, nur um diese dann grob in ihre teure Birkin zu stopfen und die Stufen zu mir hinunterzutrampeln. Während des Gehens sieht sie weder nach links noch nach rechts, unaufhörlich haftet ihr Blick auf mir und löst abscheuliche Gedanken in mir aus. Ich möchte ihr wehtun, dafür, dass sie mir wehgetan hat. Noch viel mehr möchte ich allerdings meinem Bruder wehtun, dafür dass er mir etwas genommen hat, worauf er keinen Anspruch hatte.

Wie verdammt hat er es bloß geschafft, *sie* um den Finger zu wickeln? Es muss ein gut durchdachter Plan dahintergesteckt haben. Denn eins habe ich über Ivory Blackwell bereits gelernt: Sie ist definitiv nicht so einfach zu beeindrucken wie andere Mädchen.

Nur wenige Zentimeter vor mir kommt sie zum Stehen. Selbstbewusst legt sie den Kopf in den Nacken, um mich von unten herauf ansehen zu können. Keine Sekunde lang denkt sie daran, sich von mir einschüchtern zu lassen. Ich bewundere diesen Mut. Mal sehen, wie lange er erhalten bleibt.

Fest packe ich sie am Oberarm und zerre sie mit mir aus dem Raum. Draußen angekommen, stoße ich sie ruckartig von mir weg, sodass sie kurz ins Straucheln gerät, bevor sie sich wieder fängt und mich böse anfunkelt. Die Luft zwischen uns wirkt plötzlich unglaublich drückend. Radikal wehre ich mich gegen die Schuldgefühle, die in mir aufkeimen, während ich sehe, dass sie ihre Hand auf genau die Stelle presst, an der bis eben noch meine Hand ihren Arm umgriffen hielt.

»Was fällt dir eigentlich ein, mich derart zu blamieren?«, keift sie mir entgegen.

»*Ich* blamiere *dich*?«, wiederhole ich ihre Frage rhetorisch. »Du kleine Schlange hast mir etwas vorgespielt, nur um dich dann von Flynn durchficken zu lassen!«

Verächtlich schnaubend lasse ich meinen Blick umherschweifen. Eine Horde schaulustiger Studenten hat sich um uns herum versammelt und ich weigere mich, dieses Gespräch vor ihnen fortzuführen. »Komm mit«, fordere ich und laufe in die Richtung meines Turms. Als ich mich jedoch umdrehe, hat sie die Arme vor der Brust verschränkt und sich schon wieder nicht vom Fleck gerührt. »Du ungehorsames Biest«, knurre ich wutentbrannt. »Wann verdammt noch mal lernst du endlich, mir nicht zu widersprechen?« Diesmal hat jegliche Zurückhaltung meinen Körper verlassen. Unachtsam greife ich mit einem Krallengriff in ihren Nacken und drücke so fest zu, dass sie schmerzerfüllte Laute von sich gibt. Wie Musik hallen sie in meinen Ohren wider und lassen meine Mundwinkel in die Höhe schnellen.

»Lass. Mich. Los!«, schimpft Ivory abgehackt, doch das

hindert mich nicht daran, sie dazu zu zwingen, dieses Gespräch mit mir zu führen. Nicht einmal sie selbst.

Schnellen Schrittes schreiten wir die Flure entlang. Die dunkelbraunen Holzdielen quietschen unter unseren Füßen. Irgendwann, da kommt der Tag, an dem ich diese austauschen lassen werde. Auch wenn Mom und Dad es mir strikt verboten haben, aufgrund des Erhalts der Antike. Völliger Schwachsinn, wenn man mich fragt. Sie sind einfach nur alt und ausgelaufen. Jeder Schritt macht sich lautstark bemerkbar, sodass man nachts kaum schlafen kann, wenn wieder einmal jemand meint, auf Wanderschaft zu gehen. Viel besser könnte ich mir dunkelgraue Marmorfliesen vorstellen. Doch jetzt ist erst einmal wichtig, *diese* Sache hier zu reparieren, sofern dies überhaupt noch möglich ist.

Mit einem heftigen Ruck öffne ich meine Zimmertür und schiebe Ivy hinein. Noch nie zuvor habe ich ein Mädchen in mein Zimmer gelassen. Diese Region war immer mein Revier, mein Rückzugsort. Dass ich diese Regel aus solch einem Grund brechen würde, hätte ich mir nicht einmal im Traum ausmalen können. Doch nun steht sie hier. Verängstigt und dennoch gespielt tapfer, so wie ich es von ihr erwartet hatte. Aber wer weiß, vielleicht ist auch dieses Bild nichts als ein bloßer Trugschluss? Schließlich hatte ich auch erwartet, dass, wenn überhaupt, ich derjenige bin, mit dem sie ins Bett steigen würde.

»Was hast du dir nur dabei gedacht?«, frage ich flüsternd und umgreife ihren Kiefer mit meiner rechten Hand. Langsam wende ich ihr Gesicht, um es von allen Seiten einmal ausgiebig betrachten zu können. Details, die ich zuvor noch nicht kannte, fallen mir auf. Beispielsweise das kleine Muttermal auf ihrer linken Schläfe, welches normalerweise durch ihr dichtes Haar verdeckt wird. Heute jedoch trägt sie einen streng gebundenen Zopf, weshalb ich bei genauem Hinsehen einen Blick darauf erhaschen kann. Beim Gedanken daran, dass auch Flynn diese kleinen Details an ihr gesehen haben muss – und noch mehr darüber hinaus –, drücke ich ihre Wangen fest zusammen, nur um sie dann zur Seite wegzuwerfen. Das Mintgrün ihrer Augen verdunkelt sich. Hass spiegelt sich darin wider, als sie ihr Gebiss auflockert.

»Die viel wichtigere Frage ist doch, was du *dir* dabei gedacht hast, oder nicht?«, kontert sie rau.

Frustriert streiche ich mir durchs Haar und halte mich gerade so davor zurück, dieses zu raufen. »Dass ich Anastasia gefickt habe, ist nichts im Vergleich dazu, dass du meinen Bruder gefickt hast!«, rechtfertige ich mich lautstark.

Für den Bruchteil einer Sekunde blitzt Scham in Ivys Augen auf, welche jedoch genauso schnell wieder durch Trotz ersetzt wird. Schnell wendet sie sich von mir ab und schreitet aufs Fenster zu. Schwebend fallen die letzten Blätter von den Bäumen herab und hüllen den Boden in ein Farbenspiel aus Rot, Braun, Orange und Gelb. Sehnsüchtig legt sie ihre Hand an die Scheibe und hinterlässt somit ihren Handabdruck wie ein Brandmal in meinem Zimmer. »Flynn und ich sind nur Freunde.«

»Ach so, na wenn das so ist, dann ist ja alles in Ordnung«, gebe ich ironisch von mir und werfe die Arme dabei in die Luft. »Vertrittst du wirklich die Denkweise, dass Freunde sich vom anderen einfach so ficken lassen? Komischerweise kurz nachdem du mich mit Anastasia erwischt hast? Ich hatte wirklich mehr von dir erwartet, aber scheinbar bist du doch nur genauso eine Schlampe wie alle anderen auch.«

»Ace ... so war das nicht«, behauptet sie dreist und möchte sich somit aus der Sache rausreden. »Gut, er ist dein Bruder, aber das zwischen uns war doch ohnehin nie etwas Ernstes. Nachdem ich dich mit Anastasia gesehen habe, war die Sache für mich vorbei, und das mit Flynn ... das war ein versehentlicher Ausrutscher.«

Fassungslos starre ich ihr entgegen. Sie kann doch nicht ernsthaft glauben, sie könnte mich mit dieser billigen Ausrede auf den Arm nehmen?

Nachdem ich sie in den Genuss meiner Hände und meiner Lippen gebracht habe, ist es fast schon eine Schande, sich von jemanden wie Flynn anfassen zu lassen. Wir sind zwar blutsverwandt, aber ich war schon immer die Nummer eins und so wird das auch unser Leben lang bleiben.

»Zunächst einmal: Ich bin es, der entscheidet, wann diese Sache hier vorbei ist, nicht du. Und zweites, für wie dumm hältst du mich eigentlich? Erklär es mir, na komm schon«, fordere ich aufgebracht. »Mich interessiert nämlich brennend, wie es sein kann, dass mein Bruder *versehentlich* seinen Schwanz in dir versenkt und dir das Gehirn aus dem Kopf gevögelt hat. Nicht einmal du kannst so dumm sein, zu denken, dass ich dieser Ausrede Glauben schenke.«

Energisch öffne ich den Minikühlschrank neben meinem Schreibtisch, schnappe mir eine Dose Energydrink und kippe sie in einem einzigen Zug hinunter. Unachtsam knülle ich die blaue Dose zusammen und schmeiße sie in die Ecke meines Zimmers.

»Ich lasse mich sicher nicht von dir beleidigen!«, faucht Ivy und steuert auf die Tür zu.

Womit sie natürlich nicht gerechnet hat, ist, dass ich diese längst abgeschlossen und den Schlüssel in meiner Hose versteckt habe.

Vielsagend werfe ich einen Blick auf meinen Schritt,

woraufhin sie angewidert das Gesicht verzieht, was erneut Wut in mir aufkochen lässt.

»So angewidert hast du nicht geschaut, als Flynn dir seinen Schwanz gezeigt hat, oder?«, schreie ich sie an und schubse sie gegen die Wand. Dabei habe ich sie lediglich mit den Fingerspitzen berührt, doch selbst das genügt, um ihren kleinen Körper zurücktaumeln zu lassen.

»Krieg dich mal ein! Seit wann besitzt du überhaupt das Recht, eifersüchtig zu sein? Wir beide«, sie fuchtelt zwischen sich selbst und mir hin und her, »haben uns von Anfang an gehasst! Außerdem waren Flynn und ich nur Freunde und ich kann mit ihm machen, was immer ich will!«

Waren nur Freunde? Ihre Worte brennen sich in meinem Kopf, lösen einen Druck aus, dem ich nicht mehr standzuhalten vermag. Sie saugen sich in mir fest wie eine unnachgiebige Zecke, die ums Verrecken nicht loslassen will.

»Seit wie vielen Tagen läuft das schon zwischen euch?« Meine Stimme ist nicht mehr als ein eindringliches, bedrohliches Flüstern. Dazu bereit, das gesamte Zimmer in seine Einzelteile zu zerlegen, balle ich die Hände zu Fäusten.

Ivory zuckt nur genervt mit den Schultern.

»Ich kann nicht der Einzige sein, der gespürt hat, dass da mehr als bloß Hass zwischen uns ist. Also sag mir, seit wie vielen Tagen läuft das schon zwischen euch?«

Plötzlich gleitet ihr Blick Richtung Boden.

Sie fordert meine Geduld so dermaßen heraus, dass nicht mehr viel fehlt, bis ich die Beherrschung verliere, und *das* könnte besonders für sie schmerzhaft enden.

»Weißt du was? Fragen wir ihn doch einfach selbst«, schlage ich selbstgefällig vor und zücke mein Handy, um Flynns Nummer zu wählen.

Ruckartig reißt Ivory mir das Handy aus der Hand und versteckt es hinter ihrem Rücken. Ihre Augen weiten sich und ihre Brust hebt und senkt sich in einem deutlich schnelleren Tempo als zuvor. Das Mädchen hat verdammt noch mal starke Nerven.

Bis aufs Äußerste gereizt, reibe ich mit der Handfläche über meinen Mund und presse anschließend Daumen und Zeigefinger auf meine Nasenwurzel, um innerlich bis zehn zu zählen. Dies habe ich in meinem Anti-Aggressionstraining in der sechsten Klasse gelernt und seither regelmäßig angewandt.

»Schau mal, wenn *du* nicht bereit dazu bist, mir Antworten zu geben, werde ich sie mir eben woanders holen müssen. Die Entscheidung liegt bei dir. Also gib mir mein Handy zurück und entscheide dich. Sofort.« Mit jedem gesagten Wort wird meine Stimme etwas lauter, bis ich mit vermutlich knallrotem Kopf vor ihr stehe und meine Hand nach meinem Handy ausstrecke.

Schnaubend händigt sie mir dieses wieder aus. »Schön«, gibt sie nach, doch versucht ihr Einlenken dabei mit Arroganz zu überspielen. »Wir treffen uns seit etwa drei Wochen. Er stand kurz nach unserem Vorfall in der Bibliothek vor meiner Tür und irgendwie haben wir uns einfach gut verstanden. Nicht, dass es dich irgendetwas angehen würde.«

Den letzten Satz posaunt sie geradezu heraus.

Vorfall.

So nennt sie das, was zwischen uns lief, also.

Drei Wochen lang traf mein Bruder sich hinter meinem Rücken mit Ivory – und ich hatte nicht die geringste Ahnung. Wie konnte ich nur so blind gewesen sein? Ich hatte mich so sehr darauf fokussiert, sie von mir fernzuhalten, dass mir das

Wichtigste dabei völlig entgangen ist. »Drei Wochen fickt er dich also schon?«

Mit einem lauten Schrei, der schon viel zu lange darauf wartet, an die Oberfläche zu gelangen, reiße ich meine schwarzen Vorhänge, inklusive Gardinenstange, von der Wand.

Mit einem lauten Klirren kommen sie auf dem Boden auf, doch Ivory regt sich kein Stück vom Fleck. Sie weiß, dass ich ihr nicht wehtun würde, und das macht mich vollkommen verrückt.

»Wir haben nur einmal miteinander geschlafen, es war eine Impulsentscheidung«, erklärt sie bedacht. Sie weiß genau, wie sie mich behandeln muss, um mich nicht noch mehr in Rage zu versetzen.

Ich weiß nicht, ob mir diese Information Erleichterung verschafft. Zwar ist das schlimmste Szenario somit aus der Welt geschafft – dass sie es so sehr genossen hat, dass sie ihn gleich mehrmals ranließ. Andererseits steckte noch immer der Schwanz meines Bruders in ihr.

»Wie hat er dich gefickt?«, frage ich abgehakt, die Worte kommen nur schwer über meine Lippen.

»Wie bitte?« Empört sieht sie mich an, ihr Mund steht offen.

Fuck. Ich werde wahnsinnig, ich halte das nicht mehr aus.

Mein Kopf brummt so laut, dass meine Ohren sich anfühlen, als würden sie platzen. Tief in mir zieht sich etwas so schmerzhaft zusammen, dass ich drohe, zu kotzen, wenn ich nicht gleich aufhöre, darüber nachzudenken, dass Flynns Schwanz vor meinem in Ivory steckte. Er nahm mir weg, was mir gehörte. Was von Anfang an für mich bestimmt war. Und ich werde es mir zurückholen. Koste es, was es wolle.

Kurz entschlossen ziehe ich mein Handy wieder aus der Hosentasche und öffne Flynns Chat, um ihm eine Nachricht zu schicken. Meine Finger fliegen nur so über die Tastatur, es ist, als wären jegliche Sicherungen in meinem Gehirn durchgebrannt. Absolute Kurzschlussreaktion.

»Was machst du da?«, kreischt Ivory und möchte mir schon wieder das Handy aus der Hand nehmen.

Ich komme ihr zuvor und halte es weit über meinen Kopf gestreckt in die Luft und drücke auf Senden.

ICH – 16:07 UHR:

Flynn! Komm sofort in mein Zimmer, wir müssen reden. Etwas Schreckliches ist passiert.

Wütend stapft Ivory auf den Boden und läuft nervös hin und her. Wieso um alles in der Welt interessiert es sie so sehr, was Flynn von der ganzen Sache hier hält? Es sollte ihr verdammt noch mal egal sein. Stattdessen möchte sie verhindern, dass ich ihn in unseren Streit involviere. Wozu? Um ihn zu schützen?

Ha, dass ich nicht lache. Vor meinem unbändigen Zorn wird dieser Junge nie wieder sicher sein.

Knapp zehn Minuten später klopft Flynn an der Tür. Ich erkenne die Art, wie er seine Knöchel gegen das Holz schlagen lässt, sofort. Mit einem breiten Lächeln auf den Lippen öffne ich ihm die Tür und sehe ihm direkt in sein vor Sorge verzerrtes Gesicht. Völlig außer Atem erwidert dieser meinen Blick und drückt sich die Hand auf die Brust.

»Was ist passiert? Ich bin so schnell wie möglich gekommen«, versichert er mir, als wäre es etwas, worauf er stolz sein könnte.

Lässig mache ich einen Schritt zur Seite, um ihm Einlass zu gewähren, und trete zur Kaffeemaschine, aus der ich ihm einen schwarzen Kaffee laufen lasse. Mir selbst gönne ich einen doppelten Espresso. Wie die Ruhe vor dem Sturm genieße ich das leise Brummen der Maschine, welches den spannungsgeladenen Raum erfüllt und ihn in den wohltuenden Duft zermahlener Kaffeebohnen hüllt. Zufrieden überreiche ich ihm seine dampfende Tasse.

»Sag du es mir, Bruder«, erwidere ich und deute mittels eines Nickens auf mein Bett, auf dessen Kante Ivory es sich bequem gemacht hat. An ihrer Gestik und Mimik kann man sofort das Schuldbewusstsein erkennen. Sie weiß, was sie mir angetan hat, und sie weiß hoffentlich auch, welche Konsequenzen es mit sich ziehen wird.

Natürlich hat Flynn sie bereits entdeckt und tauscht verwirrte Blicke mit ihr aus. Allein deren Augenkontakt ist mir bereits zu viel. Nie wieder soll er in den Genuss ihrer schönen, mintgrünen Augen kommen. In einem Zug leere ich die kleine Tasse mit der schwarzen Flüssigkeit und zertrümmere sie anschließend an dem Schrank neben mir. Die an meiner Hand klebenden Scherben klopfe ich locker an meiner Hose ab.

»Du warst dir meiner Anziehung gegenüber Ivory bewusst. Und dennoch hast du sie flachgelegt, um Rache an mir zu üben. So ist es doch, oder? Du hast immer auf diesen einen Moment gewartet und als er endlich zum Greifen nahe war«, langsam forme ich mit meiner Hand eine Faust in der Luft und drücke fest zu, »hast du keine Sekunde gezögert, ihn zu ergreifen.« Kopfschüttelnd erhebe ich meinen Blick und erdolche ihn mit meinen vor Wut brennenden Augen. »Du hast sie benutzt, um mir eins auszuwischen. Dafür, dass du immer nur die Nummer zwei warst. Einmal in deinem Leben wolltest du die Nummer eins sein. Herzlichen Glückwunsch, Bruder, du hast es geschafft. Ich hoffe, es ist dir den Preis wert, mit dem du bezahlen wirst.«

Sprachlos sieht Ivory zu Flynn hinüber, um zu prüfen, wie

viel Wahrheit in meinen Worten steckt. Dieser jedoch hält meinem Blick weiterhin erbarmungslos stand. Er ist nicht schwach, er ist nur ein verfluchter Idiot, der nicht nachdenkt, bevor er handelt. Der schon immer von Emotionen gesteuert war und deshalb nicht in das perfekte Bild der Familie Wellington passt.

»Zu Beginn war das der Plan, da hast du recht, Bruder«, stimmt Flynn mir mit erhobenem Kopf zu und schleicht langsam um mich herum. Neben uns kann ich Ivy scharf die Luft einziehen hören. »Aber sie machte es mir nicht gerade leicht, muss ich gestehen.« Er wirft Ivy einen Seitenblick zu. »Mit der Zeit entwickelte sich aus der Mission, dir wehzutun, irgendwie ... mehr. Besonders nachdem ich erfuhr, dass ein Kuss zwischen euch gefallen ist. Einerseits war ich unfassbar wütend, weil ich dachte, du würdest es schon wieder schaffen, mir zuvorzukommen«, Flynn dreht sich zu Ivy, deren Augen sich bereits kaum merklich mit Tränen füllen, »Andererseits wusste ich plötzlich, dass ich nicht ohne Grund jeden Abend an dich dachte. Dass ich nicht einfach so Zeit mit dir verbringen wollte. Was mit einem harmlosen Rachefeldzug begann, entwickelte sich schnell zu dem Vorhaben, dich nicht nur vor Ace ins Bett zu kriegen, sondern dir auch noch das Herz zu stehlen, sodass er niemals die Chance auf einen Platz darin erhalten wird.«

Meine Hemmschwelle ihm gegenüber ist in der Sekunde erloschen, als er den Mund schließt und seine Augen wieder die meinen treffen. Wie ein Raubtier stürze ich mich auf ihn, verpasse ihm einen gezielten Schlag in die Magengrube und schubse ihn grob in meinen braunen Ledersessel. Ohne sich gegen mich zu wehren, richtete er sich nach einigen verstrichenen Sekunden aus seiner gekrümmten Haltung auf und setzt sich aufrecht hin. Voller Eleganz richtet er den Kragen seines Hemdes zurecht und krempelt sich die Ärmel hoch. Er kennt mich seit meiner Geburt. Ihm ist bewusst, dass die Strafe, die ihn erwartet, nicht gering ausfallen wird. Sie wird ihn niederschmettern, in eintausend Teile zertrümmern und am Abgrund kauern lassen.

Körperlich ist er längst darauf vorbereitet, psychisch jedoch werde ich ihn demontieren. So wie er versucht hat, mich auseinanderzunehmen. »Ich habe dir meinen Schutz versprochen, Flynn. Für das, was du unserem Vater seit Jahren antust. Glaube mir, ich will nicht, dass er dich endgültig verstößt, aber selbst meine Geduld dir gegenüber hat Grenzen und diese hast du nun endgültig überschritten.«

Schockiert weitet er die Augen. Dass ich so weit gehen würde, hat er scheinbar nicht erwartet. »Das hat hiermit überhaupt nichts zu tun!«

Ein spöttisches Schnauben entweicht meiner Kehle. »*Alles*, was du tust, hat etwas damit zu tun. Ich könnte dich zerstören, wenn ich will. Aber noch gibt es einen anderen Weg, dir beizubringen, mich zu respektieren, im Gegenzug dazu, dass ich die Klappe halte.«

Ernst sehe ich zu Ivy hinüber. Gespannt verfolgt sie unsere Unterhaltung. Fast, als würde sie es genießen, die Aufmerksamkeit zweier Brüder zu teilen. »Steh auf, Kleines«, fordere ich sie auf. »Und zieh dich aus«, füge ich wenige Sekunden später noch hinzu.

»Was?«, fragt diese entsetzt.

Sie ist so vorhersehbar. »Zieh dich aus, sagte ich.«

24

ACE …

So langsam wie möglich mache ich ein paar Schritte auf sie zu, bevor ich genau vor ihr stehen bleibe und sie von oben herab mustere. Die Kontur ihrer Brüste zeichnet sich durch den dünnen Stoff ihrer Bluse deutlich ab. Gierig lasse ich meinen Blick über ihren Körper wandern. Dabei weiß ich ganz genau, dass sie sich diese Unterordnung nicht bieten lassen wird – und ich behalte recht.

Kurz nachdem ich meine Hand an ihre Wange gelegt habe, schlägt sie diese weg und bäumt sich vor mir auf. Noch immer überrage ich sie mit mehr als einer Kopflänge. Aber eins muss ich ihr lassen, sie verfügt über ein glühendes Temperament.

»Es muss eine Strafe geben«, erkläre ich so behutsam wie möglich. »Und ich möchte, dass du kooperierst.«

»Was für eine kranke Strafe soll das denn sein? Ich habe nichts verbrochen!«

Ein verächtliches Lachen befreit sich aus meiner Kehle, gefolgt von einem boshaften Brummen, welches meinem

Bruder gewidmet ist. »Nicht du musst bestraft werden, Kleines. Sondern er.«

Zwar bin ich auch auf Ivory unglaublich wütend, aber Flynn ist es, dem meine Rache gilt. Denn sie wurde lediglich durch seinen falschen Charme geblendet. So ist das mit den Frauen. Es bedarf nur ein paar schöner Worte und aufmerksamer Gesten und schon schafft ein gut aussehender Mann wie Flynn es, sie um den Finger zu wickeln. Daher ist es umso wichtiger, diese Wesen vor eben diesen Männern zu beschützen.

Aufgebracht wirft sie die Arme in die Höhe und wirft Flynn einen niederschmetternden Blick zu.

Dieser scheint die Situation ebenso wie er zu interpretieren und steht ohne meine Erlaubnis aus seinem Sessel auf.

Augenrollend lege ich den Kopf in den Nacken. »Du willst es also wirklich wissen, hm?« Gefährlich langsam strecke ich meine Arme über dem Kopf aus, während ich auf mein Bett zusteuere und neben dem Bettkasten in die Hocke gehe. Die Auswahl, die ich darin vorfinde, ist umfangreich, doch heute entscheide ich mich für die sicherste, aber auch schmerzhafteste Variante.

Als handele es sich um nichts weiter als Schnürsenkel, greife ich nach den schweren Stahlketten und knalle mit dem Fuß die große Schublade wieder zu.

Flynns Augen weiten sich erneut als ich nicht auf Ivy, sondern auf ihn zusteuere. »Bist du bescheuert?«, fragt er mich lachend und scheint den Ernst der Lage nicht zu begreifen. Ich werde ihn heute Abend zerstören. Ob er es glauben mag oder nicht.

»Setz dich verdammt noch mal in den Sessel«, drohe ich. »Es genügt ein einziger Anruf, um dein Leben, wie du es kennst, zu zerstören.«

Allmählich begreifend, dass ich es tatsächlich ernst meine, verdunkelt sich Flynns Blick. »Du verfluchter Bastard«, gibt er von sich, ehe er sich widerwillig in den Sessel fallen lässt.

Ich zögere nicht länger, greife nach seinen Händen und umwickele sie mit dem kalten Stahl, ebenso wie seine Füße. Um ihn daran zu hindern, aufzuspringen, während ich sie vor seinen Augen in den Himmel ficke, befestige ich ein Ende der Kette an meiner Heizung und das andere an der Klimmzugstange meines Türrahmens.

Nachdem ich den letzten Sicherheitscheck beendet habe, drehe ich mich wieder zu Ivy um. Völlig perplex steht sie in der Mitte meines Zimmers und sieht uns mit offenem Mund dabei zu, wie ich meinen eigenen Bruder mit Stahlketten fixiere. »Das könnt ihr doch nicht ernst meinen.« Ihre Unsicherheit versucht sie durch ein kurzes, hysterisches Auflachen zu überspielen.

»Sieht Ace Wellington für dich so aus, als würde er Scherze machen?«, gibt Flynn schulterzuckend zurück, ehe er noch hinzufügt: »Mach uns nichts vor, wir alle wissen, dass du seit Tag eins mit ihm schlafen wolltest.« Seine Miene ist starr, was mir beweist, dass er die Rangordnung zwischen uns wieder anzuerkennen scheint. »Ich kann und werde dir nicht länger ein Hindernis sein.«

Erwartungsvoll suche ich Ivorys Blick. Unsere Augen treffen sich und ich kann das elektrisierende Verlangen in ihnen nahezu spüren. Sie vermitteln keinen Moment den Anschein, als würde sie sich vor dem, was gleich passieren wird, fürchten. Im Gegenteil, sie erzählen mir eine stumme Geschichte darüber, wie sehr sie auf diesen Moment zwischen uns gewartet hat. Darauf, eine unbesiegbare Einheit mit mir zu bilden. Ich mache einen Schritt auf sie zu und öffne die ersten drei Knöpfe meines Hemdes, sodass der Ansatz meiner vom Solarium braun gebrannten Brust freigelegt wird. Währenddessen lasse ich sie keine Sekunde aus den Augen, um beobachten zu können, wie sie mit ihrem eigenen Stolz kämpft, mir nicht dabei zuzusehen.

Bei ihr angekommen, greife ich vorsichtig nach ihren Händen und führe sie zu den übrig gebliebenen Knöpfen. »Es wird dir gefallen, versprochen.«

Immer wieder huscht ihr Blick hinüber zu Flynn, der dem Schauspiel, das wir ihm bieten, gezwungenermaßen zusieht. Trotz meiner Ungeduld gebe ihr die Zeit, die sie braucht, um sich an diese unkonventionelle Situation zu gewöhnen. Ihr hungriger Blick verrät mir, dass es gerade keinen Ort gibt, an dem sie lieber wäre als hier in meinem Zimmer.

Es scheint, als wolle Flynn diese Sache so schnell wie möglich hinter sich bringen. Erneut nickt er ihr zustimmend zu, woraufhin sie sich seufzend daran macht, den Rest meines Hemdes zu öffnen und es mir sanft von der Schulter zu streifen, bis es hinter mir zu Boden fällt. »Ihr seid verrückt, wirklich verrückt.«

Meine Muskeln spannen sich unter ihrer Berührung an und ich lege genüsslich den Kopf in den Nacken. »So ist das, wenn man es mit uns Wellingtons zu tun hat, Kleines.«

Sie liebt es, wie mein Körper auf sie reagiert, es bestätigt sie. In ihren Augen blitzt etwas Verschmitztes auf und gibt mir das Signal, mit meinem Vorhaben fortzufahren. Langsam lege ich meine Hand an ihre Wange und fahre mit meinem Daumen ihren Kiefer entlang. Mit der anderen Hand hantiere ich an meinem teuren Gürtel herum, bis ich es endlich schaffe, die Schnalle zu lösen und ihn mit einem lauten Klatschen durch die Schlaufen an meinem Hosenbund zu ziehen.

Unachtsam werfe ich den Gürtel vor Flynn auf den Boden und öffne im Anschluss den Verschluss meiner Hose. Ohne diese gänzlich hinunterzuziehen, lege ich eine kleine Pause ein und nähere mich ihrem Gesicht, bevor ich mich langsam von ihr löse.

Wie ein Löwe umkreise ich meine Beute und mustere jeden Zentimeter ihrer perfekten Erscheinung. An ihrem Rücken verharre ich und lege meine Hand von hinten um ihren Hals, um ihren Nacken mit meinen Lippen zu liebkosen.

Willig legt sie den Kopf schief, um mir besseren Zugang zu verschaffen. Sie unterdrückt ein sehnsüchtiges Keuchen. Meine freie Hand lasse ich unter ihre Bluse wandern und spüre augenblicklich, wie sie ihren Bauch einzieht. Ein leises Lachen entfährt mir und am liebsten würde ich ihr sagen, dass sie sich für nichts zu schämen braucht. Denn in meinen Augen ist sie absolut makellos.

Ungeduldig stellt sie sich auf die Zehenspitzen, woraufhin ich meine Hand noch ein Stück tiefer wandern lasse, bis ich an ihrem Rock ankomme und von außen über ihre empfindlichste Stelle streiche. Sie öffnet den Mund, doch schließt ihn direkt wieder, um keine Geräusche von sich zu geben.

»Dreh dich um«, hauche ich in ihr Ohr und zum allerersten Mal gehorcht sie sofort, was mich zufrieden stimmt.

Nachdem ich ihr einen zarten Kuss auf die Stirn gedrückt habe, packe ich sie sachte bei den Schultern und drücke sie vor mir in die Knie. Noch bin ich so freundlich, sie mit dem Rücken zu Flynn zu platzieren, damit sie sich nicht so leicht ablenken lässt. Ich möchte, dass ihre ungeteilte Aufmerksamkeit bei mir und meinem Schwanz liegt. Und fuck, das tut sie. Sie starrt meinen Schritt an, als sei das, was sich darin verbirgt, das Geburtstagsgeschenk, auf welches sie das ganze Jahr über hinfiebert.

Während meine Handfläche auf ihrem Kopf aufliegt und

ich ihr keine Möglichkeit biete, aufzustehen, wandert ihr von Bedauern durchzogener Blick über ihre Schulter zu meinem Bruder. »Es tut mir leid, ich …«

»Entschuldige dich nicht für etwas, das du nicht ändern kannst«, unterbricht Flynn sie mit harschem Unterton.

Ivy nickt und widmet sich wieder mir zu. »Du willst unbedingt, dass er uns dabei zusieht?«

»Ich brauche das mindestens genauso sehr, wie ich dich brauche.«

Ihre Wangen nehmen einen rosa Unterton an, bevor sie ihre Hand sinken lässt und Flynn ein letztes Mal fragend fixiert.

Dieser krallt sich ungeduldig in der Lehne meines Sessels fest, unachtsam, welche Spuren er in dem teuren Leder hinterlässt. »Scheiß auf mich, Ivory. Das hier ist eine Sache zwischen Ace und mir. Und wenn es dich geil macht, ihm wie eine billige Nutte einen zu blasen, dann tu dir keinen Zwang an.«

Oh, welch dummer, großer Bruder. Er sollte sie inzwischen gut genug kennen, um zu wissen, dass sie so nicht mit sich sprechen lässt.

Mit zusammengekniffenen Augen reckt sie ihr Kinn demonstrativ in die Höhe. »Weißt du was? Ja, genau das ist es, was ich will. Und hättest du mich nicht von Anfang an sabotiert, wäre es vielleicht schon viel früher zu diesem Punkt hier gekommen.«

Jetzt sieht sie mir wieder direkt in die Augen. »Und ich möchte nicht länger auf dich warten, Ace.«

Diese letzten zielführenden Worte lösen etwas in mir aus, das es mir unmöglich macht, auch nur noch eine einzige wertvolle Minute zu verschwenden, in der ich sie für mich beanspruchen könnte.

Aus ungewohnt schüchternen Augen sieht sie zu mir auf

und beißt sich auf die Unterlippe. Ich glaube, sie spürt, dass mich das anmacht. Wie sehr ich diese Unterordnung von ihr brauche. Obwohl sie mir im Alltag täglich versucht, die Stirn zu bieten, weiß sie, wer in genau diesem Augenblick das Sagen hat. Und sie lässt sich gefügig von mir führen.

Ich umgreife ihre Finger und führe sie gemeinsam mit meinen an den Bund meiner Hose. Quälend langsam schieben wir mir erst diese und dann noch die Boxershorts von den Hüften. Meine Härte liegt nun genau in der Höhe ihres schönen Gesichts und präsentiert sich ihr in all ihrer Pracht.

Mit einem lustvollen Ausdruck in den Augen leckt sie sich über die Lippen und studiert ihn ausgiebig, so als hätte sie noch nie etwas Prachtvolleres gesehen.

Mit der Handfläche streichle ich liebevoll über ihren Kopf, bevor ich grob den Ansatz ihres Pferdeschwanzes umgreife und sie in die richtige Position bringe. Ihre Lippen streifen bereits meinen Schwanz, während sie weiterhin mit großen Augen zu mir aufsieht. Brummend gebe ich ihr zu verstehen, dass sie beginnen soll. Vorsichtig öffnet sie ihren Mund und leckt zunächst nur genüsslich über die Spitze, bevor sie anschließend meinen gesamten Schaft mit ihrer Zunge verwöhnt.

»Fuck, Kleines«, ächze ich.

Von meinem Verlangen angetrieben, gleitet ihre Zunge immer schneller auf und ab, ehe sie schließlich ihre Lippen um mich schließt und ich mich fest in ihr Haar kralle. Mit einem animalischen Brummen bringe ich sie dazu, sich schneller zu bewegen, mir mehr von sich zu geben. Stöhnend lege ich den Kopf in den Nacken und genieße jede Sekunde, in der sie mich mit ihrer Vollkommenheit in sich willkommen heißt.

Ein Blick zu Flynn verrät mir, wie hart es ihn trifft, mir hierbei zusehen zu müssen. Wie sehr er den Fehler bereut, mich auf die Probe gestellt zu haben. Hätte er sich doch nur an das Versprechen gehalten, welches er mir im Gegenzug zu meinem ewigen Schutz gegeben hat.

Wann immer er etwas will, das ich auch will, wird er mir den Vortritt gewähren. Schon als Teenager haben wir diese Abmachung geschlossen. Es steht außer Frage, ob es sich hierbei um den Konflikt handelt, wer zuerst an die Spielekonsole darf oder um eine Frau. Lächerlich, dass er dachte, ich würde hier einen Unterschied machen.

Ein Grinsen schleicht sich auf meine Lippen, als er seine Hände zu Fäusten ballt. Obwohl diese Genugtuung mich nur noch geiler macht, stoppe ich mein Mädchen in ihrer Bewegung. Verständnislos sieht sie zu mir auf. Auch sie muss es wahnsinnig erregt haben, mich zu beglücken, denn ihr Kopf ist rot angelaufen und ihre Augen sprühen nur so vor Verlangen.

»Wir werden jetzt ein Spiel spielen, Kleines«, verkünde ich und schenke ihr mein verführerischstes Lächeln.

Als ich sie wieder zu mir herauf und gleichzeitig meine Hose hochziehe, ist ihre Anspannung unter meinen Händen kaum zu verkennen.

»Es wird dir gefallen«, flüstere ich in ihr Ohr und hauche ihr anschließend einen zarten Kuss auf die Wange, während ich mich daran mache, ihre Bluse aufzuknöpfen. Die Aussicht auf ihre wunderschönen, in schwarze Dessous gehüllten Brüste, bietet sich mir. Mit den Fingern schiebe ich den Stoff ihres BHs beiseite, sehe ihr einmal tief in die Augen und lege dann meine Lippen um ihren empfindlichen Nippel.

Fest krallt sie sich in meine Unterarme, um sich zu stabilisieren. Ihren heißen Atem kann ich in meinem Nacken spüren und ich freue mich schon darauf, gleich noch viel mehr von ihr spüren zu können. Mir alles von ihr nehmen zu können.

Nachdem ich den Stoff wieder dort platziert habe, wo er hingehört, führe ich sie an den Rand meines Bettes. Erneut blitzen Bilder vor mir auf, die ich gleich allesamt eliminieren werde. Mit der ausgebreiteten Handfläche stoße ich sie auf mein Bett, wo sie sich bereitwillig hinlegt – ohne Widerrede. Wir machen Fortschritte.

Inzwischen habe ich sie auch schon von ihrem Rock und ihrer Strumpfhose befreit und mich neben sie gesetzt. Mit arrogantem Ausdruck im Gesicht wendet sie sich von der Richtung, in der Flynn sitzt, ab und starrt gegen die Wand. Ich akzeptiere dieses Verhalten, denn wichtig ist nur, dass *er* sieht, was ich mit ihr tue. Wie ich meine Finger über ihr immer feuchter werdendes Höschen streichen lasse und sie sich unterbewusst meiner Berührung entgegen schiebt.

Doch werde ich nicht einfach meine Finger in sie gleiten lassen, wie Flynn es vermutlich von mir erwartet. *Das wäre zu einfach, großer Bruder*.

»Ich werde dir jetzt eine Augenbinde umlegen, damit es einfacher für dich ist«, informiere ich Ivy.

Sie öffnet ihren Mund, um etwas zu erwidern, doch bevor sie mir widersprechen kann, wirble ich sie herum, lege ihr von hinten meine Hand auf den Mund und ziehe die oberste Schublade meiner schwarzen, hüfthohen Kommode auf, in der sich die Augenbinde befindet.

Als ich das Band in der Hand halte, verwöhne ich ihren Nacken mit einer Linie sanfter Küsse. Ivory gibt ein kaum hörbares Stöhnen von sich, welches einzig für meine Ohren bestimmt ist. Meine Kleine zerfließt unter mir wie Butter und ich spüre ihre weichen Lippen an meiner Handinnenfläche. Fuck, augenblicklich stelle ich mir vor, wie es wäre, diese erneut um meinem Schwanz zu spüren.

Als ich gerade meine Hand von ihrem Mund nehme und dabei bin, ihr die Augenbinde umzulegen, unterbricht sie mich. »Flynn war trotz allem mein Freund ... Was ist nur zwischen euch vorgefallen, das so etwas in Ordnung macht?«

Wenn ich noch ein einziges Mal das Wort ›Freund‹ aus ihrem Mund höre, werde ich dafür sorgen, dass sie nie wieder dazu imstande ist, überhaupt so etwas wie Freunde an dieser Akademie zu finden. Denn dann wird sie nicht mehr laufen können und nur noch in ihrem dunklen Zimmer feststecken.

Flynn knurrt in meinem Sessel. »Das ist ein Thema, das nicht für deine Ohren bestimmt ist. Irgendwann, in weit entfernter Zukunft, wirst du vielleicht erfahren, was los ist. Aber bis dahin bitte ich dich, dich einfach lecken zu lassen, damit ich mich wieder verpissen kann.«

Ivy seufzt und wendet sich mir wieder zu. »Wehe dir, es lohnt sich nicht. Und wehe, ihr macht mir danach noch ein weiteres Mal Probleme!«

Einer meiner Mundwinkel zieht sich voller Stolz in die Höhe. »Das ist mein Mädchen.«

Vorsichtig hebe ich meine Hand und lege ihr die Augenbinde um. Mit einem festen Knoten fixiere ich sie an ihrem Hinterkopf und drehe Ivy wieder zu mir herum. Der Anblick, wie sie dasteht und mir das Vertrauen entgegenbringt, ihr das Augenlicht zu nehmen, raubt mir jegliche Fähigkeit, rational zu denken.

Da mein Bett mittig steht und Flynn auf der rechten Seite des Raumes platziert ist, bietet es sich hervorragend an, Ivy auf der linken Bettkante in Hündchen-Stellung zu platzieren, sodass sie genau in Flynns Richtung blickt. Als ich ihr Becken anheben möchte, versteift sie sich für einen kurzen Moment unter mir. Zumindest bis ich meine Finger erneut über ihre inzwischen entblößte, feuchte Mitte gleiten lasse. Plötzlich akzeptiert sie meine Entscheidung und wartet sehnsüchtig darauf, sich von mir in Besitz nehmen zu lassen.

»Halte dich nicht zurück, Kleines. Er soll sehen, dass er dir niemals das geben kann, was ich dir schaffe zu geben.« Mit diesen Worten platziere ich mich hinter ihr und bette meine Hände auf ihren Hüften. Ich blicke direkt in das Gesicht meines Bruders.

»Ace.« Flynns warnender Tonfall lässt Ivory unter meiner Berührung verkrampfen. »Dass du so weit gehen würdest, war kein Teil der Abmachung!«

»Ich mache die Spielregeln, Bruder, also sieh verdammt noch mal zu, wie bereit sie für mich ist«, knurre ich.

Seine Miene verfinstert sich und ich spüre, dass es nicht mehr lange dauern wird, bis er vollkommen die Beherrschung verliert. Mit dem Zeigefinger tippt er nervös auf dem Leder meines teuren Sessels herum, auf seiner Stirn bildet sich eine tiefe Furche. Aber so sind die Regeln im Hause Wellington. Fehlverhalten muss bestraft werden und wer die Strafe nicht akzeptiert, die einem verhängt wird, der muss mit härter werdenden Konsequenzen rechnen.

Um Flynn ein letztes Mal zu zeigen, dass Ivory mir gehört, packe ich ihren Zopf, reiße ihr die Augenbinde vom Gesicht und bringe sie dazu, ihm direkt ins Gesicht zu sehen. Ich will, dass er sieht, wie geil sie ist, während ich es ihr gleich besser besorgen werde, als er es jemals könnte.

»Ich werde das nicht zulassen, Ace. Es reicht!«, knurrt er mir entgegen und reißt wie ein wildgewordener Löwe an den Stahlketten. »Dein Schwanzvergleich-Gehabe nimmt Dimensionen an, die jegliche Grenzen überschreiten.«

Wutentbrannt löse ich Ivory aus ihrer knienden Position,

richte sie aufrecht im Bett auf und befehle ihr, zu warten. Perplex starrt sie mir bloß hinterher und scheint offensichtlich sprachlos über die Szenerie zu sein, die sich ihr soeben bietet.

Egal, wie wütend ich bin, allein ihren diffusen Gesichtsausdruck zu sehen, führt dazu, dass es mich körperliche Anstrengung kostet, ein Grinsen zu unterdrücken.

Wenn ich eine Sache über meinen Bruder weiß, dann ist es, dass er es hasst, die Kontrolle zu verlieren. Was würde ihn also noch mehr auf die Palme bringen, als mir dabei zusehen zu müssen, wie ich mir das Mädchen nehme, an dem er offensichtlich einen Narren gefressen hat? Genau, nicht einmal etwas dagegen unternehmen zu können, dass ich sie flachlege.

Entschlossener als jemals zuvor, steuere ich auf meinen Nachtschrank zu und ziehe ein Kondom heraus. Gemächlich stülpe ich mir den Gummi über, lasse Flynn dabei keine Sekunde lang aus den Augen.

Seine Brust hebt und senkt sich wie die eines Gorillas, was mir ein verächtliches Schnauben entlockt.

»Du möchtest also nicht dabei zusehen, wie ich *dein Mädchen* durchnehme?«, spucke ich ihm förmlich ins Gesicht. »Das tut mir aber leid … denn ich werde es ihr so heftig besorgen, dass du dieses Bild nie wieder aus deinem Gedächtnis verbannen kannst!«

Wie ein aufgescheuchter Stier versucht er, sich von den Ketten zu lösen, was nichts anderes zur Folge hat als rote Striemen an seinen Handgelenken. »Fuck, was soll das, Mann?«

Als ich mich wieder umdrehe, Flynns theatralische Kampfgeräusche im Nacken, treffe ich auf eine Ivy, die halb nackt und mit offenstehendem Mund auf meinem Bett sitzt.

»Willkommen an der Southside Academy.« Mit einem

breiten Grinsen im Gesicht und ausgebreiteten Armen trete ich zu ihr ans Bett.

»Du musst das nicht tun, Ivory!«, brüllt Flynn ihr von der Seite zu, was mich die Augen verdrehen lässt.

»Hat es dir die Sprache verschlagen, Kleines?«, übergehe ich seine Frage mit einer eigenen.

»Nein ... ich, ich verstehe nur nicht so ganz, was gerade passiert. Warum tust du so etwas?«

»Ich teile nicht«, erwidere ich schulterzuckend.

Erneut dringt Flynns nervtötende Stimme in mein Ohr. »Tu nichts, was du nicht willst, Ivory!«

Was ich nicht alles dafür geben würde, ihn für diesen einen, bedeutsamen Moment stummzuschalten.

Als Ivory unsicher zwischen Flynn und mir hin und her blickt, lege ich meine Hand an ihre Wange und neige meinen Kopf leicht zur Seite, um jeden Winkel ihres schönen Gesichts in mir aufzunehmen. »Er hat dich benutzt. Sein einziges Ziel war es, mich zu verletzen, du warst nur ein Mittel zum Zweck.«

»Ja.« Ihre Antwort ist kaum mehr als ein Hauchen, als sie sich meiner Berührung entgegenschmiegt. Diese zahme Seite an ihr ist etwas, das mich vollkommen dahinschmelzen lässt. Etwas, das mein Verlangen nur noch ungesündere Dimensionen erreichen lässt.

Ganz vorsichtig drücke ich sie aufs Bett, bis sie mit dem Rücken aufliegt, und beuge mich über sie, beide Arme neben ihrem Kopf abgestützt. Mein dunkles Haar fällt mir dabei so tief ins Gesicht, dass es mir einen maßgeblichen Teil meiner Sicht versperrt.

Als hätte sie meine Gedanken gelesen, hebt sie ihre Hand und streicht mir die losen Strähnen aus dem Blickfeld, sodass ich ihre Vollkommenheit wieder vollends betrachten kann.

Bevor sie sich durch das anhaltende Gejaule von Flynn aus dem Konzept bringen lassen kann, flüstere ich: »Ich glaube, ich weiß genau, was du willst.«

»Hm?«, summt sie, ihre Hand noch immer in meinem Haar vergraben. Sie scheint völlig benebelt zu sein, gänzlich in unserer eigenen, kleinen Blase gefangen.

»Du willst endlich das Gefühl erleben, wonach wir uns beide von Anfang an gesehnt haben. Habe ich recht?«

Ohne mir erneut zu antworten, senkt sie den Blick. Ein sanftes Lächeln umspielt meine Mundwinkel, als ich ihr mit den Fingern über die Wangen streiche, hinunter über den Hals, bis hin zu ihrem hervortretenden Schlüsselbein. »Mein stolzes, kleines Mädchen.«

»Ich weiß nicht, ob ich das kann«, haucht sie und deutet unsicher in die Richtung meines Bruders, ohne ihn jedoch dabei anzusehen.

»Kannst du nicht oder *willst* du nicht?«

Keine Antwort.

Vorsichtig gleite ich mit der Hand an uns hinunter und streichele über ihre feuchte Mitte. »Mich gewinnen zu sehen, zerfrisst ihn von innen heraus. Das ist der Grund, weshalb er so einen Aufstand veranstaltet. Er hat dich benutzt, für ihn warst du nichts als ein Mittel zum Zweck, während du für mich so viel mehr bist.«

»Ich bin keine Trophäe, die ihr euch in den Schrank stellen könnt«, maßregelt sie, ein verletzlicher Ausdruck liegt auf ihrem ebenmäßigen Gesicht.

»*Ich* war dir gegenüber von Beginn an aufrichtig, während er nur einen Wettstreit daraus gemacht hat.«

Schließlich nickt Ivy, so als hätte sie die unbestreitbare Verbindung zwischen uns endlich akzeptiert.

»Du bist«, ich verteile eine Reihe zarter Küsse auf ihrem Gesicht und an ihrer Schwachstelle, der Halsbeuge, »wunderschön.«

Ein lang zurückgehaltenes Keuchen entweicht ihren weichen Lippen und ihr Becken wölbt sich mir entgegen. So langsam wie möglich führe ich meine Küsse fort und wandere dabei immer wieder ein Stück weiter hinunter, bis ich über ihre Brüste hinweg an ihrem Bauch angekommen bin.

Ein kaum merkliches Zittern erschüttert ihren Körper und es kostet mich enorme Anstrengung, nicht gleich aufs Ganze zu gehen. Ich möchte, dass es ihr gut geht, dass sie sich voll und ganz auf das zwischen uns einlässt.

Kurz bevor ich an ihrer empfindlichsten Stelle ankomme, grabe ich meine Finger in ihr Fleisch und stoße ein hungriges Knurren aus.

Ivy zuckt zusammen und sieht mich aus großen Augen an.

Triumphierend lasse ich alle bisherigen Hemmungen fallen, platziere mich zwischen ihren Beinen und umgreife grob ihre Oberschenkel.

Ein lautes Zischen dringt aus ihrer Kehle, was mich auflachen lässt, bevor ich mich zwischen ihren Beinen versenke und ihr die Luft zum Atmen raube.

Ein stummer Schrei entweicht ihrem geöffneten Mund, als sie sich ins Bettlaken krallt und sich mir entgegenhebt. Erst langsam, dann immer schneller umkreist meine Zunge ihren pulsierenden Kitzler. Mit der Handfläche drückt sie meinen Kopf hinunter und versucht so, noch mehr von mir in sich aufzunehmen. Ein klares Zeichen, dass meine Zunge allein ihr nicht ausreichen wird. Kurz entschlossen ziehe ich zwei meiner Finger hinzu und tauche in sie ein. Ihr leises Wimmern lässt alles um mich herum verschwimmen.

Selbst Flynns penetrantes um sich Schlagen ist vollends in den Hintergrund gerückt.

Fuck, dieses Mädchen ist wie für mich geschaffen.

Ihr immer lauter werdendes Stöhnen signalisiert mir, dass es nicht mehr lange dauern wird, bis sie explodiert. Um den besten Winkel zu treffen, verlagere ich mein Gewicht so, dass ich mich in einer unnatürlichen Position wiederfinde.

»Fuck, Ace!«, schreit Ivy und kneift fest die Augen zusammen. »Stopp!«

Augenblicklich halte ich in meiner Bewegung inne und lasse von ihr ab. »Ist alles in Ordnung?«

»Ja«, erwidert sie schwer atmend. »Ich möchte nur …« Erwartungsvoll blicke ich zu ihr auf. »Ich möchte nur nicht auf diese Weise kommen.«

Ihr Geständnis entfacht eine Gier in mir, die ich kaum zu bändigen vermag. Gespannt auf das, was sie noch zu sagen hat, richte ich mich über ihr auf. »Wie möchtest du kommen, Kleines?«

»Ich möchte dich spüren, Ace. In mir.«

Mehr brauche ich nicht zu hören, um endgültig die Beherrschung zu verlieren.

Sie sucht meinen Blick, woraufhin ich ihr aufmunternd zulächle, bevor ich meine Hand zwischen uns gleiten lasse und ihre Perle auf das vorbereite, was beide unserer Welten erschüttern wird.

Ein paarmal lasse ich mein bestes Stück noch provokant über ihre heiße Mitte gleiten, bevor ich meine Finger fest in ihr Fleisch kralle und langsam in sie eindringe. *Fuck* … Sie passt sich perfekt an mich an, übt genau den richtigen Druck um mich herum aus. Der Sex hat noch nicht einmal richtig begonnen und entführt uns schon jetzt in ein Paralleluniversum.

Auch sie scheint überwältigt von unserer Kompatibilität zu sein. Keuchend teilt sie mir mit, dass sie es schneller, härter braucht. Fuck, sie kann nicht genug von mir bekommen. Genauso wenig wie ich von ihr.

»Aufhören!«, dringt Flynns dumpfe Stimme zu mir hindurch.

Selbstgefällig lasse ich meinen Blick zu ihm gleiten, während ich Ivy mit einem Schwung herum wirble und auf allen vieren vor mir positioniere. So wie ich es von Beginn an geplant hatte. Ungeduldig streichle ich über die weiche Haut ihres Hinterns, während ich ihm direkt in die Augen sehe und erneut in sie eindringe. Die Zähne fest zusammenbeißend gebe ich ein lautes, genüssliches Knurren von mir. Mit dem Oberkörper beugt sie sich so weit nach unten, wie es ihr nur möglich ist, um wirklich alles von mir in sich aufnehmen zu können. Jeden Zentimeter von mir in sich zu spüren.

Ich beginne sie zunächst langsam, dann immer schneller zu nehmen. Mit den Händen krallt sie sich in meinem dunkelroten Bettlaken fest und schafft es nicht, das lustvolle Stöhnen zu unterdrücken, das sich den Weg aus ihrem Inneren bahnt.

»Flynn«, presse ich atemlos hervor und errege somit seine Aufmerksamkeit. Sein Blick haftet unentwegt auf Ivory, die sich meinen Stößen aufopferungsvoll hingibt. »Sieh zu, Bruder. Sieh, wie feucht sie für mich wird ... Fuck«, stöhne ich und lege den Kopf überwältigt in den Nacken.

»Ich werde dich umbringen, Ace Wellington!« Flynns Worte fliegen wie Peitschenschläge um meine Ohren, vermischen sich mit dem klatschenden Geräusch meiner Oberschenkel, die bei jedem weiteren Stoß auf Ivys Arsch aufprallen.

Das Kino in meinem Kopf, wie Flynn genau das hier mit meiner Kleinen tut, verblasst allmählich und wird durch unsere eigenen Bilder ersetzt. Dennoch ist das letzte Fünkchen Wut noch nicht vollends erloschen.

»Ivy«, knurre ich in dem für mich üblichen Befehlston.

Stöhnend krallt sie sich im Bettlaken fest. »Ja?«

»Das hier«, ich umgreife ihr Becken fest und verpasse ihr einen tiefen, heftigen Stoß mit meinem pulsierenden Schwanz, »gehört ab sofort mir. Kein anderer – insbesondere nicht mein verdammter Bruder – wird je wieder in diesen Genuss kommen. Hast du mich verstanden?« Ich stöhne und lege den Kopf überwältigt in den Nacken.

Zunächst versteift sie sich unter meiner Bewegung und zieht sich ein kleines bisschen um meinen Schwanz herum zusammen, was mich erneut aufstöhnen lässt.

Knurrend umgreife ich ihren Zopf und ziehe ihren Oberkörper ein Stück weiter nach oben, um sie mit meiner freien Hand an der Klitoris zu beglücken, während ich ihr weiterhin schnelle, harte Stöße versetze.

Diese Kombination befördert sie in ein Universum, in dem sie alles um uns herum ausblendet. Das begierige, ungehemmte Stöhnen, auf das ich die ganze Zeit über gewartet habe, befreit sich endlich aus ihrer Kehle und erfüllt lauter als ich erwartet hatte den gesamten Raum.

Sie ist so laut, dass ich den Schall ihrer Stimme noch mehrmals in meinem Ohr nachklingen hören kann. Diese hemmungslose Hingabe macht mich so verdammt geil, dass ich noch drei letzte Male hart in sie stoße, bevor wir zeitgleich zu zucken beginnen und uns nebeneinander aufs Bett fallen lassen.

Nach Atem ringend liegen wir einfach nur da und sehen

uns in die Augen. Im Normalfall fühle ich mich nach einem Fick wie der letzte Dreck. Nicht jedoch bei Ivy. Wenn ich jetzt in ihr Gesicht blicke, fühle ich mich, als hätte mein Leben den Sinn gefunden, nach dem es immer gesucht hat. Meine Aufgabe ist es, dieses Mädchen mit allem, was ich habe, zu beschützen. Komme, was wolle.

Eine Mischung aus Unglauben und Befriedigung stiehlt sich auf ihre Miene, als ich ihr einen Kuss auf die Stirn hauche. Kopfschüttelnd zieht sie sich die Decke über den Kopf, während ich unsere Klamotten auf dem Boden zusammensuche.

Bevor ich mich wieder dem lästigen Bakterium neben uns widme, helfe ich ihr noch dabei, in ihren Rock zu schlüpfen und ihre Bluse zuzuknöpfen.

Breit grinsend steuere ich im Anschluss auf Flynn zu, der noch immer machtlos dasitzt und einen seiner üblichen Wutanfälle erleidet. Mit dem Unterschied, dass er diesmal wirklich den Verstand verloren zu haben scheint.

Unmittelbar nachdem ich ihm die Fesseln gelöst habe, hechtet er wider Erwarten an mir vorbei und stürmt direkt auf Ivy zu.

Ruckartig eile ich ihm hinterher und möchte mich schützend vor sie stellen. Doch Flynn war schneller – schon wieder. Dem Jungen scheinen Eier gewachsen zu sein.

Ehe ich mich versehe, hat er Ivy bei den Schultern gepackt und rüttelt sie einmal heftig durch. »Du hinterhältige, kleine Schlampe!«, spuckt er ihr brüllend entgegen. »Ich werde dich umbringen.«

Ein angstverzerrter Schrei entfährt ihr und plötzlich ist alles, was ich sehe, nur noch rot. Grob reiße ich ihn von ihr los und versetze ihm einen gezielten Schlag mit der Faust ins

Gesicht. Taumelnd sinkt er auf die Knie und hält sich die Hände vor die Nase. »Fass sie nicht an, du Bastard!«, schreie ich und spucke vor ihm auf den Boden.

Blut tropft von Flynns Gesicht auf meinen Teppich, als er sich wie ein tollwütiger Gorilla vor mir aufrichtet und ebenfalls zum Schlag ausholt. Doch ich bin geschickt und ducke mich, noch bevor er überhaupt in der Nähe meiner Visage angelangt ist.

Mit vor Wut verzerrtem Gesicht rennt er gebeugt auf mich zu und presst mich mit seinen Schultern gegen die Wand. »Ich wusste, dass du ehrlos bist, Ace. Aber dass du so weit gehen würdest …« Mit jedem Stoß, mit welchem er mich zwischen sich und der Wand einquetscht, ringe ich mehr nach Luft.

»Stopp!«, kreischt Ivy panisch, was Flynn für den Bruchteil einer Sekunde unachtsam werden lässt.

Geschickt winde ich mich aus seinen Fängen und entferne mich in einem sicheren Abstand zu ihm. Zum allerersten Mal, seit ich sie kenne, sehe ich echte Angst in Ivys Augen. Und das Schlimmste daran ist, dass ich keine Ahnung habe, vor wem von uns beiden sie sich fürchtet.

Mein Inneres kocht vor Wut, aber ich muss mich zusammenreißen, um Ivy zu beweisen, dass er das wahre Monster unter uns ist, nicht ich. Wenn ich ihn schon nicht körperlich zerstören kann, dann werde ich ihn mindestens verbal vernichten.

»Du bist nichts als ein dreckiger Bastard, Flynn Wellington! Durch einen ehrlosen Unfall gezeugt worden. Eine Schande für unsere Familie. Das ist es, weshalb man sich für dich schämt, und endlich verstehe ich unsere Eltern. Ich war es, verdammt noch mal, der immer hinter dir stand. Selbst wenn wir uns an manchen Tagen gehasst haben – wie Brüder es nun mal tun – am Ende des Tages wäre ich dir niemals derart in den Rücken gefallen! Doch du hast mir bewiesen, dass jemand, der ohne Ehre auf diese Welt kam, niemals in der Lage sein wird, ehrenhaft zu handeln. Mit dem heutigen Tag hast du meinen Schutz verloren. Nie wieder werde ich meine Hand für dich ins Feuer legen!« Wie ein Tsunami sprudeln die Worte aus meinem Mund heraus und reißen alles mit sich, das ihnen in die Quere kommt.

Unsere Beziehung, unsere Versprechen, unser Vertrauen. Alles, was wir uns über die Jahre hinweg hart erarbeitet haben, ist wie weggespült. Einfach ausgelöscht.

Aber er wollte es so. Er nahm mir das, was ich liebe, und ich hole es mir zurück. So spielt das Leben.

Völlig außer sich steht er da und blickt zwischen dem Bett und mir hin und her. Ivory ist mittlerweile in die letzte Ecke des Bettes verschwunden und hat sich in meine Bettdecke gehüllt, als könnte diese ihr irgendeinen Schutz bieten. »D-d-das kannst du nicht ernst meinen«, stottert Flynn und ganz langsam sehe ich die Hoffnung aus seinen Augen schwinden.

Abwehrend verschränke ich die Arme vor der Brust. »Du hättest dir besser überlegen sollen, mit welchen Waffen du spielst!«, kontere ich.

Flynn fährt sich durch das verwuschelte Haar, welches meinem eigenen zum Verwechseln ähnlichsieht. »Fuck!«

Gestresst schnappe ich mir eine Zigarette vom Schreibtisch, zünde diese an, nehme einen tiefen Zug in meiner Lunge auf und öffne erst dann das Fenster, um den Rauch hinausziehen zu lassen.

»Ich hoffe für dich, dass es das wert ist«, zischt Flynn und deutet mit dem Kinn aufs Bett, auf dem Ivory noch immer zusammengekauert sitzt und nur hinter der Bettdecke hervorschielt.

»Verschwinde endlich aus meinem Zimmer«, befehle ich und spucke erneut vor ihm auf den Boden, nur dass ich dieses Mal auch die Spitze seiner Schuhe erwische.

Kaum hat Flynn die Tür hinter sich ins Schloss fallen lassen, schlendere ich lässig zu meinem Bett und lasse mich neben Ivy auf die Matratze fallen. »Was ein Waschlappen«, spotte ich und nehme einen weiteren, tiefen Zug. Normalerweise rauche ich nicht, aber das heutige Ereignis kann ich definitiv als plausiblen Grund durchgehen lassen. Ich meine, nicht jeden Tag kommt es vor, dass der eigene Bruder einem beim Ficken zusieht.

Ivy hingegen scheint die gesamte Situation alles andere als lustig zu finden. »Ihr seid beide völlig durchgeknallt«, wispert sie und ich sehe nur noch, wie eine kleine Träne sich aus ihrem Augenwinkel löst und ihre Wange herabkullert.

Alarmiert richte ich mich auf dem Bett auf und streiche sanft über ihr zerzaustes Haar. »Hey«, flüstere ich. »Alles ist gut. Er ist jetzt weg.«

Diese jedoch schlägt meine Hand weg und sieht mich aus angsterfüllten Augen an. Und in diesem Moment wird mir klar, dass nicht nur er es ist, vor dem sie sich fürchtet, sondern auch ich.

Verdammte Scheiße, was habe ich nur getan?

25

IVORY …

»Kleines … komm schon.« Ace‘ Stimme wirkt beinahe flehend, als er mich am Unterarm festhält und versucht, mich davon abzubringen, vor ihm zu fliehen.

Ich schlage seine Hand von mir, als ich hektisch versuche, meine Strumpfhose vom Kleiderschrank herunterzubekommen. Ehrlich gesagt, habe ich nicht die leiseste Ahnung, wie sie es da drauf geschafft hat.

Über meine eigenen Füße stolpernd, springe ich an der Spiegeltür des hochgebauten Schrankes hoch, um nach ihr zu greifen. Ace hebt lässig den Arm über mich und zieht sie vom Schrank, ehe er sie mir aushändigt.

»Du kannst nicht ernsthaft sauer auf mich sein«, klagt er und versperrt mir mit vor der Brust verschränkten Armen den Weg zur Tür.

»Und wie das mein Ernst ist, Wellington. Ihr seid absolut durchgeknallt, alle beide! Und jetzt verpiss dich aus meinem Weg!« Meine Stimme bebt und ich befürchte, gleich erneut in Tränen auszubrechen. Alles in mir sträubt sich dagegen, auch nur eine weitere Minute meines Lebens mit einem der Wellington-Brüder zu verbringen.

Grob schubse ich ihn zur Seite und reiße die Tür auf, sodass sie gegen die Innenseite der Wand prallt und einen lauten, dumpfen Knall hinterlässt. Ein letztes Mal überwinde ich mich dazu, mich umzudrehen und ihn anzusehen. Kurz überlege ich, noch ein letztes Wort zu sagen, entscheide mich dann aber doch dagegen. Ich schließe meinen Mund und mache auf dem Absatz kehrt, um loszurennen. Ich renne, wie ich noch nie zuvor gerannt bin. Dabei ist mir die verfluchte Schulordnung vollkommen egal. Ich renne, um all die angestaute Wut in mir herauszulassen und um mich selbst zu bestrafen. Dafür, dass ich nicht besser aufgepasst habe, mit wem ich mich in meiner Freizeit abgebe.

Ich habe nicht nur mich selbst in enorme Schwierigkeiten gebracht, sondern auch noch die Beziehung zweier Brüder zerstört. Dieser Gedanke nagt beinahe noch mehr an mir als der, dass ich nicht weiß, was ich tatsächlich für die beiden empfinde.

Entgegen jeder Logik fühlt es sich an, als wäre ich endlich angekommen. Dabei weiß ich, dass das, was wir teilen, alles andere als gesund für uns ist. Noch nie in meinem Leben herrschte in meinem Kopf eine derartige Achterbahnfahrt. Mit jedem Mal, da einer der beiden mich verletzt, wächst der Hass in mir so stark an, dass ich sie am liebsten mit bloßen Händen erwürgen würde. Und mit jedem Mal, da sie mich berühren, mir liebevolle Worte ins Ohr flüstern oder mich einfach nur festhalten, werden meine Knie weicher und ich kann nicht mehr unterscheiden, was die Realität und was der Schein ist.

Spielt mein Verstand mir einen Streich? Möchte er mich

hinters Licht führen, direkt in meinen Untergang hinein? Ich weiß es nicht, und die Unwissenheit bringt mich beinahe um.

Ich bin mittlerweile so lange gerannt, dass ich nicht einmal realisiert habe, wo meine Beine mich hingeführt haben. Wie ferngesteuert leiteten sie mich direkt vor Camillas Tür. Außer Atem bleibe ich davor stehen und frage mich, was ich überhaupt hier will. Ich befinde mich in einem emotionalen Ausnahmezustand und die Erste, die mir einfällt, ist Camilla. Hervorragend – als hätte ich keine anderen Sorgen, als mich auch noch diesem ungeklärten Streit zu stellen. Sie alle hatten recht. Ich sollte den Kontakt zu jedem von ihnen meiden. Diese Akademie ist pures Gift, so wie die Menschen, die in ihr studieren – mich eingeschlossen. Wer hier studiert, wird automatisch in eine Welt gezwungen, in der man lernt, kalt zu sein. In der man sich an eine abgeschottete Gesellschaft anpassen muss. Selbst wenn man sie und ihre Sitten abgrundtief hasst. Man tut Dinge, von denen man niemals dachte, sie je auch nur in Betracht zu ziehen, und das Traurige ist, sie gefallen einem. Die dunklen Seiten in einem werden zum Vorschein gebracht, und egal, was passiert, man wird immer jemand anderem oder sich selbst damit schaden.

Gerade als ich mich zum Gehen abwende, öffnet sich Camillas Tür. Fast, als hätte sie gespürt, dass ich vor ihr stehe.

»Ivory?«

Ich muss vollkommen zerzaust und fertig aussehen. Augenblicklich laufen mir stumme Tränen die Wangen hinab, welche ich einfach nicht mehr schaffe, zurückzuhalten.

»Darf ich bitte reinkommen?«, frage ich schluchzend und lasse die Schultern kapitulierend sinken. Ich gebe mich geschlagen. Den Kampf, nach außen hin immerzu fröhlich und selbstbewusst zu wirken, habe ich verloren. Die letzten zwei Monate haben mich endgültig zu Fall gebracht. Ich habe keine Kraft mehr und fühle mich ausgelaugt.

Ohne zu zögern, zieht Camilla mich in ihr Zimmer und versucht, mir ins Gesicht zu sehen. Immer wieder wende ich mich jedoch von ihr ab, da ich den Gedanken nicht ertragen kann, dass sie mich schwach sieht. Statt mich weiterhin zu etwas zu drängen, wozu ich nicht bereit bin, legt sie ihre Arme um mich und zieht mich in eine feste Umarmung. Wir reden nicht, wir sehen uns nicht an, wir halten uns einfach nur fest, um nicht zu zerbrechen.

»Möchtest du bei mir duschen?«, fragt Camilla und wischt mir mit ihrem Daumen einen Teil meiner verschmierten Mascara vom Gesicht. »Danach was essen und reden, wenn du willst?«

Stumm nicke ich und folge ihr ins Badezimmer, wo sie mir erklärt, welches Shampoo sie wofür benutzt und dass ich mich einfach bedienen soll. Fuck, ich habe noch nie einen Menschen mit so vielen verschiedenen Pflegeprodukten gesehen.

Als sie die Tür hinter sich zuzieht und mir versichert, jederzeit abrufbar zu sein, falls ich etwas brauche, schließe ich sie von innen ab und betrachte mich zum ersten Mal im Spiegel. Ich sehe nicht nur völlig fertig, sondern auch noch absolut durchgevögelt aus. Einige Haarsträhnen haben sich aus meinem Haargummi gelöst und stehen wirr in alle Richtungen ab. Außerdem sind meine Wangen noch leicht vom Rennen gerötet.

Nachdem ich mir das Gesicht gewaschen und mich meiner Kleidung entledigt habe, fällt mein Blick zu der großen, begehbaren Dusche. Augenblicklich muss ich dabei an die beiden Brüder denken – und ich könnte mich selbst dafür ohrfeigen.

Schockiert schüttle ich mir die Gedanken von den Schultern und rufe mir wieder in Erinnerung, dass sowohl Ace als auch Flynn ihre Aggressionen nicht unter Kontrolle haben und sich daran aufgeilen, andere zu verletzen. Wie kann ein Mensch, der so viel Hass wie Ace in sich trägt, so viele positive Gefühle in mir verursachen? Kann es tatsächlich wahr sein, dass das Funkeln in seinen Augen, nachdem wir uns gemeinsam aufs Bett fallen ließen, eine Täuschung war? Nein, das ist unmöglich. Dieser Augenkontakt war ... anders. Er traf mich völlig unerwartet und ... *ehrlich.*

Dasselbe gilt für Flynn. Trotz seiner unberechenbaren Art vergeht keine Sekunde, in der ich nicht an den Schmerz in seinen Augen denke, als er von meinen Gedanken erfuhr. Die beiden sind mein Anker und mein Untergang zugleich und ich kann mir nicht erklären, wie das überhaupt möglich ist.

Von Zweifeln zerfressen, steige ich in die Dusche und drehe das Wasser auf die heißeste Stufe. Ich möchte, dass es sich in meine zarte Haut brennt. Mir beweist, dass ich existiere und all das, was mir widerfährt, real ist. Literweise prasselt es an mir hinab und noch immer fühle ich mich nicht von dem Dreck befreit, der an mir haftet. Die Scham hat sich so fest in mir verankert, dass es kein Wasser der Welt schaffen könnte, mir diese wieder zu nehmen. Hilflos lasse ich mich zu Boden sinken und vergrabe die Finger in meinem Haar, während das Wasser weiterhin vorwurfsvoll auf meinen Rücken niederschlägt.

Etliche Minuten später rapple ich mich endlich dazu auf, aus der Dusche zu steigen und mich abzutrocknen. Meine Finger sind von all dem Wasser schon ganz schrumpelig geworden und ich taste vorsichtig die feuerroten Stellen an meinem Körper ab. Vielleicht habe ich doch ein wenig mit der Temperatur des Wassers übertrieben.

Vorsichtig wickle ich meine Haare in einen Turban, bevor ich in den Pyjama schlüpfe, den Camilla mir netterweise zur

Verfügung stellt. Er ist zwar recht farbenfroh und wäre sicher nicht meine erste Wahl gewesen, aber ich weiß ihre liebe Geste unglaublich zu schätzen. Immerhin hat sie darauf geachtet, dass sich keine Einhörner oder Regenbogen darauf befinden.

Bevor ich das Badezimmer verlasse, nehme ich noch einen letzten tiefen Atemzug und nehme den Mut zusammen, mich einem langen Gespräch mit Camilla zu stellen. Unser Streit ist mir ehrlich gesagt inzwischen völlig egal geworden. Ich brauche eine Freundin und ich weiß, dass sie mich mindestens genauso sehr braucht wie ich sie.

Nachdem ich die Tür einen Spaltbreit geöffnet habe, strecke ich als Erstes meinen Kopf in den Wohnbereich ihres Zimmers und staune nicht schlecht. In der Zeit, in der ich weg war, hat Camilla sich alle Mühe gemacht, eine gemütliche Atmosphäre für uns zu schaffen. Neben großen, flauschigen Decken und Snacks hat sie auch noch mehrere Kerzen angezündet, da sie weiß, wie sehr ich Kerzenschein liebe und wie gut ich unter ihm entspannen kann.

Verlegen lächle ich und lasse mich auf der kleinen Couch gegenüber von ihrem Bett nieder. Zwischen uns steht ein kleiner Couchtisch, auf welchem sie all die Snacks und Getränke verteilt hat. Hungrig lasse ich meinen Blick über den Tisch schweifen und realisiere, dass ich seit Stunden nichts gegessen, geschweige denn getrunken habe.

»Was hältst du davon, wenn wir das Reden auf später verschieben und uns erst mal etwas zu essen bestellen? Ich habe einen Bärenhunger und das Essen der Uni heute ist ... ungenießbar. Gebackene Gurken mit Kartoffel-Dill-Gratin ...« Angewidert verzieht Camilla das Gesicht, was mich augenblicklich zum Schmunzeln bringt.

»Klingt gut«, erwidere ich knapp und beobachte, wie sie

ihren Laptop aus dem Schreibtisch zieht und sich neben mich setzt.

Kaum hat sie das Teil aufgeklappt, rümpfe ich schon die Nase. Ausnahmslos jede Seite, die sie aufruft, ist irgendein Fine-Dining-Schuppen, in dem man hunderte Pfund liegen lässt, um am Ende drei Häppchen geliefert zu bekommen, die einen nicht ansatzweise satt machen. Eine Zeit lang beobachte ich das Geschehen noch, in der Hoffnung, sie könnte es selbst irgendwann verstehen und mir einen realistischen Bestellvorschlag machen. Leider liege ich mit meiner Annahme so falsch, dass mir nichts anderes übrig bleibt, als ihr den Laptop aus der Hand zu nehmen, um dem Elend ein Ende zu setzen. Schnell schließe ich alle geöffneten Fenster und ernte dafür ein empörtes, lang gezogenes Japsen. Lachend drehe ich mich mit dem Oberkörper in ihre Richtung. »Du musst noch so viel von mir lernen.«

Ich lasse meine Fingerknöchel knacken und widme mich dem Laptop, um nach geeigneten Restaurants in der Nähe zu suchen, die uns leckeres Essen liefern könnten. Irgendwann bleibe ich an einem asiatischen Restaurant hängen. »Jackpot! Hier bestellen wir«, verkünde ich glücklich und drehe den Bildschirm in ihre Richtung. Es handelt sich um eine Art Imbiss, der so unscheinbar ist, dass kein anderer an dieser gesamten Akademie auf die Idee käme, dort freiwillig Essen zu bestellen. Die meisten sind sich selbst viel zu fein dafür und geben lieber viel Geld aus, um letztendlich hungrig ins Bett zu gehen. Auch Camilla scheint alles andere als überzeugt zu sein. Kritisch zieht sie eine Augenbraue in die Höhe, bis ich ihr versichere, dass sie die Entscheidung nicht bereuen würde und wir anderenfalls auf meine Kosten noch in einem ihrer Edelrestaurants bestellen würden. Schweren Herzens gibt sie sich geschlagen, woraufhin ich glücklich die Speisekarte aufrufe.

Als Camilla mir beichtet, dass sie noch nie asiatisches Essen gegessen hat, halte ich mir theatralisch die Hand ans Herz und schließe die Augen. »Camilla ... du wirst heute Nacht zum ersten Mal in den Genuss wahrer Geschmacksverzückung kommen.«

Sie legt den Kopf in den Nacken und verfällt in schallendes Gelächter, von welchem ich schneller als erwartet angesteckt werde. Wer hätte damit gerechnet, dass ich nach diesem Tag noch einmal imstande sein würde, zu lachen? Wie auch immer sie es geschafft hat, Camilla hat das Unmögliche möglich gemacht.

Gespannt sehe ich dabei zu, wie Camilla sich die erste von Fett triefende Frühlingsrolle in den Mund schiebt und positiv überrascht die Augen aufreißt. Einige Male kaut sie skeptisch darauf herum, bevor sie sich eine weitere schnappt, diese in ordentlich Erdnusssoße dippt und ebenfalls in ihrem Mund verschwinden lässt.

Zufrieden lehne ich mich zurück und genieße die frittierte Lachsrolle, die gerade auf meiner Zunge zergeht. Mit geschlossenen Augen vollführe ich einen kleinen Freudentanz und kann mich gar nicht entschieden, wonach ich als Nächstes greifen soll. Lachend schieben wir uns gleichzeitig einen Löffel Ramen in den Mund und genießen nicht nur das Essen, sondern auch die unbeschwerte gemeinsame Zeit miteinander.

Vollkommen überfüllt lasse ich mich ins Sofa sinken und

betrachte das Massaker, welches wir auf ihrem schönen Designertisch veranstaltet haben.

»Das da«, sagt Camilla angestrengt und deutet mit dem Finger auf den Tisch, »war das beste Essen, was ich seit langem zu mir genommen habe.« Schnell tupft sie sich die Essensreste mit einem Tuch vom Gesicht und lächelt zufrieden in sich hinein.

Kurzerhand beuge ich mich zu ihr vor und strecke meine Hand zu einem High five aus, in welches sie, ohne zu zögern, einklatscht.

Keine zehn Minuten später haben wir uns wieder beruhigt und die übrigen Lebensmittel in Alufolie gepackt, um sie später noch aufessen zu können. Camillas Angebot, die Nacht bei ihr zu verbringen, habe ich dankend angenommen. Bis jetzt verlief der Abend ausnahmslos perfekt. Sie hat es erfolgreich geschafft, mich von etwas abzulenken, von dem sie nicht einmal weiß, was es ist. Sie kam auch nicht auf die Idee, mich deswegen zu löchern, sondern wartet geduldig darauf, dass ich selbst bereit dazu bin, mich ihr anzuvertrauen. Zunächst sprechen wir nur über belanglose Themen, Studienkram und den neusten Klatsch und Tratsch. Ein lang gezogenes »Nein!« entfährt mir, als Camilla mir über das Gerücht berichtet, welches momentan am gesamten Campus umhergeht. Beatrice, unsere Bibliothekarin, soll in flagranti mit dem Hausmeister Dimitri erwischt worden sein.

Je weiter die Nacht voranschreitet, umso intensiver werden unsere Gespräche. Ich glaube, es ist eines dieser niemals aufklärbaren Mysterien, weshalb Gespräche nach Mitternacht immer ehrlicher und ungehemmter werden als jene, die man am Tage führt. Wenn der Mond die Sonne ersetzt und die Sterne klar am Himmel stehen, ist es so, als wäre man völlig allein auf dieser Welt. Während all die anderen schlafen, schafft man es endlich, man selbst zu sein. Und ich weiß nicht, ob es sich später einmal als Fehler herausstellen wird, aber gerade in diesem Moment fühlt es sich einfach richtig an, ihr von der Sache mit den Wellington-Brüdern zu berichten.

Ich erzähle ihr beinahe die gesamte Geschichte, vom ersten Abend bis hin zu dem Vorfall von vor ein paar Stunden. Dass mir dabei schon wieder heiße Tränen die Wangen hinunterlaufen, merke ich zunächst gar nicht. Erst als Camilla mir ein Taschentuch reicht, tupfe ich mein Gesicht damit trocken. Tief in die kuschelige Decke vergraben, fühle ich mich bei weitem nicht so angreifbar wie noch vor wenigen Stunden, als ich um jeden Preis vermeiden wollte, dass sie mich weinen sieht. Die nahezu abgebrannte Flamme einer der Kerzen neben uns erleuchtet gerade so die Hälfte ihres Gesichtes. Das Zusammenspiel ihres kupferfarbenen Haares mit der gelborangenen Flamme sieht einfach nur magisch aus. »Du siehst so schön aus, Camilla. Ich glaube, ich habe dir das noch nie gesagt.«

»Ivy ... denkst du echt, das ist der richtige Zeitpunkt für Komplimente?« Mit schief gelegtem Kopf sieht sie zu mir herüber und schenkt mir ein schmales Lächeln, als wäre sie sich nicht sicher, wie sie mit mir umgehen soll. Schließlich habe ich ihr soeben eines meiner größten Geheimnisse anvertraut.

Wenn sie wollte, könnte sie mit diesen Informationen mein Leben an dieser Akademie in die reinste Hölle verwandeln. Aber irgendwie habe ich das Gefühl, dass sie es nicht tun wird. Selbst wenn wir uns eines Tages auseinanderleben sollten.

»Es ist immer der richtige Zeitpunkt, um jemandem eine Freude zu bereiten«, behaupte ich. »Wieso sollte ich das, was ich denke, für mich behalten, wenn ich doch weiß, dass es dich glücklich machen würde, wenn ich es ausspreche?«

Ein letztes Mal wische ich mir mit dem Taschentuch über die Nase, bevor ich es zielsicher in dem Mülleimer am anderen Ende des Zimmers versenke. Selbstgefällig lächle ich in mich hinein, bevor ich wieder auf Camillas besorgten Blick treffe.

»Ivy ... das ist ... ich bin sprachlos. Wieso hast du mir nicht früher davon erzählt? Ich meine ... du hättest ...«, stottert sie vor sich hin, ehe ich sie unterbreche.

»Hätte ich nicht«, widerspreche ich sanft. »Unsere Freundschaft ist kompliziert und ich weiß auch nicht, wieso ich es dir jetzt plötzlich erzählt habe. Ich hoffe, du behältst es für dich.«

Traurig senkt Camilla den Blick. »Wenn du meinen Rat hören willst ... Ich glaube, die beiden sind ebenso gebrochene Seelen wie die meisten von uns. Das ist der Fluch der Southside Academy, denke ich. Ob dieser sie automatisch zu schlechten Menschen macht, das weiß ich nicht.«

»Gibt es so etwas überhaupt? Schlechte Menschen? Wird nicht jeder von uns gut geboren? Ich vermute, es sind die Umstände, die das Dunkle in uns hervorrufen«, erwidere ich.

»Wenn du es wagen möchtest herauszufinden, dann stehe ich dir jederzeit zur Seite, um dir Tipps zu geben. Oder dich im schlimmsten Fall aufzufangen.« Geschmeichelt von ihren Worten verziehe ich die Lippen zu einem Schmollmund.

Inzwischen haben wir zwei Uhr in der Nacht und ich weiß jetzt schon, dass der morgige Tag die reinste Katastrophe werden wird. Aber das ist mir egal, ich genieße jede verdammte Sekunde dieses nie enden wollenden Abends. »Dasselbe gilt für dich, Cami. Wenn du jemanden zum Reden brauchst, dann ...«

»Ja«, grätscht sie mir sofort ins Wort. »Ich glaube, es wird Zeit, zu reden.«

Eine weitere Stunde vergeht, in der Camilla mir detailreich darüber berichtet, warum ihr Vater so abgeneigt von mir und insbesondere meinem Vater ist. Scheinbar verlor ihr Vater einen Haufen Geld aufgrund eines geplatzten Deals, bei dem mein Vater seine Finger im Spiel hatte. Obendrein verließ seine Frau ihn daraufhin, da sie mit einem mittellosen Mann nichts anfangen könne. Seither betitelt er meinen Vater als Gauner und verbietet seinen Kindern jeglichen Kontakt zur Familie Blackwell.

Als er erfuhr, dass Camilla mit mir gemeinsam beginnen würde, zu studieren, brach für ihn eine Welt zusammen und er flehte seine Tochter an, den Kontakt zu mir bestmöglich zu meiden. Laut ihm sei es gefährlich, mit einer Blackwell zu verkehren, da wir nichts als Ärger bedeuten. Als ausgerechnet ich auf Camilla zukam und sie mich auch noch entgegen dem Willen ihres Vaters nett fand, trat der schlimmstmögliche Fall ein, der hätte eintreten können. »Ich musste mich entscheiden, zwischen den Worten meines Vaters und den Worten, die mein Herz zu mir sagte ... Glaub mir, es war die schwerste Entscheidung, die ich bis jetzt treffen musste.«

Ich schlucke schwer, als ich die Worte noch einmal in meinem Kopf Revue passieren lasse. Was könnte mein Vater getan haben, um diesen Mann in einen derartigen Hass uns gegenüber zu versetzen. Leider weiß Camilla auf diese Frage selbst keine Antwort, da ihr Vater sich konsequent weigert, ihr nähere Informationen hierzu zu geben. Er vertritt die Meinung, seine Familie aus allen geschäftlichen Angelegenheiten herauszuhalten, sei der einzig richtige Weg, um sie zu schützen.

Völliger Schwachsinn, wenn man mich fragt. Nur wenn man informiert ist, hat man die Möglichkeit, sich auf alle Eventualitäten vorzubereiten, die eintreten könnten. Wobei ich hier vermutlich nicht groß reden darf, denn mein Vater scheint selbst nicht das offenste Buch zu sein, wie ich schmerzlich feststellen musste. Dabei war ich immer so felsenfest von unserer innigen Beziehung überzeugt, dass ich dachte, nichts könnte jemals zwischen uns stehen.

»Cami ... ich hatte keine Ahnung«, wispere ich und lege meine Hand auf ihrem Bein ab, um leichte, kreisende Bewegungen darauf zu hinterlassen.

»Das weiß ich. Weder du noch ich können etwas dafür, was unsere Väter anderen Leuten antun. Der Zufall wollte es so, dass wir uns finden, und ich denke, es ist an der Zeit, unsere Freundschaft zuzulassen. Auch wenn es uns vermutlich viel Ärger einbringen wird«, sagt sie unter einem Halblächeln.

»Wir müssen das nicht tun. Es ist nicht unwahrscheinlich, dass dein Vater von unserer Freundschaft erfährt, wenn wir so offen damit umgehen«, beschwichtige ich ihr Vorhaben, da ich denke, es könnte zu überstürzt sein. Immerhin ist es mitten in der Nacht, sie ist müde und denkt nicht mehr klar über das nach, was sie sagt.

Doch sie will sich einfach nicht davon abbringen lassen. Eindringlich packt sie mich bei den Händen. »Ivy. Ich möchte aufhören, mein Leben von meinem Vater abhängig zu machen. Diese Kontrolle hat mich schon mehr als nur eine Freundschaft gekostet.« Nachdenklich senkt sie den Blick und es kommt mir fast so vor, als würde sie in schmerzlichen Erinnerungen schwelgen. Erst einige Sekunden später hat sie wieder genug Mut gefasst, um mir ins Gesicht zu sehen. »Ich möchte versuchen, mein Leben so zu leben, dass es mich glücklich macht, nicht meinen Vater. Sei mir nicht böse, wenn ich nicht sofort schaffe, es abzustellen, aber ich werde mein Bestes geben.«

»Lass dir alle Zeit, die du brauchst.« Freundschaftlich ziehe ich sie in eine Umarmung. Ein Stein fällt mir vom Herzen, da ich endlich das Gefühl habe, mich auf sie verlassen zu können. Jemanden zu haben, auf den ich in all dem Trubel zählen kann.

»Weißt du, was ein guter Startschuss wäre, um unsere Freundschaft öffentlich zu verkünden? Dort wäre es auch deutlich unscheinbarer, als wenn wir plötzlich auf dem Campus zusammen zu sehen wären.«

»Hm?«, mache ich neugierig und spitze die Ohren.

»Am Samstag veranstaltet der Captain der Southside Alphas eine Eröffnungsparty zur Softballmeisterschaft. Seine Eltern stellen ihm eine ihrer Villen hier in der Nähe zur Verfügung.«

Skeptisch runzle ich die Stirn. »Denkst du echt, das ist eine gute Idee? Nicht, dass ich nicht gern hingehen würde, aber …«

»Klar! Das wird ein Riesenspaß werden«, verkündet Cami freudestrahlend, ehe sie im Schneidersitz auf und ab hüpft.

Lächelnd schüttle ich den Kopf. »Gut, dann wird das unser erstes offizielles Date in freier Wildbahn«, verkünde ich und hebe meine angetrunkene Safttüte, um mit ihr anzustoßen.

Bevor wir schlafen gehen, werfe ich noch einen letzten Blick auf mein Handy und murmle ein leises: »Fuck …«

»Was ist los?«, fragt Camilla besorgt.

Ohne zu zögern, drehe ich das Display in ihre Richtung, um ihr die zwölf verpassten Anrufe einer mir unbekannten Nummer zu präsentieren. Das Einzige, was darauf hindeutet, wer die Person sein könnte, ist das Profilbild, auf dem unmissverständlich Ace abgebildet ist, der seinen Mittelfinger in die Kamera streckt. Wie charmant. Mein Handy war die ganze Zeit über auf stumm, da ich nicht wollte, dass wir inmitten unseres Deep Talks gestört werden. Inzwischen bereue ich es ein bisschen, nicht eher darauf gesehen zu haben.

Camilla verzieht zischend das Gesicht und wedelt mit der Hand vor ihrem Hals herum, als wolle sie mir signalisieren, dass ich offiziell tot bin.

Obwohl ich es eigentlich nicht möchte, siegt meine Neugier und ich öffne den neu begonnenen Chat. Mehrere separat verfasste Nachrichten finde ich darin vor. Die erste erhielt ich etwa fünf Minuten, nachdem ich aus seinem Zimmer geflohen bin.

ACE – 17:36 UHR:

Ivy, komm zurück.

ACE – 17:47 UHR:

Ich erkläre es dir …

Keine zehn Minuten später wurde bereits die nächste Nachricht hinterhergeschickt.

ACE – 17:56 UHR:

Antworte mir, verdammt noch mal

Mehrere kommentarlose Fragezeichen später, schickte er mir wieder eine Nachricht mit zumindest einem Minimum an Kontext.

ACE – 18:07:

Wo bist du?

ACE – 18:08:

Bei wem bist du?

So ging es in regelmäßigen Abständen weiter, sodass ich inzwischen ein ganzes Stück in unserem Chat scrollen kann, ohne auch nur eine einzige Nachricht von mir vorzufinden. Er war sogar so dreist, mir eine Sprachnotiz zu schicken, in der er sagte, dass er gerade vor meiner Tür stehe und ich ihn nicht zum Ausrasten bringen solle.

Die letzten Mitteilungen, die ich vorfinde, schockieren mich jedoch am meisten und lassen mich empört nach Luft schnappen.

ACE – 18:29 UHR:

Bist du wieder bei irgendeinem Typen, um dich vögeln zu lassen?

ACE – 18:31 UHR:

Warte ab, bis ich dich erwische, Ivy

ACE – 18:42:

Fuck … antworte mir endlich!!!

Eingeschnappt werfe ich das Handy aufs Sofa und hinterlasse Ace einen blauen Haken, der ihn mit Sicherheit noch mehr auf die Palme bringen wird.

26

FLYNN …

Wie konnte ich mich nur so in dir täuschen, Ivory? Während ich all die Zeit davon überzeugt war, ich sei dein Untergang, warst in Wahrheit du es, die mich untergehen ließ. Statt dich zu schützen, hätte ich mich selbst schützen müssen. Hinter deiner lieblichen Art steckt der Teufel.

Du hast es geschafft, mein Leben aus den Fugen geraten zu lassen. Dass ein bereits Abgestoßener noch tiefer in den Dreck gezogen werden könnte, hätte ich nicht erwartet. Doch du hast bewiesen, dass dem sehr wohl so sein kann. Ich stecke so tief in der Scheiße, dass es keinen Ausweg aus diesem Dilemma mehr gibt, das sich mein Leben nennt.

Mein letzter Verbündeter, mein Bruder, wandte sich von mir ab, berichtete unseren ohnehin schon von Hass erfüllten Eltern von unserem kleinen Abenteuer. Ich wusste, ich würde seinen Zorn auf mich ziehen, indem ich mich auf dich einlasse, aber ihm das verdammte Herz aus der Brust zu reißen, das war niemals meine Absicht gewesen. Vielleicht hatte er recht.

Ein Bastard wie ich wird nie dazu imstande sein, Gutes zu tun. Vielleicht ist es meine Bestimmung, der Böse zu sein. Mein Herz ist schwarz, so schwarz, dass es schmerzt.

27

IVORY …

Seit ich mich nur noch auf das Lernen konzentriere, sind sowohl die Dozenten als auch meine Eltern wunschlos glücklich. Es gibt niemanden mehr, der wild geworden meine Kurse stürmt, mich mit suspekten Flüssigkeiten übergießt oder mich in sonst einer Weise vom Unterricht abhält.

Zufrieden schlendere ich von Kurs zu Kurs. Eben hatte ich meinen letzten des Tages, den Tanzkurs. Obwohl es mir unangenehm war, mit Ace zu tanzen, habe ich es die ganze Zeit über geschafft, ihn zumindest psychisch von mir fernzuhalten.

Das Feuer zwischen uns ist zwar noch nicht erloschen, aber zumindest habe ich es auf Sparflamme gesetzt, in der Hoffnung, dass es irgendwann vollständig erlischt. Seine Berührungen lösen noch immer ein Kribbeln in meiner Magengegend aus und auch der leichte Wind, der während des Tanzens erzeugt wird, jagt mir einen heißen Schauer über den Rücken. Jedes Mal, wenn sein unverwechselbares Aftershave meine Nase umspielt, schließe ich kurz die Augen und stelle mir vor, wie es hätte sein können, wenn das Schicksal mich nicht in Flynns

Arme getrieben hätte. Doch selbst dann könnte ich mir so etwas wie eine Beziehung zu Ace nicht vorstellen. Schließlich hat er ebenso wie sein Bruder ein verdammtes Aggressionsproblem und leidet unter maßgeblichem Kontrollverlust, sobald ihm etwas nicht in den Kram passt. Wie also sollte ich mich mit jemandem arrangieren, bei dem ich nie sicher sein kann, ob der nächste Ausbruch nicht bereits kurz bevorsteht?

Während Ace hartnäckig versucht, zu mir durchzudringen, straft Flynn mich mit eiskalter Ignoranz. Dabei ist doch er es, der mir Gewalt angetan hat. Es liegt an ihm, sich bei mir zu entschuldigen. Dafür, etwas Unverzeihliches getan zu haben. Auch wenn ich insgeheim glaube, dass hinter dieser cholerischen Fassade ein weicher Kern steckt und er es nur nicht schafft, allein gegen die Dämonen anzukämpfen, die ihn von innen heraus aufzufressen versuchen.

Ace mag zwar der Unzähmbarere der beiden Brüder sein, dennoch weiß ich, dass von ihm weniger Gefahr ausgeht als von Flynn. Flynns Gemüt ist ruhig, wie das einer schnurrenden Katze, bis eine Sache ihn triggert und seine dunkle Seite hervorruft. Unvorhersehbar. Raubtierartig.

Ist dieser Moment eingetroffen, schreckt er vor nichts mehr zurück, nicht einmal davor, körperliche Gewalt anzuwenden. Und doch schaffe ich es nicht, ihn aus meinem Herzen zu verbannen. Dafür haben wir in den letzten Monaten eine zu starke Bindung zueinander aufgebaut.

Wir beide haben Fehler gemacht und keiner ist sonderlich besser als der andere. Manche Dinge lassen sich nicht so einfach reparieren, aber ich denke, mit viel Arbeit und Geduld lassen sich die Scherben zumindest ein Stück weit wieder zusammenkleben. Auch wenn es nie mehr so aussehen wird wie zuvor.

Ich liebe die Seite an Flynn, in der er einfach nur da ist, um sich mit mir über Serien oder Bücher auszutauschen. Wieso kann er nicht immer so vorhersehbar sein? Was ist es, das ihn so unberechenbar macht? Wieso kann ich bei ihm nicht dieselbe Sicherheit fühlen wie bei Ace?

Ich wünschte, es wäre einfacher, meine Gefühle einzuordnen. Aber so spielt nun mal das Leben. Es tanzt zu seiner eigenen Musik. Mal gewährt es uns das ersehnte Glück, auf welches wir so lange gewartet haben, und mal reißt es uns unerbittlich zu Boden, nur um dann noch einmal nachzutreten, bis wir uns vor ihm krümmen und leise um Gnade flehen.

Das Semester endet zwar in ungefähr sechs Wochen, aber ich halte es einfach keinen weiteren Tag an dieser verfluchten Akademie aus. Voller Vorfreude packe ich meine Koffer, nachdem ich meinen Vater damit beauftragt habe, mich für zwei Tage freistellen zu lassen, um nach Hause zu fliegen.

Camilla habe ich bereits angerufen und ihr versichert, dass ich pünktlich Freitagabend zurück sein werde, um genug Schlaf für die Party am Samstag ergattern zu können.

Am Flughafen angekommen, wartet schon unser familieneigener Privatjet auf mich, der mich nach Hause transportieren soll. Dabei sage ich Dad jedes Mal, dass ein stinknormaler First- oder Business-Class-Flug absolut ausreichend wäre.

Ich freue mich auf die kommenden Tage, denn egal wie viele Fehler meine Familie in der Vergangenheit begangen haben mag, ich liebe sie mehr, als Worte es je beschreiben könnten. Meine Eltern haben mir nicht nur das Leben geschenkt, sondern auch Weisheiten, die ich bis heute tief im Herzen verankert habe.

Direkt vor den Treppen des Jets werde ich von meinem Chauffeur abgesetzt, sodass ich nur wenige Schritte gehen muss, um ins Flugzeug zu steigen. Bequeme, beigefarbene Ledersessel empfangen mich im Inneren. Das monotone Brummen der Triebwerke wiegt mich rasch in einen tiefen Schlaf. Kaum ist das Flugzeug in der Luft, setzt es auch schon wieder zur Landung an und katapultiert mich zurück in die Wirklichkeit. Die gesamten fünfundzwanzig Minuten des Flugs habe ich verschlafen, weshalb die Stewardess mir mein Lachs-Kaviar-Sandwich erst jetzt aushändigt und sich freundlich bei mir entschuldigt. Ich winke ihre Entschuldigung ab und verabschiede mich anschließend mit einem bezaubernden Lächeln auf dem Gesicht, dankbar, dass sie mich hat schlafen lassen.

Als ich mein Gepäck erhalte und erfolgreich ausgecheckt habe, warten überraschenderweise bereits meine Eltern am Ausgang des Terminals auf mich, statt jemanden zu schicken, der mich abholt.

»Was macht ihr denn hier?«, strahle ich die beiden an und versuche, beide gleichzeitig in den Arm zu nehmen.

Mein Vater drückt mir einen Kuss auf den Scheitel, während meine Mutter mein Gesicht in beide Hände nimmt und mich zerdrückt, als wäre ich ein Kuscheltier.

»Wir sind so stolz auf dich, Schätzchen. Wir konnten es kaum erwarten, dich wieder bei uns zu haben. Deshalb entschlossen wir kurzerhand, uns heute frei zu nehmen, um die Zeit als Familie zu genießen«, verkündet meine Mutter mit einem stolzen Lächeln auf den Lippen.

Gerührt über diese wunderbare Geste drücke ich ihre Hände

fest zusammen, ehe mein Vater uns aus der Drehtür direkt in die Limousine schiebt, mit welcher wir nach Hause gefahren werden. Statt sich nach vorn zum Fahrer zu setzen, steigt selbst mein Vater bei uns hinten ein, sodass wir allesamt auf der Rückbank sitzen und uns das Sandwich teilen, welches ich noch vom Flug übrighabe.

»Und, hast du schon Freunde auf dem Campus gefunden?«, fragt mein Vater. Mit seinem aus edler Seide bestehendem Einstecktuch tupft er sich den Mund behutsam ab und sieht mir dabei neugierig in die Augen.

Mit dieser Frage hätte ich rechnen müssen. *Verdammt, wieso habe ich mir nicht eher eine Antwort darauf zurechtgelegt?*

»Ähm ... ich verstehe mich mit einigen Kommilitonen aus meinen Kursen sehr gut. Das Studium macht echt Spaß, ich kann es kaum erwarten, das erste Semester erfolgreich abzuschließen.« Ich könnte mich selbst dafür ohrfeigen, meine Eltern so schamlos zu belügen. Aber was bleibt mir anderes übrig? Ihnen gestehen, dass ich mich fühle, als würde ich inmitten all des Trubels untergehen? Auf gar keinen Fall. Damit würde ich nicht nur ihnen, sondern auch mir selbst das Herz brechen.

»Das ist unser Mädchen!«, lobt mein Vater mich und mustert mich mit einem von Stolz geprägten Gesichtsausdruck. »Kannst du glauben, dass wir so etwas auf die Welt gebracht haben? Dass *du* so etwas zur Welt gebracht hast?«, richtet er sich an meine Mutter.

Diese lächelt nur verlegen und winkt sein unterschwelliges Kompliment bescheiden ab, so, wie sie es immer tut.

Zum Glück sind meine Eltern so abgelenkt von ihren Liebesbekundungen, dass sie nicht mehr auf die Idee kommen, mich nach den Namen meiner vielen angeblichen Freunde zu fragen.

Gerade als wir aus dem Auto aussteigen, hält mein Vater allerdings noch einmal inne und betrachtet eingehend den kleinen Handgepäckskoffer, welchen ich mitgebracht habe. »Versteh mich nicht falsch, Ivy. Ich bin sehr froh darüber, dich zu sehen. Aber was verschafft uns die Ehre, dich noch vor den Semesterferien bei uns begrüßen zu dürfen?«

Nervös kratze ich mich am Hals. »Ach, ich habe euch nur so sehr vermisst, dass ich mich nicht mehr richtig auf den Unterrichtsstoff konzentrieren konnte. Mein Heimweh war zu groß.« Meine Lippen zu einem Schmollmund verzogen, senke ich den Blick und weiß, dass ich keine Rückfragen mehr zu erwarten habe. Wenn mein Vater etwas nicht ertragen kann, dann ist es, Mom oder mich traurig zu sehen. So hart seine Schale auch sein mag, wir werden immer seine Schwäche bleiben.

»Gut. Da es dein erstes Semester ist und du noch nie so lange von uns getrennt warst, lassen wir dir das als Antwort durchgehen!«

Zu Hause angekommen, lasse ich mich völlig erschöpft auf mein riesiges Bett fallen. Sofort inhaliere ich den vertrauten Duft unseres Waschmittels und fühle mich angekommen. Mit den Händen streichle ich sanft über den Stoff, um festzustellen, dass ich wirklich hier bin, dass ich glücklich bin und mich sorgenfrei fühle. Damals dachte ich immer, das Leben hier sei stressig und dass mir zu viele Pflichten auferlegt würden.

Allein die tägliche Nachhilfe, die ich eigentlich gar nicht nötig hatte, und die regelmäßigen Geschäftssitzungen, von denen ich meist nicht einmal die Hälfte verstand, waren mir zu viel. Mittlerweile wünsche ich mir diese Sitzungen sehnlichst zurück.

Lieber würde ich täglich stundenlang irgendwelchen Investoren dabei zuhören, wie sie sich an dem Erfolg einer Aktie erfreuen oder sich über die zu geringen Dividenden beschweren, als auch nur eine Stunde in dem Wissen zu leben, gleich im Gift der Southside Academy ertrinken zu müssen.

Doch ich kam nicht her, um zu schlafen, sondern um mich mit meinen Eltern zu unterhalten. Daher kommt es mir gerade recht, dass unser Butler Humphrey an meine Tür klopft und mich zu Tisch bittet, wo meine Eltern bereits auf mich warten. Flüchtig drücke ich ihm zwei Küsschen auf die Wangen und hüpfe die breiten Treppenstufen hinunter ins Esszimmer. Selbst Humphrey habe ich vermisst. Seit ich ein Kind war, arbeitet er hier, ein Leben ohne ihn ist kaum mehr vorstellbar. Schließlich war er einfach immer da. Früher las er mir oft Geschichten vor, damit ich besser einschlafen konnte, wenn Mom und Dad mal wieder auf Geschäftsreise waren. Auch das Reiten brachte er mir bei. Als ich klein war, beschränkten sich diese Reitstunden auf unser Pony Fridolin, welches noch immer lebt und seine Rentenjahre bei uns am Stall verbringen darf. Als ich älter wurde, durfte ich dann auf unsere hochgewachsene Fuchsstute Eau de Fleur umsteigen, die mich mehr als einmal an den Rand der Verzweiflung geführt hatte.

Während mein Vater der Meinung war, ich solle einfach ein anderes Pferd aussuchen, bestand Humphrey darauf, dass ich so lange weiter mit Fleur arbeitete, bis wir harmonierten. Und was soll ich sagen? Er hatte recht. Nach monatelanger Arbeit hatten wir es endlich geschafft, ein eingespieltes Team zu werden. Vor Freude weinend, fiel ich Humphrey um den

Hals und bedankte mich ungefähr tausendmal dafür, dass er an mich glaubte. Dies war einer der vielen Momente, die ich niemals vergessen werde. Und auch mein Vater hat Humphrey einiges zu verdanken. Er ist sein längster und treuester Mitarbeiter und ich glaube sogar, dass er ihm den Schlüssel zu seinem Safe eher anvertrauen würde als einigen seiner Mitarbeiter in Führungspositionen.

»Endlich, wir warten schon auf dich«, empfängt meine Mutter mich einladend und deutet mir mit der ausgestreckten Hand an, ihr gegenüber Platz zu nehmen. Mein Vater sitzt wie immer am Tischende, um sich einen Überblick über alles zu verschaffen.

Schnell setze ich mich an den massiven Holztisch und schöpfe mir gieriger, als die feine englische Art es vorschreibt, etwas von dem Essen, welches unsere Köchin uns zubereitet hat, auf den Teller. Heute servieren sie uns feine Kürbissuppe in mit echtem Gold verzierten Suppentellern als Vorspeise und zarte Rumpsteaks mit Bratkartoffeln als Hauptspeise. Mit geschlossenen Augen lasse ich mir das Essen auf der Zunge zergehen und nehme den vertrauten Geschmack in mir auf. Zwar schmeckt das Essen an der Akademie ebenfalls köstlich, aber nichts kann die Speisen zu Hause übertreffen. Man schmeckt es einfach heraus, wann etwas mit Liebe gekocht wurde und wann es einfach nur für die Masse an Studenten zubereitet wurde.

Nach etwa einer halben Stunde, in der wir uns ausgiebig über sowohl belanglose Themen als auch über das Geschäft unterhalten haben, klingelt Moms Handy und sie entschuldigt sich für einen Moment bei uns. Augenrollend wende ich mich meinem Vater zu, ehe wir beide in ein wissendes Gelächter verfallen.

»Schätzchen, ich liebe dich«, sagt meine Mutter, als sie den Raum wieder betritt. Ein entschuldigender Ausdruck liegt auf ihrem puppengleichen Gesicht.

»Ist schon gut, Mom, geh ruhig«, versichere ich ihr gleich zweimal, da sie sich beim ersten Mal nicht sicher ist, ob ich nicht wütend sein könnte.

Dass sie sich frühzeitig von uns verabschiedet, bin ich schon immer gewohnt gewesen. So ist sie eben, immer auf Zack und auf der Suche nach dem nächsten guten Deal. Während diese meinem Vater nur so in den Schoß fliegen, muss meine Mutter richtig kämpfen, um am Markt respektiert zu werden. Auch wenn keiner es laut aussprechen möchte, wissen wir, dass unsere Gesellschaftsschicht einfach keine Frauen an der Spitze akzeptieren möchte. Meine Mutter hingegen ist eine absolute Kämpfernatur, die ihren Investoren nicht selten enorme Mengen an Geld erwirtschaftet hat. Daher bin ich ihr keinesfalls böse, denn ich bin ihr dankbar für jede Minute, die sie mir widmet. Ihre Arbeit bereitet ihr Freude und wenn sie glücklich ist, dann bin ich es auch.

Dass sie weg ist, hat allerdings auch einen entscheidenden Vorteil. Dad und ich müssen uns um das übrig gebliebene Schoko-Törtchen streiten, das uns aufgetischt wurde. Bei einer Partie Schere-Stein-Papier sichert er sich den Sieg und lässt mich schmollend zurück, während er sich genüsslich die erste Gabel der braunen Köstlichkeit in den Mund schiebt und mich verschmitzt dabei ansieht. Mit offenem Mund verschränke ich die Arme vor der Brust und strafe ihn mit Ignoranz. Erst als er mir die Hälfte des Törtchens vor die Nase schiebt, blicke ich wieder auf und falle darüber her, als hätte ich noch nie zuvor Schokolade gesehen. Zufrieden reibe ich mir den Bauch und lehne mich im Stuhl zurück.

Den restlichen Abend unterhalten wir uns über den aktuellen Aktienmarkt. Als ich mein bereits durch das Studium angeeignetes Wissen ins Gespräch einfließen lasse, zieht mein Vater die Mundwinkel runter und nickt anerkennend.

»Vielleicht kannst du ja doch früher wieder einsteigen als ursprünglich geplant. Ich bin beeindruckt, weiter so.«

Als Humphrey kommt, um den Tisch abzuräumen, beuge ich mich kurz zur Seite, um ihm Platz zu machen. »Mein Ausrutscher ist ja auch schon fast neun Monate her, Dad. Allmählich solltest du die Sache vergessen.« Ich weiß, dass ich mich auf dünnem Eis bewege, dennoch versuche ich, seinem strengen Blick standzuhalten.

Da er Anstalten macht, seine Miene endlich weicher werden zu lassen, senke ich gekränkt den Kopf und lasse meine Lippe zittern. »Wirst du mir je verzeihen?«

Augenblicklich schwindet die Strenge aus seinem Gesicht und er lächelt mich versöhnlich an. »Wie könnte ich dir böse sein, mein Diamant?«

Zufrieden erwidere ich sein Lächeln, in dem Wissen, gewonnen zu haben, und ich weiß, dass auch er sich meiner Tricks bewusst ist.

»Komm mit, ich möchte dir noch etwas zeigen, bevor wir zu Bett gehen«, verkündet mein Vater und ich horche neugierig auf. Was könnte er sich denn noch ausgedacht haben? Er hat heute bereits zu viel für mich getan.

Kurze Zeit später finde ich mich mit offenem Mund in meinem Kunstatelier wieder. Das gesamte Zimmer ist mit nagelneuer Ausrüstung ausgestattet und ich brauche nicht zweimal hinzusehen, um zu erkennen, dass es sich um hochsensibles und vor allem teures Werkzeug handelt.

Sofort schweifen meine Gedanken zu der Staffelei, die

Flynn mir geschenkt hat, ab. Ich kann nicht verhindern, dass meine Mundwinkel kurz nach unten verrutschen, da mir auffällt, dass ich, seit er sie mir ausgehändigt hat, noch nicht ein einziges Bild darauf gemalt habe. Mir fehlte schlicht die Zeit dazu. Außerdem konnte ich mich nicht dazu überwinden, sie einzuweihen, da ich ihm versprochen hatte, er würde mein erstes Kunstwerk werden, welches ich auf ihr male. Dazu war ich einfach nicht bereit.

Meinem Vater scheint aufzufallen, dass mein Gesichtsausdruck sich verändert hat. Angespannt räuspert er sich. »Ich weiß, wie schwer es dir fiel, auf das Studium an der Kunsthochschule zu verzichten. Daher habe ich einen Lehrer engagiert, der dich, wann immer du bei uns bist und Lust dazu hast, das feine Handwerk lehren wird. Ich selbst kenne mich nicht aus mit Kunst, aber ich ließ ihn neue Ausrüstung für dich auswählen.« Mit einer ausladenden Handbewegung schweift er durch den gesamten Raum und präsentiert mir mein neues Reich der Kreativität. »Ich hoffe, es gefällt dir.«

Schuldbewusst falle ich ihm um den Hals. Es war nicht meine Absicht, ihm das Gefühl zu geben, etwas Falsches getan zu haben. »Es ist perfekt. Danke, Dad. Ich liebe dich.«

Eine kleine Freudenträne hat sich aus meinem Augenwinkel befreit, welche ich schnell wegwische, bevor er sie sehen kann. Vor Freude hüpfend, nehme ich jeden Winkel meines frisch renovierten Ateliers in Augenschein.

»Ich dich auch, über alles. Sei dir dessen immer bewusst«, flüstert mein Vater mir noch ins Ohr, ehe unser Tag viel zu früh endet und wir alle erschöpft in unsere Betten fallen.

Stop expecting loyalty from people
who can't even give you honesty

28

IVORY ...

Es ist erstaunlich, wie schnell die Zeit hier vorbeiging. Gut, es waren auch nur zwei Tage, aber dennoch habe ich keine Lust, meine Eltern wieder zu verlassen.

Vor ihnen muss ich die motivierte Studentin spielen, die mit voll aufgeladenem Akku zurück in ihr neues Zuhause fliegt. Doch kann man wirklich einen Ort sein Zuhause nennen, wenn sich sowohl das Herz als auch der Verstand meist fehl am Platz fühlen?

Der Moment, in dem ich mich ins Flugzeug gesetzt habe, fühlte sich an wie ein Transport geradewegs ins Verderben. Seufzend greife ich nach meinem Buch und versuche, ein bisschen zu lesen, um in der Geschichte Trost zu finden und den Flug zumindest ein bisschen angenehmer zu gestalten. Meine Gedanken jedoch schweifen unaufhörlich zu dem Gespräch ab, das ich heimlich belauscht hatte, kurz bevor ich zum Flughafen gebracht wurde. Ich weiß nicht, mit wem mein Vater sprach, aber seine Worte waren so gewählt, als wolle er sicherstellen, dass niemand sie verstand. Durch die angelehnte Tür konnte ich leider nicht alles verstehen, aber ein bedeutender Gesprächsfetzen blieb mir im Gedächtnis hängen.

»Ich will, dass sie verdammt noch mal aus der Thematik rausgehalten wird! Je weniger sie weiß, umso weniger Probleme wird sie haben. Die Sache muss endlich in Vergessenheit geraten!«, schrie er beinahe ins Telefon, ehe er den Hörer aggressiv auf den Tisch knallte.

So schnell wie noch nie flitzte ich die Treppen hinunter und wartete mit hochroten Wangen darauf, mich von meinen Eltern zu verabschieden. Wie ausgewechselt tauchte mein Vater mit meiner Mutter im Schlepptau vor mir auf und ließ nicht im Geringsten darauf deuten, zuvor noch in einen Streit verwickelt gewesen zu sein. Mein Vater ist ein erstaunlich geschickter Lügner, das muss man ihm lassen. Doch ich war nicht weniger geschickt darin, zu verbergen, dass ich sein Telefonat belauscht hatte. Grübelnd lege ich mein Buch zur Seite und würde am liebsten laut schreien, um den Frust rauszulassen. Warum scheinen alle sowie mein Vater, mir Dinge vorzuenthalten, die mich offensichtlich etwas angehen?

»Ivy!«, begrüßt Camilla mich am nächsten Tag strahlend.

Die Nacht nach meiner Ankunft war bei weitem nicht so gut wie die, in denen ich in meinem alten Bett schlafen durfte. Verzweifelt wälzte ich mich etliche Mal hin und her und gab letzten Endes auf, mich gegen meine Unruhe zu wehren.

Irgendwann, Stunden später, erhaschte ich zumindest ein bisschen Schlaf, um heute nicht komplett wie ein Zombie auszusehen.

Noch ist es ungewohnt, dass Camilla und ich uns nicht

mehr krampfhaft vor den anderen Studenten verstecken. Aber irgendwie hat es etwas Befreiendes, dass ich mich zumindest hier freier fühlen kann.

»Hast du dir schon überlegt, was du heute Abend anziehst?«, frage ich in unsere Umarmung hinein.

»Nein, wir müssen unbedingt aufeinander abgestimmte Kleider tragen!« Das könnte schwer werden. Schlicht, elegant und dunkel. Das ist das Alleinstellungsmerkmal unserer Akademie. Und es ist das Einzige, was ich an ihr liebe. Camilla hingegen schafft es jedes Mal, Farbe in ihr Outfit zu schmuggeln. Trotz der Tatsache, dass wir täglich dieselben Uniformen tragen, pimpt sie diese in ihrem eigenen Stil auf und irgendwie hat es etwas Erfrischendes. Auch wenn sie dadurch nicht selten schief angeguckt wird.

»Ich habe eigentlich nur schwarze Kleider«, überlege ich laut.

»Wir finden schon eine Lösung für dieses Problem.« Das freche Zwinkern, welches sie mir im Anschluss schenkt, lässt mich nur erahnen, dass das, was sie mit mir vorhat, nichts Gutes bedeuten kann.

Wie erwartet behielt ich recht mit meiner These. Camilla drängte mich so penetrant dazu, etwas Farbiges zu tragen, dass es beinahe in einem Streit endete. Vehement weigerte ich mich dagegen, ein rosafarbenes Kleid zu tragen. Letztendlich drohte ich ihr sogar an, es im Pferdestall durch den Misthaufen zu ziehen, wenn sie mich nicht damit in Ruhe ließe. Entsetzt schnappte sie nach Luft und riss es mir wieder aus der Hand.

Letzten Endes einigten wir uns darauf, dass ich zwar ein schwarzes Kleid tragen darf, es jedoch mit rosafarbenen Accessoires *optisch aufwerten* soll. Wie auch immer sie diesen Begriff definiert. Also stehe ich nun hier mit einer rosa Handtasche,

Heels und einem kindischen Haarreifen, dessen einziger Vorteil es ist, dass mir meine Haare nicht ständig im Gesicht herumfliegen. Camilla fand, es sei eine hervorragende Idee, ihr Outfit genau umgekehrt zu tragen. Rosa Kleid, schwarze Accessoires – super.

Um ihr die Freude nicht zu nehmen, tue ich so, als würde ich mich genauso sehr über unseren Partnerlook freuen wie sie. Und wenn ich ehrlich bin, finde ich es tatsächlich gar nicht so schlimm, wie ich mir selbst einrede.

»Also, lass uns reingehen«, schlage ich fest entschlossen vor und hake mich bei Camilla unter.

Voller Euphorie zerrt sie mich durch den Vorgarten der Villa, in der die heutige Party stattfindet. Wir kamen extra etwas später als vereinbart, damit wir nicht die ersten sind, die hier auftauchen. Ich vermute, einige hatten denselben Gedanken wie wir, denn plötzlich füllt sich das Anwesen in rasanter Geschwindigkeit und wir stehen mitten im Geschehen. Der Geruch von Gras und Alkohol steigt mir in die Nase und augenblicklich frage ich mich, wie lange es wohl dauern wird, bis der Erste draußen im Garten liegt und sich selbst ankotzt.

»Kennst du schon irgendwen?«, rufe ich über die Musik hinweg, als wir das Haus betreten.

»Ich glaube nicht, nur ein paar Gesichter kommen mir bekannt vor!« Zustimmend nicke ich, obwohl Cami mich sowieso nicht sehen kann, da ich hinter ihr herlaufe. An der Bar angekommen, bestellt Cami uns sofort zwei Drinks.

Gerade als ich den Mund öffne, um zu widersprechen, fuchtelt sie mir mit der Hand vor der Nase herum, um mich zum Schweigen zu bringen. Dabei wollte ich ihr nur sagen, dass ich kein Fan von Mangosaft bin und lieber Maracuja nehmen würde. Doch da ist es schon zu spät. Der attraktive Barkeeper schiebt uns die Drinks rüber und ich nippe, angestrengt, das Gesicht nicht angeekelt zu verziehen, daran.

Nach einer Weile fühle ich mich bereits viel wohler und nicht mehr ganz so schüchtern wie zuvor. Die Musik dröhnt angenehm in mein Ohr und lädt zum Mitwippen ein. Auch die anderen Studenten dabei zu beobachten, wie sie ausgelassen tanzen, ist überraschend amüsant.

»Sollen wir?«, frage ich an Camilla gewandt und deute mit dem Kopf in Richtung der Tanzfläche.

Erleichtert stöhnt sie auf und legt den Kopf in den Nacken. »Ich dachte schon, du würdest nie fragen.«

Ehe ich mich versehe, packt Cami mich am Arm und zerrt mich in eine Traube tanzender Mitstudenten. Es überrascht mich, wie Cami aufzugehen scheint, seit sie sich den Fängen ihres Vaters widersetzt.

Zwischen jungen Frauen mit übermalten Lippen und Männern, die im Sekundentakt die Tanzpartnerin wechseln, fühle ich mich wie ein Stück Frischfleisch, das soeben den Löwen zum Fraß vorgeworfen wurde. Kaum eine Minute dauert es, bis der erste von hinten seine Arme um mich schlingt und sich im Takt der Musik an mich schmiegt. Mit einem abwehrenden Blick strafe ich ihn, woraufhin er es einfach bei Cami versucht, die ihn ebenfalls in den Wind schießt. Lachend umgreifen wir unsere Hände, um uns so zumindest ein bisschen von den anderen Partygästen abzuschotten. Wir sind hier, um Spaß zu haben, nicht, um uns von einem dahergelaufenen Typen abschleppen zu lassen. Je länger wir tanzen, umso besser kann ich die Sorgen, die in meinem Kopf umherschwirren, ausblenden. In diesem Moment zählt nur eines: Spaß haben, meine besten Jahre genießen. Das Studium, die Geheimnisse meines Vaters, und die Wellington-Brüder sind alles Themen, über die ich zu einem späteren Zeitpunkt nachdenken kann. Jetzt möchte ich im Moment leben und den Augenblick genießen. Denn wenn ich eines die letzten Wochen gelernt habe, dann, dass er früher enden könnte, als es mir lieb ist.

Langsam beugt Cami sich zu mir vor und umgreift meine beiden Schultern. Ich glaube, sie hatte ein paar Schlucke Alkohol zu viel, denn sie schwankt bereits leicht und lallt mir nur entgegen. »Siehst du den Typen da?«

Neugierig folge ich ihrem Blick und versuche, ausfindig zu machen, wen sie meinen könnte.

»Ich könnte schwören, er starrt dich ununterbrochen an, Ivy. Und verdammt, er sieht wirklich lecker aus«, schwärmt sie und leckt sich dabei verführerisch über die Lippen, was mich zum Schmunzeln bringt. Jap. Sie hatte definitiv einige Schlucke zu viel.

Nachdem sie mich unauffällig in seine Richtung gedreht und mir beschrieben hat, dass er dunkelblondes Haar hat, eine Tätowierung seinen Hals prägt und er eine schwarze Hose mit braunen Hosenträgern trägt, erkenne auch ich endlich, wen sie meint. Am Tresen der Bar steht ein junger Mann, den ich noch nie zuvor gesehen habe – und er starrt mich an. Nicht einmal, als ich ihm direkt in die Augen sehe, wendet er seinen Blick von mir ab. Normalerweise sollte er sich ertappt fühlen, sich beschämt wegdrehen und so tun, als wolle er sich gerade einen Drink bestellen. Doch er tut es nicht. Stattdessen beobachtet er weiterhin jede meiner Bewegungen und mustert mich ausgiebig.

»Wer könnte das sein?«, rufe ich über die Musik hinweg.

Cami zuckt bloß mit den Schultern. »Vermutlich einer der neuen Stipendiaten.«

»Hm«, brumme ich und spüre, wie mein Körper sich

allmählich verkrampft und das Tanzen mir plötzlich keinen Spaß mehr macht.

Die Gelassenheit von eben wird durch Unbehaglichkeit ersetzt. Die laute Musik betäubt meine Ohren und plötzlich verschwimmen die Menschen um mich herum. Meine gesamte Aufmerksamkeit widme ich diesem Typen, der mich schamlos in Grund und Boden starrt und auch nicht den Anschein macht, als wolle er damit aufhören. Lässig lehnt er sich mit dem Ellbogen an den Tresen und nippt an seinem Drink. Als er seinen Blick das nächste Mal an mir hinabwandern lässt, liegt Abfälligkeit in seinem Blick.

Auf der Stelle ziehe ich eine Mauer hoch und maßregle ihn mit Ignoranz. Ein wenig arrogant werfe ich meine Haare über die Schulter und wende mich von ihm ab, um mich wieder Camilla zu widmen. Doch sie ist verschwunden. Panisch blicke ich mich um, aus Angst, sie in all dem Trubel verloren zu haben. Als ich sie wenig später in den Armen eines hochgewachsenen Typens wiederfinde, atme ich erleichtert auf. Über die Schulter wirft sie mir einen vielsagenden, aber auch entschuldigenden Blick zu, woraufhin ich ihr aufmunternd zuzwinkere.

Lächelnd wende ich mich nun doch wieder meinem Beobachter zu, doch auch dieser ist verschwunden. Frustriert schlängle ich mich durch die Menschenmassen, um eine Pause einzulegen. Von all der Bewegung ist mir schon richtig heiß geworden. Ich hoffe, mein Gesicht gleicht nicht der Farbe einer Tomate, Puder habe ich nämlich keines dabei.

Ist es nicht ironisch, wie all diese edlen Menschen hier für ein paar Stunden ihre von Geburt an auferlegten Pflichten vergessen und wie die Tiere durch die Gegend tanzen? Ein Außenstehender würde nie auf die Idee kommen, wie viel Wohlstand und Macht auf unseren Schultern lastet.

Doch vielleicht ist genau das der Grund, weshalb die Partys der Elite meist so eskalieren. Weshalb man jetzt schon, um gerade einmal dreiundzwanzig Uhr, die ersten Leute kotzend in der Ecke oder splitterfasernackt im Pool vorfinden kann.

Der Wunsch nach *Vergessen*, wächst ihnen derart über den Kopf, dass sie gänzlich die Kontrolle über sich selbst verlieren. Sie verfallen einem Rausch, in welchem sie jeglichen Ballast abwerfen und sich einfach fallen lassen.

Selbst wenn es ein Spaß ist, der nur für ein paar Stunden anhalten wird. Plötzlich übermannt sie eine Euphorie, die sie sonst nur selten zu spüren bekommen. Denn die meiste Zeit ihres Lebens erwartet man absolute Perfektion von ihnen. Sie können es sich nicht leisten, aus der Haut zu fahren – die Sau rauszulassen, wie man in der modernen Welt sagt, von der wir an der Southside Academy noch meilenweit entfernt sind.

»Psst«, zischt mir jemand leise ins Ohr.

Ruckartig drehe ich mich um, erstarre noch in der Bewegung und halte den Atem an. Vor mir steht genau der Typ, der mich eben noch aus der Ferne beobachtet hat. Schnell sammle ich mich wieder und verschränke abwehrend die Arme vor der Brust. Ohne ein Wort zu sagen, erdolche ich ihn mit meinen Augen. Er erwidert diesen mit einem dermaßen aussagekräftigen Fick-mich-Blick, dass ich schwer schlucken muss. *Verdammt, ist der heiß. Holy Maccheroni …*

»Wollen wir?«, fragt der Unbekannte und streckt seine Hand nach mir aus und nickt knapp Richtung Tanzfläche.

Unsicher blicke ich mich im Raum um und suche Camilla, die noch immer mit dem Typen von eben am Rummachen ist. Und es sieht nicht danach aus, als würde sie bald damit aufhören wollen. Widerwillig lege ich meine Hand auf die des Typen, um mich von ihm auf die Tanzfläche führen zu lassen.

Ein selbstgefälliges Grinsen umspielt seine Lippen, welches ich am liebsten im Keim ersticken würde, indem ich meine Meinung doch noch einmal ändere. Aber was bleibt mir anderes übrig? Allein in der Ecke stehen und Trübsal blasen? So weit lasse ich es dann doch nicht kommen, und mich in neue Gesellschaft zu begeben, wird sicherlich auch nicht schaden. Hoffe ich zumindest.

Am Rand der Tanzfläche angekommen, beginnt Mr Sexy sich zur Musik zu bewegen und versucht mich zeitgleich dazu zu animieren, mitzumachen. Obwohl ich sichtlich keine Lust darauf habe, neue männliche Bekanntschaften zu schließen – die letzten reichen mir vermutlich für den Rest meines Lebens – lässt er nicht locker. Seine Finger gleiten sanft über meine Arme, beinahe unbemerkt platziert er sich hinter mir. Seine Bewegungen sind so anmutig, dass ich kaum wahrnehme, wie er mich umwirbt und mir mit der Hand das Haar hinters Ohr schiebt.

»Mach dich locker, wir sind doch hier, um Spaß zu haben, oder nicht?«, flüstert er mir von hinten ins Ohr und umgreift meinen Hals. Vorsichtig neigt er meinen Kopf so weit nach hinten, dass ich ihm in die Augen sehen kann. Aufmunternd nickt er mir zu und schenkt mir dabei ein verspieltes Lächeln.

Kapitulierend gebe ich mich geschlagen und löse mich aus meiner abwehrenden Haltung. Langsam beginne auch ich, mich zur Musik zu bewegen, und stelle fest, dass unsere Körper sich überraschend gut aneinander anpassen. Mein Hintern liegt genau an seinem Schritt, im Gleichtakt schwingen wir unsere Körper von links nach rechts. Gerade als ich mich darüber freue, dass zumindest unsere Gesichter eine sichere Distanz zueinander wahren, wirbelt er mich herum und presst seinen Körper dicht an meinen. Augenblicklich ziehe ich scharf die

Luft ein und verharre nur wenige Zentimeter vor seinem Gesicht. Plötzlich fallen mir die kleinen Narben auf, die mehrere Stellen seines Gesichts zieren. Besonders neben dem Auge befindet sich eine etwa zwei Zentimeter lange, die sicher schmerzhaft gewesen sein muss. Kopfschüttelnd erwische ich mich dabei, wie ich mir wilde Szenarien ausmale, durch welche er diese erhalten haben könnte. Es geht mich nichts an, was fremde Menschen im Gesicht haben, und noch dazu sollte es mich überhaupt nicht interessieren. Diese verdammte Neugierde …

»Hey …«, reißt Mr *extrem* Sexy mich aus meinen Gedanken und sieht mir ins Gesicht. Ich glaube, einen Hauch von Besorgnis in seinen Augen erkennen zu können. Fragend erwidere ich seinen Blick. »Du siehst müde aus. Sollen wir uns einen Moment setzen?« Er greift nach meiner Hand und drückt mir gentlemanlike einen Kuss auf den Handrücken. Überrascht blinzle ich, da dies eigentlich untypisch für die Männer ist, die ich bisher kennenlernen durfte. Die meisten von ihnen haben die feine englische Art gegenüber Frauen in dem Moment abgelegt, in dem sie die Türschwelle der Southside Academy übertreten haben. Dennoch nicke ich, da ich tatsächlich etwas müde geworden bin von dem ganzen Tanzen. Mit seiner ausgebreiteten Handfläche auf meinem unteren Rücken schiebt er mich in eine Ecke des Raumes, in der mehrere Sitzmöglichkeiten vorbereitet wurden. Unter anderem ein großer Sitzsack, auf welchem wir uns letztendlich niederlassen. Nervös rutsche ich herum, da ich mich neben dem Fremden etwas fehl am Platz fühle.

»Du kannst echt gut tanzen«, versucht er, die Stimmung aufzulockern. »Deine Bewegungen sind so grazil wie die einer Blume, wenn der Wind weht.«

Verwundert ziehe ich eine Augenbraue in die Höhe. »Bist du ein Poet oder so was?« Ich weiß, es ist unhöflich, sich nicht für ein so schönes Kompliment zu bedanken, aber ich wahre bewusst eine gewisse Distanz zu ihm. Manchmal muss man andere verletzen, um sich selbst zu schützen, und genau das tue ich, indem ich ihn so gut wie möglich von mir fernhalte.

Ein herzliches Lachen schallt aus seiner Richtung zu mir und versetzt mir einen Stich. Obwohl ich so gemein zu ihm bin, schafft er es noch immer, positiv zu bleiben. »Nicht, dass ich wüsste. Aber jetzt, wo du es sagst, sollte ich überlegen, einen freiwilligen Kurs in Poesie zu belegen.« Nachdenklich fährt er sich mit Daumen und Zeigefinger übers Kinn und präsentiert mir anschließend eine Reihe strahlend weißer Zähne.

Verlegen wende ich mich von ihm ab und streiche mir eine Strähne hinters Ohr.

Ivy! Nicht. Schwach. Werden. Reiß dich endlich zusammen und bekomm deine Libido in den Griff …

Ich räuspere mich. »Wie kamst du dazu, an der Southside Academy zu studieren?«, frage ich, um die unangenehme Stille zwischen uns zu durchbrechen.

»Ich konnte eines der Stipendien ergattern. Die Konkurrenz war enorm, aber meine Noten offensichtlich noch enormer«, berichtet er stolz und richtet sich die Hosenträger zurecht.

Erst jetzt fällt mir auf, dass nichts von dem, was er trägt, irgendeiner teuren Marke entspringt. Sein gesamtes Outfit besteht aus No-Name-Produkten, was seiner Attraktivität allerdings kein bisschen abverlangt. Im Gegenteil. Irgendwie macht es ihn noch attraktiver, dass er trotz der Tatsache, dass er nicht so reich ist wie die meisten hier, etwas aus sich macht und selbstbewusst auftritt. Vermutlich fiel mir daher zu Beginn gar nicht auf, dass er nicht dieselbe Kleidung wie die meisten anderen hier trägt. Ich stehe auf Männer, die etwas von sich selbst halten, und an dieser Eigenschaft scheint es ihm nicht zu fehlen.

Ohne es zu merken, beiße ich mir auf die Unterlippe. Erst als sein Blick auf meinen Mund fällt und seine Pupillen sich weiten, realisiere ich, wie sehr ich ihn soeben angeschmachtet habe. Beschämt wende ich den Blick von ihm ab.

Kurz darauf spüre ich, wie er ein Stück näher an mich heranrutscht und seinen Arm um mich legt. Angespannt verharre ich unter seiner Berührung. Seine gesamte Präsenz wirkt einschüchternd auf mich. Er stammt nicht aus der Elite, das bedeutet, er ist noch nicht so vom Geld verdorben wie der Rest von uns. Vermutlich weiß er die Dinge, die er hat, sogar zu schätzen, statt sie als selbstverständlich zu betrachten. Fuck, ich habe keine Ahnung, warum mich dieser Gedanke so anmacht. In meinem Unterleib zieht sich etwas zusammen, sodass ich meine Beine überschlagen muss, um bei klarem Verstand zu bleiben.

Bitte ... lass mich einfach los, denke ich und versuche voller Verzweiflung, vor ihm zu fliehen, indem ich mich aus seinem Arm winde. Ich habe noch nie etwas so Unangenehmes erlebt. Wie kann ich nur so offensichtlich zur Schau stellen, dass ich scharf auf diesen Typen bin, den ich überhaupt nicht kenne und den ich bis vor wenigen Minuten noch unbedingt von mir fernhalten wollte?

Ivy, du verdammte Idiotin. Keine fünf Minuten spricht ein Mann mit dir und schon bist du dazu bereit, die Beine für ihn breitzumachen.

Was ist nur los mit mir? Früher war ich nicht so. Erst seit ich Ace und Flynn kenne, spiele ich mit Gedanken, die früher keine Präsenz in meinem Inneren hatten. Früher musste ein

Mann mir die Welt zu Füßen legen, um auch nur in die Nähe meiner goldenen Mitte zu gelangen. Und jetzt? Erst Flynn, dann Ace und jetzt dieser verdammt gut aussehende junge Mann vor mir.

Seit ich hier studiere, bin ich leichtsinnig geworden, lasse Menschen an mich heran, von denen ich weiß, dass sie mir nicht guttun. Doch genau diese sind es, die mich auf magische Weise anziehen. Wie ein Magnet zieht es mich zu diesen Männern und immer wieder bereue ich es, mich darauf eingelassen zu haben. Doch ist es nicht genau das, was eine richtige Studentin erleben sollte? Hinfallen, um zu lernen, wie das Leben funktioniert?

Ich werde nicht immer meinen Vater um mich herum haben, der mich vor bösen Männern beschützen kann. Eines Tages muss ich selbst lernen, ihnen zu zeigen, dass ich es mit ihnen aufnehmen kann. Dass ich zwar aussehe wie ein Mädchen, mit dem man spielen kann, man sich aber auch gewaltig an mir verbrennen kann. Vielleicht ist genau heute der Tag, an dem ich das endlich begriffen habe und an dem ich nicht mehr die Spielfigur bin, sondern der Spieler.

Flynn und Ace denken, sie könnten mit mir spielen? Wie wäre es, wenn ich endlich den ersten Gegenzug setze? Wie würde es ihnen – insbesondere Ace – wohl gefallen, wenn sie erfahren würden, dass es auch andere Männer an dieser Akademie gibt, auf die ich mich einlassen kann? Denn wenn wir ehrlich zu uns selbst sind, ist es nicht der König, der das Schachbrett beherrscht, sondern die Dame. Mit ihr steht und fällt das Imperium des Königs.

Schnipsend fuchtelt der Fremde mir vor dem Gesicht herum und reißt mich so aus meinem Meer aus Gedanken. »Woran denkst du?«, haucht er mir entgegen und betrachtet mich wieder mit diesem verdammt verführerischen Blick, mit welchem er mir vorhin schon weiche Knie bescherte.

Ich fasse all meinen Mut zusammen und tue etwas, das ich noch nie zuvor getan habe – ich wage es, den ersten Schritt zu machen. Und das, obwohl ich normalerweise *immer* den Männern den Vortritt lasse. Ich bin eine Frau, ich liebe es, erobert zu werden. Doch nicht heute. Heute werde ich beweisen, dass nicht ich es bin, die leicht zu haben ist, sondern er.

»Daran«, wispere ich, beuge mich zu ihm vor und lege meine Lippen auf seine.

Überrascht zieht Mr Sexy die Luft ein und versteift sich kurz, ehe er sich dem Kuss vollständig hingibt. Der bittere Geschmack von Whiskey benetzt meine Lippen und ich frage mich, wie viel er heute wohl schon davon getrunken hat. Sicher genug, um sich auf ein wildfremdes Mädchen einzulassen.

Es dauert nicht lange, da hat sich der schüchterne Kuss in etwas Gieriges verwandelt, etwas Unersättliches. Irgendwie haben wir es geschafft, dass ich rittlings auf ihm sitze und meine Hüften besitzergreifend auf ihm kreisen lasse. Konsequent möchte ich ihm zeigen, dass ich es bin, die die Kontrolle über die Situation hat. Auch als er versucht, seine Hand erneut um meinen Hals zu legen, halte ich ihn entschlossen davon ab. Stattdessen bin ich es, die sich an seinem Hals zu schaffen macht. Lüstern sauge ich daran, um ihn zumindest für die nächsten achtundvierzig Stunden mit meinen Spuren zu brandmarken.

»Du bist ziemlich dominant«, lacht er in mein Haar, was mich doch wieder etwas unsicher werden lässt.

Ich lehne mich zurück, um sein Gesicht studieren zu können. »Gefällt es dir nicht?«, frage ich, bereue es im selben

Moment jedoch schon wieder. Wie erbärmlich diese Frage geklungen haben muss.

»Ich habe nur das Gefühl, das bist nicht du«, gibt er zurück. Seine Hände bettet er auf meinen Oberschenkeln, um mich davon abzuhalten, aufzustehen.

Ich weiß nicht, wann ich mich zuletzt so unwohl in meiner Haut gefühlt habe. Schulterzuckend neige ich den Kopf zur Seite und lege ein schmales Lächeln auf.

»Du stehst nicht auf Typen, die sich von dir dominieren lassen«, stellt er fest und trifft damit genau ins Schwarze.

Mit der Hand reibe ich mir über die Stirn und wünschte mir, im Erdboden zu versinken oder mich einfach in Luft aufzulösen. Wieso musste ich ausgerechnet heute damit anfangen, zu experimentieren? Ich hätte einfach meinen üblichen Charme spielen lassen können, dann hätte er sich von selbst auf mich gestürzt. Stattdessen vermassle ich es mir selbst, indem ich ihn als Versuchskaninchen für meine unerforschten Fetische benutze.

»Weißt du was? Ich glaube, das wird so nichts.« Entschlossen sieht er mir ins Gesicht und ich glaube, mein Herz rutscht mir dabei in die Hose.

Noch nie in meinem Leben habe ich mich derart gedemütigt gefühlt. Meine Beine beginnen zu zittern und ich glaube, mich gleich übergeben zu müssen, sollte ich noch eine Sekunde länger auf dem Schoß dieses Typen sitzen. Mit angehaltenem Atem stütze ich mich an seinen Schultern ab, um aufzustehen.

»Moment«, hält er mich auf und umgreift mein Handgelenk. Die Welt um mich herum beginnt sich zu drehen. Erwartungsvoll sehe ich halb stehend auf ihn hinab. Ruckartig greift er mit den Händen unter meine Oberschenkel und wirft mich in die Luft, nur, um mich wenig später wieder aufzufangen.

Ein kurzer Schrei entfährt mir und ich kneife kurz die Augen zusammen, ehe ich sie vorsichtig wieder zu öffnen wage. Ich finde mich auf seinen Hüften wieder. Er trägt mich so, dass mein Schritt genau an seinem Bauch liegt und er mich nur wenige Zentimeter nach unten sinken lassen müsste, um unsere empfindlichen Stellen aufeinandertreffen zu lassen. Ich schlucke schwer, als er zu laufen beginnt und mich wie eine Feder durch die Menschenmassen manövriert.

»Wohin bringst du mich?«, schreie ich beinahe, da die Musik um uns herum so laut geworden ist, dass ich mein eigenes Wort kaum verstehen kann.

Er antwortet nicht. Stattdessen lässt er seine Hand an meinen Hintern wandern und umgreift diesen so fest, dass ich die Zähne zusammenpressen muss, um ihn nicht vor all diesen Leuten hier anzukreischen.

Nachdem er mich einige Treppenstufen hinaufgetragen hat, stößt er mit dem Fuß gegen eine Tür, betritt einen dunklen Raum und lässt die Tür wieder ins Schloss fallen. Mit nur einer Hand dreht er den Schlüssel im Schloss herum und verschließt somit die Tür.

Irgendwie fühle ich mich nicht besonders wohl dabei, mich von einem Fremden in ein Zimmer einsperren zu lassen. In einem Haus, in welchem ich noch nie zuvor gewesen bin.

Nun ist es allerdings ohnehin zu spät. Bleibt mir nur noch zu hoffen, dass er kein Verrückter ist. Zumindest sehe ich, dass er den Schlüssel hat stecken lassen. Sollte ich also flüchten wollen, muss ich nur die Tür erreichen, um verschwinden zu können – ein geringfügiger Trost.

»Ähm ... ich ...«, stottere ich, weiß allerdings gar nicht, was ich eigentlich sagen möchte.

Mit einer Hand an meinem Rücken und der anderen an

meinem Hintern, lässt der Mann, dessen Namen ich noch immer nicht kenne, mich aufs Bett nieder. Wird das hier mein erster namenloser One-Night-Stand?

»Sag nichts«, fordert er und legt seinen Zeigefinger auf meinen noch immer vom Kuss geschwollenen Lippen ab.

Reflexartig lecke ich mir über die Lippen, wobei ich leicht seinen Finger streife. Etwas blitzt in seinen Augen auf und ich kann nicht unterscheiden, ob es sich um Verlangen oder etwas anderes handelt. Einerseits spüre ich, dass er am liebsten sofort über mich herfallen würde, andererseits gibt es da etwas, das ihn davon abhält, sich mir vollständig zu öffnen.

Um ihn aufzulockern, bin nun ich diejenige, die einen Fick-mich-Blick auflegt und ihm genau das gibt, was er will. Die Führung. Willig schlinge ich meine Beine um seine Taille und führe seinen Schritt näher an meine Mitte. Aus großen Augen sehe ich ihn an und bettle förmlich darum, dass er dort fortfährt, wo er eben aufgehört hat.

Ich weiß nicht, warum, aber genau in diesem Moment muss ich an Flynn denken. Mit ihm war es irgendwie einfach … reibungslos. Zwar musste ich einen größeren Part übernehmen, als ich eigentlich wollte, aber der gesamte Akt lief so geschmeidig, dass es keinerlei Unterbrechungen gab. Er wusste, was zu tun war, und ich wusste es auch. Der Sex verlief auf Augenhöhe, keiner war dem anderen überlegen. Ob mich dies auf Dauer glücklich machen würde, weiß ich nicht, aber gerade in diesem Moment wünsche ich mir einen etwas weniger holprigen Start.

»So gefällt mir das Ganze schon eher«, gibt er zu und greift nach meinen Händen, um diese über meinem Kopf aufs Bett zu drücken.

Plötzlich geht alles ganz schnell. Mit nur einer einzigen

Hand hält er meine Hände fest, um sich mit der anderen das Hemd zu öffnen und auch mir das Kleid über die Hüften zu schieben. Was ich zu sehen bekomme, verschlägt mir beinahe den Atem. Ein perfekt geformtes Sixpack lächelt mir entgegen und lässt das Blut in meinen Adern gefrieren. Es ist kaum aushaltbar, diesen nicht augenblicklich berühren zu können. Doch möchte er meine Hände einfach nicht loslassen. Ich bin dazu gezwungen, mich mit dem bloßen Anblick zufriedenzugeben, und es ist die reinste Qual. Mit der Zunge verwöhnt er meinen Hals und wandert hinunter zu meinem Schlüsselbein. Ein leises Keuchen entfährt mir, als er seine Beule gegen mich drückt und genau die richtige Stelle berührt.

»Fass mich an«, verlangt er und lässt meine Hände los.

Zögernd lasse ich sie sinken und sehe ihm prüfend in die Augen. Ich kann nicht einschätzen, ob er das, was er sagt, ernst meint, oder ob er mich bloß weiter auf die Folter spannen möchte. Für mich ist dieser Mann ein verschlossenes Buch, welches nicht gewillt ist, sich lesen zu lassen.

»Na los«, drängelt er und hilft mir dabei, den Weg zu seiner Härte zu finden. Vorsichtig umgreife ich sie über dem Stoff seiner Boxershorts und bewege meine Hand in langsamen Bewegungen. Ich kann spüren, wie er unter mir wächst, was mich ungemein erregt. Bewiesen zu bekommen, derartige Reaktionen in ihm auszulösen zu können, ist doch genau das, was eine Frau sich insgeheim wünscht.

Ein knurrender Laut entfährt ihm, ehe er grob meine Hand umgreift und mich so davon abhält, fortzufahren. »Und, denkst du noch immer, meine Eier seien nicht groß genug?« Grinsend blickt er auf mich herab und ich kann die Genugtuung in seiner Miene förmlich sehen, als meine Augen sich vor Schock weiten.

29

IVORY …

Es kostete mich einen Moment, bis ich realisierte, was der Mann, der über mich gebeugt im Bett liegt, soeben von sich gegeben hat. Ein kalter Schauer läuft mir über den Rücken und ich zucke merklich zusammen. Angsterfüllt krabble ich unter ihm hervor, bis ich am Ende des Bettes ankomme und mit dem Rücken gegen die Lehne anstoße. Schwer atmend blicke ich ihn aus großen Augen an.

»Was hast du gerade gesagt?«, frage ich, obwohl ich die Antwort auf diese Frage bereits kenne.

Ich habe mich auf einen Psychopathen eingelassen. Niemals lässt er mich lebend aus diesem Zimmer verschwinden. Das war es dann wohl, das Ende meiner Tage. Wie ein Blitz schlägt die Erkenntnis ein, wen ich da gerade vor mir stehen habe. Wie lange beobachtet er mich nun schon, welche Informationen konnte er über mich sammeln? Tausende Fragen schwirren in meinem Kopf umher, aber die Wichtigste ist: Was verdammt noch mal will er von mir?

Mehrere mögliche Szenarien gehe ich in meinem Kopf

durch, wie ich aus diesem Zimmer flüchten kann. Eigentlich ist es ganz einfach. Ich muss nur schneller als er die Tür erreichen und den Schlüssel im Schloss umdrehen, sodass ich mich durch den Türspalt quetschen und so schnell rennen kann wie noch niemals zuvor. Mein Puls ist schon jetzt viel höher, als es gesund für mich ist. Verstohlen schiele ich an ihm vorbei und halte ihn mit ausgestrecktem Fuß auf Abstand zu mir. Die Tür befindet sich einige Meter von mir entfernt, ich muss ihn also ein gutes Stück von mir weg befördern, um auch nur den Hauch einer Chance zu haben, ihm zu entwischen.

Ob ich leben oder sterben möchte, steht außer Frage. Daher entscheide ich mich kurzerhand dazu, mit voller Wucht auszuholen und ihm mit meinen Füßen in die Magengrube zu treten.

Japsend taumelt er ein paar Schritte zurück und krümmt sich nach vorn, während er sich den Bauch festhält. Sein schmerzverzerrter Laut dringt mir bis ins Mark, doch das ist mir in diesem Moment egal. Für Mitleid habe ich ein anderes Mal noch Zeit. Jetzt gilt es, so schnell wie möglich aus dem Bett aufzuspringen und diesen Raum zu verlassen.

Mit Schwung hüpfe ich aus dem Bett und stolpere Richtung Tür. Sofort drehe ich den Schlüssel im Schloss herum und drücke die Klinke hinunter. Als ich feststelle, dass die Tür noch immer verschlossen ist, drehe ich den Schlüssel noch einmal panisch in die andere Richtung. Doch auch jetzt lässt sie sich noch immer nicht öffnen. Bis ich verstanden habe, dass ich den Schlüssel zweimal nach rechts drehen muss, um das Schloss zu entriegeln, ist es bereits zu spät. Starke Arme wirbeln mich zu sich herum und ich ziehe scharf die Luft ein. Meine gesamte Muskulatur spannt sich an und ich kneife meine Augen fest zusammen. »Lass. Mich. Gehen«, winsele ich. Aus purer Verzweiflung beginnt mein Körper, zu zittern. Ich spüre meine

Beine unter mir versagen und weiß nicht, wann oder ob ich jemals so ein starkes Verlangen danach hatte, laut nach Hilfe zu rufen. Doch kein Ton kommt mir über die Lippen. Mein Präfrontaler Kortex setzt aus und ich schaffe es nicht, die Worte, die mir auf der Zunge brennen, laut auszusprechen. Stattdessen stehe ich stumm da und hoffe, dass er mich gehen lässt.

Wütend zieht er die Augenbrauen zusammen und mustert mich abfällig. »Habe ich dir erlaubt, dass du gehen darfst?«

»Du ... du bist es doch, oder?«, frage ich. »Der, der mich tagelang, wochenlang beobachtet hat.« Meine Stimme ist nicht mehr als ein Flüstern. Mit dem Rücken presse ich mich gegen die kalte Tür und hoffe inständig, dass irgendwer unser kleines Gespräch belauscht.

»Hältst du dich etwa für so interessant, dass man dich stalken könnte?« Seine Stimme klingt plötzlich so abwertend, dass ich für kurze Zeit denke, ich könnte mir all das doch nur eingebildet haben.

Doch ich weiß, dass es real war, ich kann mir all das nicht eingebildet haben. Selbst Cami fiel auf, dass etwas nicht stimmte. All die Male, in denen ich mich verfolgt, beobachtet oder belauscht gefühlt habe, in denen ich dachte, ich würde schleichend den Verstand verlieren, sie waren echt. Das wusste ich bereits seit dem Tag, an dem ich am See joggen gewesen war. Dass ich demjenigen, der für all die Kopfschmerzen verantwortlich ist, eines Tages gegenüberstehen würde, hatte ich gehofft, vermeiden zu können. Doch nun stehe ich hier und hätte fast mit ihm geschlafen.

»Was willst du von mir?«, frage ich daher ein weiteres Mal, diesmal mit etwas mehr Nachdruck.

Sein rechter Mundwinkel zieht sich in die Höhe. Mit schief

gelegtem Kopf streichelt er mir mit der Handfläche über die Wange. Angeekelt drehe ich meinen Kopf zur Seite.

»Das ist eine lange Geschichte, meine Blume«, raunt er mir entgegen. »Ich glaube, es wird eine Weile dauern, sie dir zu erzählen. Du solltest dich besser setzen, denn es wird nicht nur deine Sicht auf die Welt, sondern auch dein komplettes Leben verändern.« Seine Stimme ist rau und klingt fast so, als sei er erkältet, dabei bin ich mir ziemlich sicher, dass er das nicht ist.

Ungläubig schüttle ich den Kopf. »Du bist ganz offensichtlich verrückt. Ich werde keine weitere Minute mehr mit dir verbringen!«, sage ich entschlossen und trete mit meiner Ferse fest gegen die Tür. Wenn er mich nicht sofort gehen lässt, dann sind seine Kronjuwelen die Nächsten, die Bekanntschaft mit meinem Bein machen dürfen. Mein Knie befindet sich in einer nahezu verlockenden Position. Doch bevor ich es so weit kommen lasse, hole ich tief Luft und setze zu einem Hilfeschrei an. »Hil-«, doch weiter komme ich nicht.

Mit der Hand hält er mir fest den Mund zu und durchbohrt mich förmlich mit seinem mahnenden Blick. »Siehst du das immer noch so, wenn ich dir sage, dass ich weiß, welches Geheimnis dein Vater vor dir verbirgt?«

Plötzlich werde ich hellhörig und runzle ungläubig die Stirn. Ich reiße seine Hand von meinem Mund, um etwas zu erwidern, doch mein Mund bleibt offen stehen und ich habe keine Ahnung, ob ich seinen Worten Glauben schenken soll. Seit Wochen arbeite ich daran, Informationen über das ausfindig zu machen, was jeder versucht, vor mir zu verbergen. Und nun soll ein Stipendiat um die Ecke kommen, der angeblich über die Geheimnisse meiner Familie Bescheid weiß? Wohl kaum.

Nachdenklich lasse ich meine Gedanken umherschweifen.

Welche Nachteile würde es mir bringen, wenn er mich belügt? Wenn er doch keine Ahnung hat, wovon er da spricht? Genau genommen keine, außer dass ich noch immer am selben Punkt stehen würde wie jetzt. Wenn er jedoch die Wahrheit sagt und mir berichten kann, was man vor mir zu verheimlichen versucht, dann könnte ich vielleicht besser nachvollziehen, wovor mein Vater mich schützen möchte und was es mit all den Mysterien auf sich hat. Meine Gedanken fahren plötzlich Karussell – und das, obwohl ich einfach nur einen netten Abend hier verbringen wollte, um genau diesen Stress, der um mich herum herrscht, für ein paar Stunden zu vergessen. Doch diese einmalige Chance kann ich mir nicht entgehen lassen. Ich *muss* wissen, was er mir zu sagen hat. Entschieden schüttle ich den Kopf. »Nein. Das ändert unsere Situation.«

Ein Siegerlächeln schleicht sich auf seine Lippen und er fährt sich mit der Hand durch die dunkelblonden Haare. Ich folge seiner Bewegung und bleibe kurz an seiner Stirn hängen. Auch hier ist eine Narbe zu sehen, die zwar nicht so dick ist wie die neben seinem Auge, aber dennoch aussieht wie ein gezielt gesetzter Schnitt. Mit schief gelegenem Kopf studiere ich jede seiner Poren und frage mich, welche Geschichten sich hinter dieser sonst so seidenglatten Haut verbergen.

»Dann setz dich doch bitte, es wäre unangebracht, dieses Gespräch gegen eine Tür gepresst zu führen.«

Als würde er sich auf ein leckeres Festmahl freuen, lässt er von mir ab, zieht er zwei freie Stühle zu sich und reibt sich anschließend freudestrahlend die Hände.

»Ich werde das nicht *hier* … besprechen«, erkläre ich entschlossen und schweife übertrieben mit weit aufgerissen Augen und vor der Brust verschränkten Armen durch den dunklen Raum.

Schnaubend läuft er durch den Raum und hält am Fenster inne. Weit nach vorn gebeugt, sieht er in alle Richtungen, sodass ich bange, er könnte gleich hinunterfallen. »Gut. Dann lass uns nach draußen gehen. Der Himmel ist klar, vielleicht haben wir Glück und können ein paar Sternenbilder sehen. Allerdings glaube ich, dass du nach diesem Gespräch ganz andere Dinge im Kopf haben wirst als Sterne.«

Mit zusammengezogenen Augenbrauen folge ich ihm nervös aus dem Raum und versuche, die nun wieder lauter werdende Musik zu ignorieren, die stechend in mein Ohr dringt. Ich habe keine Ahnung, wie lange wir hier drinnen waren, aber plötzlich wirken die Partygäste noch viel betrunkener, als ich sie in Erinnerung habe. Alle paar Meter finde ich irgendwen auf dem Boden liegend oder miteinander knutschend vor. Ein besonders notgeiles Paar ließ sich nicht einmal davon abhalten, sich in aller Öffentlichkeit ihrer Hosen zu entledigen, um sich zu befummeln. Ich frage mich, wie lange es wohl noch dauern wird, bis die ersten vor versammelter Mannschaft miteinander schlafen. Laut aktuellem Stand nicht mehr lange.

Während ich mich durch die eng miteinander tanzenden Studenten drängle, um nach draußen zu gelangen, fühle ich mich plötzlich genauso beobachtet wie die vergangenen Wochen. Dabei kann das gar nicht sein, denn Mr Sexy läuft vor, nicht hinter mir. Energisch schüttle ich mir die paranoiden Gedanken ab und trete endlich über die Türschwelle hinaus auf die Treppenstufen, die hinunter in den Garten führen. Eine frische Brise weht mir ins Gesicht und befreit meine Nase von dem beißenden Geruch nach Alkohol und Schweiß.

Trotz des fabelhaften Wetters und des klaren Himmels herrschen herbstliche Temperaturen. Meine verhältnismäßig knappe Kleidung könnte mir hier draußen zum Verhängnis werden, doch auch diese Tatsache ignoriere ich, während ich über das nasse Gras laufe.

Direkt neben einer rostigen Feuerschale lassen wir uns auf einer kleinen Mauer nieder, die uns eine hervorragende Aussicht über die Landschaft Englands bietet. Das warme Feuer lodert und spendet zumindest meinen Füßen eine angenehme Wärme. Leider ist es bereits nahezu abgebrannt und daher zu klein, um mich überall mit seiner Wärme zu umhüllen.

Fröstelnd balle ich die Hände zu Fäusten, um mich davon abzuhalten, mir selbst die Arme um den Körper zu schlingen.

Ich möchte nicht den Anschein erwecken, schwach oder hilfsbedürftig zu sein.

»Bitte, beginne zu erzählen«, fordere ich mehr, als dass ich höflich darum bitte.

Im Schneidersitz platziert er sich mir gegenüber auf der Mauer und ich realisiere, dass ich noch immer nicht weiß, wie er eigentlich heißt. Ihn ausgerechnet jetzt danach zu fragen, wäre allerdings auch ziemlich merkwürdig. Daher schiebe ich die Frage noch ein wenig auf.

Er nimmt einen tiefen Atemzug, um sich auf das Bevorstehende vorzubereiten. »Du kamst wirklich nie dahinter, dass dein Vater dir etwas verheimlicht? Und dir ist nicht klar, welches Ausmaß dieses Geheimnis birgt?«

»Nein, aber ich weiß auch nicht, ob ich dir glauben werde«, gebe ich zu, raffe mich dann aber doch zusammen. »Jedenfalls habe seit ein paar Wochen den Verdacht, dass etwas nicht stimmt, kam aber nie dahinter, was es sein könnte. Aber warum erzähle ich dir das überhaupt? Das weißt du sicher längst, so penetrant wie du mich verfolgt hast.« Nervös zupfe ich am

Saum meines Kleides herum, da ich es nicht länger aushalte, auf heißen Kohlen zu sitzen.

Meine Hibbeligkeit scheint nicht unentdeckt zu bleiben, denn er schüttelt nur mit dem Kopf und lacht, bevor er schnaufend den Kopf in den Nacken legt und für ein paar Sekunden den funkelnden Sternenhimmel in sich aufnimmt. »Fuck, okay.« Nachdem er wieder Augenkontakt zu mir hergestellt hat, beginnt er endlich, zu erzählen. »Wie du weißt, gibt es neben der Southside auch noch die Eastside.«

Ich nicke. Natürlich kenne ich die Eastside. Der Ort, an dem die Leute leben, die es niemals in unsere Kreise schaffen werden. Die seit Generationen abgrundtief verabscheut werden und in tiefer Feindschaft mit der Southside leben. Man bezeichnet sie auch gern als Gauner, denn sie lügen, betrügen und bestehlen uns, weil sie neidisch auf das sind, was unsere Familien seit Jahrzehnten an uns weitergeben. Nicht nur einmal haben sie versucht, uns zu stürzen, um sich das zu holen, was ihnen nicht zusteht. Einfach weil sie denken, es sei der einzige Weg, sich das von den Reichen zu nehmen, was sie sich selbst nach all den Jahren nicht erarbeiten konnten.

Bei uns ist es nicht gern gesehen, wenn man über die Eastside spricht. Von klein auf wird uns beigebracht, dass wir uns von der Eastside fernzuhalten haben, denn die Leute dort sind gefährlich und erbarmungslos. Sie schrecken vor nichts zurück, nicht einmal davor, für ihren Clan zu töten. Daher wird das Thema meist totgeschwiegen und gilt als irrelevant.

»Tja, vor etwa sechzig Jahren gab es einst einen Mann, der auf der Southside lebte und auch hier studierte. Er konnte es jedoch nicht lassen, sich mit der Eastside zu beschäftigen. Für ihn gab es keine logische Erklärung für den stillen Krieg, der zwischen den beiden Fronten herrschte. Also begab er sich unbemerkt in ein Terrain, welches nicht ihm gehörte und in welchem er auch nicht gern gesehen war. Dennoch ließ er sich nicht von seinem Vorhaben abbringen, sich ein Bild über die Eastside zu machen. Und tatsächlich fand er irgendwann Freunde auf der anderen Seite, verbrachte seine Freizeit gern mit den Leuten, die von seinen eigenen Kreisen verabscheut wurden. Oft spendete er sogar, um den armen Kindern eine warme Mahlzeit zu ermöglichen. Die Eastside hatte zum ersten Mal das Gefühl, dass es doch gute Menschen auf der Southside geben und der einstige Krieg vielleicht sogar eines Tages im beidseitigen Frieden enden könnte ...«

Gebannt folge ich seiner Erzählung. Interessiert nickend fordere ich ihn zum Weitersprechen auf. Inzwischen habe ich sogar den kalten Wind vergessen, der mir in den Nacken weht.

»Leider blieb es nicht immer so idyllisch. Besagter Mann nutzte irgendwann das Vertrauen der Eastside aus, um sich etwas zu nehmen, worauf er keinen Anspruch hatte. Er nahm sich das Mädchen, welches einst dem angehenden Herrscher der Eastside versprochen wurde. Gemeinsam mit ihr brannte er durch und schenkte ihr ein Leben in dem Reichtum, der ihm selbst bereits in die Wiege gelegt wurde. So schaffte er es, den Schimmer Hoffnung wieder im Keim zu ersticken und erneut einen tiefen Keil zwischen die Fronten zu treiben. Der damalige Anwärter des Herrschaftspostens fühlte sich derart in seiner Ehre gekränkt, dass er freiwillig das Amt ablehnte. Als dann auch noch gemischte Nachfahren gezeugt wurden, welche der Verwandtschaft auf der Eastside vorenthalten wurden, verlor die Eastside jegliche Hemmungen und machte es sich zur Aufgabe, die Southside eines Tages für ihre Missetaten büßen zu lassen«, erzählt er seine Geschichte zu Ende und holt einmal tief Luft. »Und jetzt sitzen wir hier, du und ich, viele Jahrzehnte nach dieser Tragödie.«

Mit offenem Mund sitze ich vor ihm, kann jedoch nicht in Worte fassen, was ich empfinde. Wie kann es sein, dass eine Vermischung der beiden Seiten stattfinden konnte und ich nie etwas davon erfahren habe?

»Und wer ist dieser Mann, von dem du da sprichst? Und was hat das mit mir zu tun?«, frage ich und ahne Schlimmes.

»Sein Name ist Mortimer, Mortimer Blackwell.«

Mortimer Blackwell. Das kann unmöglich wahr sein …

Plötzlich bricht die eisige Kälte wieder über mich herein. Mein Oberkörper beginnt, zu zittern, und ich ringe mich mühsam dazu durch, langsame, gleichmäßige Atemzüge zu nehmen. Mit geschlossenen Augen versuche ich, die Fassung nicht zu verlieren. »Aber … das kann nicht sein. Das würde bedeuten …«

»Dass du eine Nachfahrin der Eastside bist, Ivory. Deine Großmutter wurde uns damals von deinem Großvater gestohlen. Somit bist du eine von uns«, beendet er meinen Satz und gibt im selben Moment noch eine weitere Information preis, die mir den Boden unter den Füßen wegzieht.

»Du bist ein Eastsider?«, frage ich mit brüchiger Stimme.

»Nicht so laut«, mahnt er und blickt sich vorsichtig um. Beruhigt, dass uns keiner gehört zu haben scheint, wendet er sich mir wieder zu und mustert meine von Gänsehaut überzogenen Arme. Ohne länger zu zögern, knöpft er sein Hemd auf, zieht es sich aus der Hose und legt es mir über die Schultern. Lediglich seine Hosenträger lässt er über seinem gebräunten Oberkörper liegen.

Ich widerspreche ihm nicht, denn ich bin viel zu sehr damit beschäftigt, meine Gedanken zu sortieren. Dass er nun halb nackt vor mir sitzt, macht es mir nicht leichter, zu verarbeiten, was er mir soeben offenbar hat. »Du verarschst mich, oder? Falls ja, dann ist das echt nicht lustig!«

»Ich fürchte nicht«, sagt er und ich meine, in seiner Stimme tatsächlich einen Hauch Bedauern herauszuhören.

Verzweifelt lege ich mir die Hand aufs Herz, um zu prüfen, dass dieses noch schlägt. Ich habe nämlich das Gefühl, gleich tot umfallen zu müssen. Das ist also der Grund dafür, weshalb er mich wochenlang gestalkt hat?

»Verstehst du jetzt, warum du dich nie so wirklich wie zu Hause gefühlt hast? Sei ehrlich, du hattest immer ein wenig das Gefühl, anders zu sein, hier nicht hinzugehören. Du bist ein Freigeist, der sich nach mehr sehnt, als hier eingesperrt zu sein und sich an Regeln halten zu müssen.« Verächtlich lässt er seinen Blick über die hell erleuchtete Villa mit all den verlorenen Seelen schweifen, die sich selbst längst verloren haben. »Man kann niemals auf beiden Seiten zu Hause sein. Den Menschen hier geht es nur ums Geld, nicht darum, was man im Köpfchen hat. Denn auch ich bin intelligent, sonst hätte ich mir dieses verfluchte Stipendium nie erarbeiten können. Wenn es nach den wahren Wünschen der Southside ginge, würde keiner hier ein Stipendium erhalten. Aber sie müssen es tun, um nach außen hin den Ruf zu wahren, sich für die Mittellosen einzusetzen. Purer Bullshit!«

»Wieso erzählst du mir das?«, verschlucke ich die Worte fast.

»Du wolltest wissen, weshalb alle dich meiden ... dir die Wahrheit verschweigen. Tja, dein Vater zahlt der Akademie hohe Summen an Schweigegeld. Ohne die Investitionen deines Vaters wäre die Southside Academy heute ganz weit von dem Standpunkt entfernt, in dem sie sich so hochnäsig suhlt.« Er bringt ein verächtliches Schnauben über die Lippen, gefolgt von einem ironischen Kopfschütteln, das mich leicht wütend stimmt.

»Und was soll das bitte bedeuten?«, frage ich schnippisch, da ich keine Lust mehr auf diese halbherzigen Informationen habe.

»Dass es ein Abkommen gibt. Jeder, der auch nur ein Wort über die Vergangenheit verliert, wird in hohem Bogen exmatrikuliert – unwiderruflich und sofort. Das war die einzige Bedingung deines Vaters, und natürlich, dass du – im Gegensatz zu ihm damals in seiner Studienzeit – in Frieden hier studieren kannst. Dafür hat er dich all die Jahre über deine Herkunft und die Geschichte belogen, die hinter dem Namen Blackwell steckt. Was denkst du, warum jeder versucht, dich zu meiden? Auch wenn du es ihnen teilweise echt nicht einfach machst. Du bist gefährlich für diese Menschen, denn sie wissen, was auf dem Spiel steht, wenn sie sich mit jemandem wie dir abgeben – die Nachfahrin einer Eastsiderin. Offiziell magst du zwar zur Southside gehören, allerdings wissen sie alle, welches Blut insgeheim in dir fließt. Sie dürfen es dir nur nicht verraten, denn sonst zerstören sie sich ihre eigene Zukunft.«

»Aber wieso erzählt du mir all das dann, wenn du weißt, dass du rausgeworfen wirst, wenn du mit mir darüber sprichst?«, frage ich ehrlich interessiert und schmiege mich tiefer in das Hemd, welches er mir um die Schultern gelegt hat. Auf seiner Brust erkenne ich inzwischen auch eine leichte Gänsehaut, welche er allerdings ohne Probleme wegzustecken scheint.

»Oh, weil ich weiß, dass du mich nicht ans Messer liefern wirst. Du willst schließlich noch weitere Informationen, stimmts?«, fragt er selbstbewusst und lächelt mich wissend an.

Da er vollkommen recht hat, nicke ich nur. »Wie heißt du eigentlich?«, frage ich abschließend endlich, da ich vor Neugier zu platzen drohe.

»Mein Name ist Damian«, stellt er sich vor und streckt mir die Hand entgegen, welche ich zögerlich ergreife.

»Damian«, wiederhole ich leise, bevor ich aufstehe, ihm sein Hemd überreiche und mich mit den Worten »Ich werde eine Nacht über das schlafen müssen, was du mir gerade erzählt hast. Du weißt ja, wo du mich findest« von ihm verabschiede.

Von meinen Gefühlen übermannt, trotte ich rüber zum Haus, um Camilla zu suchen. Wie in einem Tunnelblick stecke in fest und kämpfe mit den Tränen. Um nicht laut loszuschluchzen, schlage ich mir die Hand vor den Mund.

All die Jahre, die ich bereits auf dieser Welt verbringe, waren eine einzige Lüge. Um mich herum beginnt sich plötzlich alles zu drehen. So viele Gedanken schwirren in meinem Kopf umher, dass ich daran zu ersticken drohe. Schwer atmend halte ich mich noch am Treppengeländer fest, bevor die Welt sich plötzlich aufhört zu drehen und ich nur noch schwarze Punkte sehe, ehe ich von völliger Dunkelheit verschlungen werde.

Your home is where your
hearts story is written and
where your soul finds peace.

30

DAMIAN …

Ich konnte es mir einfach nicht länger mit ansehen, meine Blume. Wie du dich durch das Leben an einer Elite-Akademie kämpfst, für das du nicht geschaffen wurdest. Du bist zu Höherem bestimmt, das weißt du doch. Du gehörst nicht an einen Ort, an dem Geld die Gehirne der Menschen dominiert, an dem selbst die Familie für den nächstbesten Deal ans Messer geliefert wird. Nicht nur die Köpfe der Menschen hier sind von der Gier verseucht, sondern auch ihre Herzen wurden von der Klaue des Bösen fest umgriffen.

Ursprünglich war der Plan, auf einen Moment zu warten, in dem du geschwächt bist. In dem ich dich hätte auffangen und dich mit meinem unwiderstehlichen Charme hätte umwerben können. Dir hätte zeigen können, dass nicht in jedem Menschen der Egoismus überwiegt. Dass anstelle von Ruhm und Macht *du* die oberste Priorität darstellen könntest, wenn du dich nur auf das einlassen würdest, was ich dir zu bieten hätte.

Zwar kann ich dir keinen Reichtum schenken, aber dafür kann ich dir die verdammte Welt zu Füßen legen, wenn du es von mir verlangst. Denn das Herz allein ist es, das die Schlösser zu Welten öffnet, die einem die schönsten Geschichten schenken. Am Ende unserer Tage, wenn wir im Sterbebett liegen, denken wir nicht über all die Dinge nach, die wir uns kaufen konnten, sondern über die Momente, die wir miteinander teilten. Die uns zu den Menschen formen, als welche wir diese Welt letzten Endes verlassen werden.

Aber du bist zu tough. Je mehr Zeit ich verstreichen ließ, umso schwerer wurde es, an dich heranzukommen. Nichts von all dem, was dir widerfahren ist, konnte dich zu Fall bringen. Nach jedem Rückschlag kamst du nur noch gestärkter zurück.

Es ist nicht abzustreiten, man merkt dir deine unerschütterlichen Eastside-Gene an. Die Gene, welche ich dir nicht nur offenbart, sondern mit denen ich dir auch noch völlig neue Türen geöffnet habe. Nun bist du endlich über den Grund unterrichtet, weshalb du dich so anders fühlst, weshalb du nie so sein wirst wie *sie*.

Heute habe ich mich meinem Ziel ein Stück weit genähert. Die Zeit ist gekommen, dein wahres Zuhause wartet bereits auf dich.

31

IVORY …

Mein Kopf fühlt sich an, als würde er gleich platzen. Meine Augen schmerzen aufgrund des grellen Lichts, welches mir direkt ins Gesicht strahlt. Stöhnend richte ich mich auf, lasse mich jedoch sofort wieder sinken, als ich den Schwindel spüre, der sich in meinem Körper auszubreiten beginnt.

»Du hast dir Zeit gelassen, Kleines.«

Die Worte dringen nur gedämpft zu mir hindurch. Es fühlt sich an, als wären sie kilometerweit von mir entfernt, dabei erkenne ich die verschwommene Gestalt ganz dicht vor mir. Mit beiden Händen drücke ich mir auf die Schläfen, in der Hoffnung, dieses grauenhafte Pochen somit stoppen zu können.

»Bin ich im Himmel?«, frage ich verwirrt und kneife die Augen zusammen.

Schallendes Gelächter erfüllt meine Ohren, der schönste Klang, den ich je vernommen habe. Ich bin mir sicher, das hier kann nicht die Hölle sein. »Es kommt darauf an, wie du den

Himmel definierst, aber mit mir an deiner Seite kommst du schon ziemlich nah dran.«

Allmählich wird meine Umgebung wieder klarer und die verschwommenen Bilder fügen sich zu einem einzigen, klareren zusammen. Blinzelnd blicke ich mich um. Das zuvor so grelle Licht entpuppt sich als Deckenlampe, die über mir schwebt und den Raum in warmes Licht taucht. Es ist ein kleiner Raum und ich frage mich, was ich hier suche und wie ich hierherkam. Und fuck, mit wem ich hier bin.

Ruckartig richte ich mich auf und rutsche so weit zur Seite, wie möglich. Doch nach nur ein paar Zentimetern stoße ich mit dem Rücken an der Wand an – der Tür, um genauer zu sein. Denn ich befinde mich in einem Auto. Einem fahrenden Auto. Mit niemand Geringerem als Ace Wellington. »Du entführst mich. Fuck, er entführt mich!«, stelle ich verzweifelt fest und reiße die Augen weit auf.

»Fast«, erwidert Ace und zieht einen Mundwinkel in die Höhe. »Wenn du es genau wissen willst, bringe ich dich ins Krankenhaus. Aber wie du es letztendlich benennst, ist mir relativ egal.«

»Lass mich sofort gehen!«, schnaube ich wütend und versuche, die Autotür vergeblich zu öffnen.

»Kindersicherung, Kleines«, merkt er schmunzelnd an, was mich nur noch mehr provoziert.

Mittlerweile ist meine Erinnerung an den Abend zurückgekehrt. All die schmerzhaften Details über mein Leben – beziehungsweise die Lüge, die ich bisher gelebt habe.

Ich kann einfach nicht fassen, dass das passiert – dass es ausgerechnet mir passiert. Noch viel weniger kann ich allerdings fassen, dass all die Menschen um mich herum darüber Bescheid wussten und mir nichts gesagt haben. Sie hätten es mir anvertrauen müssen ... Schweigegeld hin oder her. Rausschmiss hin oder her ... Doch mein Wohlergehen war ihnen nicht wichtig genug, *ich* war ihnen nicht wichtig genug.

Alles, was ich will, ist, zu vergessen, wer ich bin – wenn ich denn überhaupt über so etwas wie eine echte Persönlichkeit verfüge und diese nicht auch von Grund auf erlogen ist. Fuck, ich war noch nie so verwirrt wie in diesem Moment.

»Bitte ... bring mich nach Hause«, wispere ich. Mein Bett ist momentan der einzige Ort, an dem ich sein möchte. Ich möchte nicht bei Ace oder Flynn sein, nicht bei Camilla und schon gar nicht bei meinen Eltern. Wie konnten sie mich alle nur derart hintergehen, mich so sehr belügen? Brennende Tränen bilden sich in meinen Augen und ich kann mich nicht entscheiden, welcher Schmerz der schlimmere ist. Der in meinem Kopf oder der in meinem Herzen.

»Ivy, du musst ins –«, beginnt Ace, mir zu widersprechen.

»Sofort!«, unterbreche ich ihn augenblicklich und lege so viel Nachdruck in meine Stimme, dass keine Widerrede mehr möglich ist.

Ace schweigt eine Weile, ehe er dem Fahrer bedeutet, umzudrehen und uns am Campus der Southside Academy abzusetzen.

Beim Aussteigen besteht er noch darauf, mich bis vor die Tür meines Zimmers zu begleiten. Diesen Wunsch gewähre ich ihm, da ich keine Kraft für weitere Diskussionen habe. Und ehrlich gesagt kommt es mir gelegen, dass ich mich an seinem Arm festhalten kann, denn mein Kopf dröhnt noch immer, als würde man mit einem Presslufthammer darauf herumhämmern.

»Hat er dir wehgetan, Ivory?«, fragt Ace eindringlich, als

wir vor meiner Tür ankommen. »Ich schwöre dir, wenn er dir das angetan hat –«

»Nein, er war es nicht. Ich hatte einfach nur Probleme mit dem Kreislauf, das ist alles«, unterbreche ich ihn und verdrehe die Augen, als ich nach der Klinke meiner Tür greife.

Auch seine Versuche, mich auf das Gespräch mit Damian anzusprechen, blocke ich allesamt ab. Es geht ihn verdammt noch mal einen Dreck an, was ich mit Damian gesprochen habe. Allein dass er die Frechheit besitzt, überhaupt noch mit mir zu sprechen, ist bereits die Krönung, aber dass er mir dann noch vorschreiben möchte, mit wem ich meine Zeit zu verbringen habe?

Er sollte sich glücklich schätzen, dass ich zu geschwächt bin, ihm meine Meinung darüber an den Kopf zu werfen, dass er mich seit Monaten schamlos hintergangen hat. Dass er mir diese verdammt wichtige Information vorenthalten hat, obwohl er darüber Bescheid wusste.

»Ich hätte viel eher eingreifen müssen«, flucht Ace in sich hinein.

»Gute Nacht«, verabschiede ich mich noch von ihm, ehe ich in meinem Zimmer verschwinde und ihm die Tür vor der Nase zuknalle. Ohne mich von meiner Kleidung oder meiner Schminke zu befreien, lasse ich mich ins Bett fallen und versinke in einem langen, ausgiebigen Schlaf, aus welchem ich erst zwölf Stunden später wieder erwache. Dennoch fühle ich mich danach alles andere als ausgeschlafen.

Auch Tage nach Damians Offenbarung schaffe ich es nicht, zu verdauen, dass ich von all meinen vermeidlichen Freunden belogen wurde. Wie ein trotziges Kind fresse ich meinen Schmerz in mich hinein, statt mich mit ihm auseinanderzusetzen. Ich möchte einfach nicht wahrhaben, dass ich ihnen vertraut habe, während sie mir ins Gesicht gelogen haben.

Camilla jedoch konnte ich nicht lange etwas vormachen. Intuitiv spürte sie, dass etwas nicht stimmte. Doch auch die Angst vor ihrem Vater ist für mich keine Rechtfertigung, die ihr das Recht gibt, mir die Wahrheit zu verschweigen.

All das Vertrauen, welches wir uns über die bisherige Zeit an der Southside Academy mühsam erarbeitet haben, erlitt einen riesengroßen Riss. Doch trotz allem bin ich zuversichtlich, dass wir diesen, anders als bei Ace und Flynn, irgendwie wieder flicken können. Denn im Gegensatz zu Camilla haben die beiden keine Ausrede parat, weshalb sie mich belogen haben. Sie haben mich benutzt, mehr war es nicht. All die Gefühle, die ich dachte, für sie aufgebaut zu haben, wurden in dem Moment im Keim erstickt, als ich realisiert habe, wie sehr ich mich in ihnen getäuscht hatte.

Und auch mit meinem Vater habe ich seit dem Wochenende kein Wort mehr gesprochen. Nicht einmal auf seine etlichen Textnachrichten reagiere ich. Viel zu sehr hat es mich verletzt, dass unsere innige Beziehung scheinbar gar nicht so innig ist, wie ich sie mir in meiner perfekten Welt vorgestellt hatte. Von Geburt an zog er mich mit einer Lüge auf. Nie hat er auch nur eine Andeutung darüber gemacht, wo meine wahren Wurzeln liegen. Dass ich keine reine Southsiderin bin.

Und so sehr ich mich auch dafür schäme, insgeheim verfluche ich meinen Großvater dafür, dass er sich damals dazu entschieden hat, eine Eastsiderin zu heiraten. Denn wäre all dies nicht passiert, wäre mir eine Menge Leid erspart geblieben. Auf der anderen Seite wiederum habe ich in den vergangenen

Tagen einige intensive Gespräche mit Damian geführt und viele positive Eigenschaften in ihm entdeckt, die ich an den Menschen der Southside schmerzlich vermisse. Selbst das vermeidliche Stalking war nur ein Vorwand, um mir endlich die Wahrheit zu sagen.

Damian legt sich sichtlich ins Zeug, sich für die nicht zu übertreffende Dreistigkeit, die er mir angetan hat, zu entschuldigen.

Regelmäßig lädt er mich dazu ein, Zeit mit ihm zu verbringen. Sich öffentlich auf dem Campus mit mir blicken zu lassen? Kein Problem. Eher im Gegenteil. Selbstbewusst läuft er neben mir her, legt mir seine Hand auf den Rücken und schert sich einen Dreck darum, was andere von ihm denken könnten. Bei Flynn und Ace hingegen hatte ich immerzu das Gefühl, sie würden sich schämen, etwas mit mir zu unternehmen, das sich außerhalb ihrer eigenen Zimmer abspielt. Nur, wenn wir unter vier Augen waren, konnten sie sich mir gegenüber öffnen. Schulterzuckend realisiere ich, dass sie scheinbar einfach nicht Manns genug waren, sich gegen das Regime dieser verdammten Akademie zu stellen, und ziehe mein vibrierendes Handy aus der Tasche.

DAMIAN – 13:36 UHR:

Bist du schon unterwegs? Ich werde mich um fünf Minuten verspäten.

ICH – 14:36 UHR:

Ich warte einfach draußen auf dich, kein Stress.

Nachdem ich die Nachricht abgeschickt habe, stolperte ich wortwörtlich über eine an mich gerichtete Botschaft. Mitten in der Türschwelle des Haupteingangs liegt eine kleine Schachtel, welche ich zunächst übersehe und beinahe drauftrete. Ungeschickt weiche ich aus und bleibe dabei an meinem eigenen Fuß hängen. Gerade so konnte ich das Gleichgewicht wieder zurückgewinnen, um nicht vor versammelter Mannschaft auf den Boden zu fallen.

Stirnrunzelnd wandert mein Blick zurück zu der Schachtel, auf der in großen, roten Buchstaben mein Name geschrieben steht. Verwundert sinke ich in die Hocke und begutachte den lackschwarzen Magneten, der den Deckel verschlossen hält. Suchend blicke ich mich um, doch es scheint niemand in der Nähe zu sein, der sich für mich oder die Box interessiert. Also entscheide ich mich, einen Blick hineinzuwerfen. Vorsichtig trenne ich die Magneten voneinander, um den Faltdeckel aufzuschlagen.

Als ich durch einen kleinen Spalt erblicke, was sich in der Schachtel verbirgt, entfährt mir ein schriller Schrei und ich werfe sie, mitsamt Inhalt, so weit weg von mir wie nur möglich. Noch während des Flugs fällt eine von Blut verschmierte, abgetrennte Hand aus der Schachtel heraus und landet neben ihr auf dem Boden. Nach Luft schnappend, presse ich mir die Hand auf mein schnell pochendes Herz. Einige – nein, alle – Augenpaare in unmittelbarer Umgebung sind inzwischen auf mich gerichtet – und auf die Hand, die nun den Fußboden der Southside Academy schmückt.

Einigen von ihnen steht der Schock ins Gesicht geschrieben, andere wiederum blicken lediglich verwirrt zwischen mir und der Hand hin und her. Nur dreien steht die reine Belustigung ins Gesicht geschrieben. Anastasia, Evelyn und Cecelia stehen grinsend in der Ecke und kichern wie kleine Grundschulmädchen.

»Wart ihr das?«, speie ich ihnen förmlich entgegen.

»Was? Das da? Nein«, beteuert Anastasia und deutet angewidert auf die Hand vor mir.

Erst als ich diese aus der Nähe betrachte, realisiere ich, dass es sich nur um eine Gummihand aus der Requisitenkammer handelt. Vermutlich gehört sie zur Deko für Halloween-Veranstaltungen. Wofür gibt es diese Veranstaltungen überhaupt? Ein Leben in der Nähe dieser drei Monster ist bereits gruselig genug.

Noch immer in Schock und Rage, erhebe ich mich, um wütend auf die drei zuzusteuern. Mit zu Fäusten geballten Händen marschiere ich ihnen entgegen und bereite mich darauf vor, ihnen einen heftigen Dämpfer zu verpassen. Kurz bevor ich sie erreiche, drückt sich eine hochgewachsene Gestalt vor mich und versperrt mir den Weg. Entsetzt stemme ich meine Hände in die Hüften und versuche, an ihm vorbeizublicken.

»Die Damen«, begrüßt Damian meine drei Rivalinnen und drückt jeder von ihnen einen Kuss auf den Handrücken.

Urgh …

»Vielleicht möchtet ihr ja *mir* erklären, was es mit dieser … geschmacklosen Geste … auf sich hat?«

Von der Seite aus sehe ich, dass er ihnen genau das charmante Lächeln schenkt, welches sonst nur mir bestimmt ist. Kurz flackert das Gefühl der Eifersucht in meiner Magengegend auf, welches ich augenblicklich zu verdrängen versuche. Dieser Psycho hat mich gestalkt. Er ist verdammt noch mal nicht mehr als ein Mittel, um an Antworten zu kommen.

Für Evelyn hingegen scheint er wie ein Tier im Zoo zu sein,

dass sie anschmachten darf. Verführerisch wickelt sie sich eine ihrer dünnen Haarsträhnen um den Finger und blinzelt von unten zu ihm auf. Wenn das so weitergeht, kann ich nicht länger dafür garantieren, einer von ihnen die Augen auszukratzen.

»Wir haben doch nur ein bisschen Spaß gemacht«, kichern alle drei im Chor, als hätten sie die Worte zuvor einstudiert. Kein Idiot würde auf diese Masche hereinfallen.

Oder etwa doch? Neugierig schiele ich zu Damian hinüber, um seine Reaktion abschätzen zu können. Dieser jedoch denkt nicht einmal daran, mir einen Blick hinter die Kulissen zu gewähren. Seine Miene bleibt unverändert – undurchschaubar freundlich.

»Findet ihr nicht, das ist etwas unter eurer Würde?«, fragt er und blickt abschätzig an ihnen herab.

Nervös tapsen die drei auf der Stelle herum. Man kann ihrer Mimik entnehmen, dass sie nach den richtigen Worten suchen, um sich zu verteidigen.

»Ach, Ivy weiß doch, dass wir nur Spaß machen. Oder, Ivy?«, fragt Anastasia nun an mich gewandt und strahlt mich überfreundlich an. Hinter ihrer Fassade kann ich jedoch deutlich die Drohung erkennen, jetzt besser nichts von mir zu geben, das ihr missfallen könnte.

Erwartungsvoll wendet Damian sich mir zu und wartet auf meine viel zu verspätete Reaktion.

»Nun, ich …«, beginne ich, doch gerate ins Stocken. Erst als ich in Anastasias siegessicheres Gesicht blicke, übermannt die Wut in mir wieder die Unsicherheit. »Nein, eigentlich nicht. Ich finde es absolut nicht witzig.«

»So, so«, reckt Damian sein Kinn in die Höhe und verschränkt demonstrativ die Arme vor der Brust. »Ladies, ich glaube, ihr solltet jetzt gehen.« Mit drohendem, aber keineswegs angsteinflößendem Blick beäugt er die drei Grazien, welche nach kurzem Zögern hochnäsig ihre Handtaschen schultern und im Entenmarsch in Richtung der Treppen verschwinden.

Perplex blicke ich erst ihnen und dann Damian hinterher, welcher geradewegs das Gebäude verlässt und mich stehen lässt. Kurz überlege ich, die Hand aufzuheben, entscheide mich dann allerdings doch dagegen. Sollen das doch Anastasia und ihre Truppe des Grauens machen. Mit eisernem Blick eile ich Damian hinterher. »Hey!«, rufe ich. »Wohin willst du?«

»Na, wohin wohl? In die *Obsidian Lounge*. Oder hast du unser Date etwa schon vergessen?«, neckt er mich. Während des Gehens dreht er sich zu mir um und läuft ein paar Schritte rückwärts. Sein herzliches Lächeln verrutscht dabei keine Sekunde lang.

»Nein, aber ...« *Moment mal. Unser ... Date?* »Wir haben kein ... Date. Wir treffen uns nur, um –«, stottere ich, doch werde von Damian unterbrochen.

»Um einen Kaffee zu trinken, den ich dir bezahlen werde, und anschließend einen langen, ausgiebigen Spaziergang durch den Park zu machen. Ergo, ein Date«, erklärt dieser selbstgefällig.

Mundtot starre ich ihn an und bleibe stehen. Ich bin alles andere als bereit dazu, mich so schnell wieder auf einen Typen einzulassen. Unwohlsein überfällt mich und schnürt mir die Kehle zu, sodass ich einen Schritt zurückweiche.

Damian scheint mein Zögern nicht zu entgehen, weshalb er ebenfalls stehen bleibt, um mich ausgiebig in Augenschein zu nehmen. Selbstsicher greift er mit seiner Hand nach meiner und drückt nun auch mir einen Kuss auf den Handrücken. Währenddessen sieht er mir unentwegt in die Augen.

Ein merkwürdiges Kribbeln breitet sich in meinem Körper aus. Vehement kämpfe ich gegen die weichen Knie an, die sich bald in eine davonschwimmende Pfütze zu verwandeln drohen. Aufrecht bleibe ich vor ihm stehen, wende jedoch den Blick ab, da mir diese Gentleman-Art fremd ist und ich nicht damit umzugehen weiß.

»Verzeih mir. Ich wollte nicht aufdringlich sein«, beteuert Damian. »Lass es uns als ein Treffen unter Freunden deklarieren«, schlägt er vor und lächelt mir versöhnlich entgegen.

Widerwillig stimme ich zu, da ich seinen Rehaugen dann doch keinen Wunsch abschlagen kann. Außerdem bewundere ich, wie er eben mit Anastasia und den anderen Mädels umging.

Ohne es zu wollen, vergleiche ich seine Reaktion mit der, die ich von Ace und Flynn in dieser Situation zu erwarten hätte. Ace hätte sie verbal vermutlich derart niedergemacht, dass sie sich tagelang nicht aus ihren Zimmern getraut hätten. Flynn hingegen wäre binnen weniger Sekunden so hochgefahren, dass er ein Loch in die Wand geschlagen hätte. Man sieht, einer schlimmer als der andere.

Dass Damian die Situation so charmant, aber bestimmt gelöst hat, beeindruckt mich. Ich würde sogar beinahe so weit gehen, zu sagen, dass ich es bewundere. Wir leben in einer Zeit, in der es kaum noch Männer gibt, die sich an die Regeln der klassischen Männlichkeit halten. Die meisten leben nach dem Motto: Je härter, desto besser. Doch das ist Schwachsinn. Maskuline Anziehungskraft erlangt man dann, wenn man seine Kräfte für jene Momente aufspart, in denen sie tatsächlich benötigt werden, statt sie wie ein Tier in sinnloser Aggression zu verschwenden …

Gedankenverloren trotte ich Damian hinterher, der mich zu

seinem liebsten Café führt, der *Obsidian Lounge*. Ich selbst war noch nie hier gewesen, da ich meist einfach einen Coffee-to-go auf dem Campus bestelle. Er bestand jedoch darauf, mir dieses Lokal hier zu zeigen. Fest davon überzeugt, danach würde ich nie wieder das *Campus-Gesöff* anrühren.

Zuvorkommend wie er ist, hält er mir die Tür auf und schiebt mir sogar den Stuhl zurecht, als ich mich hinsetze. Kaum eine Minute später, kommt auch schon die hübsche Bedienung zu uns an den Tisch und händigt uns mit den Worten »Herzlich Willkommen in der Obsidian Lounge!« die Getränke- und Gebäckkarten aus.

Noch nie in meinem Leben habe ich so schöne Speisekarten gesehen. Sie sehen beinahe aus wie Einladungskarten zu einer Hochzeit. Der vollkommen schwarze Hintergrund ergänzt sich hervorragend mit den goldenen Schnörkeln am Rand und sie passen perfekt zu der dunklen Einrichtung des Cafés. Selbst das Licht hier drin ist gedimmt, sodass ein gemütliches Ambiente geschaffen wird. Damian hat nicht zu viel versprochen. Ich liebe es.

Normalerweise bin ich eine Latte-macchiato-Trinkerin, aber beim Lesen der Karte bleiben meine Augen an einem Getränk Namens ›Mystic Mocha‹ hängen, welches ich unbedingt probieren möchte. Dazu bestelle ich mir noch zwei Moonlight Macarons.

Damian entscheidet sich für den Midnight Madness, was einem doppelten Espresso entspricht, und eine Nightfall Nut Bar. Eine kleine Nougattafel mit gerösteten Haselnussstückchen. Schmunzelnd schlage ich die Karte zu und überreiche sie wieder der dunkelhaarigen Kellnerin mit der überaus voluminösen Lockenpracht, ehe sie uns wenig später unsere Drinks serviert.

»Ich hoffe, du nimmst mir das von vorhin nicht übel«, sagt Damian entschuldigend, während er an seinem Kaffee nippt.

Ich stelle meine Tasse auf den Tisch und tupfe mir mit einer Serviette den Mund ab. »Ach, Quatsch. Ich war wahrscheinlich nur aufgebracht wegen dieser dämlichen Hand und habe es an dir ausgelassen. Das war blöd von mir«, winke ich seine Worte ab.

Ein zufriedener Ausdruck spiegelt sich auf seinem Gesicht wider. »Weißt du, es ist schön, mit jemandem sprechen zu können, der denselben Hintergrund hat wie man selbst«, merkt Damian fast beiläufig an.

Das Blut gefriert mir in den Adern, da er ausgerechnet auf das Thema anspielt, das ich seit Tagen versuche, zu verdrängen. Ich ringe mich zu einem gezwungenen Lächeln durch. »Ich finde es schade, dass mein Vater mir nie etwas darüber erzählt hat. Ich hätte gern selbst entschieden, ob ich diese Seite von mir kennenlernen möchte oder nicht«, berichte ich wahrheitsgemäß. Noch bin ich mir unsicher, wie ich mit der Tatsache umgehen soll, dass ich Wurzeln in ausgerechnet der Gegend habe, die von der Southside verabscheut wird.

Wir sind eine abgeschottete Gemeinschaft, ebenso wie die Eastside. Es gibt kein Dazwischen. Man schwört seine Treue entweder der einen oder der anderen Seite. Niemals kann man beiden Seiten angehören. Und wenn doch, wie es bei mir der Fall ist, ist man sowohl hier als auch dort eine Ausgestoßene.

Damian schenkt mir einen warmen Gesichtsausdruck. »Du wirst früh genug herausfinden, wofür dein Herz wirklich schlägt. Bis dahin genießen wir die Zeit und machen das Beste daraus.« Zuversichtlich erhebt er seine Tasse, um mit mir anzustoßen. Ich tue es ihm gleich und gemeinsam sitzen wir noch fast zwei Stunden in diesem süßen, kleinen Café und unterhalten uns über die unterschiedlichsten Dinge.

Auf dem Rückweg bedeutet Damian mir, vor einem kleinen Blumenladen zu warten. Geduldig stehe ich davor und versuche, durch das Schaufenster zu erkennen, was er vorhat. Die Scheibe jedoch ist so verdreckt, dass ich kaum etwas erkennen kann.

Wie kann dieser Laden denn überhaupt noch laufen?, frage ich mich unwillkürlich.

Das leise Klingeln des Türglöckchens lässt mich aufblicken und sofort bleibt mein Blick an der Blume in Damians Hand hängen und der Mund bleibt mir offen stehen.

»Wow ... Wo hast du die denn ...«, möchte ich fragen, doch merke, wie dumm diese Frage ist, da es offensichtlich ist, woher er sie hat.

Damian lacht laut los und legt den Kopf in den Nacken, ehe er vor mir zum Stehen kommt und mir die Rose aushändigt. Doch es ist keine normale Rose, nein. Es handelt sich um eine wunderschöne schwarze Rose mit dunkelgrünem Stiel.

Dankbar und mit strahlendem Lächeln nehme ich diese entgegen. »Ist die echt?«, frage ich fassungslos und betrachte sie von allen Seiten.

»Ja«, erwidert Damian stolz. Offensichtlich mehr als zufrieden mit meiner Reaktion. »Sie kommt ausschließlich in der Türkei vor und wächst nur in den Zeiten zwischen März und April sowie Oktober und November. Sie wurde konserviert, damit sie länger erhalten bleibt und du noch eine Weile etwas von ihr hast.«

»Sie ist wunderschön.« Sachte streiche ich über die mattschwarzen Blütenblätter. Noch nie zuvor habe ich eine derart wunderschöne Blume gesehen.

Rosen hatten schon immer eine faszinierende Wirkung auf mich, etwas Mysteriöses, das mich unwillkürlich in seinen Bann zieht. Obwohl sie als klassisches Geschenk für die Geliebte gelten, erkennen nur die wenigsten Männer die wahre Bedeutung hinter dieser Geste.. Rot – die Farbe der Liebe, lieblicher Duft, der die Herzen noch Tage später erfüllt. Doch nimmt man sich nicht in Acht, wird man von ihrer unvergleichlichen Schönheit getäuscht und schneidet sich an ihren Dornen. Genauso wie die Liebe, wenn man sich von ihr abhängig macht, ist die Rose dazu imstande, Blut zu vergießen. Während sie dich in einem Moment auf Wolke Sieben schweben lässt, schneidet sie dir im nächsten ein Loch ins Herz, welches sich nie wieder vollständig verschließen lässt.

Eigentlich dachte ich immer, rote Rosen wären es, mit denen man mein Herz zum Schmelzen bringen kann. Dass Damian mir nun beweist, dass dem doch nicht so ist, zeigt mir, dass er mich besser zu kennen scheint, als mir lieb ist. Allein dass er diese schwarze Rose extra hat einfliegen lassen, ist doch eine klare Bestätigung, dass sein Interesse mir gegenüber nicht nur sexuellen Gelüsten entspringt. Er macht sich ernsthafte Gedanken darüber, wer ich bin, was mich als Individuum ausmacht und womit er mich beeindrucken kann.

»Sie hat mich an dich erinnert. Du bist genauso schön wie sie, so grazil«, schwärmt Damian und zeigt dabei auf die Blume in meiner Hand. Ein kaum merkliches Lächeln schleicht sich auf meine Lippen. Kurz überlege ich, wie ich diese Situation so unscheinbar wie möglich auflösen kann. Dann stelle ich fest, dass ich das gar nicht möchte. Ich genieße diesen Moment. Ich genieße es, endlich jemanden um mich herum zu haben, um den ich weder kämpfen noch Angst haben muss, er könnte mich mit der nächsten Sache verletzen.

Auch wenn das zwischen uns nie über eine Freundschaft hinausgehen wird, da ich nicht noch einmal denselben Fehler wie bei Flynn begehen werde, möchte ich Damian zeigen, dass ich seine Geste zu schätzen weiß. Langsam mache ich einen Schritt auf ihn zu und schlinge meine Arme um seine Taille. Mein Gesicht an seine Brust gepresst, murmle ich ein undeutliches »Danke, Damian«.

Kurz spüre ich, wie sich seine zuvor lockere Haltung ein wenig versteift, ehe auch er seine Hände auf meinem Rücken ablegt und sanfte, kreisende Bewegungen hinterlässt. Scheinbar hat er nicht damit gerechnet, dass ich ihn jemals umarmen könnte. Denn es stimmt, ich war viel kälter zu ihm, als er es verdient. Die vergangenen Tage gab er sich große Mühe, mir ein gutes Gefühl zu geben und mir zu versichern, wie leid ihm all das täte, was er getan hat. Nicht nur, dass er mich wochenlang verfolgt, sondern auch dass er mich auf der Party hinters Licht geführt hat und ich dachte, er würde mich umbringen. Verrückte Ironie, wenn man bedenkt, dass ich heute ausgerechnet in den Armen *dieses* Mannes liege.

Doch ich möchte ihm in langsamen Schritten zeigen, dass ich zwar nicht vergessen, aber verzeihen kann. Und ich glaube, dies ist der perfekte Zeitpunkt, damit anzufangen.

Wenn ich ehrlich bin, dann habe ich mich, seit ich hier angekommen bin, noch nie so verstanden gefühlt. Er spricht ganz anders mit mir als all die anderen. Nicht ein einziges Mal gab er mir das Gefühl, ich könnte ihm peinlich sein oder ihm Probleme bereiten. Denn er selbst ist es, der sich illegal einen Platz an der Southside Academy erschlichen hat. Der seine Dokumente gefälscht und jahrelang für herausragende Noten gearbeitet hat – nur um eines Tages auf mich zu treffen und mir zu sagen, dass ich eigentlich seinem Clan angehöre.

Die Eastside verfügt über insgesamt vier große Clans, um die internen Strukturen aufrechtzuerhalten. Sein Clan trägt den Namen *Shadows*, da sie, wie Damian es mir erklärt hat, seit er denken kann, gegen die Schatten ankämpfen. Nicht nur gegen die Schatten derer, mit denen sie im Krieg stehen, sondern auch gegen ihre eigenen. Es verfolgt sie, dass sie aufgrund ihrer gesellschaftlichen Stellung nicht aus ihrem Sumpf der Armut und Machtlosigkeit entkommen können. Man nimmt sie nicht ernst und sieht in ihnen immer nur die Gauner, die sie auch sind, jedoch nur, weil ihnen keine andere Wahl gelassen wird. Sie werden in die Kriminalität gezwungen, da man ihnen jeglichen Aufstieg in eine höhere Gesellschaftsschicht verwehrt.

Vielleicht liegt es ja an unseren gemeinsamen Wurzeln, dass ich mich in seiner Nähe so wohlfühle. Sagt man nicht, dass man zu Menschen mit demselben Hintergrund automatisch eine gewisse Verbindung spürt, da man von Beginn an eine Gemeinsamkeit hat und diese nicht erst durch intensive Gespräche herausfinden muss?

Ich glaube nämlich, genau so ist es bei uns. Er offenbarte mir eine Seite an mir, die ich zuvor noch nicht kannte, und ist somit die einzige Quelle, durch die ich herausfinden kann, was sich hinter dieser Seite verbirgt. Vielleicht konnte ich mich deshalb nicht gegen seine Versuche wehren, mir zu beweisen, dass es ihm leidtut. Vielleicht wollte ich mich auch gar nicht dagegen wehren. Weil er, genauso wie ich, ein Eastsider ist. Denn das ist die bittere Wahrheit. Ich bin nicht länger ein vollwertiges Mitglied der Southside – falls ich das überhaupt jemals war, sondern ein Teil der Eastside. Die Eastside, die von allen Menschen, die ich liebe, verabscheut wird.

»Ivy?«, reißt Damian mich aus meinen Gedanken.

»Hm?«, mache ich und erhebe meinen Blick von der Blume in meiner Hand.

»Kennst du diesen Typen?«

Perplex drehe ich mich um. »Wen?«

Doch Damian braucht mir meine Frage nicht mehr zu beantworten, denn meine Augen führen mich intuitiv an die Stelle, an der Ace uns aus der Ferne beobachtet. Er trägt eine Kapuze, tief in sein Gesicht gezogen. Doch mich kann er nicht täuschen, ich würde ihn aus egal welcher Entfernung erkennen. Seine Augen bohren sich in mich und die Rose, die zwischen Damians und meinem Körper schwebt. Plötzlich merke ich, wie nah wir uns inzwischen gekommen sind. Dass uns kaum mehr zwanzig Zentimeter voneinander trennen und nur die Rose es ist, die zwischen uns steht. Mein Atem stockt, als ich in der Kälte seiner blauen Augen ertrinke.

»Ivy?« Damians warme Finger streichen über die nackte Haut meines Unterarms. Ein weiterer Schauer läuft mir den Rücken hinunter und ich reiße meinen Blick von Ace los.

Er hat mich verletzt.

Verraten.

Hintergangen.

Belogen.

»Er ist nicht von Bedeutung«, antworte ich daher auf Damians Frage, beuge mich vor und drücke ihm einen Kuss auf die Wange. »Lass uns gehen.«

32

ACE …

Ivory. Was tust du mir an? Wann ist es nur so weit gekommen, dass ich dich dabei beobachten muss, wie du dich mit diesem minderwertigen Stipendiaten abgibst? Das ist nicht die Ivory, die ich kenne. Und ich weiß, dass ich schuld daran bin.

Ich allein bin es, der dich in die Arme dieses Typen getrieben hat. Verdammte Scheiße, ich bin schuld daran, dass du dich von ihm um den Finger wickeln lässt. Dass er dich mit Geschenken besticht, von denen ich dir hätte hunderte einfliegen lassen können.

Dabei zuzusehen, wie deine Mundwinkel in die Höhe schossen, kurz bevor du ihn in deine Arme nahmst, machte etwas mit mir. Es übergoss das bereits hoch lodernde Feuer ein weiteres Mal mit explosionsauslösender Flüssigkeit.

Was gerade passiert, ist nicht gut für dich, Kleines. Ich sagte dir doch, dass du keinem gehören kannst außer mir.

Etwas in deinen Augen hat sich verändert. Ich habe sie

gesehen, als du Flynn ansahst, und ich habe sie gesehen, als du den Stipendiaten ansahst.

Flynn sahst du an und ich erkannte Schuld und Freundschaft. Ihn hingegen sahst du an und ich erkannte Hoffnung. Tiefe Hoffnung auf etwas, das du glaubst, in uns, in mir, nie finden zu können.

Du selbst magst es noch nicht wahrhaben oder dir selbst ausreden, aber ich kenne dich, meine Kleine. Ich weiß, dass deine Seele sich nach nichts mehr sehnt als danach, verstanden zu werden. Danach, aufrichtige Liebe zu erfahren. Nur kann ich dir diese nicht geben und es zerfrisst mich von innen. Wie sehr habe ich versucht, dich zu hassen? Dich anzusehen und nichts als tiefe Abneigung zu verspüren? Aber ich kann nicht. Sehe ich dich an, sehe ich nicht nur die abscheulichen Gene, die in dir schlummern. Ich sehe viel mehr als das. Ich sehe alles.

Es sind bereits ein paar Tage vergangen, seit ich diesem Schauspiel ausgesetzt wurde. Seit ich realisieren musste, dass jemand drauf und dran ist, mir das zu nehmen, was nur mir allein zusteht. Eigentlich würde ich gar nicht länger warten und dem Typen einfach in die Fresse schlagen, so wie ich es mein ganzes Leben lang schon tue, wenn es Probleme gibt, die es zu beseitigen gilt. Aber genau diese unberechenbare Art war es, die mich erst in diese Situation gebracht hat. Doch nur, weil ich sie nicht haben kann, heißt es nicht, dass ich einem anderen tatenlos den Vortritt gewähre. Schon gar nicht diesem Typen.

Er hat etwas an sich – etwas Undefinierbares – über das ich einfach nicht hinwegsehen kann. Ich akzeptiere nicht, dass er es sein soll, der ihr das gibt, was ich ihr nicht geben kann.

Stunden sind bereits vergangen, in denen ich durch die Gänge dieser beschissenen Akademie laufe, um Ivory zu finden. Doch sie ist nirgends auffindbar – wie vom Erdboden verschluckt.

Galle steigt mir die Kehle hinauf, als ich daran denke, dass sie sich irgendwo mit diesem Stipendiaten herumtreiben könnte. Gott, wie ich diesen Typen hasse. Ob die beiden sich wohl schon näher ... nein. Das würde er nicht wagen. Meine Freunde müssten ihm inzwischen mehr als deutlich klargemacht haben, dass sie tabu ist. Dass sie ein Terrain ist, auf dem man sich besser nicht bewegen sollte, sofern man noch den Wunsch verspürt, diese Akademie an einem Stück zu verlassen. Stellt sich nur die Frage, ob er schlau genug ist, diese Gefahr ernst zu nehmen.

Gerade als ich um die Ecke zum Aufenthaltssaal biege, bleiben meine Augen an einem brünetten Haarschopf hängen. Obwohl sie mit dem Rücken zu mir gerichtet ist, erkenne ich sofort, dass es sich um Ivory handelt. Ihre Statur, ihr Haar, ihre gesamte Erscheinung, hat sich in meinem Gedächtnis verankert wie ein Brandmal.

Bevor ich weiter in die nicht jugendfreien Regionen meines Gehirns abdriften kann, schüttle ich die Gedanken ab und steuere, ohne darüber nachzudenken, auf Ivory zu. Ihre Freundin – Camilla, die auch ich einst zu meinen Freunden zählte – erblickt mich zuerst. Bereits aus der Ferne erkenne ich, wie ihre Augen sich zuerst weiten, bevor sie sich zu schmalen Schlitzen verengen und sie sich in ihrem Stuhl zu Ivory vorbeugt, um ihr etwas zuzuflüstern.

Sofort versteifen sich Ivorys Schultern und sie zwingt sich dazu, sich nicht umzudrehen, um mir in die Augen zu blicken. Stattdessen straft sie mich weiterhin mit Ignoranz und wartet darauf, dass ich direkt hinter ihr zum Stehen komme. Sie ist konsequenter, als ich dachte.

Bisher gab es noch keine, die mir so lange die kalte Schulter zeigte. Die meisten verfallen mir spätestens in dem Augenblick wieder, in dem ich ihnen tief in die Augen sehe und eine gelogene Entschuldigung murmle. Nicht jedoch Ivory. Selbst jetzt, da ich ihre Schultern mit meinen Händen umfasse, regt sie sich keinen Millimeter.

»Hallo, Kleines«, begrüße ich Ivory und beuge mich seitlich neben ihr Gesicht, um ihr ein breites Grinsen zu schenken.

Sie erwidert es nicht – wie erwartet.

»Ich glaube, wir sollten reden.« Meine Worte gelten zwar Ivory, aber dennoch halte ich meinen Blick fest auf Camilla gerichtet. Obwohl sie meine stumme Aufforderung, sich zu verpissen, definitiv verstanden hat, macht sie keine Anstalten, aufzustehen. Wie ein treudoofer Hund bleibt sie an Ivorys Seite, um sie vor mir zu *beschützen*. Und ich verüble es ihr nicht einmal. Zu oft sah sie dabei zu, wie ich Mädchen – inklusive ihrer ehemaligen Freundinnen – das Herz aus der Brust riss. Die Highschool war eine verrückte Zeit. Aber wir sind nicht mehr auf der Highschool, wir sind auf dem College – fuck, wir sind auf der Southside Academy, dem verdammten Bootcamp für die elitäre Gesellschaft. Diese Akademie bereitet uns auf die hässlichen Momente unseres Lebens vor. Die, in denen wir von Freunden verraten und von Geld verschlungen werden.

»Ich wüsste nicht, was wir zu besprechen hätten«, meldet sich Ivory nun endlich zu Wort. Mit nach vorn gerecktem Kinn gibt sie mir deutlich zu verstehen, was sie von meinem Vorschlag hält.

Entschlossen ziehe ich den Stuhl neben ihr unter dem Tisch hervor und setze mich rücklings darauf. Meine linke

Hand lege ich besitzergreifend auf ihren Oberschenkel, sie wehrt diese Berührung jedoch blitzschnell mit einem Schlag auf meinen Handrücken ab. Ich unterdrücke ein Schmunzeln. *Diese Frau zu knacken, wird eine Herausforderung.*

»Du hast die Wahl, Kleines. Entweder du schenkst mir fünf Minuten deiner Zeit und verschwindest mit mir an einen«, ich lasse meinen Blick durch den gut befüllten Aufenthaltssaal schweifen, »weniger belebten Ort. Oder ich werde mein Anliegen hier kundgeben und ich bezweifle, dass das in deinem Interesse liegt.« Herausfordernd hebe ich eine Braue.

Ivory verengt die Augen zu schmalen Schlitzen. Statt mir zu antworten, tauscht sie ein paar Blicke mit Camilla aus. Deren stille Kommunikation zu verfolgen ist interessanter als jedes Softballspiel unserer Southside Alphas. Nach wenigen Augenblicken wird Camillas Miene weicher und sie zuckt hilflos mit den Schultern. Sie kennt mich und weiß, dass ich nicht lockerlassen werde, ehe ich mit Ivory gesprochen habe.

Diese lässt nur ein verächtliches Schnauben von sich, ehe sie den Stuhl hinter sich unachtsam über den Boden schiebt, was ein schreckliches Geräusch durch den Raum hallen lässt. Einige Augenpaare wenden sich kurz zu uns um und betrachten die völlig außer sich geratene Ivory. Um die Situation – aber vor allem sie – zu beruhigen, erhebe auch ich mich und lege meine Hand auf ihrer Schulter ab und drücke sanft zu.

»Es wird nicht lange dauern«, flüstere ich nahe ihrer Ohrmuschel und schiebe sie nach draußen durch die gigantische Tür unseres Haupteingangs.

Draußen angekommen verschränkt sie die Arme vor der Brust und faucht mir ein widerspenstiges »Was?« entgegen.

»Kleines …«, raune ich und lege ihr für den Bruchteil einer

Sekunde meine Hand auf die Wange, bevor ich ihr mit zwei Fingern das Haar hinters Ohr streiche.

Unbeeindruckt wendet sie den Kopf von mir ab.

Fuck, dieser Typ hat es schon weiter geschafft, als ich dachte. Ich muss verhindern, dass sie weiterhin Zeit mit ihm verbringt.

»Du hast noch vier Minuten.« Demonstrativ zeigt sie auf die Anzeige der Uhr an ihrem Handgelenk.

Ich stoße einen ungeduldigen Atemzug aus, raffe mich allerdings sofort wieder auf. »Dieser Typ, mit dem du dich seit der Party abgibst.«

»Was ist mit ihm? Stört es dich, dass ich Zeit mit ihm verbringe? Tja, da muss ich dich leider enttäuschen. Ich werde absolut *nichts* daran ändern. Schon gar nicht wegen dir!« Die Worte sprudeln nur so aus ihr heraus und verdeutlichen nur ein weiteres Mal, wie aufgebracht sie tatsächlich ist.

»Er ist gefährlich«, behaupte ich aus zusammengebissenen Zähnen. »Was zur Hölle findest du nur an ihm?« Ivory starrt mich ein paar Sekunden lang bloß fassungslos an, bevor sie den Mund zu einem spöttischen Lachen öffnet, den Kopf langsam schüttelt, und sich mit den Fingern an die Nasenwurzel fasst.

Wütend über diese Respektlosigkeit balle ich die Hände zu Fäusten. *Was fällt ihr ein, mir so gegenüberzustehen?* »Lache mich *niemals* aus, Ivory«, sage ich in strengem Tonfall und packe ihr Handgelenk. »Hast du mich verstanden?«

»Ach ja? Was, wenn doch? Was passiert dann?« Sie speit meinen Namen nahezu aus, als wäre er etwas, das ihrer Zunge missfällt.

Erschrocken halte ich die Luft an. Lasse mir aber keine Sekunde anmerken, was ihre abweisende, kalte Art in mir auslöst. »Fuck, was hat dieser Typ mit dir gemacht? Du bist nicht mehr die Ivy, die ich kenne.«

Frustriert fahre ich mir mit den Fingern durchs Haar. Als ich ihren Blick wieder einfange, ist dieser eiskalt geworden.

»Er ist gut zu mir. Das hat er getan, er hat mir gezeigt, wie es sein kann, respektiert zu werden«, faucht sie mir wutentbrannt entgegen, als hätte ich soeben ihre Existenz beleidigt.

Wie auch immer er es geschafft hat, sie mit seiner Fassade zu blenden, er wird noch bitter bereuen, sich mit mir angelegt zu haben. »Während die Guten«, mit den Händen forme ich theatralische Anführungszeichen in der Luft, »ihre Liebsten opfern, um die Welt zu retten, würden die Bösen die Welt opfern, um ihre Liebsten zu retten.«

»Ist das dein Ernst?«, fragt sie entgeistert. Ihr Mund steht offen und sie scheint Probleme damit zu haben, passende Worte zu finden. Während ich sie da so stehen sehe, so wütend, so aufgebracht, kommt mir nichts anderes in den Sinn, als ihr all das aus dem Kopf zu vögeln. Ihr zu zeigen, wie unbedeutend all ihr Zorn sein kann, während mein Schwanz in ihr steckt.

Und doch nicke ich zur Bestätigung.

»Nicht einmal dein eigenes Ego bist du bereit, für mich zu opfern.« Abfällig lässt sie ihren Blick an mir hinabwandern. »Warst du jemals der, der du vorgabst, zu sein?«

Verwirrt ziehe ich die Augenbrauen zusammen. »Natürlich, Ivory. Was soll das Spiel?«

Ihre Augen wandern hinunter zu meinen Fäusten. Erneut befreit sich ein verächtliches Schnauben aus ihrer Kehle. »Du wusstest es die ganze Zeit über und hast nicht eine Sekunde lang darüber nachgedacht, es mir zu sagen!« Pure Wut ziert ihre Augen und ich kann mir nicht erklären, was diese Gefühle in einem so zierlichen Wesen auslösen könnte. »Ihr alle!«, fügt sie noch hinzu.

Ihre Stimme zittert, was automatisch dazu führt, dass ich ihre Wangen umgreife und sie zwinge, mich anzusehen.

»Ihr alle, insbesondere du, habt mich belogen.« Kurz legt sie eine Pause ein, um ihre Atmung wieder ins Gleichgewicht zu bekommen. »Ich stelle dir jetzt eine Frage«, kündigt sie an und wartet auf eine Art Zustimmung meinerseits.

Ein Blinzeln muss genügen, denn zu mehr bin ich momentan nicht imstande. Noch nie in meinem gesamten Leben kam es vor, dass eine Frau mich derart aus der Fassung brachte, dass ich mich mundtot fühlte. Ich habe eine böse Vorahnung, was als Nächstes kommen wird, und wenn ihr ehrlich bin, bin ich nicht dafür gewappnet.

»Wusstest du es?«

»Was?«, frage ich herausfordernd, was mich eine enorme Kraft kostet.

»Woher ich komme, woher meine Großmutter kommt, um genauer zu sein.« Ivory blickt zu mir auf. In ihren Augen spiegelt sich eine Hoffnung wider, die ich nicht bereit bin, zu zerstören. Ein letzter Funken Glauben an mich, den ich ihr gleich auf schmerzhafte Weise gezwungen bin, wegzunehmen.

»Ivy, Kleines, hör mir zu …«, beginne ich, doch das genügt ihr bereits.

Entrüstet stößt sie mich von sich. Ich weiß, sie hat bereits mit meiner Antwort gerechnet, doch es aus meinem Mund zu hören, hat ihr offenbar noch einmal den Boden unter den Füßen weggerissen.

Fuck. Welcher verfluchte Bastard hat es ihr erzählt? Wer hat sich getraut, die goldene Regel zu brechen? Es gibt an dieser Akademie eine einzige Regel, die uns von Beginn an eingeflößt wird, noch weit bevor wir überhaupt einen Fuß auf den

Campus setzen. *Erwähne niemals die Eastside, insbesondere nicht in Zusammenhang mit den Blackwells …*

Wer gegen diese Regel verstößt, wird sofort exmatrikuliert. Unwiderruflicher Rausschmiss, um es genau auszudrücken. Und dabei soll es nicht bleiben. Die Zukunft dieses Studenten wird in der Sekunde besiegelt, in der er seine Koffer packt und die Tore der Southside Academy verlässt. Niemand wird sich je um einen Menschen scheren, der diese Akademie vor seinem Abschluss unfreiwillig verlässt. Und wenn doch, wird alles dafür getan, dass dieses Interesse schnellstmöglich verfliegt.

Warum das so ist, weiß keiner, wichtig ist nur, dass wir uns an diese eine Regel halten. Denn an der Southside Academy geschieht nichts ohne einen Grund. Selbst wenn wir rebellisch und fucking unvernünftig sind, hat sich noch keiner getraut, diesen Verstoß auch nur in Betracht zu ziehen. Bis jetzt. Und genau das ist es, was Ivory so gefährlich für uns macht. Weshalb die meisten einen großen Bogen um sie machen. Aber lässt man sie einmal ein Stück zu nah an sich heran, ist man gefangen. Gefangen in ihrer positiven Art und ihrer makellosen Erscheinung.

»Du …«, wimmert Ivy.

Ich greife nach ihrer Hand, möchte sie festhalten, um zu verhindern, dass sie mir vollständig entgleitet, wenn dies nicht längst geschehen ist. »Lass es mich erklären.«

Meine Stimme nimmt einen beinahe flehenden Tonfall an, wofür ich mich in jeder anderen Situation selbst ohrfeigen würde. Aber in diesem Moment könnte es mir nicht gleichgültiger sein. Ich bin süchtig nach ihr, sie ist meine Droge und einem Süchtigen nimmt man seine Droge nicht weg.

»Nein!«, schreit sie inmitten der Grünfläche des Campus. »Du wusstest es die ganze Zeit über und hast mir nichts gesagt!

Du hast … du hast zugelassen, dass ich wie Dreck behandelt werde.« Ein bitteres Schluchzen entfährt ihr, was mich zusammenzucken lässt. »Für etwas, wofür ich überhaupt nichts kann.«

»Das ist nicht wahr!«, verteidige ich mich, obwohl ich selbst weiß, dass ich bloß mich selbst belüge.

»Lügner!« Tränen spiegeln in ihren Augen und ich kann nicht anders, als zuzulassen, was als Nächstes passiert. Mit ihren kleinen Fäusten hämmert sie gegen meine Brust. Immer wieder spüre ich den Druck ihrer Schläge durch mein Hemd hindurchdringen. Niemandem sonst würde ich gestatten, mich öffentlich derart bloßzustellen. Mich schamlos zu erniedrigen. Aber ich erlaube ihr, ihren Frust an mir auszulassen. Wie ein Soldat stehe ich stramm vor ihr und halte der in mir aufkeimenden Wut stand. Mit jedem Schlag, gegen den ich mich nicht wehre, scheint die Frustration in ihr zu steigen. Sie formatiert ihre Fäuste um und presst nun ihre ausgebreiteten Handflächen auf meine Brust, um mich von sich zu stoßen. Wieder und wieder, bis ich die Geduld verliere. Ruckartig umgreife ich ihre Handgelenke und durchbohre sie mit meinem Blick.

Eine Mischung aus Überraschung und Panik steht ihr ins Gesicht geschrieben. Ich spüre, wie sie ihre zarten Arme unter meiner Berührung anspannt und fange ihren Blick auf. Eine gefühlte Ewigkeit vergeht, in der ich ihr nur tief in die mintgrünen Augen sehe und versuche, einen letzten Funken Zuneigung mir gegenüber ausfindig zu machen. Doch da ist nichts. Lediglich tiefe Enttäuschung ist übrig geblieben.

»Es tut mir leid«, hauche ich ein letztes Mal, bevor ich sie loslasse und dabei zusehe, wie sie sich die letzten Tränen von den Wangen wischt, die sie meinetwegen vergossen hat, und über den nassen Rasen hinweg davonläuft.

33

IVORY …

Kurz nachdem ich Damian von dem Treffen mit Ace erzählt habe, sprang er wutentbrannt auf und war drauf und dran, ein Drama anzuzetteln. Ein Glück konnte ich ihn in letzter Sekunde davon abhalten. Ich bin einfach zu müde für weitere Katastrophen. Die zermürbenden Spielchen, die an dieser Akademie vonstattengehen, laugen mich aus, sie rauben mir meine letzte Energie. Ich kann einfach nicht mehr. Und doch bin ich Damian irgendwie dankbar, dass es sich für mich einsetzen möchte. Schließlich kennen wir uns erst seit etwa einer Woche.

Eine Woche, in der ich mehr über mich selbst gelernt habe als jemals zuvor. Mein Entschluss steht fest. Ich lasse all die negativen Ereignisse der vergangenen Monate hinter mir und beginne ein neues Leben. Gemeinsam mit Damian strebe ich einen Neustart an, komplett auf Reset. Er wird mich meiner zweiten Kultur näherbringen, mich über die Bräuche und Sitten der Eastside unterrichten. Und auch wenn ich eine Scheißangst davor habe, freue ich mich tief im Inneren darauf. Denn ich habe es verdient, zu erfahren, was hinter meinen Wurzeln steckt.

»Denkst du echt, du willst das machen?«, reißt Cami mich aus meinen Gedanken.

Schulterzuckend öffne ich meinen Spind, um meine Handtasche herauszuholen. »Ich denke schon, es geht ihm wirklich dreckig. Und wenn das wirklich meine schuld ist, möchte ich etwas dagegen unternehmen.«

Wortlos folgt sie mir durch die Flure in den Raum, in welchem der Tanzkurs stattfindet. Nach dem letzten Gespräch mit Ace habe ich bei Mr Griffin einen Antrag auf Partnerwechsel gestellt. Normalerweise werden diese nicht so einfach genehmigt. Aber aufgrund der Tatsache, dass der Unterricht bereits mehrfach durch uns als Tanzpaar gestört wurde, ging es dann doch recht schnell. Irgendwie hatte ich sogar das Gefühl, dass er nur darauf gewartet hat, diesen Antrag endlich in den Händen zu halten.

Jetzt tanze ich mit irgendeinem Typen, der zwar nicht Ace ist, dafür aber die Tanzschritte hervorragend beherrscht. Unsere Gespräche beschränken sich auf das Nötigste, wofür ich unendlich dankbar bin. Ace erscheint seither gar nicht mehr zu den Tanzkursen und erntet vermutlich haufenweise Verwarnungen.

Nachdem die Stunde endlich vorbei ist, hechte ich nahezu in die Umkleidekabine. So schnell wie noch nie ziehe ich mich um und verlasse den Raum wieder.

Camilla eilt mir hinterher, ihren Schuh stülpt sie sich hüpfend im Gehen über. »So einen schnellen Abgang hatte ich nicht erwartet«, schnauft sie angestrengt und pustet sich eine wirre Strähne aus der Stirn. Ich lache und nehme ihr die Tasche ab, damit sie sich die Schuhe ordentlich anziehen kann. »Ich muss rechtzeitig ankommen, bevor er sich wieder in sein

Zimmer verkriecht«, erkläre ich und deute auf den Speisesaal am anderen Ende des Flurs.

Dieser ist nämlich der einzige Ort, an dem man aktuell auf Flynn treffen kann. Die restliche Zeit über verschanzt er sich in seinem Zimmer und versinkt in Selbstmitleid. Er erscheint weder zu freiwilligen Kursen noch zu Pflichtveranstaltungen. Rasiert hat er sich augenscheinlich auch schon lange nicht mehr. Sein sonst gepflegter Dreitagebart hat eine unattraktive Länge angenommen und auch die Kanten hat er sicher ein paar Tage nicht mehr nachgefahren. Da er auf meine Nachrichten und Anrufe nicht reagiert, bleibt mir nichts anderes übrig, als ihn beim Abendessen abzufangen.

Nach intensiver Überlegung kam ich nämlich zu dem Entschluss, dass nicht nur er sich bei mir entschuldigen muss, sondern ich mich auch bei ihm. Was Ace ihm angetan hat, war schrecklich. Dass ich mich nicht stärker gegen sein Vorhaben zur Wehr gesetzt habe – nein, es sogar ausgenutzt habe, um mich an Flynn zu rächen – war allerdings ebenfalls nicht die durchdachteste Entscheidung. Niemals hätte ich es so weit kommen lassen dürfen.

Zwar hat er mich zu Beginn wie ein Spielzeug benutzt, um seinem Bruder eins auszuwischen, aber spätestens jetzt glaube ich ihm, dass er nicht nur deshalb Zeit mit mir verbracht hat. Es tut mir weh, ihn so traurig zu sehen, so am Boden zerstört.

Das alles nur, weil Ace seinen Mund nicht halten konnte. Selbst dafür, dass ich ihn hasse, gibt er Flynn die alleinige Schuld. Ohne auch nur eine Sekunde über die Konsequenzen nachzudenken, ging er zu seinen Eltern und berichtete ihnen, was zwischen Flynn und mir über Wochen hinweg lief. Erzählungen meiner Kommilitonen zufolge sollen sie so entrüstet gewesen sein, dass sie ihm Worte an den Kopf warfen, die ich besser nicht wiederholen möchte. Zwischen dem Einwurf, dass sie ihn besser hätten abtreiben sollen und er eine Schande für die gesamte Familie ist, wurden wohl noch weitaus schlimmere Worte in den Raum geworfen. Klar, sie wissen schließlich genauso wie alle anderen über meine *abscheulichen* Wurzeln Bescheid.

All das zu hören, ließ mich bis aufs Mark erschaudern. Ich weiß, wie sehr ihn seine familiäre Situation mitnimmt. Nicht nur einmal unterhielten wir uns stundenlang darüber, wie sehr ihm die Anerkennung fehlt, mit der Ace geradezu überschüttet wird. Der nun leere Platz, welchen Flynn in meinem Herzen hinterlassen hat, lässt sich nicht einfach so stopfen wie ein kleines Leck. Viel eher ist es eine klaffende Wunde, die er in mir zurückließ.

Als ich den mittlerweile randvollen Speisesaal betrete, brauche ich nicht lange, um den dunklen Haarschopf ausfindig zu machen, nach dem ich suche. Mit finsterer Miene läuft er mit seinem Tablett in der Hand an einer Traube Studenten vorbei. Einem von ihnen rammt er dabei versehentlich den Ellbogen in die Seite. Als dieser aufgebracht die Hände in die Luft wirft, streckt Flynn ihm nur den Mittelfinger entgegen.

Toll … Da habe ich mir wohl den besten Tag ausgesucht, um das Gespräch mit ihm zu suchen. Egal, ich darf jetzt keinen Rückzieher mehr machen. Ich muss mit ihm sprechen, um das, was ich gemeinsam mit Ace verbockt habe, wieder geradezubiegen.

Zielstrebig steuere ich auf den Tisch zu, an dem Flynn sich soeben niedergelassen hat. Er bemerkt mich zunächst nicht. Erst als ich mich ihm gegenüber niederlasse, sieht er von seinem Teller auf. Augenrollend wendet er den Blick ab und macht Anstalten, aufzustehen.

»Moment«, halte ich ihn auf.

»Was?«, faucht er mir entgegen. Die Härte seiner Worte trifft mich schneidend und ein großer Kloß bildet sich in meinem Hals, welchen ich schnell hinunterzuschlucken versuche.

»Wegen der Sache da, du weißt schon, das mit Ace ...«

»Sprich nicht weiter!«, schneidet er mir das Wort ab. Mit voller Wucht schleudert er sein Tablett vom Tisch. Der noch unberührte Inhalt verteilt sich gleichmäßig an der Wand und auf dem Boden. Ein Teil der dunkelroten Tomatensoße landet sogar auf meiner frisch gewaschenen Bluse, was ich versuche, gekonnt zu ignorieren. Unsere direkten Tischnachbarn ziehen scharf die Luft ein und auch ich japse nach Luft.

»Flynn«, sage ich beinahe mahnend und sehe mich vorsichtig um, um zu prüfen, wie viel Aufmerksamkeit wir bereits auf uns gelenkt habe. Definitiv zu viel, so viel steht fest.

»Du hast mein beschissenes Leben zerstört, Ivory. Meine Familie, meine Zukunft!« Flynn spuckt mir seine geballte Wut entgegen. Da ist er wieder. Der unberechenbare, aggressive Flynn. Der Flynn, den ich einfach nicht mit dem liebevollen in Verbindung bringen kann, den ich vor über zwei Monaten kennenlernen durfte. Es ist, als habe er zwei unterschiedliche Persönlichkeiten, die sich nicht stärker voneinander unterscheiden könnten. »Also verschwinde gefälligst aus meinem Leben und wage es nicht noch einmal, dich mir zu nähern. Ansonsten wirst du lernen, was es bedeutet, mit einem Wellington verfeindet zu sein.«

Das sind die letzten Worte, die er mir an den Kopf wirft, ehe er mich mit offenem Mund zurücklässt und durch die große Doppeltür verschwindet, die er mit einem heftigen Schwung wieder ins Schloss fallen lässt. Ich traue mich kaum, mich umzublicken, aus Angst davor, was die anderen nun wieder von mir denken könnten. Seit Beginn meines Studiums hagelt es einen Skandal nach dem nächsten und in nahezu allen ist mein Name verwickelt. *Ivory Blackwell.* Die Blackwell, die eigentlich gar nicht hier sein sollte.

Aus dem Augenwinkel erkenne ich nur Cami, die mir einen mitleidigen Blick zuwirft, bevor auch ich mit gesenktem Kopf mein Essen zurücklasse und aus der zutiefst peinlichen Situation flüchte.

Mit zittrigen Händen zücke ich mein Handy und öffne den ersten Chat, der mir in die Quere kommt. Damians Chat. Die Person, die mich am besten von allen Leuten hier verstehen kann.

ICH – 18:37 UHR:

Damian, hast du gerade Zeit für mich?

Ohne ihn zu grüßen und ohne einen Grund zu nennen, schicke ich die Nachricht einfach so schnell wie möglich ab. Ich möchte mich nicht bei ihm ausheulen, ich möchte einfach nur jemanden bei mir haben. Jemanden, dem ich vertrauen kann.

DAMIAN – 18:38 UHR:

Immer, meine Blume. Wo sollen wir uns treffen?

Obwohl mir gerade absolut nicht zum Lachen zumute ist, schafft Damian es, mir mit dieser Nachricht den Hauch eines Lächelns ins Gesicht zu zaubern. Zwar sacken meine Mundwinkel wenig später wieder hinunter, aber immerhin konnte ich für den Bruchteil einer Sekunde an etwas anderes als die bodenlose Erniedrigung eben denken.

ICH – 18:39 UHR:

In der Bibliothek.

Kaum habe ich die Nachricht abgeschickt, trudelt auch schon die Antwort ein.

DAMIAN – 18:40 UHR:

Gib mir zehn Minuten.

Zufrieden stecke ich das Handy zurück in meine Tasche und mache mich auf den Weg. Zum Glück befinden die meisten sich noch beim Abendessen und werden auch noch eine Weile damit beschäftigt sein, sich die Bäuche vollzuschlagen. So kann ich ungestört durch die leer gefegten Flure schlendern und die Ruhe genießen.

Eigentlich ist das hier ein echt schönes Gebäude, wenn man sich die ganzen Idioten wegdenkt, die leider unter diesem Dach hausen. Wenn ich mir die Böden und Wände so ansehe, beginne ich fast schon zu planen, wie mein zukünftiges Haus einmal aussehen soll. Aber daran zu denken, bevor ich es überhaupt lebend hier rausgeschafft habe, ist vollkommen hirnrissig. Wenn das Studium weiterhin so an meinen Nerven zerrt, altere ich in zehnfacher Geschwindigkeit und verlasse diesen Planeten, noch bevor ich es überhaupt schaffe, in ein eigenes Haus zu ziehen.

Mit einem kräftigen Ruck stoße ich die massive Tür der Bibliothek auf und stecke zunächst nur meinen Kopf hindurch, um zu überprüfen, wer heute Spätdienst hat. Ein Glück ist es Beatrice. Auf die Hexe Mrs Everhart hätte ich im Moment überhaupt keine Lust.

Es kostet mich enorme Kraft, mich zu einem schmalen Lächeln durchzuringen. Doch ist mir diese Mühe lieber, als von Beatrice darüber gelöchert zu werden, was denn mit mir los sei.

So sehr ich diese Frau auch schätze, sie ist verdammt neugierig – und penetrant, wenn es darauf ankommt, ihren Wissendurst zu stillen.

Noch bevor ich dazu komme, sie ordentlich zu begrüßen, packt mich eine raue Hand am Arm und zieht mich hinter sich her. Alles, was ich noch zustande bringe, ist ein mickriges Winken in Beatrice' Richtung, welches sie stirnrunzelnd erwidert.

»Was soll denn das?«, frage ich Damian verärgert. Meine Züge erweichen jedoch sofort, als ich die Sorge in seinem Blick erkenne.

»Ich dachte, es sei etwas passiert«, erklärt er mir und mustert mich eingehend. Fast als würde er mich nach möglichen Verletzungen absuchen.

»Ach, nicht der Rede wert«, beruhige ich ihn. »Ich brauche nur jemanden zum Reden, zum ... Bei-mir-sein?« Ich formuliere es mehr wie eine Frage als eine Aussage, da ich selbst nicht wirklich weiß, was ich eigentlich bezwecken wollte, indem ich ihn zu mir bestellt habe.

»Und da hast du an mich gedacht, was?«, fragt Damian provokant und zieht einen Mundwinkel dabei in die Höhe.

Spielerisch boxe ich ihm gegen den Oberarm und schiebe mir selbst danach verlegen das Haar aus dem Gesicht. Denn es stimmt. Ich verbringe sehr gern Zeit mit Damian.

Er hört mir zu, interessiert sich für mich und mein Leben, und das Wichtigste: Er weiß mich zu schätzen, versteckt mich nicht und benutzt mich auch nicht als Waffe, um wem anderes zu schaden. »Irgendwie schon«, gestehe ich letztendlich.

Dankbar lächelnd zieht er mich in eine kurze Umarmung und ich spüre noch, wie er den Duft meiner Haare inhaliert. »Wenn das so ist. Worüber möchtest du sprechen?«

Kurz denke ich darüber nach, ob jetzt der richtige Moment für dieses Gespräch ist. Komme dann aber zu dem Entschluss, dass vermutlich nie der richtige Moment sein wird, wenn ich ihn nicht jetzt ergreife. »Erzähl mir mehr über«, ich blicke mich prüfend um, »die Eastside.«

Verblüfft zieht Damian die Augenbrauen in die Höhe. »Jetzt? Hier?«

»Jetzt. Hier«, bestätige ich und festige meinen Wunsch noch mit einem kräftigen Nicken.

Nervös fährt Damian sich durchs Haar. Auch er ist sich dessen bewusst, wie gefährlich es ist, ausgerechnet hier darüber zu sprechen. »Na gut«, knickt er letztendlich ein. »Komm mit.«

Mit diesen Worten geht er los und sucht eine ganze Weile die hohen, aus Massivholz bestehenden Bücherregale ab. Ich weiß zwar nicht, wonach er sucht, aber ich möchte ihn auch nicht dabei stören. Er sieht nämlich viel zu konzentriert aus. Stattdessen folge ich ihm einfach und bleibe selbst hin und wieder an ein paar Büchern hängen, die mein Interesse wecken. Manche aufgrund des Titels, andere zugegebenermaßen aufgrund des einladenden Covers.

»Da haben wir es«, flüstert Damian ein paar Meter von mir entfernt.

Neugierig blicke ich auf, stecke das Buch in meiner Hand an seinen ursprünglichen Platz zurück und nähere mich Damian, der gerade im Inhaltsverzeichnis des Wälzers in seiner Hand herumstöbert.

Mittels eines Nickens bedeutet er mir, ihm in die hintere Ecke der Bibliothek zu folgen. Dort können wir uns ein Stück abgeschirmt von den anderen unterhalten.

Allmählich merke ich, wie meine Handflächen zu kribbeln beginnen. Mein gesamter Körper steht unter Strom und ich kann kaum erwarten, endlich Antworten auf die Fragen zu erhalten, die mir seit seinem Auftauchen auf der Seele brennen.

»Sieh mal«, sagt Damian und streckt mir eine aufgeschlagene Seite des Buchs entgegen.

Auf den ersten Blick sieht es aus wie eine ganz normale Karikatur. Erst bei genauerem Hinschauen erkenne ich, dass es sich um eine Karikatur handelt, die die Eastside darstellen soll. In grässlichen Gestalten werden die Menschen dort dargestellt, welche ich nicht im Geringsten mit dem Exemplar vor mir in Verbindung bringen kann. Ein paarmal blicke ich skeptisch zwischen der Zeichnung und Damian hin und her, ehe er eine Seite weiterblättert. Auf dieser sind Statistiken über die Kriminalitätsrate an der Eastside aufgezeigt.

»Diese Statistiken sind verfälscht. Zwar stimmt es, dass die Kriminalität bei uns im Vergleich zur Southside recht hoch ist, was insbesondere unseren Lebensumständen geschuldet ist, aber in diesen Diagrammen werden neben den tatsächlichen Verbrechen auch *mögliche* Verbrechen aufgelistet.« Damian sieht mich prüfend an. Wahrscheinlich möchte er meine Reaktion auf seine Worte abwarten, bevor er fortfährt. »Das ist der Grund, weshalb die Zahlen so hoch ausfallen. Meist handelt es sich dabei um kleine Diebstähle oder Machtkämpfe zwischen den Clans, die durch die Polizei gestoppt werden mussten.«

»Und wie kann es sein, dass diese Zahlen verfälscht werden?«, frage ich ehrlich interessiert.

»Na ja, das liegt an denen, die die Zeitungen und Bücher drucken lassen. Hast du schon mal von einer Presse außerhalb der Southside gehört?« Damian hebt herausfordernd eine Augenbraue.

Nach kurzem Überlegen schüttle ich den Kopf. Klar gibt es in diesem Land viele Druckereien. Aber keine in der Nähe unserer abgeschotteten kleinen Welt. Manchmal vergesse ich fast, dass wir ein Teil Englands sind, da es sich beinahe so anfühlt, als wären wir ein eigenes Land. Fuck, sogar ein eigner Kontinent, wenn ich so darüber nachdenke.

»Die wirklichen Kapitalverbrechen werden von den großen Tieren an der Southside begangen. Ich denke, du weißt am besten, wovon ich spreche.«

Seinen überdeutlichen Wink mit dem Zaunpfahl versuche ich zu übergehen, da ich keine Lust darauf habe, mit ihm über die geschäftlichen Strategien meiner Familie zu diskutieren.

»Aber diese können viel einfacher vertuscht werden, da es natürlich die sind, die am längeren Hebel sitzen. Sie möchten nicht, dass wir auch nur in die Nähe von ihnen gelangen. Daher drücken sie uns mit aller Kraft nieder. Denn sie wissen, welche Gefahr von uns ausgehen könnte, wenn sie es nur so weit kommen lassen würden. Doch uns sind in den meisten Fällen die Hände gebunden. So wie unserem Anführer damals die Hände gebunden waren, als man ihm seine Auserwählte stahl.« Seufzend schlägt Damian das Buch zu und legt es vor uns auf den Tisch. Seine Hände verschränkt er hinter seinem Kopf und lehnt sich weit in den für seine Statur viel zu kleinen Bibliotheksstuhl hinein. »Noch Fragen?«

Ich brauche einen Moment, um seine Worte sacken zu lassen. Natürlich war mir klar, dass an der Southside vieles verkehrt läuft. Aber dass eine gesamte Gesellschaftsgruppe, eine ganze Kultur, derart von uns unterdrückt wird, das schockiert mich.

Ich dachte, dass die South- und die Eastside sich einfach nur abgrundtief hassen und sich deshalb aus dem Weg gehen. Dass so viel mehr dahintersteckt, hätte ich niemals erwartet. Dass *ich* jedoch dahinterstecke, lässt mich nach Atem ringen.

Ich kann einfach nicht glauben, dass Menschen wie mein Vater so vieles dafür tun, um diese Menschen aus unseren Kreisen fernzuhalten. Ich meine, was haben sie uns angetan, dass sie es nicht auch verdienen, dieselben Chancen wie wir zu erhalten? Nicht nur die Kinder der Southside sollten Zugang zu qualitativer Bildung erhalten. Auch Menschen wie Damian haben eine glänzende Zukunft verdient, egal wie viel Geld ihre Eltern haben. Denn Damian ist einer der intelligentesten Menschen, die ich je kennenlernen durfte.

»Ich bin froh, dass du damit durchkamst und jetzt hier bei mir bist«, flüstere ich Damian entgegen und deute mit den Augen auf sein Handgelenk. Unter seinem Hemd lugt nämlich sein persönliches Brandzeichen hervor mit dem Wappen der Eastside. Ein großer Wolfskopf prangt in diesem und symbolisiert nicht nur die Stärke, sondern auch den Freiheitswillen der Eastside. Denn eines muss man ihnen lassen, diesen haben sie in all den Jahren nie verloren. Heute wie damals kämpfen sie darum, endlich in Freiheit leben zu dürfen und als vollwertige Gesellschaft anerkannt zu werden. Sie wollen nicht länger als die Fußsohle der Menschheit betrachtet werden.

»Ich auch«, erwidert Damian. »Meine Familie hat zwar nicht so viel Geld wie die Menschen hier an der Southside. Aber dafür halten wir zusammen wie wahre Krieger. Wir haben es satt, von oben herab betrachtet zu werden. Niemals werden wir damit aufhören, um unser Recht zu kämpfen. Niemals«, verdeutlicht er noch einmal. Sein letztes Wort ist lediglich noch ein kaum wahrnehmbares Flüstern. Ich glaube, er sprach dabei mehr zu sich selbst als zu mir.

»Niemals ...«, wiederhole ich ebenso leise wie er.

Blinzelnd blickt er zu mir auf. Ich kann die Gefühle, die gerade in ihm durchbrennen, nur erahnen. Zwischen Trauer,

Angst und Wut kann ich irgendwo auch Hoffnung erkennen, in welcher wiederum Anerkennung ihren Platz findet. Anerkennung, die in diesem Moment allein mir gilt.

»Du stehst mir in dieser Sache bei?«, fragt Damian ungläubig.

»Natürlich tue ich das«, erwidere ich. »Nur weil ich hier geboren wurde und aufgewachsen bin, heißt das nicht, dass ich wie sie bin.« Ich schlucke den Kloß, der sich bei den Worten in meinem Hals bildet, hinunter. Denn irgendwie gehöre ich ja doch zu genau den Leuten, die Menschen wie Damian das Leben zur Hölle machen. Meine gesamte Familie und all meine Freunde zählen zu diesen Leuten, und ohne es zu wollen, frage ich mich, wieso Damian ausgerechnet mir sein ungefiltertes Vertrauen schenkt. Wenn ich wollte, könnte ich jetzt ins Büro von Mrs Augustine gehen und ihn ans Messer liefern. Aber irgendetwas in ihm scheint davon überzeugt zu sein, dass ich es nicht tue.

»Nein, du bist ganz und gar nicht wie sie. Denn du bist eine von uns. Die Nachfahrin einer mächtigen Blutlinie der Eastside.« Voller Bewunderung in den Augen nimmt Damian mein Gesicht in die Hände und studiert jeden einzelnen meiner Züge. Unsere Stühle sind nur wenige Zentimeter voneinander entfernt, und selbst diesen Abstand verringert er noch um ein weiteres großzügiges Stück, was uns gefährlich nahe aneinander bringt.

Mit den Daumen zeichnet er sanfte Kreise an meinen Wangen und lässt seine Finger anschließend bis in meinen Nacken wandern. Unwillkürlich stellen sich die feinen Härchen an meinen Armen auf, was ich kläglich versuche, zu verstecken. Doch es gelingt mir nicht. Damian fällt sofort auf, wie mein Körper auf seine Berührung reagiert. Seine Augen weiten sich und ein hungriges Funkeln blitzt in ihnen auf. »Du spürst das zwischen uns auch, ich sehe es in deinen Augen, meine wunderschöne Blume.«

»Damian ...«, hauche ich, wenige Sekunden, bevor er die bisher schützende Mauer zwischen uns durchtrennt und seine Lippen auf meine legt.

Scheiße, ich wollte das nicht. Ich wollte diesen Fehler nicht noch einmal begehen. Aber verdammt, es fühlt sich so gut an. Atemberaubend, um ehrlich zu sein. Seine Lippen sind weich, fast als hätte man sie jahrelang mit Vaseline eingeschmiert, nur um sie auf genau diesen Moment vorzubereiten. Erst nach einigen Sekunden realisiere ich, dass sich mein gesamter Köper unter seinem Kuss versteift hat und unsere Lippen nur sacht aufeinanderliegen, während er meinen Nacken weiterhin massiert. Ich glaube, er spürt, dass ich Zeit brauche, um dieses überrumpelnde Manöver zu verdauen. Ich genehmige mir einen weiteren Moment, um darüber nachzudenken, was das Richtige wäre.

Bleib vernünftig, Ivory, bleib vernünftig, bleib ... Ach, scheiß drauf.

Als ich den herben Duft seines Parfüms einatme, ist es um mich geschehen. Langsam lasse ich die angehaltene Luft entweichen und erwidere den Kuss. Vorsichtig taste ich mich an ihn heran und klopfe mit meiner Zungenspitze an seinen Lippen. Willig öffnet er seinen Mund und gewährt mir den Zutritt. Noch im selben Moment, in dem unsere Zungenspitzen sich berühren, vollführen sie einen geübten Tanz miteinander. Es ist fast so, als wären sie schon ewig miteinander verbunden.

Keuchend verfestigt er den Griff um meinen Nacken und ich rutsche noch ein Stück näher an ihn heran, um auch noch die allerletzten Millimeter zu überwinden, die uns voneinander trennen. Unsere Oberschenkel sind fest aneinandergepresst, doch weder ihm noch mir reicht diese Nähe.

Mit beiden Händen umgreift er von der Seite meine Taille und hievt mich auf seinen Schoß. Rittlings sitze ich nun auf ihm und atme in hektischen Atemzügen ein und aus. Ich muss so rot sein wie eine Tomate, jedenfalls lässt mein pochendes Gesicht darauf schließen. Zu meiner Erleichterung hat auch Damians Gesicht eine Farbe angenommen, die ich so noch nie an ihm gesehen habe.

»Damian, wir können nicht -«

»Wir müssen«, unterbricht er mich und erstickt meine Worte im Keim, indem er seine Lippen erneut mit meinen verschmelzen lässt.

Jeglicher Widerstand verlässt meinen Körper. Ich lasse mich voll und ganz auf das berauschende, beinahe verzehrende Gefühl seiner Hände auf meiner Haut ein. Die Tatsache, dass wir in der Bibliothek sitzen und jede Sekunde jemand um die Ecke kommen und uns erwischen könnte, macht das Ganze nur noch aufreizender.

Besonders erregend wird die Sache allerdings erst, als ich an den Tag zurückdenke, als ich ein ähnliches Szenario mit Ace in einer dieser Reihen erlebt habe. Der Gedanke, wie wütend er wäre, wenn er erfahren würde, dass ich diesen besonderen Moment zwischen uns nun mit einem anderen Mann teile, lässt mein Herz aufgeregte Sprünge machen.

Soll er ruhig spüren, was es bedeutet, eine Blackwell zu belügen. So einfach, wie er dachte, lasse ich ihn damit sicher nicht davonkommen.

Unser immer hitziger werdender Kuss verwandelt sich allmählich in ein gieriges Fummeln. Ich nestele am Saum seines Hemds herum und ziehe es aus seiner Hose heraus. Meine

Finger erreichen gerade seinen Gürtel, als er meine Handgelenke umgreift und ein amüsiertes Schnauben ausstößt.

»Nicht so schnell«, keucht er.

»Warum nicht?«, wispere ich.

Zur Antwort blickt er sich suchend im Raum um. Niemand ist zu sehen, dennoch erkenne ich das Zögern in seinen Augen.

Sinnlich lasse ich meine Zungenspitze über seinen Hals wandern. »Das kann sie noch ganz woanders machen«, raune ich in sein Ohr.

An meiner Mitte spüre ich deutlich, wie sich sein bereits erregter Schwanz in seiner Hose bewegt. Ein wissendes Lächeln stiehlt sich auf meine Lippen. Ohne mein Zungenspiel an seinem Hals zu unterbrechen, mache ich mich wieder an seiner Hose zu schaffen.

Mit flatternden Lidern lässt Damian den Kopf in den Nacken fallen und genießt, was ich mit ihm anstelle. Seine Hose ist inzwischen vollständig geöffnet, und verdammt, mir gefällt, was ich sehe.

Während ich mit einer Hand seinen Nacken fest umgreife, lasse ich die andere zwischen uns wandern, um seine volle Härte zu umfassen. Als ich sie endlich zwischen meinen Fingern halte und langsam auf und ab fahre, befreit sich ein knurrender Laut aus Damians Kehle.

»Fuck …«, raunt er lang gezogen, während er kurz den Kopf in den Nacken legt, bevor er seinen diabolischen Blick wieder auf mich heftet. Sofort erobere ich seine Lippen wieder mit meinen. Er erwidert zwar den Kuss, ist allerdings viel zu beschäftigt damit, sich auf meine Hand zwischen uns zu konzentrieren. Sachte sauge ich seine Unterlippe zwischen meine Zähne und beanspruche sie für mich, indem ich leicht hineinbeiße.

Das sanfte Lächeln, das seine Mundwinkel umspielt, genügt mir als Antwort und ich löse meinen Kopf wieder von ihm, um ihm direkt ins Gesicht zu sehen. Unsere Blicke treffen sich, und obwohl es mir schwerfällt, seinem standzuhalten, denke ich gar nicht erst daran, mit meiner Liebkosung aufzuhören.

Unbeirrt fahre ich fort und spüre, wie er sich immer mehr dem Höhepunkt nähert. Wir beide wissen, dass er hier nicht kommen kann, nicht in der verdammten Bibliothek zwischen Lehrbüchern und Liebesromanen.

Er ist es, der sich zuerst überwindet und den Moment zwischen uns auflöst. Doch statt es unnötig unangenehm zu machen, fädelt er einen geschickten Übergang ein. Nachdem er seine Hose unter unserem Kuss wieder verschlossen hat, findet seine Hand ihren Weg unter meinen Rock. Himmel sei Dank, habe ich mich heute dazu entschieden, keine Strumpfhose zu tragen.

Als hätte er bereits jeden Zentimeter meines Körpers studiert, findet er sofort den Weg zu meinem Höschen und schiebt dieses beiseite, um meine Mitte für sich zu beanspruchen. Es bedarf keiner Vorarbeit, denn ich bin mehr als bereit für ihn. Ein hungriges Stöhnen entfährt ihm, als er langsam in mich eindringt und mich mit seinem Finger ausfüllt.

»Wenn ich schon nicht kommen kann, dann sollst wenigstens du in den Genuss kommen«, flüstert Damian mir ins Ohr, was mir einen warmen Schauer über den Rücken jagt.

Lustvoll beiße ich in seine Schulter, während seine Finger sich immer schneller zu bewegen beginnen. Um mich besser erreichen zu können, hat er extra seine Beine gespreizt, was sicher eine unvorteilhafte Position für ihn ist.

Als er zusätzlich zu seinem in mich eindringenden Finger

noch seinen Daumen über meine empfindlichste Stelle kreisen lässt, kann ich nicht anders, als ein lüsternes Stöhnen von mir zu geben. Das Dopamin durchströmt förmlich meinen Körper und katapultiert mich in einen Rauschzustand, in dem ich mich nicht länger unter Kontrolle halten kann.

»Beiß mir wieder in die Schulter, Blume. Du willst doch nicht, dass uns jemand hört«, befiehlt Damian.

Ohne zu zögern, komme ich seinem Befehl nach und ramme meine Zähne in seine Schulter. *Das wird einen heftigen Abdruck hinterlassen* ... Aber ich muss es tun, sonst bekommen wir noch lebenslanges Hausverbot in meiner geliebten Bibliothek. Das kann ich uns nicht antun.

Plötzlich überfällt mich eine Welle aus Hormonen, die ein liebliches Zusammenspiel ergeben. Zuckend ziehen meine Muskeln sich zusammen und erfüllen meinen Körper mit dem Gefühl, auf das ich gierig gewartet habe. Schwer atmend lasse ich mich auf Damians Schoß sinken und klammere meine Arme um seinen Hals. Währenddessen schiebt er meinen Rock wieder zurecht und streicht meine Haare glatt, sodass niemand mehr etwas von dem erahnen kann, was wir soeben getan haben. Jetzt sehen wir nur noch aus wie zwei Studenten, die sich in eine ruhige Ecke zum Kuscheln verkrochen haben.

»Scheiße, was war das eben?«, frage ich atemlos.

»Atemberaubend? Betörend? Sexy?«, neckt Damian mich und gemeinsam verfallen wir in ein leises Lachen.

Nachdem ich endlich wieder zu gleichmäßigem Atem gekommen bin, rutsche ich von seinem Schoß hinunter und setze mich auf meinen eigenen Stuhl. Mittlerweile komme auch ich wieder zur Besinnung und frage mich, ob uns wirklich niemand gehört haben kann. Sollte uns doch jemand gehört haben, hätte derjenige doch sicher Beatrice informiert, die uns augenblicklich auseinandergerissen hätte. Oder nicht? Schnell schüttle ich mir die Gedanken von den Schultern und suche Damians Blick, der mich bereits durchdringend mustert.

»Begleite mich.« Damian legt eine Hand auf meinen Arm und sieht mich hoffnungsvoll an.

»Wohin?«, frage ich verwirrt.

»Nach Hause. Zur Eastside. Ich möchte dir deine Familie vorstellen.«

Was?

»Damian, ich ...«, beginne ich und sehe, wie sein zuvor glücklicher Gesichtsausdruck nach und nach zu bröckeln beginnt. »Ich kann das nicht.«

Meine Gedanken überschlagen sich und ich gehe jedes mögliche Szenario durch. Egal, welchen Weg ich auch verfolge, es endet jedes Mal damit, meine Eltern zutiefst zu enttäuschen. So sehr sie mich auch belogen haben, niemals könnte ich es über mich bringen, ihnen das Herz zu brechen. Mehr über die Eastside erfahren zu wollen und mir Geschichten erzählen zu lassen, ist eine Sache, aber die Southside mit einem Mann zu verlassen, den ich erst seit zwei Wochen kenne, ist eine ganz andere. Ich kann mich nicht blind in ein Terrain begeben, das uns eigentlich verboten ist. Keiner weiß, was und wer mich dort erwarten würde und wie die Eastsider auf mich zu sprechen sind.

Als könnte Damian meine Gedanken lesen, versucht er, mich zu beruhigen. »Jeder dort weiß, wer du bist, sie wollen dich kennenlernen. Glaube mir, ich habe schon so vieles von dir erzählt.«

Allein der Gedanke, jemand könnte mich dabei erwischen, raubt mir den Atem. Ich könnte mich nie wieder hier blicken lassen, ich hätte gar kein Recht mehr dazu, auch nur einen Fuß in die Southside Academy zu setzen. »Damian …«, flüstere ich erneut. Meine Gedanken fahren Achterbahn. Niemals hätte ich mit solch einem Vorschlag gerechnet. Schon gar nicht damit, dass er tatsächlich denkt, ich würde mich darauf einlassen. Erst jetzt, da er mir die Möglichkeit offengelegt hat, denke ich darüber nach, wie es wäre, meine Verwandten kennenzulernen.

»Ich verstehe schon. Wir sind deiner nicht *würdig* genug«, spottet Damian.

»Das stimmt nicht und das weißt du!«, verteidige ich mich etwas zu laut und senke meine Stimme sofort wieder. »Du weißt, wie gefährlich es für mich wäre, die Southside zu verlassen.«

Damian legt die Stirn in Falten. »Du hältst uns also noch immer für die wild gewordenen Tiere, die wir nicht sind.« Kopfschüttelnd erhebt er sich von seinem Stuhl und blickt mich von oben herab an. »Ich dachte echt, du seist anders.«

»Was?«, frage ich argwöhnisch. »Schwachsinn! Sie werden mich abstoßen, wenn ich mich der Eastside auch nur nähere!« Demonstrativ erhebe auch ich mich und stemme die Hände in die Hüften.

»Haben sie das nicht längst getan?«, kontert er und macht auf dem Absatz kehrt.

»Nein«, behaupte ich, höre allerdings selbst die Unsicherheit in meiner Stimme heraus.

Mitleidig sieht Damian mich an. »Denk darüber nach.«

34

IVORY ...

Nach nur zweimal Erklingen des Freizeichens, nimmt mein Vater den Anruf bereits entgegen. Untypisch für ihn. Normalerweise ist er recht schwer zu erreichen, da er sich dauerhaft in irgendwelchen Meetings oder Konferenzen befindet. Nicht jedoch heute, zu meinem Glück.

»Ivy, mein Diamant. Was verschafft mir die Ehre des Anrufs?«, fragt mein Vater in den Hörer. Ich kann sein Lächeln förmlich hören, weshalb es mir umso mehr wehtut, gleich mit der Tür ins Haus zu fallen.

»Dad. Gibt es etwas, das du mir verheimlichst?«, frage ich geradeheraus.

»Wie kommst du denn darauf?«, erwidert mein Vater perplex. Im Hintergrund kann ich Metall auf Metall klimpern hören, was mir Aufschluss darüber gibt, dass er sich vermutlich gerade im Fitnessstudio befindet, um Gewichte zu heben. Was wohl auch der Grund für sein schnelles Reagieren auf meinen Anruf ist.

»In meiner Kindheit. Gab es da etwas, worüber du nicht mit mir gesprochen hast?«

»Ivy, bitte. Ich habe keine Zeit für dieses Frage-und-Antwort-Spiel«, entgegnet er harsch.

Ich schnaube verächtlich in den Hörer, was meinem Vater zu missfallen scheint. Wo zuvor noch Bewegungen wahrzunehmen waren, ist die Leitung jetzt still. Offensichtlich hat er mitten in der Bewegung innegehalten.

»Ivory Blackwell. Mach deinen Vater nicht wütend, hast du verstanden?« Seine Frage dringt drohend in mein Ohr und ich weiß, dass ich ihn eigentlich nicht weiter strapazieren sollte.

Dennoch fasse ich meinen Mut zusammen und stelle ihm die alles entscheidende Frage. »Du hast nie mit mir über Grandpa gesprochen. Was ist zwischen euch vorgefallen, dass ihr in einem so großen Streit auseinandergegangen seid?«

Stille. Die komplette Leitung ist tot.

»Dad?«, frage ich zögerlich.

»Ivory«, erwidert dieser.

»Ich habe dir eine Frage gestellt.«

Dad räuspert sich. »Es gibt Dinge, die gehen dich nichts an. Kümmere dich lieber um dein Studium, als dich in die Angelegenheiten zwischen mir und meinem Vater einzumischen.«

Frustriert halte ich die Luft an, um nicht erneut frech zu werden. »Aber er ist auch mein Großvater«, widerspreche ich und begebe mich somit auf dünnes Eis.

Auch mein Vater hält für einen Moment die Luft an. Vermutlich, um sich zu sammeln, damit er nicht mitten im Fitnessstudio einem Wutanfall verfällt. »Es ist besser für dich, wenn du dich raushältst aus dieser *Angelegenheit*«, presst er hervor.

»Also stimmt es, dass es etwas mit mir zu tun hat?«, frage ich und stelle mich unwissend.

»Ivory, verdammt noch mal. Wann hast du den Gehorsam gegenüber deinem Vater verloren?«, fragt er mich wütend und ist bereits ein paar Dezibel lauter geworden. »Was wurde dir erzählt?«, fügt er noch hinzu und ich meine, einen Schwung Unsicherheit in seiner Stimme zu erkennen.

»Es kursieren Gerüchte«, erwidere ich, um zumindest einen Teil der Wahrheit preiszugeben.

»Verdammte Scheiße«, flucht mein Vater am anderen Ende der Leitung. »Ivory. Ich warne dich, halte dich fern von allen, die dir versuchen, Flausen in den Kopf zu setzen! Hast du mich verstanden?«

Ich weiß, dass ich ihn inzwischen an die Grenze seiner Geduld gebracht habe, daher hacke ich nicht weiter auf dem Thema herum und belasse es dabei. »Ja, ich habe verstanden«, erwidere ich knapp, ehe er, ohne sich zu verabschieden, auflegt und ein schrilles Piepen in meinem Ohr ertönt.

Deprimiert lasse ich mein Handy sinken und mit ihm zusammen meine Hoffnung auf die Wahrheit. Mein Vater hat mich ebenso wie all die anderen mein ganzes Leben lang belogen. Wofür? Um mich zu schützen? Bullshit. Das ist, wie wenn man einem Kind Süßigkeiten vor die Nase legt und sagt, es darf sie nicht anrühren, wenn man den Raum verlässt. Die Versuchung verdoppelt sich automatisch. Hätte er von Anfang an mit offenen Karten gespielt, hätte ich mich auf all das hier vorbereiten können. Ich hätte gewusst, weshalb die meisten hier einen großen Bogen um mich machen und wie ich dagegen hätte vorgehen können. Es wäre ein leichtes Spiel für mich gewesen, sie von meiner Loyalität der Southside gegenüber zu überzeugen. Dass diese Loyalität zerbröckelt ist, ist einzig und allein der Lüge geschuldet, in die man mich gehüllt hat.

Nach diesem Gespräch realisiere ich erst, dass ich hier keine Antworten finden werde. Niemals werde ich erfahren, was es mit der Geschichte damals tatsächlich auf sich hat. Um das zu erfahren, muss ich die Southside verlassen, ob ich will oder nicht …

»Wie bitte?«, fährt Camilla mich an. »Du bist durchgeknallt! Das kannst du nicht ernst meinen!«

Um ehrlich zu sein, habe ich mit keiner anderen Reaktion als dieser gerechnet. Camilla ist eine von denen, die die Eastside abgrundtief verteufeln. Was vermutlich der jahrelangen Propaganda ihres Vaters geschuldet ist. Dieser ist nämlich einer der Vorreiter, wenn es darum geht, Medienhetze gegen die Eastside zu betreiben. Nachdem er nach seinem Studium als einfacher Journalist bei einer anerkannten Zeitung angefangen hat, gründete er später sein eigenes Unternehmen. Die *Southside Report* wurde geboren und die Spaltung zwischen den beiden Seiten innerhalb kürzester Zeit bis aufs Äußerste ausgereizt. Inzwischen laufe ich einfach an den Aushängen und Zeitungen vorbei, da mich allein die übertriebenen Titelbilder schon mehr als wütend machen.

Nachdenklich kratze ich mir die Kopfhaut. »Weißt du, Cami, ich brauche Antworten«, erläutere ich meinen Standpunkt.

»Und dafür bist du bereit, dich in Lebensgefahr zu begeben?«, fährt sie mich an.

Verdammt, so aufgewühlt habe ich sie noch nie erlebt.

»Vielleicht sind sie gar nicht so schlimm, wie sie dargestellt werden«, sage ich und kann den vorwurfsvollen Unterton meiner Stimme nicht verbergen.

Aus zusammengekniffenen Augen starrt Cami mich an.

Sofort hebe ich verteidigend die Hände in die Luft. »Ich meine ja nur.«

»Beinahe täglich gibt es Berichte darüber, was auf der anderen Seite abgeht. Auch darüber, wie beispielsweise Läden nahe der Grenze von ihnen geplündert werden«, erklärt Cami mir noch einmal das, was ich längst weiß.

Berichte, die allesamt von deinem Vater oder seiner Gefolgschaft verfasst werden ... Einen Kommentar hierzu verkneife ich mir allerdings und schlage mir nur verzweifelt die Hände vors Gesicht. »Ich weiß doch auch nicht mehr weiter.«

»Es gibt schon genug Trubel, allein weil immer mehr Gerüchte über dich kursieren. Hast du eine Ahnung, wie viel Energie es mich gekostet hat, meinen Vater zu überreden, mich nicht von der Schule zu nehmen, nachdem er von unserer Freundschaft erfahren hat?«

Entgeistert blicke ich zu Camilla auf. »Davon hast du mir nichts erzählt.«

»Weil ich dich schützen wollte. Du hast genug Kopfschmerzen, da wollte ich dir nicht auch noch eine Last sein.«

»Es wäre mir keine Last«, protestiere ich. Mitten im Satz verliere ich allerdings den Mut fortzufahren, da sie insgeheim recht hat. Hätte sie mir davon erzählt, hätte ich mir tagelang Gedanken und Vorwürfe deswegen gemacht. Fuck, wie sehr ich ihren Vater hasse. Sagen würde ich ihr das jedoch niemals.

»Was denkst du, würde erst passieren, wenn er herausfindet, dass du die Southside verlässt, um *denen* einen Besuch abzustatten?« Camilla schüttelt verbittert nachdenklich den

Kopf, als würde sie sich erst jetzt intensive Gedanken über die Folgen machen, die durch diesen Ausflug entstehen könnten.

Es ist interessant mitanzusehen, wie strikt sie sich an die Regel hält, nicht über die Eastside zu sprechen oder es zumindest so aussehen zu lassen, indem sie deren Namen nicht in den Mund nimmt. »Vermutlich hast du recht.«

Seufzend bleibe ich am Waldesrand stehen und sauge für einen kurzen Moment die schneidende Morgenluft ein, die mich wohlwollend in sich einhüllt.

Mir war schon gestern Abend bewusst gewesen, wie sie reagieren würde, als ich den Entschluss gefasst habe, ihr von meinem Vorhaben zu berichten. Dennoch hatte ich mir ein wenig mehr Beistand von ihr erhofft. Zumindest ein paar aufmunternde Worte wären schön gewesen. Beispielsweise, dass sie mich unterstützt, egal wofür ich mich entscheide. Doch wie es aussieht, muss ich diesen Weg wohl ohne ihre freundschaftliche Unterstützung bestreiten.

35

IVORY …

Damian hält mir die Tür seines nicht ganz so extravaganten Wagens auf. Obwohl er versucht, es zu verstecken, spüre ich deutlich, wie unangenehm ihm diese Tatsache ist. Um ihm zumindest einen Teil dieses Gefühls zu nehmen, lächle ich ihn, als er einsteigt, breit an und streiche mit den Händen über die Stoffsitze. »Die sind viel weicher als diese blöden Ledersitze in den Autos, die ich kenne.«

»Die Autos, die du kennst, sind auch mehr auf die Optik ausgelegt als darauf, praktisch zu sein«, erwidert Damian spitz, was mich die Stirn runzeln lässt. »Tut mir leid, das klang bissiger als beabsichtigt.« Entschuldigend streicht Damian mir über den Arm. Unwillkürlich halte ich den Atem an.

Noch immer habe ich mich nicht von unserer kleinen Eskapade in der Bibliothek erholt. Seither haben wir nicht mehr viel miteinander gesprochen. Damian mied den Kontakt zu mir, offensichtlich gekränkt über meine Ablehnung, ihn auf die Eastside zu begleiten. Erst als ich ihm eine Nachricht schickte, dass ich es mir noch einmal anders überlegen würde, wenn er aufhört, mich zu ignorieren, schenkte er mir wieder einen Teil seiner Beachtung. Nur so viel, dass ich mich nicht in Sicherheit wiegen konnte. Ich kann mir vorstellen, wie sehr es ihn verletzt haben muss, zu denken, ich würde es aufgrund etwaiger Vorurteile meiden, seine Familie zu besuchen. *Meine Familie …*

»Schon gut« beschwichtige ich ihn und blicke dem in der Ferne immer kleiner werdenden Campus hinterher.

Als wir uns darüber unterhielten, wie wir unseren Plan am besten umsetzen sollten, kamen wir zu dem Entschluss, es sei das Beste, früh am Morgen loszufahren, während alle anderen noch tief und fest schlafen. Da heute ohnehin unser freier Tag ist, würde sich auch keiner Gedanken darüber machen, warum wir uns den ganzen Tag über nirgends blicken lassen. Heute Nacht, wenn die Sonne untergeht, kehren wir wieder zurück und tun so, als sei nie etwas gewesen. Als hätte ich nicht die mir strengstens verbotene Grenze überschritten.

Nach etwa einer Stunde halten wir am Straßenrand und warten, bis die Sonne sich allmählich ihren Weg hinter dem Horizont freibahnt.

Die Tore zum Gelände seines Clans öffnen sich erst um acht Uhr, weshalb wir noch ein bisschen Zeit zu überbrücken haben. Je länger wir hier stehen, umso schneller scheinen sich die Zeiger auf der Uhr zu bewegen. Nervös zupfe ich an der abstehenden Naht meiner viel zu teuren Uhr herum und beiße mir auf die Unterlippe.

»Hey …« Damian legt mir die Hand auf die Finger und hält mich so davon ab, die Uhr noch mehr zu beschädigen. »Du wirst sie mögen, glaube mir.«

Das tue ich.

Die Frage ist nur, ob sie *mich* mögen werden. Ob sie mich akzeptieren werden, was sie von mir halten werden, und vor allem, ob sie mich für das, was mein Großvater getan hat, verabscheuen werden.

»Wir schaffen das«, versichert Damian, als er den Motor wieder startet und uns durch ein großes, hellbraunes Holztor fährt. Wir fahren eine unebene, beinahe schon sandige Straße entlang, ehe wir auf einer großen Wiese neben einigen weiteren Autos zum Stehen kommen.

»Ich fürchte, der Spaß beginnt«, scherzt Damian und deutet mit dem Finger durch das Beifahrerfenster.

Ich folge der Richtung, in die er zeigt, und sehe eine ganze Schar Kinder auf uns zurasen. Allesamt sind sie noch in ihre Pyjamas gehüllt. Ein bezaubernder Anblick.

Ohne noch lange zu zögern, stoßen wir unsere Türen auf und treten in das vom Morgentau feuchte Gras.

»Na, ihr, habt ihr mich vermisst?« Mit der Faust rubbelt Damian über den roten Haarschopf eines kleinen Jungen, der ihn daraufhin mit einem mahnenden Blick straft. Sein Ärger ist jedoch nicht von langer Dauer. Mit seinen kleinen Armen umschlingt der Junge Damians Beine, da er noch nicht einmal bis an seine Taille reicht. Auch die anderen Kinder überfallen ihn nach und nach mit ihrer Freude darüber, ihn zu sehen. Zuletzt wendet Damian sich einem kleinen, blonden Mädchen zu, welches er mit Leichtigkeit in die Luft wirft und auf einem Arm wieder auffängt, um sie über den Schotterweg zu den Trailern zu tragen.

Mein Herz geht auf, wenn ich ihn dabei beobachte, wie er so unbeschwert mit den Kindern umgeht. Das Lächeln, das er auf seinen Lippen trägt, ist ein ganz anderes als das, welches ich an der Southside schon häufig zu Gesicht bekommen habe. Es ist ehrlich und erreicht seine Augen mehr als jedes andere, das ich zuvor an ihm wahrgenommen hatte. Man sieht unmissverständlich, dass er zu Hause angekommen ist.

Ich weiß nicht, was ich mir vorgestellt hatte, aber sicher nicht einen so herzlichen Empfang. Erzählungen zufolge wachsen die Kinder hier in traurigen Verhältnissen auf, werden früh zu Taschendieben ausgebildet und kommen nicht in den Genuss einer ausgelassenen Kindheit. Was ich hier zu Gesicht bekomme, sieht allerdings nicht danach aus, als wären sie von Traurigkeit geprägt. Vielmehr wirken sie wie aufgeweckte, lebensfrohe Wesen auf mich. So wie Kinder eben sind ... wie sie sein sollten.

Auf dem Weg nehme ich die dicht aneinandergereihten Trailer genauer in Augenschein. Jeder einzelne verfügt über eine einladende Terrasse aus hellem Eschenholz. Lange Wäscheleinen spannen zwischen den hochgewachsenen Bäumen auf den unsauber gemähten Grünflächen. Die Kleidung, welche darauf zum Trocknen aufgehängt wurde, ist viel farbenfroher als die, die ich normalerweise gewohnt bin.

Mehrere Menschen, überwiegend Männer, finden auf den dunkelgrünen Gartenstühlen auf den Terrassen ihren Platz.

Einer von ihnen sticht mir besonders ins Auge. Er macht einen wohlgenährten Eindruck und sitzt als einziger mit einer fetten Zigarre auf einem Klappstuhl, während die anderen bloß normale Zigaretten rauchen und an ihren Kaffeetassen nippen. Obwohl ich schon weitaus furchteinflößendere und mächtigere Männer gesehen habe, schlucke ich bei seinem Anblick. Er ist es, der mich als Erstes ins Visier nimmt und sich ein Stück aus seiner sitzenden Position erhebt, ehe er unbeirrt einen weiteren Zug an seiner Zigarre nimmt und mich dabei keine Sekunde aus den Augen lässt.

Als wir uns ausgerechnet dem Trailer nähern, bei dem

besagter Mann sitzt, erspähe ich durch die vergilbten Fenster, dass sich im Inneren der wohnwagenähnlichen Unterkünfte auch die Frauen verbergen. Allesamt hantieren sie in deren Küchen herum und bereiten vermutlich gerade das Frühstück für ihre Männer vor. Eine spitze Anmerkung darüber, wie konservativ ich diese Rollenverteilung finde, verkneife ich mir. Vermutlich kennen die Menschen es hier nicht anders. Während die Männer sich um den Erhalt der Clans und Familien kümmern, stehen die Frauen in der Küche und ziehen die Nachkommen auf. Damian umgreift stärkend meine Hand, um mir meinen beinahe verlorenen Mut zurückzugeben. Ich bringe ein schmales Lächeln zustande, bevor wir das kleine Tor zu Damians Terrasse öffnen und eintreten.

»Verdammt, Junge, wie siehst du denn aus?« Mit diesen Worten begrüßt der große Mann Damian und erhebt sich schwerfällig aus seinem Stuhl. »Hat man dich in einen Eimer Haargel getunkt oder wann bist du zur *Schwuchtel* mutiert?«

Ich verschlucke mich bei seiner Wortwahl, halte mir hüstelnd die Hand vor den Mund.

Wo er eben noch angewidert das Gesicht verzogen hat, zieht er Damian jetzt in eine typisch maskuline Umarmung und tätschelt ihm anschließend zweimal beinahe väterlich mit der Handfläche die Wange. Nur um anschließend seinen Nacken zu umgreifen und ihn in den Schwitzkasten zu nehmen.

Moment mal ... verdammt ... Das *ist* Damians Vater.

»Das liegt an der verfluchten Southside Academy.«

Eine Frau mittleren Alters tritt aus dem Inneren des Trailers zu uns heraus und mustert Damian spöttisch. »Du siehst scheiße aus.« Ihr Haar ist genauso dunkelblond wie das von Damian. Die Gesichtszüge hingegen verlaufen viel feiner und stehen in starkem Kontrast zu ihrer üppigen Oberweite.

»Danke, Mom«, witzelt Damian und wuschelt sich einmal durchs Haar, um es ein bisschen weniger adrett aussehen zu lassen.

Jap. Definitiv seine Eltern.

»Und du musst das Mischlingsmädchen sein«, merkt Damians Mutter an und mustert mich dabei eindringlich. »Lass mal sehen.«

Ich traue mich nicht, mich gegen ihre Finger zu wehren, die grob mein Kinn umfassen und mein Gesicht einmal in alle Richtungen schwenken. Sie studiert jeden meiner Züge, ehe sie ein verächtliches Schnauben von sich gibt und von mir ablässt. »Du siehst aus wie sie.«

»Wie wer?«, frage ich und es ist das Erste, was ich überhaupt über die Lippen bringe, seit ich hier angekommen bin.

»Wie wer wohl? Wie deine Großmutter, Dummchen.«

Ich beiße die Zähne fest zusammen bei der Erkenntnis, dass sie meine Großmutter vermutlich besser kennen, als ich sie jemals kannte.

»Sie war die beste Freundin meiner Mutter – Damians Großmutter – bevor sie ... uns verraten hat«, erklärt sie und schwelgt einen Moment lang in offenbar schmerzlicher Nostalgie. »Nach diesen Ereignissen stand uns eine schwere Zeit bevor. Uns Frauen wurden nahezu jegliche Freiheiten genommen, aus Angst, so etwas könnte noch einmal passieren.«

»Das tut mir leid«, erwidere ich ehrlich bestürzt. Ich kann mir kaum vorstellen, wie schlimm es sein muss, für einen Fehler geradestehen zu müssen, den man selbst nicht begangen hat. Na ja, gewissermaßen teilen wir dieses Schicksal.

»Wie geht es ihr? Ich meine, ist sie wohlauf?« Ehrliches Interesse spiegelt sich in den Augen von Damians Mutter wider.

Betrübt senke ich den Kopf. »Sie ist vor etwa zwei Jahren gestorben. Schwerer Schlaganfall.«

»Hm«, brummt sie. »Mein aufrichtiges Beileid.« Gedankenverloren starrt sie eine Weile ins Leere, was mich einen unentschlossenen Blick zu Damian werfen lässt. Dieser jedoch ist viel zu sehr damit beschäftigt, mit seinem Vater über die gesundheitlichen Folgen von Zigarren zu debattieren.

»Junge, dieser Saftladen von Akademie hat dich verweichlicht. Wo ist der Mann, den ich großgezogen habe?« Empört drückt der große Mann seinen Zigarrenstummel in dem kleinen Aschenbecher auf dem Tisch aus und zündet sich gleich darauf demonstrativ die nächste an.

Aus dem Augenwinkel verfolge ich deren Diskussion, ehe ich mich wieder Damians Mutter zuwende, die sich langsam wieder zu fangen scheint. *Was für ein verkorkster Morgen ...*

»Setz dich, Kind. Ivy, richtig? Ich bin Sherilyn, aber nenn mich einfach Sherry.«

»Ivory ... Ivy, ja«, erwidere ich. »Freut mich, dich kennenzulernen, Sherry.« Lächelnd strecke ich ihr meine Hand entgegen, die sie augenblicklich entgegennimmt. Ihr Händedruck ist überraschend stark für ihre schlaksige Statur.

»Die Freude liegt ganz auf meiner Seite«, erwidert sie und wirft einen Blick auf ihre beiden Streithähne, die noch immer in eine hitzige Diskussion vertieft sind. »So, jetzt reicht es!« Überraschend schlägt Sherry mit der Handfläche auf den Campingtisch vor uns und bewirkt somit, dass beide Männer inmitten ihrer Sätze verstummen und zu ihr aufblicken. »Wir haben Besuch im Haus. Benehmt euch gefälligst!«

»Ja, Ma'am«, salutiert Damian, was mir ein Schmunzeln entlockt.

Sein Vater hingegen brummt nur verärgert und erhebt sich ächzend vom Tisch, um sich in den Trailer zu verziehen.

Forschend folge ich ihm mit meinem Blick und frage mich unwillkürlich, ob er meinetwegen so schlecht drauf ist oder ob es einfach seine Art ist.

»Keine Sorge, der ist immer so mürrisch«, beantwortet Damian meine Gedanken. »Viel Verantwortung und so, da bekommt man selten den Kopf frei.« Schulterzuckend blickt auch er ihm durch die schmale Tür hinterher, obwohl er längst außer Sichtweite ist.

Kurze Zeit später tritt Sherry mit einem liebevoll zubereiteten Omelett zu uns auf die Terrasse und richtet nach und nach ein umfangreiches Frühstück für uns her. Von Baked Beans bis hin zum himmlisch duftenden Kakao ist für alles gesorgt. Das Wasser läuft mir im Mund zusammen, denn ich habe seit einer gefühlten Ewigkeit kein richtiges Frühstück mehr gegessen.

Selbst Damians Vater, Shane, sitzt gemeinsam mit uns an einem Tisch. Zwar ist er recht wortkarg und konzentriert sich mehr darauf, ausreichend Proteine in sich reinzuschaufeln, als unserem Gespräch zu folgen, aber dafür versorgt uns Damians kleine Schwester Chantal mit ausreichend Gesprächsstoff. Es überrascht mich, dass ich mich trotz der kühlen Begrüßung vorhin so gut in die Gruppe integrieren konnte. Irgendwie kommt es mir so vor, als würde ich die Familie Jones schon ewig kennen.

Den gesamten Vormittag über tauschen wir uns über die Unterschiede des Lebens an der Southside und Eastside aus. Darüber, wie unfair es ist, welchen Vorurteilen diese herzlichen Menschen ausgesetzt sind.

Es schockiert mich, wie einfach eine gesamte Gesellschaft

herabgestuft werden kann, ohne jegliches Hintergrundwissen. Ohne dass die Leute sich auch nur einen Moment selbst an die Nase fassen, ehe sie den Artikeln in ihrer Morgenzeitung Glauben schenken.

»Es tut mir leid, was ihr erleben müsst. Ich meine es ernst, ich bin ... untröstlich«, gestehe ich wahrheitsgemäß. Ich habe keine Ahnung warum, aber irgendwie habe ich das Gefühl, ich müsste mich entschuldigen. Einfach, weil ich selbst ein Teil der Gesellschaft bin, die diese Menschen systematisch unterdrückt.

»Schätzchen, es muss dir nicht leidtun.« Sherrys beruhigende Worte dringen zu mir durch wie ein Mantra, das ich vielleicht irgendwann selbst glaube, wenn ich es nur oft genug in meinem Kopf wiederhole. »Du kannst nichts dafür, dass du seit deiner Geburt gehirngewaschen wurdest. Dir wurde über Jahre hinweg vorenthalten, wer deine Familie ist. Natürlich bist du dann verwirrt. Doch der Spuk ist jetzt endgültig vorbei. Wir zeigen ihnen, was in uns steckt, nicht wahr?«, fragt Sherry und hebt ihren Becher mit Orangensaft in die Höhe, um mit uns anzustoßen.

Jeder tut es ihr gleich und selbst ich hebe zögerlich meinen Becher in die Höhe, um mit Menschen, die ich kaum kenne, auf eine Zukunft anzustoßen, die mir eine enorme Angst einjagt.

Entgegen allen Erwartungen war dieser Tag verdammt schön gewesen. Selbst Shane blühte mit den Stunden auf und ließ den einen oder anderen Witz über seine Lippen kommen.

Meist hatten diese einen bitteren Beigeschmack und ich tat mich schwer, darüber zu lachen. Aber ich weiß seine Mühe zu schätzen. Allein dass er seine Herrschaftspflichten für einen

Tag beiseitegelegt hat, nur um mich kennenzulernen, beweist mir, wie wichtig ihnen dieses Zusammentreffen gewesen sein muss.

Die Strukturen der Eastside sind so anders als die, die ich von zu Hause kenne. Das Leben hier fühlt sich einerseits nach Freiheit, andererseits nach einem Gefängnis an. Es gibt klare Regeln und interne Hierarchien, die mehr einer Diktatur ähneln als einer Demokratie. Wiederum zweifle ich nicht eine Sekunde daran, dass jeder Einzelne von ihnen für seinen Nächsten über Leichen gehen würde. Die Eastside ist eine Gemeinschaft, die zusammenhält, komme, was wolle.

Nur zu gern wäre ich noch länger geblieben, um mehr über die Kultur zu erfahren, in der Damian aufwuchs. Allerdings wäre es zu auffällig, wenn wir beide nicht zu unseren Kursen erschienen wären. Camilla hätte mir den Kopf abgerissen.

Doch jede einzige Erkenntnis, die ich in den letzten Stunden sammeln konnte, gibt mir Aufschluss darüber, wer ich eigentlich bin und was ich mein Leben lang verpasst habe. Das Loch, welches sich schon immer in meinem Herzen befunden hat, wird langsam, aber sicher gefüllt und ich glaube, mich endlich auf einem Weg zu befinden, der mir die Erfüllung schenkt, nach der ich mich immer gesehnt habe.

»Das war ...« Damian sucht nach den richtigen Worten, während wir über den Highway zurück nach Hause fahren. Wir haben uns bewusst für eine längere Route entschieden, um die Ereignisse des Tages sacken zu lassen und uns darüber auszutauschen.

»Aufschlussreich«, helfe ich ihm auf die Sprünge.

»Ja, aufschlussreich ...« Ein bestätigendes Lächeln ziert seine Lippen, als er seine Hand auf meinem Oberschenkel ablegt.

Obwohl sich bisher alles in mir gegen diese Art von Zuneigung gesträubt hat, gewähre ich ihm heute, sich mir auf diese Weise zu nähern. Keine sexuelle, sondern eine romantische Weise. Etwas, das ich seit Ewigkeiten bei keinem Mann mehr zugelassen habe. Um meine Zustimmung zu verdeutlichen, greife ich mit meiner Hand nach seiner und verschlinge unsere Finger miteinander.

Alles um uns herum verschwimmt, selbst die stark befahrene Straße, auf die Damian sich eigentlich konzentrieren sollte, erscheint mir plötzlich als zweitrangig. Erst als das laute Hupen eines LKWs uns aus unserer Starre reißt, heftet Damian seinen Blick wieder auf die Straße vor uns. Er hält das Lenkrad so fest umklammert, dass seine Fingerknöchel weiß hervortreten. Ohne es zu merken, muss er auf die Spur neben uns gezogen und beinahe einen LKW gerammt haben. Mit weit aufgerissenen Augen klammere ich mich am Griff der Beifahrertür fest.

Nachdem wir den ersten Schock verdaut haben, verfallen wir beide in schallendes Gelächter.

»In Anbetracht der Tatsache, dass wir eben hätten draufgehen können, ist das doch ganz schön ironisch, findest du nicht?«, frage ich und halte mir dabei den Bauch vor Lachen.

»Ist nicht unser ganzes Leben eine pure Ironie?«, fragt Damian ebenfalls lachend, als wir gerade vom Highway abfahren und den Beschilderungen zur Southside Academy folgen.

Bevor wir das Campusgelände betreten, auf dem wir uns gleich voneinander trennen werden, drückt Damian mir noch einen letzten, hauchzarten Kuss auf den Handrücken, so wie er es immer tut, wenn wir uns verabschieden, und entlässt mich in die eiskalte Dunkelheit.

Trust. Loyalty. Respect.
Fuck up one, you‘ll loose all three.

36

ACE ...

Ich gebe es nicht gern zu, Kleines. Aber ich habe mich in dir getäuscht.

Die starken Southside-Gene, von denen ich dachte, dass sie dein Inneres dominieren, waren bloß eine Illusion, die ich mir selbst versuchte, vorzuspielen. Weil ich es mir so sehr gewünscht hatte.

Unter deiner zarten Haut, die sich nur zu gut unter meiner anfühlte, steckt genau die Art von Abschaum, für die alle dich schon immer gehalten haben.

Es war ein Fehler, zu denken, dass es anders sein könnte. Eastside bleibt Eastside, egal wie sehr man versucht, etwas daran zu ändern.

Dachtest du, ich sehe nicht, wie viel Zeit du mit diesem Stipendiaten verbringst? Wie schnell du mich aus deinem Kopf verbannen konntest? Genau das, wovon ich hoffte, dass es nie eintreffen würde, ist geschehen. Du fühlst dich zu genau dem Gesindel hingezogen, um das ein wahrer, vollblütiger Southsider einen großen Bogen machen würde. Egal, wie intelligent ein Mensch ist, ohne Macht ist er nichts wert in dieser Gesellschaft. Frag deine Freundin Camilla, sie weiß am besten, wovon ich spreche …

Und von nun an, gehe mir aus den Augen und wage es nicht ein einziges Mal mehr, meinen Namen mit deinem in Verbindung zu bringen. Das, was zwischen uns war, ist Geschichte. Ausgelöscht, als hätte es nie existiert.

37

IVORY …

Mit jedem weiteren Besuch an der Eastside wurde es einfacher, mich an die außergewöhnlichen Umstände zu gewöhnen. Wir haben eine kleine Routine entwickelt, in der wir unsere Stundenpläne miteinander vergleichen und uns genau die Tage aussuchen, in denen wir beide erst am späten Vormittag unsere erste Vorlesung haben. Auf diese Weise können wir entspannt bei Damians Eltern frühstücken gehen und rechtzeitig wieder an der Southside Academy eintreffen, um kein Aufsehen zu erregen. Das Gefühl, etwas so Verbotenes zu tun, versetzt mir zwar ein mulmiges Gefühl, ist aber überraschenderweise auch unglaublich aufregend. Camilla habe ich von alledem noch nichts erzählt. Sie würde ausflippen, wenn sie erfahren würde, dass ich nicht nur einem Eastsider dabei helfe, illegal an der Southside Academy zu studieren, sondern mich auch noch regelmäßig zum *Kaffeeklatsch* mit seiner Familie treffe. Auch ein paar andere Mitglieder seines Clans durfte ich bereits kennenlernen. Unter anderem einen meiner Cousins zweiten Grades. Es ist erstaunlich, wie verdammt ähnlich wir uns sehen.

Als ich seine Gesichtszüge mit meinen verglich, wurde mir zum ersten Mal richtig bewusst, dass all das hier real ist und ich nicht bloß in einem nie enden wollenden Albtraum gefangen bin.

Das familiäre Beisammensein, mit welchem sie mich bei jedem unserer Besuche beglücken, ist etwas, wovon ich nicht wusste, dass ich mich so verzehrend danach sehnte. Ich liebe meine Eltern, aber ich kann an einer Hand abzählen, wie oft wir die vergangenen Jahre friedlich beieinandersaßen und uns nicht bloß über die Arbeit oder die politischen Zustände der Southside unterhalten haben. Hier an der Eastside ist das anders. Die Menschen lachen, reißen Witze, ziehen einander auf, ohne danach beleidigt davonzulaufen, und sie versprühen eine Lebensfreude, die ich nicht mit ihren miserablen Lebensumständen in Einklang bringen kann. Egal wie viel Scheiße sie durchmachen mussten oder wie heruntergekommen ihre Trailer aussehen, ihre positive Art ging ihnen nie verloren, und dafür bewundere ich jeden Einzelnen von ihnen.

Insbesondere Damian. Denn auch er erfüllt mich mit allem, was mir bisher an Männern gefehlt hat. Er ist liebevoll, zuvorkommend und weiß immer, wie er mir begegnen muss. Egal in welcher emotionalen Verfassung ich mich gerade befinde. Nie gab es auch nur einen einzigen Moment, in dem er den Respekt mir gegenüber verlor. Der einzige Ort, an dem diese Charaktereigenschaften bröckeln, ist sein Bett. Und das ist nichts, worüber ich traurig bin.

Die letzten zwei Wochen kamen wir uns oft näher, sehr oft, um genauer zu sein. Und was soll ich sagen? Das, was zwischen uns passiert, lässt sich nur mit einem einzigen Wort beschreiben. *Unglaublich.*

Leidenschaftlich.

Heftig.

Verzehrend.

Vertraut.

Gut, vielleicht doch ein paar mehr Worte.

Insbesondere das Wort *Vertraut* trifft es ganz gut. Ich vertraue Damian mit jeder Faser meines Körpers – und das ist etwas, das noch niemand geschafft hat. Nicht einmal …

Nein! Ich weigere mich, an ihn zu denken, ihn mit Damian zu vergleichen. Denn die beiden ähneln sich in keiner Weise. Während Damian die schönsten Facetten meiner Selbst hervorruft, weckt Ace die dunkle Seite in mir aus ihrem tiefen Winterschlaf, um mich zu einem Menschen zu formen, der ich nicht sein will. Ein Mensch, der sich selbst nicht unter Kontrolle hat und unterirdisch mit sich umgehen lässt. Nie wieder werde ich so etwas zulassen, denn Damian hat mir gezeigt, dass es auch anders sein kann, dass es *schön* sein kann.

»Hast du noch Hunger?«, fragt Damian mich aus der hintersten Ecke seines begehbaren Kleiderschranks. Er zieht gerade ein viel zu großes T-Shirt für mich hervor, damit ich heute Nacht nicht in meiner Uniform schlafen muss. Er selbst trägt kein Shirt, was meine Augen automatisch zu seinen wohlgeformten Muskeln wandern lässt. Ich bleibe einen Augenblick an ihnen hängen, ehe ich mich wieder seinem Gesicht und seinem Tattoo am Hals widme. Alles an ihm schreit nur so nach ›Young Leonardo DiCaprio‹.

Ich erhebe mich von seinem kleinen, smaragdgrünen Satinsofa und streiche mir den Rock glatt. »Nein, ich glaube, das Essen vorhin hat mir gereicht. Obwohl ich sagen muss, dass ich noch zwanzig dieser kleinen Schokotörtchen hätte verdrücken können.« Genüsslich reibe ich mir den Bauch und merke, wie mir bereits das Wasser im Mund zusammenläuft, wenn ich an den cremigen Nougatkern zurückdenke. Allerdings sah die Dame hinter der Theke mich bereits schief an, als ich zum dritten Mal bei ihr aufkreuzte, um Nachschub zu verlangen.

»Wirklich? Sonst könnten wir noch eine Palette Sushi bestellen«, schlägt Damian beinahe beiläufig vor, während er ein paar Kleidungsstücke zusammenlegt und sie in die Regalfächer vor sich einsortiert. Er hat einen kleinen Ordnungsfimmel, was ich irgendwie süß finde. Selbst seine Socken hat er nach Farbe und Passform sortiert, um nicht durcheinanderzukommen, wenn er sich umzieht. Es wäre schließlich verheerend, wenn er Stiefel tragen möchte und plötzlich Socken für Sneaker in der Hand hält.

»Das ist lieb, aber ich bin satt«, versichere ich ihm, während ich meine Arme von hinten um seine Taille schlinge und ihm einen Kuss auf den oberen Rücken drücke. Keine Ahnung, was das zwischen uns ist, aber es fühlt sich gut an und ich möchte jede Sekunde davon genießen. »Ich glaube, die Art von Hunger, die ich habe, lässt sich nicht durch Sushi stillen.«

»Ist das so?« Damian wendet sich, ohne meine Hände von sich zu lösen, zu mir um und vergräbt seine Lippen in meiner Halsbeuge. »Wären wir zu Hause, hättest du keine Chance, dich einfach so vor dem Essen zu drücken«, haucht er zwischen den Küssen an meinen Hals.

»Da hast du vermutlich recht«, stimme ich ihm zu, ehe ich mein Gesicht an seiner Brust vergrabe und seinen Duft in mich aufsauge. Die Frauen an der Eastside sind überfürsorglich, wenn es ums Essen geht. Egal wie oft man sagt, dass man satt ist, es wird aufgetischt, bis nichts mehr übrig ist.

»Wenn wir schon darüber sprechen ...« Damian greift mit seinen Fingern unter mein Haar und massiert ausgiebig meine Kopfhaut. Wimmernd stemme ich mich seiner Hand entgegen. »Könntest du dir vorstellen, die Semesterferien bei uns zu verbringen?«

Abrupt reiße ich die Augen weit auf und lehne meinen Oberkörper ein Stück zurück, sodass ich ihm ins Gesicht sehen kann. Mir fehlen die Worte, weshalb ich darauf warte, dass er noch etwas Weiteres sagt. Vielleicht, dass es ein blöder Einfall war und er seine Frage zurückzieht.

Doch das tut er nicht. Er sieht mich nur weiterhin erwartungsvoll an und wartet darauf, dass ich ihm eine Antwort liefere.

»Damian ... das ist ...«, stottere ich.

»Was?« Unschlüssig legt er seine Stirn in Falten, offensichtlich nicht sicher, ob ich positiv oder negativ überrumpelt bin.

Dass ich es selbst nicht deuten kann, sage ich ihm besser nicht. Einerseits fühle ich mich geehrt, dass er tatsächlich in Erwägung zieht, mich über längere Zeit in seinem Zuhause zu beherbergen. Andererseits kann ich mir nicht vorstellen, wie das Ganze funktionieren soll, ohne dass jemand etwas davon erfährt. Ich kann schließlich nicht einfach wochenlang von der Bildfläche verschwinden, ohne jemanden darüber zu informieren, wo ich mich aufhalte.

»Damian, ich verbringe diese Zeit bei meiner Familie. Ich weiß nicht, wie das funktionieren soll«, gestehe ich letztendlich und hoffe, ihn damit nicht zu sehr zu verletzen. Ich weiß schließlich aus eigener Erfahrung, wie schnell er eingeschnappt ist, wenn es um dieses Thema geht.

»Die Eastside ist deine Familie«, korrigiert er mich und

streicht mir eine Strähne aus der Stirn, die sich aus meinem Dutt gelöst hat.

Ich schlucke. »Ja, auch, aber …«

»Früher oder später musst du dich ohnehin für eine Seite entscheiden. Ich hoffe auf deine Vernunft, dass du weißt, welche Wahl die richtige ist.«

Entsetzt sehe ich Damian an und löse mich aus seinem Griff. »Wie bitte?«

Mit vor der Brust verschränkten Armen baut dieser sich vor mir auf. »Was dachtest du denn? Dass du dein Leben lang auf zwei Hochzeiten tanzen kannst?«

»Nein, aber …«

»Es gibt kein Aber«, unterbricht Damian mich harsch. Augenblicklich bemerkt er seinen Fehler und legt wieder die übliche Weichheit in seine Stimme. »Ich dachte, es sei eine passende Gelegenheit, um dich an das spätere Leben an der Eastside zu gewöhnen. An unser *gemeinsames* Leben an der Eastside.«

Völlig überrumpelt blinzle ich ein paarmal. Scheinbar hat Damian uns bereits ein Label verpasst, dem ich mit keinem Wort zugestimmt habe.

Für ihn steht fest, dass wir unsere Zukunft miteinander verbringen. Ja, ich habe auch darüber nachgedacht, wie es wäre, eine langfristige Beziehung mit ihm einzugehen, aber er kann doch nicht einfach ohne meine Einstimmung und vor allem ohne mein Wissen Pläne für unsere Zukunft schmieden. Außerdem kann ich nicht einfach meine Sachen packen und meine Heimat verlassen, ist ihm das nicht auch klar?

»Ivy?«, reißt Damian mich aus meinem Meer aus Gedanken.

»Ich … ich … das kann ich nicht.« Meine Stimme ist kaum

mehr als ein Flüstern und ich presse mich mit meinem gesamten Gewicht gegen die Wand in seinem Kleiderschrank. Wie gern ich jetzt hinter dieser verschwinden und woanders wieder auftauchen würde.

»Du kannst *was* nicht?«, hakt Damian nach und kommt wieder einen Schritt auf mich zu.

»Ich kann mein Zuhause nicht verlassen, meine Eltern.«

»Fühlst du dich hier wirklich wohl, Ivy? Oder liegt es an der Gewohnheit, dass dich mein Vorschlag gerade so aus der Bahn wirft?«, fragt Damian und bringt mich damit ernsthaft zum Nachdenken. »Du fühlst dich weder hier noch dort zu Hause. Aber sei dir sicher, dass wir dich, im Gegensatz zu den Leuten an der Southside, mit offenen Armen willkommen heißen werden. Denn uns ist egal, welche Wurzeln du neben unseren in dir trägst. Uns interessiert nur, was du in deinem Herzen trägst. Und ich weiß, wie wunderschön dein Herz ist, meine Blume.«

Seine ehrlichen Worte treiben die Achterbahn, die in meinem Kopf gerade umherfährt, nur noch schneller an. Eine kleine Träne der Verzweiflung befreit sich aus meinem Augenwinkel, welche Damian mit seinem Daumen wegwischt, noch bevor sie den Weg über meine Wange findet.

»Es tut mir leid, Damian. Aber ...« Noch bevor ich meinen Satz beenden kann, legt Damian mir einen Finger auf die Lippen, um mich zum Verstummen zu bringen.

»Hör auf, nachzudenken. Lass dich von mir führen.«

Mir bleibt keine Zeit mehr, seine Worte richtig zu verarbeiten, denn ehe ich mich versehe, legt er seinen Mund auf meinen und liebkost mich mit seiner talentierten Zunge. Seine große Hand findet den Weg unter meine Bluse und öffnet meinen BH in einer geübten Bewegung.

Die Wärme seiner Handfläche umschließt meine Brust und er beginnt, mit zwei Fingern ihre empfindlichste Stelle zu bearbeiten. Sanft zwirbelt er daran herum und unterbricht dabei keine Sekunde lang unseren innigen Kuss.

»Mhmm«, knurrt er an meinem Mund. »Ich muss dich ficken. Sofort.«

Ohne auf meine Zustimmung zu warten, lässt er seine Hand unter meinen Rock gleiten und stimuliert mich so präzise, dass ich stöhnend den Kopf an seine Brust sinken lasse. Nur kurze Zeit später versenkt er auch schon seine Finger in mir und fickt mich so schnell mit seiner Hand, dass ich meine Lust regelrecht an meinem Bein hinablaufen spüre.

»Damian«, keuche ich auf.

Er reagiert nicht, fährt einfach unbeirrt fort und lässt mich den Verstand verlieren. So lange, bis ich kurz davor stehe, die Spitze meiner Ekstase zu erreichen.

»Es wird mein Schwanz sein, der dich zum Schreien bringt, nicht meine Hand«, erklärt Damian und beginnt, mir meine Kleidung vom Leib zu reißen.

Mein Verstand ist wie auf Stand-by gesetzt, völlig fernab des gesunden Menschenverstands. Ohne darüber nachzudenken, lasse ich mich von ihm anheben und herumwirbeln. Mit dem Rücken voraus presst er mich gegen die Tür seines massiven Kleiderschranks. Mit einer Hand hält er mich fest, während er mit der anderen seine Spitze an meinen Eingang führt und knurrend in mich eindringt.

Stöhnend lege ich den Kopf in den Nacken und lasse mich von ihm gegen die Wand ficken. Fuck, wie bei einem Rodeo lässt er mich immer wieder auf und ab wippen, rammt seinen Schwanz unnachgiebig in mich hinein und krallt sich dabei auf brutale Weise in meinem Fleisch fest.

»Ja«, wimmere ich beinahe verzweifelt. »Fuck, Damian ...«

»Es gibt noch so viele Orte, an denen ich dich ficken werde, meine Blume.« Atemlos verlangsamt er seine Stöße, ehe er mich ganz vorsichtig auf den Boden sinken lässt.

Mit weit gespreizten Beinen warte ich darauf, dass er mich erneut ausfüllt. Doch er hat andere Pläne. Mit beiden Händen packt er mich an den Fußgelenken, schleift mich über den Boden und dreht mich mit einem einzigen, kräftigen Ruck herum, sodass ich flach auf dem Bauch vor ihm liege. Japsend schnappe ich nach Luft, als er seine Finger in meinem Haar vergräbt und meinen Oberkörper ruckartig zu sich nach hinten zieht. Kopfschüttelnd mustert er mein Gesicht, ehe er mich ohne Vorwarnung fallen lässt und ich mich gerade noch im letzten Moment mit den Handflächen abfangen kann.

Von oben umgreift er mein Becken und hebt mich so an, dass ich auf allen vieren vor ihm knie. »Du weckst den Wunsch in mir, dir wehzutun, weil du es mir so schwermachst. Dabei könnte es so einfach sein ...«

Ich öffne gerade den Mund, um ihm zu widersprechen, da spüre ich auch schon seinen Schwanz, wie er in einem einzigen Stoß in mich eindringt.

Ein schmerzerfüllter, tonloser Schrei entfährt meiner Kehle, als meine Ellbogen nachgeben und ich vor ihm auf den Boden sacke. Nicht imstande, ihn darum zu bitten, aufzuhören. Viel zu geil macht mich die Vorstellung, dass *das* seine Art ist, seinen Frust mir gegenüber auszulassen. Fuck, in dieser Sekunde bin ich bereit, ihm alles von mir zu geben, solange er mir verspricht, mich jeden Tag aufs Neue auf diese Weise zu bestrafen. Um mich wieder aufrecht platzieren zu können, verlangsamt er sein Tempo. Macht jedoch keine Anstalten, aufzuhören. Stattdessen greift er mit seiner Hand von der Seite unter meinen Bauch und bringt noch seine Finger mit ins Spiel.

Laut stöhne ich auf, verdammt, es ist fast schmerzhaft, wie sehr ich mich danach sehne, von ihm zum Höhepunkt gebracht zu werden.

»Ich habe mich in dich verliebt, Ivory Blackwell.«

Bemüht, gleichmäßig zu atmen, japse ich erschrocken auf. »Was?«

Abrupt hält er in der Bewegung inne, streicht über meinen Rücken und gleitet aus mir hinaus, um sich zu mir nach vorn zu beugen. »Du kannst mir nichts vormachen, ich kann nicht der Einzige sein, der das zwischen uns spürt.« Der angenehme Hauch, der meine Haut bei seinen Worten streift, jagt mir eine Gänsehaut über den Körper.

»Nein ... ich ... ich spüre es auch, Damian.« Die Worte verlassen mich nur abgehackt, da ich viel zu sehr auf das konzentriert bin, was seine Finger an meiner Mitte noch immer mit mir anstellen. »Die Gefühle zwischen uns ... sie sind echt.«

»Was hält dich dann davon ab, mich an die Eastside zu begleiten?«

»Du kannst nicht von mir Verlangen, mein gesamtes Leben für dich und die Eastside aufzugeben ...«

Ein von Wut getriebener Laut entfährt ihm, als er seinen Mund direkt neben meinem Ohr platziert und die Worte ausspricht, die mein Leben für immer verändern werden. »Was würde Daddy wohl sagen, wenn er dich jetzt so sehen würde? Wie du dich von einem schmutzigen Eastsider schwerelos vögeln lässt?«

»Was?«, ächze ich völlig unter Strom und unterbreche den Moment zwischen uns, indem ich ein stückweit nach vorn krabble und mich zu ihm umdrehe.

Ein diabolisches Grinsen breitet sich auf seinem Gesicht aus, während er in die obere Ecke seines begehbaren Kleiderschranks schielt. Ein kleines, immer wieder aufleuchtendes, rotes Licht sticht mir ins Auge und wie ein Schlag trifft mich die Erkenntnis, was soeben geschieht.

Mein Herz rutscht mir nicht nur in die Hose, sondern landet direkt vor mir auf dem kalten Boden, nur um mich dafür zu verspotten, dass ich so leichtgläubig gewesen bin. Schon wieder.

»Damian ... was?« Meine Stimme bricht und ich ringe um Atem.

Statt mir zu antworten, zieht er ein kleines Mikrofon aus der Tasche seiner dicht neben uns liegenden Hose hervor und wackelt damit vor meinem Gesicht herum. »Ich hatte zwar gehofft, ich würde nicht darauf zurückgreifen müssen ... aber ich hatte schon geahnt, dass du nicht so leicht zu überzeugen sein würdest.«

Die Kinnlade fällt mir hinunter und ich kann nicht in Worte fassen, wie unglaublich übergangen ich mich in diesem Augenblick fühle.

Damian hat mein gesamtes Vertrauen binnen weniger Sekunden in die Hand genommen und vor uns auf dem Boden zerschmettert.

»Du machst Scherze, oder?«, frage ich, in der Hoffnung, es könnte nur ein schlecht gemachter Prank sein.

»Dein Vater hat sich viel Mühe gegeben, euren Namen reinzuwaschen.« Mit den Händen formt er Anführungszeichen in der Luft, um seinem Spott kundzumachen. »Aber selbst dieser Sohn eines Bastards kann trotz seiner Bemühungen nicht wiedergutmachen, was dein Großvater uns angetan hat. Das Einzige, was wir tun können, worauf wir uns seit deiner Geburt vorbereiten, ist, uns das zurückzuholen, was uns einst genommen wurde. In dir fließt die DNA der Frau, die einst zu uns gehörte. Du bist unsere Rache, Ivory. Und wenn du nicht freiwillig mit mir kommst, werde ich dich eben dazu zwingen müssen.«

Mir stockt der Atem. Ich zwinge mich selbst dazu, gleichmäßige Atemzüge zu nehmen, auch wenn ich kurz davor stehe, zu hyperventilieren.

»Weit bevor du davon wusstest, warst du mir bereits versprochen. Und ich hole mir immer, was mir gehört.« Mit diesen Worten zückt Damian sein Handy und streckt mir ein Video entgegen, das uns beide zeigt. Hier, in diesem Zimmer, wie ich mich seinen Berührungen hingebe und ihm die Gefühle gestehe, die sich über die letzten Wochen hinweg in mir entwickelt haben.

Jede Hoffnung, die sich in mir gebildet hat, wird mit einem Mal in der Luft zerrissen. Mein Inneres löst sich auf wie ein Stück Zuckerwatte, das man in eine Schüssel voll Wasser legt. Taumelnd stehe ich auf und mache einen Schritt zur Seite. Um zu prüfen, ob mein Herz noch schlägt und ich nicht längst tot bin, halte ich mir die Hand auf die linke Brust.

»Du hast die Wahl. Komm mit mir oder Daddy wird seine Prinzessin von nun an mit ganz anderen Augen sehen.« In seiner Stimme schwingt eine Drohung mit, die keinen Zweifel daran lässt, dass er ernst meint, was er sagt.

Tränen der Enttäuschung bilden sich in meinen Augen und lassen meine Sicht verschwimmen. Ein schrilles Schluchzen entfährt mir, als ich zum Wort ansetzen möchte. Es dauert ein paar Sekunden, bis ich mich wieder gefangen habe. »Wie kannst du es wagen?«, frage ich und lege so viel Vorwurf in meine Worte, dass selbst ich darüber erschrecke, wie ernst meine Worte klingen.

»Mir bleibt keine andere Wahl«, behauptet Damian. Seine Lippen bilden lediglich eine schmale Linie und für den Bruchteil einer Sekunde meine ich, Bedauern in seinen Augen aufblitzen zu sehen. So schnell dieses da war, verschwindet es jedoch wieder hinter seiner steinharten Fassade.

»Die Leute hatten recht! Ihr seid ein krankes Volk!«, schreie ich nun fast, da die Wut meine Trauer zu übermannen beginnt. Wie eine Verrücktgewordene sammele ich meine Kleidung vom Boden auf und schlüpfe wutentbrannt hinein.

Mit vor Zorn verzerrtem Blick greift Damian unter mein Kinn. »Wahre den Respekt, Blackwell«, zischt er. »Du sprichst nicht nur mit deinem zukünftigen Ehemann, sondern auch mit dem Anwärter auf den Herrschaftsposten!«

»Du hast vor wenigen Minuten meinen Respekt für immer verloren, Jones!« Mit einem gezielten Schlag befördere ich seine Hand von mir weg.

Scheinbar hat er nicht damit gerechnet, denn sie schlägt ungebremst am Brett seines Regals auf. Seine Augen verengen sich zu schmalen Schlitzen. »Du wirst mit mir kommen!«, fordert Damian ein letztes Mal und legt noch mehr Nachdruck in seine Worte.

»Nie-mals.« Ich betone jede Silbe dieses einfachen Wortes, um ihm klarzumachen, dass ich, egal was kommt, niemals die Southside verlassen werde, um mich seinem Clan anzuschließen.

Überraschenderweise schiebt sich einer seiner Mundwinkel in die Höhe. »Du hast es so gewollt«, sagt er, während sein Blick sich auf sein Handy senkt und der Ton einer soeben versandten E-Mail erklingt.

Nein ... nein, nein, nein!

So schnell wie noch nie schnappe ich mir meine Tasche, sprinte aus seinem Zimmer und renne den plötzlich viel zu lang wirkenden Korridor entlang.

Dumpf höre ich noch, wie Damian mir »Du wirst es nie schaffen, mir zu entkommen« hinterherruft. Nur unter Anstrengung schaffe ich es, meine Umgebung wahrzunehmen. Meine Sinne schwinden und ich ringe nach Atem. Camilla. Sie ist die Einzige, die mir jetzt in den Sinn kommt. Die Einzige, an die ich mich wenden kann. Und das, obwohl ich sie die ganze Zeit über belogen habe.

38

IVORY …

Völlig abgehetzt erreiche ich Camillas Zimmer und bete, dass sie sich nicht gerade irgendwo auf dem Campus herumtreibt. Viel zu laut und viel zu heftig hämmere ich gegen ihre Tür und höre bereits durch diese hindurch, wie sie sich mir nörgelnd nähert.

Noch bevor sie die Tür richtig öffnen konnte, stürme ich an ihr vorbei und bitte sie atemlos darum, sie zu verriegeln.

»Was ist los, Ivory?«, fragt Camilla panisch und nähert sich mir einen großen Schritt, um mich eindringlich zu mustern. »Bist du verletzt?«

»Nein.« Die einzige Verletzung, die ich gerade mit mir herumtrage, ist mein zertrümmertes Herz. In Kurzfassung erkläre ich ihr alles, was bisher geschehen ist. Dass ich Damians Geheimnis wochenlang behütet habe, mich entgegen ihrer Empfehlung der Eastside genähert habe und dass ich Gefühle für einen Mann entwickelt habe, der mich nun zutiefst gedemütigt hat.

»Verdammt, Ivory!«, fährt Cami mich berechtigterweise an

und fährt sich dabei wütend durchs frisch gewaschene Haar. »Okay, keine Zeit, dich dafür zu hassen, dass du nicht auf mich gehört hast. Fuck, was machen wir jetzt?« Nachdenklich läuft Camilla im Raum auf und ab, die Hände hinter dem Kopf verschränkt, während ich wie ein Häufchen Elend in mir zusammenzusacken drohe.

Ein dicker Kloß bildet sich in meinem Hals, als ich nach und nach realisiere, was mein Vater vermutlich in genau diesem Moment zu Gesicht bekommt. Kopflos raufe ich mir das Haar und merke, dass ich mich inmitten einer Panikattacke befinde.

»Beruhige dich, Ivy!«, dringt Camis Stimme gedämpft zu mir hindurch. »Verdammt, ich weiß nicht, was ich tun soll.« Diesen Satz sagt sie wohl eher zu sich selbst als zu mir. Ruckartig geht sie neben mir in die Knie und leert meine Handtasche mit einer schnellen Bewegung auf dem Boden aus. Zwischen all meinen Hygieneartikeln und umherfliegenden Stiften kramt sie mein Handy heraus und entsperrt dieses mit meinem Code, den ich ihr bereits vor Wochen mitgeteilt habe.

»Was tust du da?«, keuche ich angestrengt und versuche, die Tränen zurückzuhalten, die mir seit Minuten ununterbrochen über die Wangen laufen.

»Psst«, macht sie nur, um mich zum Schweigen zu bringen.

Wenig später hält sie sich das Handy ans Ohr und das Freizeichen ertönt ein paarmal, bevor eine männliche Stimme am anderen Ende der Leitung ertönt. »Hallo?«

»Gott sei Dank«, atmet Camilla erleichtert aus. »Flynn! Camilla hier. Komm sofort in mein Zimmer, Notfall!«

Ich kann noch hören, wie Flynn fragt, was passiert ist, doch kurz darauf hat Camilla bereits aufgelegt und mein Handy unvorsichtig zurück auf ihren Teppich geworfen. Abgehackt frage ich Camilla, wie zur Hölle sie darauf kommt, es sei eine gute Idee, Flynn zu uns zu rufen. Sie zuckt bloß mit den Schultern, offensichtlich selbst nicht ganz schlüssig, ob sie das Richtige getan hat.

Als es wenige Minuten später klopft, weicht Cami keinen Zentimeter von meiner Seite, sondern ruft nur ein lautes »Komm rein!« gen Tür.

Die Tür wird schwungvoll aufgestoßen und meine Augen weiten sich, als ich nicht nur einen, sondern gleich zwei Wellingtons vor mir stehen sehe. Zusammengekauert sitze ich auf dem Fußboden, mit dem Rücken gegen eine süße kleine Kommode gelehnt. Der Knauf der Schublade drückt mir unangenehm ins Schulterblatt, doch das ist mir egal. Viel wichtiger ist, dass ich noch immer nicht richtig atmen kann. Viel zu überfordert bin ich von all dem, was heute geschehen ist. Dass ausgerechnet Flynn *und* Ace jetzt vor mir stehen, macht die Sache nicht gerade einfacher zu verdauen.

»Was ist passiert?«, fragt Flynn an Camilla gewandt und kniet sich ebenfalls neben mir auf den Boden. Schweißperlen haben sich auf meiner Stirn gebildet und ich frage mich, wann dieses alles erdrückende Gefühl in mir endlich beginnt, von mir abzulassen.

Camilla wirft mir einen unschlüssigen Blick zu, da sie sich offenbar nicht sicher ist, was sie von meiner Geschichte preisgeben darf. Ich nicke stumm und drücke ihre Hand fest in meiner zusammen, woraufhin sie genau die Worte wiedergibt, die ich ihr vorhin erzählt habe. Sowohl Flynn als auch Ace machen große Augen, während Camilla ihnen all das erzählt, womit wohl keiner von ihnen je gerechnet hätte. Noch nie zuvor hat ein Eastsider es geschafft, sich einen Platz an der Southside Academy zu erschleichen. Und ich glaube, damit wurde eine Schlacht begonnen, von der ich mir nicht sicher bin, ob ich sie, als Mittelpunkt der Ereignisse, überstehen werde.

Als sie bei dem Teil der Erzählung ankommt, in dem ich Damian meine Gefühle gestanden habe, nehme ich insbesondere in Ace' Augen wahr, wie sie sich für den Bruchteil einer Sekunde verdunkeln und er die Hände zu Fäusten ballt. Erneut überfällt mich ein Schwall Tränen, da ich mich so sehr für meinen Leichtsinn schäme. Ich hätte von Anfang an darauf hören sollen, mich von der Eastside fernzuhalten, statt mich auf die Neugierde einzulassen. So vieles hätte verhindert werden können, wenn ich nur nicht so stur gewesen wäre. Kopfschüttelnd vergrabe ich das Gesicht in meinen Händen. »Ich habe alles kaputtgemacht«, schluchze ich.

»Flynn, egal, was zwischen euch vorgefallen ist. Ich weiß, wie viel du ihr noch immer bedeutest. Bitte, hilf mir«, fleht Camilla Flynn nahezu an.

Augenblicklich wandert mein Blick zu Ace, der ein verächtliches Schnauben von sich gibt.

»Nichts für ungut, Ace«, beginnt Camilla vorsichtig, »aber ich glaube, du bist der Einzige hier, den sie gerade nicht bei sich haben möchte.«

Mein Inneres möchte sich gegen diese Aussage wehren, möchte schreien, dass es nicht stimmt und sie *alle* verschwinden sollen, aber ich kann einfach nicht. Viel zu ausgelaugt bin ich, um auch nur darüber nachzudenken, jemanden von mir zu stoßen.

»Halt deine verdammte Fresse, Camilla. Ich bleibe«, fährt Ace sie an, woraufhin diese sich widerwillig geschlagen gibt und sich Flynn mit Tränen in den Augen zuwendet. Mit sich selbst ringend beißt Flynn sich auf die Unterlippe. Auch ihm hängt unser kürzlicher Streit noch bitter nach.

Ein flehender Ausdruck liegt in Camis Gesicht und irgendwie kommt es mir so vor, als würden sie und Flynn sich ein wenig zu lange in die Augen sehen, bevor er ihrer Bitte nachgibt und mich in den Arm nimmt. Sein vertrauter Duft steigt mir in die Nase und plötzlich sind all die negativen Ereignisse, die wir beide miteinander teilten, wie weggeblasen. All die schönen Momente blitzen wie ein Film vor meinem inneren Auge auf und ich spüre ganz deutlich, dass es ihm genauso geht wie mir. »Es tut mir so leid«, nuschle ich schluchzend an seiner Brust.

Zaghaft legt er seine Hand auf meinen Hinterkopf und streicht mir das zerzauste Haar ein wenig glatt. Schniefend drücke ich mein Gesicht in seinen Pullunder und bin mir sicher, ein paar Flecke Mascara darauf zu hinterlassen, weshalb ich Anstalten mache, meinen Kopf von ihm loszureißen. Er jedoch lässt dies nicht zu und drückt mein Gesicht wieder an genau den Ort, an den es hingehört. In diesem Augenblick könnte ich ihm nicht dankbarer sein und wünsche mir tief in meinem Inneren unsere Freundschaft zurück. Auch wenn es sich nach einem unmöglich erreichbaren Bedürfnis anfühlt.

»Sag mir, was du siehst«, sagt Flynn an meinem Ohr. Offensichtlich ein Trick, um mich von dem abzulenken, was mich erst in diese Situation gebracht hat.

»Nichts«, murmle ich, mit dem Gesicht noch immer an seine Brust gepresst, womit ich ihm ein leises Lachen entlocken konnte, was mich unwillkürlich grinsen lässt.

»Okay. Ein Punkt für dich. Aber vielleicht kannst du mir ja sagen, was du riechst?«

Kurz denke ich über seine Frage nach. »Dich, du riechst nach Holz«, sage ich und merke zugleich, wie blöd sich das anhört. »Ich meine, es ist ein herber Duft, wie wenn man an einem regnerischen Tag im Wald spazieren geht.«

»So, so, nach Holz rieche ich also«, wiederholt Flynn meine Worte und ein amüsierter Unterton liegt in seiner Stimme. »Gibt es noch etwas, das du riechen kannst?«

»Ich rieche ... Ace' Aftershave«, gebe ich im Flüsterton zu und lege somit vor allen Anwesenden offen, wie nahe wir uns bereits gestanden haben müssen. Niemand erkennt einfach so das Aftershave eines Typen, der einem nicht unter die Haut ging.

Mit einem kurzen Blick über Flynns Schulter, treffe ich direkt auf Ace' kalte Augen, die mich eindringlich anstarren, und ein unangenehmer Schauer läuft mir über den Rücken. Keine Spur der Wärme, die ich bis vor wenigen Wochen begehrt habe, spiegelt sich noch darin wider. Es ist, als wäre diese, mitsamt jeglichen Gefühlen in ihm, ausgelöscht worden.

Er gibt ein tonloses Lachen von sich und wendet kopfschüttelnd den Blick von mir ab. »Was soll das denn bitte für eine hollywoodreife Show darstellen?«, murmelt er.

»Wie bitte?«, fährt Camilla ihn an.

»Ach, komm schon«, zischt Ace und deutet mit der ausgebreiteten Handfläche auf Flynn und mich. »Sie ist doch selbst schuld daran, dass ihr Vater jetzt dabei zusehen muss, wie seine einzige Tochter von diesem *Abschaum* gefickt wird. Was mich nicht wundert, wenn man bedenkt, dass sie selbst ein Teil von ihnen ist.«

Scharf ziehe ich die Luft ein und kralle meine Finger noch fester in Flynns Schultern. Auch dieser gibt ein warnendes Brummen von sich und wirft einen zerstörerischen Blick über seine Schulter, der nur Ace allein gilt.

»Zu schade eigentlich, denn ich hatte insgeheim sogar so

etwas wie Respekt für deinen Vater entwickelt. Ich meine, er hat echt alles dafür getan, die Vergangenheit hinter sich zu lassen. Dass du all das, was er über Jahre hinweg aufgebaut hat, in nur wenigen Wochen zerstört hast, ist schon eine Meisterleistung, Ivory. Großen Applaus.« Klatschend steht er nun vor uns und deutet eine ironisch gemeinte Verbeugung an.

Nicht nur mir, sondern auch Camilla ist die Kinnlade hinuntergefallen. Flynn hat mich inzwischen von sich hinunter manövriert und sich vor seinem Bruder aufgebaut. »Ich glaube, es wäre besser, wenn du jetzt gehst«, presst er aus zusammengebissenen Zähnen hervor und reckt seinen Kopf Richtung Tür, um Ace den Weg zu weisen.

»O Mann, Bruder. Du wirst es nie lernen, nicht wahr?«, erwidert Ace und schüttelt enttäuscht den Kopf, während er sich widerstandslos auf den Weg zu Camillas Zimmertür macht.

Während in mir zum zweiten Mal heute alles in kleine Scherben zerbricht, sehe ich, wie in Camilla die blanke Wut aufzusteigen beginnt. Mit großen, trampelnden Schritten steuert sie auf Ace zu und drückt ihm ihren Zeigefinger drohend gegen die Brust. Er selbst quittiert dies nur mit einem provokanten Lachen.

»Ist dir klar, was es auch für dich bedeutet, dass dieser Typ ... Wie hieß er noch gleich?«, fragt Camilla an mich gerichtet.

»Damian«, entgegen ich kleinlaut.

»Damian ... es an die Southside Academy geschafft hat? Wie zur Hölle konnte das überhaupt passieren, hm?« Ihre Worte klingen so eindringlich und schneidend, dass selbst ich sehen kann, wie die kleinen Zahnrädchen in Ace' Kopf zu arbeiten beginnen.

»Das ist ... nicht mehr mein verfluchtes Problem!«, spuckt

Ace ihr zur Antwort entgegen. Seine Brust hebt und senkt sich ungleichmäßig und ich fürchte, es fehlt nicht mehr viel, bis er die Beherrschung verliert.

»Oh, und wie das dein Problem ist.« Ohne ihm weitere Beachtung zu schenken, wendet Camilla sich mir kopfschüttelnd zu. »Ich wusste nicht, dass er kommen würde. Eigentlich hatte ich nur Flynn angerufen.«

Vorwurfsvoll schielt sie zu Flynn, der entschuldigend die Schultern in die Höhe zieht. »Wir hatten gerade geschäftlich zu sprechen, als der Anruf kam. Ich bin so schnell abgehauen, dass ich nicht verhindern konnte, dass er mir folgt.«

»Schon gut«, murmle ich, als ich Ace dabei beobachte, wie er aus dem Zimmer verschwindet. »Danke, dass ihr da seid. Ich werde diesen Beistand brauchen, sobald mein Vater hier eintrifft.«

Was nicht mehr allzu lange dauern dürfte …

39

REGINALD BLACKWELL …

Meine geballte Faust landet auf dem Schreibtisch und lässt alles, was sich darauf befindet, erzittern.

Wenn ich diesen Kerl in die Finger kriege, werde ich ihn umbringen, ich werde ihn dem verdammten Erdboden gleichmachen …

Zunächst dachte ich, die ausführliche Mail sei wie so oft nur eine Inszenierung, um mir meine wertvolle Zeit zu rauben. Allein der Betreff ›*Back to the Roots, Blackwell*‹ kam mir so lächerlich vor, dass ich sie beinahe sofort in den Papierkorb geschoben hätte – wäre da nicht dieser verdammte Videoanhang gewesen, der mir in letzter Sekunde ins Auge stach. In Kombination mit dem Text, in dem man mir versucht hat, weiszumachen, dass meine Tochter sich in einen Eastsider verliebt haben soll, nachdem sie wochenlang von ihren Kommilitonen gemobbt wurde, brannten jegliche Sicherungen in mir durch. Kein Vater der Welt sollte je dem Schmerz und dem Ekel ausgesetzt werden, welchen ich in diesem Moment ausgesetzt werde. Und obwohl ich nichts lieber tun würde, als meinen PC zu zerschmettern, kann ich nicht anders, als mir das gesamte Video anzusehen. Jedem einzigen perversen Wort zu lauschen, mit welchen er meine Tochter manipuliert hat. Die Art, wie er ihr an den Haaren zieht, bis sie vor Schmerz aufschreit, lässt eine unbändige Wut in mir aufkochen, den Wunsch, ihn mit bloßen Händen umzubringen.

»Humphrey! Rufe sofort meinen Fahrer an und sag ihm, er soll seinen Arsch so schnell wie möglich in den Wagen schwingen!« Auf die Schnelle einen Flug zu organisieren, würde viel länger dauern als die zweistündige Fahrt. Allein weil die Fluglinien analysiert werden müssen, bevor ein Privatjet abheben kann.

»Natürlich, Sir. Wo soll ich ihm ausrichten, möchten Sie abgesetzt werden?« Humphrey ist meinen schroffen Tonfall bereits gewohnt, weshalb er sich vermutlich keine großen Gedanken darüber macht, was passiert sein könnte. Es passiert nicht selten, dass ich ihn in meiner Wut über irgendwen anbrülle.

»An der Southside Academy«, presse ich hervor und klammere mich an den Kanten meines Schreibtisches fest, um nichts gegen die Wand zu schmettern.

Erst jetzt weiten sich auch Humphreys Augen für den Bruchteil einer Sekunde und Sorge lässt sich aus ihnen herauslesen. Er ist allerdings viel zu professionell, um seine Emotionen am Arbeitsplatz zur Schau zu stellen. Und genau das ist der Grund, weshalb er seit über zwanzig Jahren stets an meiner Seite steht und ein viel zu hohes Gehalt ausgezahlt bekommt. Qualität hat nun mal ihren Preis.

»Er wird in fünf Minuten für Sie bereit sein, Sir«, erstattet Humphrey Bericht – das Ohr noch immer am Hörer.

Das Gemurmel, das folgt, nehme ich nur noch gedämpft wahr. Viel zu sehr bin ich in meinem Rausch gefangen.

All meine noch nicht abgearbeiteten To-dos des Tages verbanne ich aus meinem Kopf und eile die breite Wendeltreppe aus meinem Büro nach draußen, wo das Auto am Rande des Anwesens bereits mit laufendem Motor auf mich wartet.

So fest ich kann, schlage ich die Tür zu und brülle den Fahrer an, er solle gefälligst in die Pedale treten und dass ich ihn hochkant rausschmeißen würde, wenn er mich nicht innerhalb kürzester Zeit an der Southside Academy absetzen würde.

Angstschweiß tropft ihm von seiner Stirn und ich muss zugeben, dass ich ihn dafür beneide, dass sein größtes Problem die Angst um seinen Job als Chauffeur ist. Würde er auch nur eine Sekunde lang in meiner Haut stecken, wüsste er, was wahre Probleme in einem anrichten können. Wie es sich anfühlt, der eigenen Tochter dabei zusehen zu müssen, wie sie sich in ihren direkten Untergang begibt, und all das zerstört, was ich ihr durch harte Arbeit ermöglicht habe.

Das Abbild dieses Eastside-Jungen, der seine Hände über den nackten Körper meiner Tochter gleiten lässt, jagt mir einen eiskalten Schauer über den Rücken. Dass sie aus der Vergangenheit nicht gelernt haben, beweist mir, dass ich dieses Mal härtere Geschütze aufziehen muss, um sie außer Gefecht zu setzen. Niemand, und damit meine ich *wirklich niemand*, krümmt meiner Tochter auch nur ein einziges Haar, ohne davor an mir vorbeizumüssen.

Sometimes, the only one
you can trust is yourself.

40

IVORY ...

»Ms Ivory Blackwell wird umgehend in das Büro von Dekanin Augustine gebeten.« Es ist inzwischen das vierte Mal innerhalb der letzten zwanzig Minuten, dass diese Durchsage aus jedem einzelnen Lautsprecher des Gebäudes schallt.

Meine Nervosität ist an einem Punkt angelangt, an dem ich beginne, mir die Fingernägel anzuknabbern – ein Verhalten, welches ich normalerweise verabscheue. »Ich werde rausgeworfen, das wars ein für alle Mal mit mir. Meine Tage sind gezählt, meine Zukunft ...« Ich laufe hektisch im Raum auf und ab, während Cami und Flynn nur mitleidige Blicke austauschen.

»Jetzt beruhige dich doch erst mal.« Flynn packt mich mit seinen starken Händen an den Oberarmen und zwingt mich somit, ihm direkt ins Gesicht zu sehen. »Ace wird es ihr gesteckt haben, vermute ich. Das bedeutet, im ersten Schritt, dass Damian exmatrikuliert wird, nicht du! Dass du die Southside verlassen hast, wird dir zwar großen Ärger einbringen, aber es gibt keine schriftliche Regel, die besagt, dass es verboten ist – sie wurde nur mündlich festgelegt, also solltest du rein rechtlich nicht dafür belangt werden können.«

»Stimmt! Dir wird nichts passieren, hast du verstanden?«, mischt Cami sich in unser Gespräch mit ein.

Da ich nichts anderes tun kann, als den beiden Glauben zu schenken, nicke ich und bereite mich mental auf das vor, was die nächsten Stunden auf mich zukommen wird.

»Ms Ivory Blackwell wird umgehend in das Büro von Dekanin Augustine gebeten. Dies ist der *letzte* Aufruf für Ms Ivory Blackwell.«

Wir alle wissen, was das bedeutet. Ich muss jetzt sofort los und versuchen, so gut wie möglich Schadensbegrenzung zu betreiben. Ansonsten wird das Ganze kein gutes Ende nehmen – für niemanden von uns.

Cami und Flynn haben darauf bestanden, mich zu begleiten. Meinen Argumenten, dass ich diese Sache selbst verbockt habe und sie daher auch allein wieder ausbügeln muss, haben sie keinerlei Beachtung geschenkt. Stattdessen folgen sie mir auf Schritt und Tritt in den gegenüberliegenden Turm, bis ich letztendlich einknicke und sie gewähren lasse.

»Scheiß auf alles, was passiert ist, wir müssen jetzt zusammenhalten und diesen Arschlöchern von Eastsidern zeigen, dass sie uns nicht kleinkriegen«, befiehlt Cami, woraufhin Flynn ihr mit einem befürwortenden Nicken zustimmt.

Sie sind bei mir, meine beiden besten Freunde sind bei mir. Und somit jeder, den ich glaubte, verloren zu haben. Bis auf Ace ...

Mit Flynn zu meiner rechten und Cami zu meiner linken Seite fühle ich mich zugegeben ein wenig stärker, als wenn ich allein durch die breiten Flure schreiten müsste. Wobei diese mir im Moment gar nicht mehr so breit vorkommen. Eher fühlt es sich an, als würden sie sich mit spitzen Rasierklingen direkt auf mich zu bewegen.

Viel spitzer noch als jede Rasierklinge ist jedoch das imaginäre Messer, das man mir ins Herz rammt, als ich meinen Vater mit hochrotem Kopf den Flur entlangtrampeln sehe. Als er mich aus der Ferne erblickt, scheint sein Puls sich noch einmal zu verdoppeln, genauso wie seine Schrittgeschwindigkeit. Mit dem Zeigefinger deutet er direkt auf mich.

»Ivory Blackwell! Du wirst den Tag deiner Geburt bereuen, wenn ich mit dir fertig bin!« Die Härte seiner Worte schneidet mir beinahe die Luft zum Atmen ab. Plötzlich merke ich, wie ich ganz klein werde und meine sonst so selbstbewusste Fassade in ihre Einzelteile zu zerfallen beginnt. Noch bevor ich etwas erwidern kann, biegt er in eine scharfe Rechtskurve und stürmt, ohne zu klopfen, in das Büro von Mrs Augustine.

Wir drei tauschen kurze, vielsagende Blicke miteinander aus. Nicht nur meine Stirn ist von großen Sorgenfalten durchzogen.

Alle gleichzeitig stürmen wir los und folgen meinem Vater durch die einzige metallene Tür der gesamten Akademie. Ich möchte nicht wissen, welche wertvollen Dinge hier verstaut werden, dass es derartiger Sicherheitsvorkehrungen bedarf. Mal ganz abgesehen von dem Zahlencode, den Mrs Augustine jeden Abend ändert, damit keiner es schafft, sich in der Nacht Zugang zu verschaffen.

»Wie zur Hölle konnte es passieren, dass ein Junge der Eastside sich nicht nur Zugang zur Southside Academy verschafft, sondern auch noch hier studiert? Und sich an meiner verdammten Tochter vergeht?«, brüllt mein Vater in Mrs

Augustines Richtung, die überraschenderweise keine Miene verzieht.

»Reginald«, erwidert diese nervös und lässt ihren Blick kaum merklich zu uns Studenten wandern, was meinen Vater nicht weniger interessieren könnte. »Ich darf doch wohl um etwas Diskretion bitten.«

»Nein!« Mit einem Schwung fegt mein Vater alles vom Tisch, was ihm in die Quere kommt.

Ich zucke heftig zusammen. So aufgebracht habe ich ihn noch nie zuvor gesehen, und ich habe ihn in *vielen* unterschiedlichen Verfassungen erlebt.

»Ab heute bin ich für dich Mr Blackwell, hast du mich verstanden?« Seine Augen fixieren die ganze Zeit über nur Mrs Augustine. Uns dreien würdigt er keines Blickes. Vielleicht kann er mir nach all dem, was er gesehen hat, nicht mehr in die Augen sehen. Und verdammt, es bricht mir das Herz, dabei zuzusehen.

»Die Absprache war, dass ich für den Erfolg dieser Schule sorge und sie dafür«, mein Vater deutet auf mich, ohne sich selbst dabei umzudrehen, »problemlos – und vor allem ohne je etwas von der Sache mit der Eastside zu erfahren – hier studieren kann. Ohne mich wäre diese verdammte Akademie bereits vor Jahren den Bach runtergegangen. Und was erfahre ich als Dank dafür? Dass der Schutz meiner Tochter Ihnen an Ihrem kleinen, süßen Arsch vorbeigeht! Dass Sie tatenlos dabei zugesehen haben, wie meine Tochter von ihren Mitschülern gemobbt wird und um all das noch zu krönen, ein verdammter Eastsider es geschafft hat, sie unbemerkt zu manipulieren. Ich habe meine Tochter in Ihre Obhut gegeben und Sie haben auf allen möglichen Ebenen versagt!«

Mrs Augustine räuspert sich, die Empörung über die Worte

meines Vaters stehen ihr ins Gesicht geschrieben und auch ich schnappe entsetzt nach Luft.

Damian muss ihm in dieser verdammten E-Mail alles gesteckt haben, was je an dieser Akademie geschehen ist …

»Regi… Mr Blackwell … Ich bin zutiefst bestürzt über die Ereignisse, die sich die vergangenen Wochen hier zugetragen haben.« Irgendwie schafft diese Frau es, ihre undurchdringbare Fassade ohne auch nur einen einzigen Riss aufrechtzuerhalten. »Ich werde alles, was in meiner Macht steht, in die Wege leiten, um diesen Jungen so schnell wie möglich von hier fortzuschaffen.«

»Dafür ist es aber zu spät!«, brüllt mein Vater erneut. »Ich hätte niemals meine Gelder in diese verfluchte Akademie fließen lassen dürfen.« Entrüstet reibt er sich mit der Handfläche über die langsam grau werdenden Bartstoppeln.

Pure Angst blitzt in Mrs Augustines Augen auf und ich kann nicht anders, als mich zu fragen, was es mit all dem auf sich hat. Verwirrt blicke ich zwischen den beiden hin und her und wage es, mich einen Schritt in deren Richtung zu bewegen. Und dann noch einen, so lange, bis ich genau zwischen den beiden platziert bin und meinen Körper direkt in die Richtung meines Vaters ausrichte.

»Was ist hier los, Dad?«, wispere ich. Meine Stimme ist nicht mehr als ein Zittern.

Sein vor Wut verzerrter Blick trifft direkt auf meinen. Doch statt mich einschüchtern zu lassen, drücke ich meine Beine, so fest ich kann, auf den Boden, um den Halt nicht zu verlieren.

»Denkst du etwa, ich werde diesem verdammten Saftladen hier auch nur einen einzigen weiteren Cent zukommen lassen?« Ein tonloses Lachen kommt über seine Lippen. »Nein, Ivory. Ich musste hart für all das hier arbeiten und offensichtlich wird es noch immer nicht anerkannt.« Nicht sicher, was er mir damit sagen will, schüttle ich unwissend den Kopf. »Der heutige Tag war dein letzter an der Southside Academy. Pack deine Sachen und komm mit mir nach Hause. Sofort! Oh, und glaube nicht, dass du je wieder auch nur einen einzigen Fuß vor die Tür setzen wirst!« Sein Tonfall lässt keinen Raum für Diskussionen offen. Dennoch bleibe ich wie angewurzelt stehen und rühre mich keinen Zentimeter von der Stelle. Camilla verschlingt unsere Finger miteinander und stellt sich dicht neben mich, um einen stillen Protest anzuzetteln.

Wütend funkelt mein Vater sie an, was sie allerdings kein bisschen aus der Ruhe zu bringen scheint. Verdammt, diese Frau muss einiges gewohnt sein, wenn sie beim Anblick eines wütenden Reginald Blackwells nicht in Angst und Schrecken verfällt.

»Ivory. Ich wiederhole mich kein weiteres Mal«, fügt mein Vater nachdrücklich hinzu.

»Nein«, widerspreche ich ihm zum allerersten Mal in meinem Leben und merke, wie sich ein dicker Kloß in meinem Hals bildet.

»Wie bitte?« Entsetzt starrt mein Vater erst mich an, ehe sein Blick zur offen stehenden Tür wandert, durch die Damian gerade unbeirrt eintritt. Auf seinen Lippen liegt ein widerwärtiges Grinsen und er mustert mich mit einem Verlangen in den Augen, das niemandem in diesem Raum entgehen kann. Beschämt senke ich meinen Blick.

»Sag mir nicht, es liegt an diesem Jungen, Ivory!« Plötzlich ist die alles verschlingende Wut in seiner Stimme wie verpufft und wird durch ein beinahe verzweifeltes Flehen ersetzt. Mit dem ausgestreckten Arm deutet er auf Damian, während er hektisch zwischen uns beiden hin und her blickt. »Nein … Das kannst du deinem Vater nicht antun. Du darfst mir nach all dem, was ich für dich getan habe, nicht das Herz brechen.«

Ich könnte ihm das Herz gar nicht mehr brechen, da mein eigenes längst in messerscharfen Scherben auf dem Boden liegt. Drei Menschen sind heute darauf herumgetrampelt. Damian, der mich verraten hat. Ace, der alles, was je zwischen uns war, niedergeschmettert hat. Und nun auch noch mein Vater, der mich von der renommiertesten Akademie des Landes nehmen möchte. Wegen eines verfluchten Sextapes, von dessen Aufnahme ich nicht einmal etwas wusste.

»Ich verspreche dir ein Studium an der Kunsthochschule, so wie du es dir immer gewünscht hast«, drängt mein Vater und legt ein halb versöhnliches halb verzweifeltes Lächeln auf.

Dabei liegt es überhaupt nicht an Damian, dass ich nicht mit ihm gehen kann. Es liegt daran, dass ich mich verändert habe. Natürlich liebe ich meine Kunst, aber ich kann die Southside Academy jetzt nicht mehr einfach so verlassen. Dafür habe ich viel zu viel durchgemacht. Ich will mich wehren dürfen. Ich will Damian dafür büßen lassen, was er mir angetan hat. Jetzt einfach aufzugeben, meine Sachen zu packen und wegzurennen, erscheint mir nicht nur falsch, es *ist* verdammt noch mal falsch.

»Ich bin eine Blackwell und Blackwells lassen sich von nichts und niemandem den Boden unter den Füßen wegreißen«, flüstere ich an meinen Vater gerichtet.

Seine Augen weiten sich und als auch noch Flynn neben uns tritt und das Wort erhebt, wird er vollkommen sprachlos, was nur sehr selten geschieht. »Sie hat recht. Lassen Sie sie weiter hier studieren. Ivory kann nichts für den Krieg, den ihr Vater vor sechzig Jahren angezettelt hat.« In Flynns Blick liegt ein so wehmütiger Ausdruck, als würde es ihn all seine Kraft kosten, mich vor all diesen Menschen hier zu verteidigen.

Mein Vater blinzelt ein paarmal, als würde er Flynns Gesicht versuchen zuzuordnen. »Du bist doch der Wellington-Junge, habe ich recht? Deine Eltern waren mit mir im selben Jahrgang, wurden schwanger im letzten Semester.«

»Ja, Sir.«

Mein Vater weiß natürlich über die Stellung der Wellington-Familie an der Southside Academy Bescheid. Umso mehr Verwunderung liegt in seinem Gesicht, als er seine Augen von Flynn zu mir schweifen lässt. Die Tatsache, dass ein Gründungsnachfahre sich ausgerechnet mit einer Abtrünnigen abgibt, erschließt sich ihm in keiner Weise. Verständlicherweise, denn verdammt, nicht einmal mir selbst erschließt es sich.

Noch bevor er etwas erwidern kann, wird dieses plötzlich winzig wirkende Büro erneut von zwei zusätzlichen Gesichtern gefüllt. Deren Präsenz erfüllt in Sekundenschnelle den gesamten Raum und ich merke erst jetzt, da sie direkt nebeneinanderstehen, wie unverkennbar ähnlich sie sich sehen. Ace, der ungefähr genauso groß ist wie sein Vater, folgt diesem auf Schritt und Tritt, bis auch sie neben uns zum Stehen kommen.

»Reginald«, begrüßt Mr Wellington meinen Vater und reckt ihm seine Hand entgegen.

Kurz ringt mein Vater mit sich, erwidert dann jedoch seinen Handschlag. »Cornelius.«

Mr Wellingtons Blick fixiert Damian, der noch immer locker an der Wand uns gegenüber lehnt. Seine Miene bleibt gleichgültig, auch wenn ich es hinter seiner Fassade brodeln sehen kann. »Alter Freund«, sagt er an meinen Vater gerichtet und lässt seine Hand los.

Handschläge sind schon etwas Suspektes. Sie können deinem Gegenüber alle möglichen Gefühle vermitteln. Freundschaft, Wertschätzung, Beglückwünschung, aber auch Macht, Drohung oder gar Hass. Was genau in diesem Handschlag übermittelt wurde, kann ich nicht genau zuordnen. Viel zu massiv ist deren über Jahre hinweg errichtete Geschäftsmannsmanier.

»Ich verstehe, dass wir uns in einer Ausnahmesituation befinden«, fügt Mr Wellington bedacht hinzu. »Dennoch kann ich dir mit höchster Gewissheit versichern, dass die Maßnahmen zum Schutz unserer Kinder drastisch verstärkt werden! Beginnend mit der sofortigen Entfernung dieses ... Jungen ...«, angewidert mustert er Damian, »aus meinen ... *unseren* ... vier Wänden, *unserem* Zuhause.«

Er betont die beiden Worte so sehr, dass ich ein Würgen unterdrücken muss. Mir ist mehr als klar, weshalb er diese Show abzieht. Es geht ihm weder um mich noch um meinen Vater. Alles, was ihn interessiert, ist das Geld, welches durch die Hände unserer Familie in seine Akademie fließt. Es ist ihm schlichtweg nicht möglich, meinen Vater als Sponsor zu verlieren, es würde seinen Ruin bedeuten und den Ruin aller, die hier studieren.

»Es wäre fahrlässig, dich aufgrund eines einzigen Rückschlags in einem Krieg zu ergeben, den du seit Jahrzehnten führst, Reginald.«

Dafür, dass seine Existenz an der Entscheidung meines Vaters hängt, liegt überraschend viel Ruhe in seiner Stimme. Nur wenn man sich stark darauf konzentriert, kann man den Schwung Nervosität in dieser heraushören. Anders jedoch scheint es Flynn zu ergehen. Dieser versteift sich neben mir und bangt offenkundig um das Erbarmen meines Vaters. Ich drücke aufmunternd seine Hand und schenke ihm ein schmales Lächeln.

Mr Wellingtons Blick fällt kurz auf unsere ineinander verschränkten Hände. »Das Einzige, was mein Sohn Flynn und ich gemeinsam haben, ist, dass wir beide auf eurer Seite stehen. Wir erkennen dein Durchhaltevermögen an. Deine Tochter studiert nicht umsonst an dieser Akademie. Es ist ein Privileg, das nicht einfach so an jeden Beliebigen verteilt wird!«

Dass er noch nicht selbst auf seiner Schleimspur ausgerutscht ist ... unglaublich.

Und dann passiert etwas, womit ich nie im Leben gerechnet hätte. Ace fucking Wellington erhebt wahrscheinlich zum ersten Mal in seinem Leben das Wort gegen seinen Vater. Ich weiß nicht, was los ist, aber scheinbar ist heute der *Rebelliere-gegen-deine-mächtigen-Eltern-Tag*. Dabei sind wir im Grunde genommen nichts weiter als kleine Würmer, die alles, was sie haben, ihren Eltern zu verdanken haben.

»Und warum ist es für dich dann so ein enormes Problem, dass wir Kontakt zu ihr pflegen? Wie waren deine Worte noch gleich?« Grübelnd fasst er sich ans Kinn, ehe er den Zeigefinger in die Höhe reckt und den mürrischen Gesichtsausdruck seines Vaters nachahmt. »Den Dreck der Eastside akzeptieren wir neben unseren Söhnen nicht?«

Ein betretenes Schweigen breitet sich zwischen uns aus.

Ace durchbricht dieses, indem er mit der Zunge schnalzt, seine Position auf unsere Seite wechselt und Camilla zur Seite schiebt. Jetzt steht er seinem Vater direkt gegenüber, und neben ... mir.

Mir stockt der Atem. Nicht nur mir, uns allen wurde die Luft zum Atmen abgeschnürt. Insbesondere Flynn, der wie gebannt seinen knapp eineinhalb Jahre jüngeren Bruder anstarrt.

»Hör endlich auf damit, alles zu verabscheuen, was nicht nach deinen verdrehten Vorstellungen gezeugt wurde. Weder Ivory, die Tochter deines angeblichen Freundes, noch Flynn, dein eigener Sohn, haben für dich irgendeinen Wert. Alles nur, weil sie das Ergebnis unehrenhafter Beziehungen darstellen. Dabei warst doch du es, der seinen Schwanz noch während des Studiums in unsere Mutter gesteckt hat und das Risiko einging, ein unehelich gezeugtes Kind, oder wie du es so gern sagst, *einen Bastard*, zur Welt zu bringen.« Ace' Stimme bebt und seine Brust hebt und senkt sich in unregelmäßigen Abständen.

Unwillkürlich frage ich mich, wie lange er diese Worte schon unausgesprochen mit sich herumschleppt, wie viel Überwindung es ihn gekostet haben muss, seinen Vater endlich mit all diesen zurückgehaltenen Gedanken zu konfrontieren.

In den Zügen meines Vaters zeichnet sich ein derart ausgeprägter Zorn ab, dass ich fürchte, er könnte gleich vollkommen die Beherrschung verlieren.

»Was redest du denn da, Junge?«, fragt Mr Wellington halb lachend. »Scheint so, als wären all unsere Kinder heute ein bisschen *verwirrt*.« Das letzte Wort spuckt er seinem Sohn geradezu entgegen, während er seinen Arm fest um ihn legt, um ihn wieder neben sich zu ziehen. Aus dem Augenwinkel erkenne ich, wie er Ace grob in die Seite zwickt.

Offenbar scheint Ace erst jetzt zu realisieren, was er soeben von sich gegeben hat. Sein zuvor selbstsicheres Auftreten bröckelt in sich zusammen und ich kann in seinen Augen erkennen, wie er darüber nachdenkt, was ihn heute noch zu erwarten hat.

»Es liegt in meinem ganz persönlichen Interesse, das Wohl

aller Studenten meiner Akademie sicherzustellen. Dafür stehe ich mit meinem Namen! Oder, Ace?« Erneut rammt Mr Wellington seine Finger in Ace' Fleisch.

Ace mag zwar in unserer Generation das Sagen haben, gegen die Älteren jedoch kommt selbst er nicht an.

»Ja, Dad«, stimmt Ace widerwillig zu und richtet seine Aufmerksamkeit anschließend auf meinen Vater. »Ich entschuldige mich für meinen Ausbruch eben, Mr Blackwell. Mir sind die Sicherungen durchgebrannt. Wie mein Vater bereits sagte, wir befinden uns in einer Ausnahmesituation.«

Damians mir nur allzu vertrautes Lachen erklingt in meinem Ohr – mit dem Unterschied, dass es mir jetzt so fremd vorkommt, als stünde er kilometerweit von uns entfernt, dabei trennen uns lediglich wenige Meter voneinander. »Wenn Daddy das Wort erhebt, hat Wellington Junior wohl nicht mehr die Eier dazu, einen auf Big Boss zu machen. Kein Wunder, dass die Kleine sich für mich entschieden hat. Aber keine Sorge, ich habe all ihre Erinnerungen an euch Wellingtons aus ihr rausgefickt, und fuck, sie schmeckt deliziös.«

Mit offenem Mund stehe ich da und kann nur dabei zusehen, wie sich sowohl Ace als auch mein Vater gleichzeitig auf Damian stürzen. Hinter dem Schreibtisch ertönt ein schriller Schrei von Mrs Augustine, als die beiden Damian zu Boden reißen und sie sich allesamt ringend auf dem Boden rollen.

Flynn und Mr Wellington betrachten dies scheinbar als Zeichen, um einzugreifen. Während Flynn Ace bei den Schultern packt, greift Mr Wellington meinem Vater unter die Arme, um diesen von Damian wegzuzerren.

»Männer! Verdammt noch mal! Haben etwa alle in diesem Raum vergessen, was Anstand bedeutet?«, brüllt dieser in die

Runde. Sein Kopf ist hochrot, was nur erahnen lässt, welche Folgen dieser Tag für alle Beteiligten mit sich ziehen wird.

»Lass mich verdammt noch mal los, Cornelius!«, brüllt mein Vater ebenfalls. Seine Stimme gleicht einem gnadenlosen Erdbeben.

»Schafft ihn raus!«, rufe ich Flynn und Ace zu, welche nicht lange fackeln, ehe sie Damian unter die Arme greifen und diesen unsanft vor die Tür befördern.

Als Flynn die Tür mit dem Fuß ins Schloss fallen lässt, bieten mein Vater und Mr Wellington sich einen unerbittlichen Schlagabtausch.

»Diese Akademie ist mein Geld nicht wert, Cornelius! Meine Tochter ist nicht länger sicher an diesem Ort!«

»Ich werde mit meinen eigenen Händen für ihre Sicherheit sorgen, wenn es sein muss! Die Southside ist unser Zuhause. Der Ort, an dem Legenden geboren werden. Du wärst ohne diese Akademie nichts, wir alle wären bloß nutzlose Bürger der Mittelschicht!«

Da ich weiß, dass diese Diskussion ins Nichts führen wird, wenn ich nicht eingreife, räuspere ich mich, um die Aufmerksamkeit für einen kurzen Moment auf mich zu lenken.

Als sich alle Augenpaare mir zugewandt haben, recke ich mein Kinn in die Höhe, so wie ich es immer tue, wenn ich mir Selbstvertrauen zusprechen möchte. »Du hast mir beigebracht, mich niemals kleinkriegen zu lassen. Ich habe mich immer daran gehalten und werde sicher nicht heute damit beginnen, dies zu ändern. Die Southside kann niemand zu Fall bringen, schon gar nicht ein einzelner kleiner Eastsider«, sage ich schnippisch und sehe kurz in die Richtung der Tür, durch die Damian uns vor wenigen Augenblicken verlassen hatte. »Dad, bitte. Gib mir die Chance, zu beweisen, dass ich jetzt endlich weiß, wo ich hingehöre.« Meine Augenwinkel fühlen sich wässrig an, aber ich lasse es sicher nicht so weit kommen, vor all diesen Leuten in Tränen auszubrechen.

Wie ich es früher schon immer getan habe, wenn ich mich bei meinem Vater entschuldigt habe, mache ich einen Schritt auf ihn zu, schließe ihn in meine Arme und blicke von unten zu ihm auf. »Es tut mir leid, Dad«, wispere ich und lasse ihn einen Blick auf meine glasigen Augen werfen.

Noch in derselben Sekunde, in der er seinen Kopf zu mir herunter neigt, weiß ich, dass ich gewonnen habe.

41

ACE …

Was habe ich mir nur dabei gedacht, die Stimme gegen meinen Vater zu erheben? Was auch immer mich in diesem Moment dazu geritten hat – ich weiß jetzt schon, es hat mich in eine Situation gebracht, die ich noch in vielen Jahren bereuen werde. Cornelius Wellington ist kein Mann, der leichtfertig mit Treulosigkeit umgeht. Er ist nachtragend, herrisch und verdammt noch mal mein Vater.

Das einzig Positive? Nachdem ich Flynn vor ihm verteidigt habe, näherten zumindest wir uns wieder ein Stück weit an. Ich glaube zwar, dass unsere Bruderschaft einen irreparablen Schaden davontragen wird, aber wir befinden uns auf einem guten Weg, uns nicht mehr gegenseitig in Stücke reißen zu wollen. Das ist doch zumindest schon mal ein Anfang.

Als mein Vater die Tür zu seinem Büro hinter uns ins Schloss fallen lässt, entweicht endlich all die angestaute Wut in ihm. Hätte er diese noch länger vor der Außenwelt verheimlichen müssen, hätte vermutlich nicht nur die teure Vase auf dem

Tisch daran glauben müssen, die er soeben mit voller Wucht gegen die Wand gedonnert hat.

Weder Flynn noch ich zucken auch nur mit der Wimper, denn wir sind diese Art von Wutanfällen bereits gewohnt. Wenn man diesem Mann eines lassen muss, trotz des tiefsitzenden Hasses in seinem Herzen, erhob er nie die Hand gegen einen von uns.

Die Minuten, in denen er der ersten Welle seiner Wut freien Lauf lässt, sitzen wir also einfach nur aus und warten darauf, dass sie wieder ein wenig abflaut. Mein Blick schweift zu dem riesigen Panoramafenster, das einen hervorragenden Blick über den gesamten Campus gewährt. Das Büro meines Vaters wurde bewusst so platziert, dass er seinem ausgeprägten Kontrollzwang, wann immer er möchte, nachgehen kann. Es befindet sich ganz oben im höchsten Turm der Akademie und ist umringt von mehreren gigantischen Flaggen, die das Wappen der Southside Academy präsentieren. Während diese im schwachen Wind wehen, wütet hier drinnen hinter verschlossenen Türen ein unbändiger Sturm.

»Sieh mich an, Sohn!«, brüllt mein Vater mir direkt ins Gesicht.

Ich hebe meinen Blick und sehe ihm direkt in die feuerrot unterlaufenen Augen. Ich bin inzwischen in einem Alter angekommen, in dem ich es durchaus sowohl verbal als auch körperlich mit ihm aufnehmen könnte. Das Einzige, was mich noch darin hindert, ist die Tatsache, dass er mein Vater ist. Der Mann, der mich, zusammen mit meiner Mutter, großzog. Den Respekt vor ihm zu verlieren, wäre eine Sache, die jedem meiner moralischen Denksätze widersprechen würde.

»Wie konntest du mich nur so enttäuschen, Junge? Wegen ihr? Wegen *ihm*?« Der Blick meines Vaters wandert zu Flynn, der direkt neben mir in einem der unverschämt unbequemen Ledersessel sitzt und ebenfalls versucht, seine Gefühle im Zaum zu halten. Wir alle wissen, dass er deutlich schlechter darin ist als ich, weshalb ich mein Bestes geben muss, um ihn vor sich selbst zu beschützen.

»Er hat einen Namen, Dad. Und ich lasse nicht länger zu, dass du ihn vor meinen Augen herabstufst. Dass du mein Vater bist, ändert nichts an der Tatsache, dass er mein Bruder ist und ich von nun an nicht mehr tatenlos dabei zusehe, wie unterirdisch du ihn behandelst«, erwidere ich nachdrücklich und sehe, wie mein Vater realisiert, dass ich ihm allmählich aus seinen Fängen entgleite. Er schafft es nicht länger, über mich zu gebieten und mich dazu zu zwingen, meinem eigenen Bruder dabei zuzusehen, wie er unter seiner Führung zerbricht.

»Ihr beiden seid viel zu gleich.« Enttäuscht schüttelt er den Kopf und lässt sich gegenüber von uns an seinem Schreibtisch nieder. »Euch ist hoffentlich klar, dass euer Handeln Konsequenzen mit sich trägt?«

Selbstverständlich ist uns das bewusst. Flynn und ich wechseln einen kurzen Blick und nicken dann beide knapp, um unseren Vater in seiner Frage zu bestätigen.

»Gut. Denn, Ace«, unser Vater lässt seine Fingerknöchel kurz knacken und kreist den Nacken einmal, um alle Anspannungen zu lösen, »dass du deinen Bruder in Schutz nimmst, ist eine Sache. Dass ihr beide aber dieses Eastside-Mädchen vor meinen Augen verteidigt und mich vor Reginald bloßgestellt habt, eine ganz andere.«

Ich wusste, dass dieses Thema ihn noch viel härter getroffen hat, als dass ich für Flynn eingestanden bin. Denn mit höchster Gewissheit hat er bereits tief im Inneren damit gerechnet, dass dies früher oder später passieren würde. Auch unseren Eltern entging nämlich nicht, dass wir uns in den vergangenen Jahren immer besser zu verstehen begannen als noch zu der Zeit, in der wir Kinder waren. Und wenn ich ehrlich bin, wünschte ich, ich könnte meine Worte von vorhin wieder ungeschehen machen. Denn Ivory hat es überhaupt nicht verdient, dass ich sie in Schutz genommen habe. Sie ist pures Gift für mich und für unsere Familie.

Seit sie sich in unser Leben geschlichen hat, geht einfach alles drunter und drüber. Und dennoch schafft keiner von uns es, sich ihrer Aura zu entziehen. Was uns unter anderem an diesen Punkt hier geführt hat, an dem ich bereits jetzt vor dem bange, was uns beiden noch blühen mag. Denn eines ist sicher: Die Strafen, die unsere Eltern sich für uns überlegen, gehen nie ohne bleibende seelische Schäden einher.

42

IVORY ...

Die Stimmung ist bedrückt, seit Damian weg ist. Nicht, weil ich ihn als Mensch vermisse, sondern weil ich mich selbst wieder verloren habe. Zumindest den Teil, von dem ich dachte, er sei das Tor zu meinem wahren Ich. Damian gab mir das Gefühl, ich selbst zu sein, endlich eine Persönlichkeit entwickelt zu haben, die nicht von anderen Menschen wie beispielsweise meiner Familie gelenkt ist. Immer wieder betonte er, ich sei ein Freigeist und dass es genau diese Eigenschaft an mir sei, die ihn in den Bann ziehe. Selbst das Zeichnen hatte ich nach Wochen an dieser Akademie wieder in Angriff genommen – dank Damian.

Das Problem an all dem ist, dass unsere Freundschaft, und somit auch dieses Gefühl, auf einem Haufen Lügen aufgebaut wurde. Es wurde in genau der Sekunde zunichtegemacht, als Damian mir sein wahres Ich offenbarte. Nun liegt es neben meiner Hoffnung auf eine glückliche Zukunft auf einem imaginären Scheiterhaufen.

Lediglich das Studium läuft so normal weiter, als sei nie

etwas gewesen. Normal, wenn man davon absieht, dass Anastasia und ihre Anhängsel mir noch immer regelmäßig warnende Blicke zuwerfen, als warten sie nur auf den richtigen Moment, um wieder zuzuschnappen.

Wenn ich ehrlich bin, glaube ich, dass sie inzwischen verstanden haben, dass sie in mir keine Rivalin gefunden haben, die so einfach zu besiegen ist, wie sie es sich einst erhofft hatten.

Um mir wenigstens das letzte bisschen Würde zu erhalten und es nicht so aussehen zu lassen, als würde ich in Selbstmitleid versinken, besuche ich weiterhin all meine Kurse und Vorlesungen, gebe viel zu anforderungsvolle Hausarbeiten ab oder verliere mich stundenlang zwischen Zeilen guter Bücher in der Bibliothek.

Oder aber ich kritzle wie jetzt in meinem Studienplaner herum, den ich über die Wochen viel zu sehr vernachlässigt habe. Nicht einmal die Hälfte des in einer Woche endenden Semesters habe ich dokumentiert. Vermutlich werde ich im nächsten Semester gar nicht erst damit anfangen. Selbst wenn es nur halb so nervenaufreibend wie dieses hier verläuft, ist es noch immer zu viel, um mich auf so banale Dinge wie das Journaling zu konzentrieren.

Deprimiert stecke ich es zurück in meine Handtasche, schließe die Augen und lege den Kopf in den Nacken, um einen tiefen Atemzug zu nehmen und das Zusammenspiel aus Fichten und dem dunkelgrün verfärbten Wasser des Sees in mich aufzunehmen. Inzwischen stellt dieser Ort hier so etwas wie meinen persönlichen Rückzugsort dar. Er ist weit genug vom Campus entfernt, dass ich die meiste Zeit, die ich hier verbringe, allein bin. Dennoch kann ich aus der Ferne die hoch in die Luft ragenden Türme der Southside Academy erspähen. Unterbewusst stelle ich mir die Frage, ob es mich zu einem schlechten Menschen macht, dass ich darüber nachdenke, wie es gewesen wäre, wenn das Schicksal sich jemand anderen ausgesucht hätte, um ihm diese Bürde auf die Schultern zu legen. Mechanisch wandere ich von der einen zur nächsten Sitzbank, da ich inzwischen seit knapp drei Stunden hier sitze und schon ein wenig eingerostet bin.

Die Gefahr, der ich meine Mitstudenten, inklusive meiner Freunde, aussetze, ist verheerend. Eine Woche ist vergangen, seit Damian gezwungen wurde, die Southside Academy zu verlassen. Eine Woche, in der die Zahl der Securitymänner sich verdoppelt hat. Mittlerweile werden die Reinigungskräfte täglich dazu aufgerufen, ihre Arbeit in den Türmen niederzulegen, um die Außenfassaden von schlecht gesprühtem Graffiti zu befreien. Die Eastside macht kein Geheimnis daraus, dass sie uns früher oder später den Krieg erklären wird – wenn wir uns nicht längst darin befinden.

Noch nie in der Geschichte dieser Akademie hatte es eine Zeit gegeben, in der sie so stark gefährdet war wie heute. Nicht einmal damals, als mein Großvater den Fehler begann, der die Blackwells noch heute auf Schritt und Tritt verfolgt wie ein Schatten.

Ist die Liebe es wirklich wert, das Leben von drei Generationen zu zerstören? Fuck, wenn ich ehrlich bin, dann wüsste ich nicht einmal, ob ich an seiner Stelle dasselbe getan hätte. Während mein Herz laut ›Ja‹ schreit und meine Großeltern für ihren Mut bejubelt, brüllt mein Verstand ein nahezu herzzerreißendes ›Nein‹. Doch ist es nicht meistens das Herz, das diese Kämpfe gewinnt?

»Ivory«, erklingt eine tiefe Stimme hinter mir.

Es dauert zwei Sekunden, bis ich erkenne, um wessen Stimme es sich handelt, und weitere zwei, bis ich den

Entschluss fasse, ihn im Moment nicht bei mir haben zu wollen. Mein Leben verläuft aktuell in Zeitlupe, alles fühlt sich gedehnt an. So auch das schmale Lächeln, das ich ihm schenke, als ich mich zu ihm umdrehe.

»Hey«, begrüße ich Flynn. In meiner Stimme liegt mehr Erschöpfung, als ich preisgeben wollte. »Es tut mir leid, aber ich würde gerade lieber allein sein.«

Ihn zu vertrösten fällt mir schwer, aber ich bin aktuell einfach nicht in der Verfassung, mich mit irgendwem zu unterhalten. Viel zu sehr zerbreche ich mir den Kopf darüber, wie ich diese Akademie, mein Zuhause, mit all den Menschen, die ich in den letzten vier Monaten liebgewonnen habe, vor der Eastside beschützen kann.

»Das verstehe ich.« Flynn lässt sich neben mir auf der modrigen Holzbank nieder. »Ich kann es bloß nicht akzeptieren.«

»Ach ja? Und warum nicht?«, frage ich emotionslos. Ein Streit mit ihm ist das Letzte, was ich gerade möchte.

»Weil ich weiß, dass du dir die Schuld an all dem gibst.«

Noch bevor ich gelogen protestieren kann, umfasst er meine Hand und drückt sie kurz aufmunternd zusammen. Ach, was bringt es denn noch, meine Gefühle vor ihm zu verbergen? Er kennt mich ohnehin bereits besser, als ich je hätte zulassen sollen. Seufzend gebe ich mich geschlagen und lasse meine Schultern hinuntersacken.

Schlapp hängen meine Arme zu meinen Seiten hinab und dieser kurze Moment der Entspannung gibt mir einen Teil meiner verloren gegangenen Energie zurück. Dass ich mich neben Flynn emotional fallen lassen kann, hat sich trotz all dem, was zwischen uns geschehen ist, nicht geändert. Keiner von uns kann das unsichtbare Band zwischen uns leugnen.

Ich sehe ihn an und lege so viel Bedauern in meinen Blick, dass ich mir vermutlich sogar selbst verzeihen würde, wenn ich mich im Spiegel sehen könnte. »Es tut mir so, so unglaublich leid, Flynn. Das alles. Ich hätte einfach ... ich hätte vorsichtiger sein sollen.«

»Und wir hätten von Anfang an ehrlich zu dir sein sollen. Dann wäre es vielleicht nie dazu gekommen«, erwidert Flynn und nimmt mir meine Sorge, sie könnten mich ebenfalls in der alleinigen Schuld sehen.

Stumm kommunizieren wir, dass wir einander gegenseitig verzeihen. Mir fällt ein enormer Stein vom Herzen. Fehlen nur noch etwa ein Dutzend weitere.

»Und ... was tun wir jetzt?«, frage ich, um die Stille zwischen uns zu durchbrechen.

»Ich sage es nicht gern, aber ich kann nicht zulassen, dass mein Vermächtnis hier den Bach runtergeht, weil du dich dazu entscheidest, weiterhin in Selbstmitleid zu versinken. Du musst entweder mit uns oder gegen uns arbeiten. Ein Sich-enthalten gibt es nicht, zumindest nicht mehr. Dafür stecken wir bereits viel zu tief in der Scheiße.« Auch, wenn seine Worte fest klingen, liegt ein sanftes Lächeln auf seinen Lippen, das die Härte aus ihnen nimmt.

»Ich weiß«, gebe ich zu. Und das meine ich ernst. Ich hatte eine Woche lang Zeit, mich mit meinen Schuldgefühlen auseinanderzusetzen. Es ist an der Zeit, mich aufzuraffen und allen zu zeigen, wer ich bin und wofür mein Herz schlägt. Für die Southside. Und egal, wer etwas dagegen sagt, ich gehöre verdammt noch mal genau hierher.

If we don't end war,
war will end us.

43

IVORY …

»Er ist weg, mach dir mal keinen Kopf. Es wird schon dafür gesorgt, dass uns nichts passiert«, versucht Camilla mich aus meiner Gedankenspirale zu befreien.

Seufzend schultere ich meine Tasche, während ich meinen Füßen dabei zusehe, wie sie einen Schritt um den anderen machen, um mich Mrs Augustines Büro näherzubringen. »Wozu dann ständig diese nervtötenden Lagebesprechungen?«

»Eine Vorsichtsmaßnahme, denke ich«, erwidert Cami. Nachdem auch sie die Skepsis in ihrer eigenen Stimme erkannt hat, wendet sie sich mir zu und zuckt entschuldigend mit den Schultern. »Bringt ja nichts, sich den Kopf zu zerbrechen. Alles nur wirre Vielleichts und Was-wäre-wenns.«

Nicht besonders begeistert wende ich den Blick ab und öffne die Tür zu Mrs Augustines Büro, in welchem wir uns diese Woche bereits viel zu oft versammeln mussten. Einmal täglich werden alle Beteiligten zusammengerufen, um die aktuelle Situation zu analysieren und mögliche Risiken zu beheben.

Während Camilla, Flynn, Ace und ich gelangweilt in der

Ecke sitzen und kaum ein Wort miteinander sprechen, unterhalten sich unsere Eltern und Mrs Augustine angeregt über die Möglichkeiten, die sich uns bieten, um die Southside Academy wieder zu einem sicheren Ort zu machen.

Gespannt verfolge ich das Gespräch, um bloß nicht Ace in die Augen sehen zu müssen. Die Lage zwischen uns ist nach wie vor angespannt und auch Cami und Flynn scheinen sich grundlegend aus dem Weg zu gehen. Was auch immer zwischen den beiden vorgefallen ist – ich habe es mir zur Aufgabe gesetzt, es früher oder später herauszufinden.

»Wir brauchen einen ausführlichen Lageplan«, kündigt Mr Wellington an. »Kinder, bitte nehmt Stellung, ob euch heute etwas komisch oder anders vorkam als gestern.«

»Die anderen Studenten scheinen allmählich Verdacht zu schöpfen, was nicht zuletzt an den Schmierereien an den Außenfassaden liegt«, erhebt Ace zuerst das Wort. Der Klang seiner Stimme trifft mich bis ins Mark.

»Wir sollten ohnehin darüber nachdenken, sie einzuweihen«, fügt Flynn locker hinzu und verschränkt die Arme hinter dem Kopf.

Mr Wellington zieht eine Augenbraue kritisch in die Höhe. »Wie kommst du darauf, Junge?«

»Na ja, die Studenten sind ein sicheres Umfeld gewohnt. Da dieses nun nicht mehr länger so ist, finde ich, sollten wir sie für den Ernstfall vorbereiten.«

»Da hat er recht«, bestätigt Ace. »Die meisten hier würden eine Gefahr vermutlich nicht einmal bemerken, wenn sie sich direkt vor ihrer Nase befindet.«

Dass sein abschätziger Blick dabei auf mir ruht, scheint auch Camilla nicht zu entgehen. Aufmunternd drückt sie meine Hand. Dabei ist ihr völlig egal, wie finster ihr Vater uns dabei mustert. Sie weicht jedem seiner Blicke gekonnt aus.

»Und wie denkt ihr, sollen wir Hunderten von Studenten eine solche Nachricht überbringen?«, erhebt mein Vater das Wort und sieht dabei herausfordernd in Ace' Richtung. »Ace, wie wäre es, wenn du das übernimmst?«

Ace erwidert seinen Blick aus zusammengekniffen Augen, während Camilla und ich uns darum bemühen, uns ein Lachen zu verkneifen. »Gute Idee«, stimmt Camilla meinem Vater zu.

»Ich schätze, die Sache hat sich erledigt«, wirft Flynn ein und schreitet mit besorgter Miene ein paar Schritte Richtung Tür.

Wir alle werfen uns fragende Blicke zu. Mr Wellington ist der Erste, der die Stille durchbricht. »Wie meinst du …«, setzt er an, wird jedoch jäh durch dumpfe Schreie unterbrochen, die sich uns immer mehr nähern. »Was zum Teufel ist da draußen los?«

»Ich fürchte, der Krieg hat begonnen, Dad«, stellt Ace fest und erhebt sich von seinem Sessel. Wir alle tun es ihm gleich, ehe wir uns ein letztes Mal in die Augen blicken, bevor wir losziehen, um unser Zuhause zu verteidigen.

»Bleib dicht hinter mir.«

»Ja«, erwidere ich nur knapp, da ich viel zu sehr auf die an mir vorbeibrausenden Menschen fixiert bin.

Dumpfe Schüsse hallen in meinem Ohr wider, bahnen sich ihren Weg in mein Gedächtnis. Eine Kommilitonin aus dem Tanzkurs bleibt an meiner Schulter hängen und bremst uns dabei aus. In ihrem von Tränen überströmten Gesicht muss die pure Panik geschrieben stehen. Ich selbst nehme dies jedoch nur verschwommen wahr. Alles spielt sich ab, als seien wir in einer Slow-Motion-Szene eines Kinofilms gefangen. Männer in Uniform und mit Waffen, die ich noch nie zuvor gesehen habe, stürmen auf uns zu.

»Alle verlassen sofort das Gebäude!«, schreien die Männer. *Wieder und wieder.*

Erst der dumpfe Schmerz in meiner Schulter, als Ace mich mit voller Wucht gegen die Wand schubst, versetzt mich zurück in die Realität. Mit weit aufgerissenen Augen drehe ich mich zu ihm um und sehe einen Jugendlichen, der ihm einen heftigen Tritt in die Magengegend versetzt. Ich kenne diesen Jungen. Bei meinen Besuchen auf der Eastside habe ich ihn ein paarmal in einem kleinen Laden arbeiten sehen, er ist vielleicht drei bis vier Jahre jünger als wir.

»Ace!«, kreische ich und mache Anstalten, auf ihn zuzugehen.

»Bleib, wo du bist!«, befiehlt dieser mit schmerzverzerrter Stimme, ehe er sich keine Sekunde später wieder aufrafft, um sich auf den Eastsider vor sich zu stürzen. Mit Leichtigkeit manövriert er ihn vor sich auf den Boden. Erst ein Schlag, dann der nächste. So lange, bis Blut aus der Lippe des Jungen rinnt und er darum bettelt, freigelassen zu werden. Mit beiden Händen packt Ace ihn am Kragen, hebt ihn an und übergibt ihn einem der Polizisten. Widerstandslos lässt er sich die Handschellen umlegen, um sich abführen zu lassen.

»Pussy«, spuckt Ace ihm noch hinterher, ehe er sich wieder mir zuwendet. Doch kaum hat er mich fixiert, hüpft ein weiterer Eastsider auf seinen Rücken und versucht, ihn von hinten zu erwürgen.

Mit angehaltenem Atem sehe ich dabei zu, wie Ace kräftig

ausholt und seinen Hinterkopf direkt auf die Nase seines Angreifers katapultiert. So fest, dass ich nur noch sehen kann, wie er seine Augen rollt, ehe er geschmeidig von Ace' Rücken gleitet.

Mein verzweifeltes Wimmern bringt Ace dazu, mich in eine kurze, aber feste Umarmung zu schließen. »Ich bringe dich hier raus. Und wenn es das Letzte ist, was ich tue.« Nach einem flüchtigen Kuss auf die Stirn zieht er mich auch schon weiter in Richtung Ausgang. Überall um uns herum befinden sich kämpfende Männer und weinende Frauen, eine filmreife Szenerie. Nur leider ist das hier kein Film, sondern die verdammte Realität.

Laute Sirenen schallen durch die Korridore, welche es uns schwermachen, zu erkennen, woher die vielen Schüsse stammen, die regelmäßig abgefeuert werden. In der Ferne erkenne ich Flynn, dicht gefolgt von Camilla. Als sie uns erblicken und zu sich winken, atme ich erleichtert auf. Sie sind am Leben. Ace verschränkt seine Hand mit meiner, gemeinsam rennen wir den langen Flur entlang und schlängeln uns an den anderen Studenten und Eindringlingen vorbei.

»Da ist sie!«, höre ich eine fremde Stimme schreien, woraufhin Ace nur noch schneller zu rennen beginnt.

Nur schwer schaffe ich es, mit seinen großen Schritten mitzuhalten. Ich kann kaum noch atmen, als wir endlich den Turm erreichen, dessen Treppen uns hinunter in den Aufenthaltssaal führen werden. Einen Schritt näher Richtung Sicherheit.

»Geht es euch gut?«, fragt Camilla besorgt.

»Ja, hast du unsere Eltern gesehen?«, erwidere ich und drücke Ace' Hand ein wenig fester, aus Angst, er könnte mich wieder loslassen.

»Nein, ich glaube, sie sind schon unten.«

»Na dann, auf gehts, bewegt euch«, fordert Flynn uns dazu auf, weiterzulaufen.

Plötzlich fühlen sich die Treppen, die ich nahezu täglich rauf und runter gehe, wie ein endloses Tor zur Unterwelt an.

Wie zur Hölle geht man mit dem Gefühl um, zu wissen, dass man in wenigen Augenblicken sterben könnte? Wenn man weiß, dass all das hier nur geschieht, weil man selbst nicht geschafft hat, die Gefahr zu erkennen, die seit Monaten auf uns gelauert hat?

Mein Körper fühlt sich an, als würde er gleich unter mir zusammenbrechen. Nostalgische Abwesenheit duelliert sich mit achtsamer Bereitschaft. Emotionen, von denen ich nicht dachte, dass sie je in Kombination auftreten könnten.

Unten angekommen, hält Ace sich einen Finger vor den Mund, um uns zum Verstummen zu bringen. Mit dem Ohr lehnt er sich gegen die massive Holztür, die direkt in den Aufenthaltssaal führt. »Die Luft scheint rein zu sein.«

»Worauf wartest du dann noch?«, maßregelt Camilla ihn und schubst ihn ein Stück näher zum Türknauf, welchen er, ohne weiter zu zögern, umgreift, um die Tür zu öffnen.

»Stopp!«, halte ich ihn in letzter Sekunde auf, indem ich meine Finger um sein Handgelenk lege. »Das ist viel zu gefährlich!«

»Kleines.« Mit genau dem weichen Ausdruck, den ich so schmerzlich vermisst habe, sieht er mir direkt in die Augen. Meine Hand hält er dabei fest mit seiner umschlossen. »Glaube mir, selbst wenn das gesamte, beschissene Gebäude heute abfackelt, werde ich deine Hand so lange nicht loslassen, bis ich dich hier rausgebracht habe. Aber dafür müssen wir jetzt durch diese Tür gehen und diesen Wichsern zeigen, mit wem sie es zu tun haben. In Ordnung?«

Lautes Grölen, das uns immer näherkommt, dringt in meine Ohren. Uns läuft die Zeit davon, weshalb mir nichts anderes übrig bleibt, als widerwillig zu nicken und ihn gewähren zu lassen.

Als Ace sich wieder der Tür widmet und sie langsam aufstößt, hält er uns mit der ausgebreiteten Handfläche zurück, um zunächst selbst einen Blick nach draußen zu werfen. Nachdem er alle Seiten sorgfältig geprüft hat, winkt er auch uns zu sich. »Scheint, als wären nur unsere Leute hier.«

»Ich glaube, wir haben sie in die Flucht geschlagen«, stimmt Flynn zu, als sein Blick prüfend durch den Aufenthaltssaal schweift.

Camilla drückt sich fest an mich, als wir gemeinsam die Türschwelle übertreten. »Seid ihr sicher?«

»Nein«, gibt Flynn schulterzuckend zu. Dabei wirkt er so gelassen, als befänden wir uns gerade nicht in einem echten Schusswechsel, sondern bei einem Paintball-Spiel am Samstagabend.

Augenrollend wende ich meinen Blick von den beiden ab und mache mich wie von selbst auf die Suche nach meinem Vater. Nervosität steigt in mir auf, als ich ihn zwischen all den anderen Southsidern nicht sofort ausfindig machen kann.

Mein Herz schlägt bereits ungleichmäßig in meiner Brust und bildet sich ein, ab sofort ein Leben ohne ihn an meiner Seite führen zu müssen, da tritt er gemeinsam mit Dekanin Augustine hinter einem der breiten Stützbalken hervor und lässt seine Augen ebenfalls suchend durch die Menge schweifen.

Als unsere Blicke sich treffen, ist es um mich geschehen.

Wie durch einen Mechanismus schüttle ich Ace' Hand von mir ab und stürme auf meinen Vater zu, um ihm um den Hals zu fallen. Meine Füße tragen mich so schnell durch den Raum, dass ich das Gefühl habe, zu schweben – was jedoch auch an dem viel zu hohen Adrenalinspiegel liegen könnte.

»Ivory Blackwell!«, ertönt eine feste männliche Stimme direkt von der Tür des Haupteingangs.

Um mich herum wird alles still. Abrupt halte ich inne und wende meinen Körper langsam in die Richtung, aus der die Stimme meinen Namen rief. Plötzlich stehe ich ganz allein inmitten des gigantischen Aufenthaltssaals. All die anderen, die bis vor wenigen Augenblicken noch um mich herum versammelt waren, sind in die Ecken des Raumes geflohen.

»Lass die verdammte Waffe fallen, Arschloch!«, brüllt Ace, der sich mir in großen Schritten nähert und Anstalten macht, sich schützend vor mich zu stellen.

»Komm dem Mädchen keinen Schritt näher, Wellington!«, brüllt der Mann, der mir nur zu bekannt ist, während er die Waffe entsichert und sie direkt auf mich richtet.

Erschrocken hält Ace inne und erhebt beschwichtigend die Hände. Mit einem durchdringenden Blick deutet er mir an, es ihm gleichzutun. Auch mein Vater und Mr Wellington haben sich uns bereits ein viel zu großes Stück genähert, kaum zehn Meter trennen uns noch voneinander. Mit weit aufgerissenen Augen starren sie zwischen mir und meinem Gegenüber hin und her.

»Es ist an der Zeit, abzurechnen.« Ein gehässiges Lachen befreit sich aus seiner Kehle, welches genau dem Bild entspricht, das ich schon die gesamte Zeit über von ihm hatte.

»Was habe ich dir angetan?«, frage ich beinahe tonlos.

»Du allein hast mir gar nichts angetan, Liebes«, erwidert er mit falschem Bedauern in der Stimme, ehe er von einer Sekunde auf die Nächste zu schreien beginnt. »Ihr alle seid es, die gesamte, verdammte Southside, wie sie sich an ihrem Wohlstand ergötzt, während ihre eigenen Leute am Rande des Ruins stehen!«

»Nimm die Waffe runter, bitte«, fordert mein Vater mit ruhiger, aber zittriger Stimme und macht noch einen weiteren Schritt auf uns zu.

Der Lauf der Waffe wechselt seine Position kurz von mir zu meinem Vater, was mich panisch nach Luft schnappen lässt. Hektisch blicke ich zwischen ihm und Ace hin und her, in der Hoffnung, die beiden würden endlich verschwinden und sich in Sicherheit bringen.

»Wisst ihr, was die Eastsider und ich gemeinsam haben?« Als hätte er ein Spielzeug in der Hand, lässt er die Waffe einmal um seinen Zeigefinger kreisen, ehe er sie wieder fest im Griff hält und auf mich richtet. »Wir beide wollen Rache an der Southside nehmen, für das Unrecht, das uns angetan wurde. Ironischerweise hängt sowohl mein als auch ihr Leid direkt mit der Familie Blackwell in Zusammenhang. Das ist der Grund, weshalb ich mich ihnen angeschlossen habe, um dem ein für alle Mal ein Ende zu setzen.«

»Was …«, krächze ich, werde jedoch unterbrochen, als er seinen Blick von mir abwendet und Camilla direkt in die Augen sieht.

Diese hält sich schockiert die Hand vor den Mund und krallt ihre Finger in Flynns Oberarm fest, um das Gleichgewicht nicht zu verlieren. Kopfschüttelnd und mit glasigen Augen setzt sie gerade dazu an, etwas zu sagen, als sie bereits von ihm unterbrochen wird.

»Unsere Zeit beginnt jetzt, Tochter«, ist das Letzte, was er sagt, ehe er den Abzug drückt und ein ohrenbetäubender Knall durch den gesamten Raum hallt.

Plötzlich zieht alles bloß noch an mir vorbei. Camillas Schrei, als sie mit zusammengekniffenen Augen zu Boden sinkt. Ihr Vater, der die Waffe erschrocken fallen lässt und aus dem Gebäude stürmt. Die Sicherheitsmänner, die ihm folgen. Mein Vater, welcher einen Ton von sich gibt, der in so viel Schmerz getränkt ist, dass selbst ich sein Herz brechen hören kann. Und Mr Wellington und Flynn, die mit offenem Mund dabei zusehen, wie Ace sich, ohne auch nur eine Sekunde lang zu zögern, auf mich stürzt, mich in seine Arme schließt und uns in der Luft herumwirbelt.

Gemeinsam landen wir auf dem harten, eiskalten Boden. Mein Hinterkopf prallt zuerst auf, was mir einen stechenden Schmerz durch den Körper jagt. Ächzend versuche ich meinen Blick zu heben, doch Ace Gewicht lastet so schwer auf mir, dass ich mich sofort wieder fallen lasse. Unwillkürlich lasse ich meine Hände los, die Ace' Taille noch immer fest umschlungen halten. Als ich das viele Blut an ihr haften sehe, wird mir automatisch schwarz vor Augen.

Nein ... Nein, nein, nein!

Sofort prüfe ich, ob ich es bin, die blutet, stelle jedoch fest, dass Ace es ist, der sich die Kugel eingefangen haben muss. Dieser verdammte Idiot! Sie hätte mich treffen müssen, nicht ihn!

Panisch rolle ich ihn von mir hinunter und lege ihn neben mir auf dem Boden ab. »Ace? Verdammt, Ace, antworte mir!«

Doch er reagiert nicht. Alles, was mir einen Aufschluss darüber gibt, dass er noch am Leben ist, sind seine leicht flatternden Augenlider, als ich mit all meiner Kraft auf die klaffende Wunde drücke.

»Bitte, Ace. Verlass mich nicht! Nicht schon wieder, hast du verstanden? Wir sind doch ein Team, hörst du?«, flehe ich mit von Tränen überströmtem Gesicht, als auch schon Flynn, mein Vater, Mr Wellington und Camilla auf uns zugestürmt kommen.

»Ich brauche sofort ein Handtuch, um die Blutung zu stoppen!«, schreie ich in die Runde.

Alle drei Männer ziehen gleichzeitig ihre Hemden aus und werfen sie mir zu. Mr Wellington wirft sich neben mich, presst ebenfalls seine Hände auf die linke Bauchseite seines Sohnes.

»Ich rufe einen Krankenwagen!«, kündigt Camilla an.

Alle Beteiligten sind zu beschäftigt, um sich Gedanken darüber zu machen, dass es ihr Vater war, der die Kugel abgeschossen hat. Bloß Flynn schafft es, ihr das Handy aus der Hand zu reißen, um selbst die Nummer des Notrufs zu wählen. Für den Bruchteil einer Sekunde sehe ich etwas in Camilla zerbrechen, das vermutlich nie wieder geheilt werden kann. Schluchzend lässt sie sich neben uns auf den Boden sinken. »Es tut mir so leid! Ich wusste nicht -«

»Schafft das Mädchen hier raus!«, brüllt mein Vater den Sicherheitsmännern zu, welche umgehend zur Hilfe eilen, Camilla in Handschellen legen und aus dem Gebäude befördern.

Traurig blicke ich ihr hinterher, nicht imstande, gegen den Befehl meines Vaters zu protestieren. Viel wichtiger in diesem Moment ist es, Ace am Leben zu halten, bis die Rettungskräfte eintreffen.

Immer wieder reden wir auf ihn ein, sodass er uns nicht vollständig entgleitet.

»Wach auf, Junge!«, fleht Mr Wellington seinen Sohn an.

»Dad?« Ace' Stimme ist kaum mehr als ein Flüstern.

»Ja!«, jubelt Mr Wellington und sieht in meine Richtung. Fast, als wolle er sichergehen, dass auch ich Ace Stimme gehört habe. »Ja, mein Sohn, ich bin hier.«

»Wo ist …«, hustet Ace. »Ivory …?«

Erneut sieht Mr Wellington zu mir herüber, diesmal jedoch steht ihm Verwunderung ins Gesicht geschrieben, welche ich mit einem unschuldigen Schulterzucken quittiere.

»Sie ist … hier. Neben mir.«

Mit allerletzter Kraft dreht Ace seinen Kopf in meine Richtung, um mich für eine einzige Sekunde ansehen zu können, ehe er sich wieder seinem Vater zuwendet. »Bitte, Dad … Mach … diesem Krieg … ein Ende«, stottert er, bevor ihm die Augen wieder zufallen.

»Das werde ich, ich verspreche es dir! Halte durch, mein Sohn, verstehst du mich? Ich werde dem ein Ende setzen.«

Ein Fluss aus Tränen kullert Mr Wellington über die Wangen, als Ace auf eine Trage gehievt und in den Hubschrauber verladen wird. Er ist gerade dabei, sich verzweifelt die Haare zu raufen, als Flynn von hinten an ihn herantritt und ihm vorsichtig auf die Schulter tippt.

Aufmerksam beobachte ich, wie Mr Wellington sich umdreht und Flynn sofort in die Arme schließt, als er ihn erkennt. Zunächst zögerlich erwidert Flynn die Umarmung, ehe die beiden sich so fest aneinanderdrücken, als hätten sie Angst, sich je wieder loslassen zu müssen. Mr Wellington packt Flynn am Hinterkopf und spricht ihm Worte zu, welche ich nicht verstehen kann, die aber verdächtig nach einem ›Es tut mir so unglaublich leid‹ aussehen.

Um die Privatsphäre der beiden zu respektieren, wende ich mich von ihnen ab und folge meinem Vater, der mich, ohne länger zu zögern, in die Hände einer Gruppe Sicherheitsmänner übergibt.

»Passt auf mein Mädchen auf, während ich mich um ... das hier kümmere!«, befiehlt er den Männern und lässt seinen Blick über den Campus schweifen.

Auf dem gesamten Gelände verteilt stehen etliche Polizeiwagen, Rettungskräfte, panische Studenten und Psychologen, die bereits erste Seelsorge betreiben.

Eine bedeutende Sache wird mir bewusst, als ich diese dramatischen Szenen in den tiefen meines Gedächtnisses speichere. Was auch immer am heutigen Tag an der Southside Academy geschehen ist: Es wird Spuren hinterlassen, die tiefer gehen als alles, was jemals zwischen der South- und der Eastside geschehen ist.

I can't believe that war is the solution.
No one won the last war,
and no one will win the next.

44

IVORY …

Drei Tage.

Drei verdammte Tage liegt Ace nun schon in diesem sterilen Krankenzimmer. Tag und Nacht sitze ich neben ihm in diesem verfluchten Ledersessel und versuche, den Moment zu erwischen, in dem er seine Augen für mich öffnet. Nicht einmal zum Essen verlasse ich dieses Zimmer. Flynn kommt jeden Tag zweimal vorbei und bringt mir Köstlichkeiten mit, die ich kaum anrühre. Viel zu sehr quält mich das schlechte Gewissen darüber, dass Ace sein Leben für mich riskiert hat.

»Die Ärzte sagen, sein Zustand ist stabil. Keine wichtigen Organe wurden getroffen.« Flynn stellt eine dampfende Schüssel Suppe vor mir ab und lehnt sich neben mir gegen die Heizung.

Nach insgesamt knapp siebzig Stunden und zwei Operationen kann ich endlich erleichtert aufatmen. Eine kleine Freudenträne kullert mir über die Wange, als ich mein Gesicht in den Händen vergrabe. »Weiß man denn schon, wann er aufwachen wird?«

Flynns mitleidiger Blick genügt mir als Antwort auf meine Frage. Seufzend lehne ich mich in meinem Sessel zurück. »Und was ist mit Cami, weißt du, wo sie ist?«

»Sie wurde vorrübergehend vom Unterricht suspendiert, bis die Ermittlungen Aufschluss darüber geben, ob sie in die Pläne ihres Vaters involviert war.«

Ich hebe meinen Blick und sehe Flynn prüfend in die Augen. »Denkst du wirklich, dass sie zu so etwas imstande sein könnte?«

»Das habe ich nicht gesagt«, verteidigt er sich, macht jedoch nicht den Anschein, als würde er ihren Absichten trauen.

»Sie ist ... meine beste Freundin. Das würde sie niemals tun.« Ich fasse es einfach nicht, dass man ihr tatsächlich eine solche Tat vorwirft. Camilla würde niemals zulassen, dass mir etwas geschieht, das weiß ich einfach. Es muss so sein ...

»Das hast du auch über Damian gedacht«, gibt Flynn kleinlaut von sich, um sein Misstrauen Camilla gegenüber zu äußern.

Seine Worte dringen wie die Kugel durch mein Herz, die eigentlich mich hätte treffen müssen. Kann ich tatsächlich so blind gewesen sein? Stück für Stück gehe ich die Momente in meinem Kopf durch, die ich mit Camilla zusammen verbracht habe. Auf der verzweifelten Suche nach einem Indiz darauf, dass die anderen tatsächlich recht behalten könnten. Aber egal, wie tief ich auch grabe, nie gab es auch nur eine einzige Situation, in der ich an ihren reinen Absichten hätte zweifeln können.

Resigniert wende ich mich von Flynn ab, um aufzustehen und an Ace' Bett zu treten. »Sie wusste nichts davon, was ihr Vater vorhatte«, beharre ich weiterhin auf meiner Meinung, auch wenn ich tief in meinem Inneren Zweifel hege, welche ich mir selbst nicht erklären kann.

Niemals wäre sie in der Lage, mich derart zu hintergehen ... *oder doch?*

Rasch verdränge ich die aufkeimenden Gedanken und streiche Ace sanft über die Wange. Seine Haut fühlt sich so weich an wie Seide. Sein sonst so glänzendes Haar wirkt irgendwie stumpf und spröde.

»Okay«, gibt Flynn sich geschlagen und lässt mich wieder allein mit Ace im Zimmer zurück. Auf dem Weg nach draußen hält er noch ein letztes Mal inne und wirft einen Blick über die Schulter. »Melde dich, wenn du etwas brauchst oder wenn er aufwacht, in Ordnung?«

»In Ordnung«, wispere ich und schenke Flynn ein müdes Lächeln.

Das ständige Piepsen der Maschinen, an die Ace angeschlossen ist, lässt mich beinahe wahnsinnig werden. Kurz denke ich darüber nach, mir Kopfhörer bringen zu lassen, da fällt mir wieder ein, dass es sich um Ace' Herztöne handelt, die dieses Piepsen verursachen. Sie sehen gleichmäßig aus. Ich könnte den gesamten Tag damit verbringen, die dünnen, grünen Linien auf dem Monitor zu verfolgen.

»Es tut mir so leid, Ace«, flüstere ich, während ich seine Hand fest in meiner halte und mich mit dem Oberkörper über sein Bett beuge. »Ich wünschte, ich könnte rückgängig machen, was geschehen ist. Ich ... ich hätte so vieles anders machen müssen. Diese verfluchte Kugel, sie hätte mich treffen müssen. Mich. Nicht dich, denn du hast all das hier nicht verdient. Du hast es nicht verdient, an dieses Bett hier gefesselt zu sein und diese Schmerzen erleiden zu müssen.«

Ein unkontrollierter Schluchzer befreit sich aus meiner

Kehle, woraufhin ich Ace' Hand nur noch fester in meiner zerdrücke. Am liebsten würde ich einfach seine Decke hochziehen und mich neben ihn legen, um nie wieder von seiner Seite weichen zu müssen.

Mit einem Mal verändern die Geräusche, die aus den Lautsprechern des Monitors erklingen, ihren Rhythmus. Die zuvor gleichmäßigen Töne nehmen für einen kurzen Moment an Geschwindigkeit auf, ehe sie sich wieder stabilisieren.

Wie gebannt starre ich auf den Monitor und überlege, die Notklingel zu betätigen, um eine Krankenschwester zu informieren. Sollte Ace bleibende Schäden von seiner ritterlichen Aktion davontragen oder gar noch schlimmer – sterben – würde ich es niemals schaffen, mir selbst zu verzeihen. Gedankenverloren beiße ich mir auf die Unterlippe. Vermutlich war es lediglich ein kleines Herzstolpern, nichts Dramatisches. Andererseits kann es ja nicht schaden, jemanden ein Auge darauf werfen zu lassen, der über mehr Wissen in dem Gebiet verfügt, als ich es tue. Kurzerhand stütze ich mich am Bettgestell ab und strecke meinen Arm aus, um den kleinen roten Knopf auf der Fernbedingung zu betätigen, welche auf der anderen Seite des Kopfendes platziert ist.

Gerade als ich mich mit dem gesamten Oberkörper über Ace gebeugt habe, regt sich etwas unter mir. Abrupt halte ich in der Bewegung inne. Mein Arm gefriert auf der Stelle. Mit weit aufgerissenen Augen halte ich die Luft an.

Das kann nur Einbildung gewesen sein, denke ich, als ich erneut eine Bewegung unter mir wahrnehme.

Vorsichtig lehne ich mich wieder zurück in meine ursprüngliche Position und starre Ace ungläubig an, der seine Augen fest zusammengepresst hat. Vermutlich weil er sich bereits an die tagelange Dunkelheit gewöhnt hat. Sein Gesicht verzieht sich zu einer schmerzhaften Grimasse. Unwillkürlich keimt das schlechte Gewissen erneut in mir auf, diesmal stärker denn je.

»Ace …?«, wimmere ich, meine Stimme bricht und ich unterdrücke einen Schwall Tränen, der sich soeben seinen Weg an die Oberfläche zu bahnen versucht.

»Fuck, ich lebe noch?« Sein Versuch, mit all seiner Kraft die Hände unter der Bettdecke hervorzuziehen, scheitert kläglich, was ihm ein frustriertes Seufzen entlockt. Er muss völlig fertig sein, wenn ihn selbst eine solch kleine Bewegung ein solches Maß an Energie kostet.

»Ja, du lebst«, hauche ich und nehme sein Gesicht in meine Hände. »Du lebst, Ace. Ich bin hier, hörst du? Du … du hast mir das Leben gerettet, erinnerst du dich?«

Endlich schafft er es, die Augen aufzuschlagen. Wenn auch schwerfällig und unter mehrfachem Blinzeln, sieht er mir endlich in die Augen. »Wie könnte ich das vergessen?«

Sein Blau trifft auf mein Grün und entfacht das tosende Feuer zwischen uns, das bereits seit unserer ersten Begegnung darauf gewartet hat, entzündet zu werden.

Zwischen all den Ereignissen, mit denen ich seit meiner Zeit an der Southside Academy konfrontiert wurde, habe ich vollkommen übersehen, für wen ich von Beginn an gebrannt habe, nach wem ich mich regelrecht verzehrt habe.

Während ich der Sauerstoff bin, ist er der Brennstoff. Und die Anziehungskraft zwischen uns bildet die letzte Kompetente, um ein Feuer zu entfachen – die Hitze. Zwischen uns die Oxidation.

»Ace«, wispere ich und bette mein Gesicht auf seiner Brust. Sein Herz pocht sanft und gleichmäßig, als würde es in diesem Moment nur für mich schlagen. Für einen Moment lausche ich nur der lieblichen Melodie seines Seins.

Bu-bum, bu-bum, bu-bum …

»Warum hast du das getan?«, füge ich anschließend hinzu, in der Hoffnung, dann endlich verstehen zu können, was all das zwischen uns bedeutet. War es bloß eine Kurzschlussreaktion oder liegt ihm tatsächlich etwas an mir?

»Der Gedanke, dich zu verlieren, hat mich regelrecht zerrissen.« Ace' Stimme klingt rau, kratzig, beinahe schon heiser. »Schon weit bevor er den Abzug gedrückt hat, wusste ich, dass ich nicht zulassen würde, dass er dich tötet. Eher würde ich sterben, als ein Leben ohne dich führen zu müssen.«

Die sonst so gleichmäßige Bräune in seinem Gesicht ist einem fahlen Weiß gewichen. Sein Körper kämpft mit jeder einzelnen Faser gegen die Verletzung an, die ihm zugefügt wurde.

»Ich dachte, du hasst mich«, wimmere ich an seiner Brust.

»Niemals könnte ich dich hassen, Kleines. Dafür war es bereits zu spät, als ich zum ersten Mal meine Lippen auf deine gelegt habe.«

»Ace …« Die passenden Worte bleiben mir im Hals stecken. Stattdessen lege ich meine Handfläche an seine Wange und streiche in sanften, kreisenden Bewegungen über seine weiche Haut.

Ein schwaches Lächeln bildet sich auf seinen Lippen. »Lass uns das Gespräch nach den Semesterferien fortführen, Kleines. Es ist an der Zeit, dass wir miteinander reden. Aber wenn ich dich so vor mir sehe, kann ich nicht dafür garantieren, mich in diesem Bett halten zu können. Und ich denke, es wäre nicht vorteilhaft für meine frische Schusswunde, dich jetzt und hier auf diesem Bett durchzunehmen.«

Meine Wangen beginnen augenblicklich zu glühen. Trotz der Tatsache, dass er völlig ausgelaugt aussieht und in einem blau-weiß-karierten Krankenhaus-Hemd steckt, kann ich nicht anders, als mir vorzustellen, wie es wäre, wenn er genau dieses Szenario Wirklichkeit werden ließe.

»Versprich mir, dass du die Semesterferien bei deinen Eltern verbringst, die wichtigsten Angelegenheiten regelst und dann wieder zu mir zurückkehrst. Ich werde in der Zwischenzeit genesen und auf dich warten.«

Meine Versuche, ihn dazu zu überreden, bei ihm bleiben zu dürfen, blieben erfolglos.

»Ich habe genug Menschen um mich herum, die sich um mich kümmern. Ich möchte nicht, dass unsere gemeinsame Zeit auf diese Weise startet, Kleines«, waren seine Worte, welche er immer wieder wiederholte, bis ich mich geschlagen gab.

Gemeinsame Zeit?

Und so habe ich die gesamten vergangenen acht Wochen bei meinen Eltern verbracht. Es war zugleich die erholsamste, aber auch längste und schlimmste Zeit meines bisherigen Lebens. Etliche Befragungen der Polizei zum Gerichtsprozess gegen die Familien Jones und die restlichen Mitglieder deren Clans musste ich über mich ergehen lassen.

Zudem wurde ich mehrfach über Camilla befragt, die sich wochenlang in polizeilichem Gewahrsam befand. Ich möchte mir gar nicht ausmalen, wie schrecklich es ihr mit all dem gehen muss. Da ihr jegliche elektronischen Geräte entzogen wurden, hatten wir keinerlei Möglichkeit, miteinander zu kommunizieren. Und verdammt, ich bin hin- und hergerissen. Mein Herz schreit, dass sie nichts mit all dem zu tun haben konnte, während mein Verstand mir rät, Vorsicht walten zu lassen.

Es gibt etliche Beweise, die gegen Camilla sprechen. Beweise, die es mir schwer machen, an meinem Vertrauen ihr gegenüber festzuhalten.

Nun, da ich mich wieder auf dem Weg zur Southside Academy befinde, kann ich nichts anderes tun, als zu hoffen, dass sich alles wieder zum Guten wendet. Dass ich endlich wieder meine Freunde in die Arme schließen kann.

Ace und Flynn versorgten mich die ganze Zeit über mit Bildmaterial und Updates darüber, wie sich Ace' Zustand verbessert hat. Der grimmige, unverschämte Ace hat sich in einen liebevollen, aufmerksamen Mann verwandelt, den ich kaum noch mit dem in Verbindung bringen kann, für den ich ihn noch vor wenigen Wochen gehalten habe.

Nun trennen uns bloß noch wenige Augenblicke voneinander. Der Weg vom Parkplatz in mein Zimmer kommt mir so unverschämt lang vor, dass ich mit dem Gedanken spiele, einfach loszurennen, um das Ganze zu beschleunigen. Bis ich den Gedanken zu Ende gebracht habe, bin ich jedoch schon fast vor meiner Tür angekommen und krame bereits in meiner Tasche nach meinem Schlüssel. Der vertraute Duft des alten Holzbodens steigt mir in die Nase und erfüllt mich mit dem Gefühl des Zu-Hause-angekommen-Seins. Mit zittrigen Fingern stecke ich den Schlüssel ins Schloss, drehe ihn zweimal um und stoße die Tür vorsichtig auf.

Ich weiß nicht, was ich erwartet hatte. Aber sicher nicht, dass mein Zimmer in der Zeit meiner Abwesenheit von jemand anderem als den Reinigungskräften betreten werden würde. Denn das, was ich vorfinde, lässt mich den Atem anhalten. Jede einzelne freie Stelle meines Zimmers ist mit Vasen versehen, in denen haufenweise schwarze Rosen stecken. Zwei auf meinem Schreibtisch, jeweils drei auf meinen beiden Kommoden, wieder zwei auf meinem Fensterbrett und eine weitere, besonders gigantische in der Mitte des Raumes auf einem kleinen Holzhocker, den ich noch nie zuvor gesehen habe.

Kurz überfällt mich ein eiskalter Schauer bei dem Gedanken daran, dass Damian es hätte sein können, der diese in mein Zimmer hat bringen lassen.

Doch dann entdecke ich inmitten der vielen Rosen eine kaum übersehbare, weiß-goldene Karte, auf der in Großbuchstaben die Initialen *A.W.* abgebildet sind. Mit einem breiten Grinsen auf den Lippen stelle ich meine Koffer zur Seite und ziehe die Karte vorsichtig aus der Vase heraus, um sie zu öffnen.

Meine liebste Ivory,

Schwarze Rosen, selten und rar,
wie deine Anmut, wunderbar.
In deinen Augen, strahlend in voller Pracht,
verliere ich mich selbst in dunkelster Nacht.
Eine Liebe, rätselhaft und mystisch,
in deiner Nähe mein Herz wird lyrisch.
Schwarze Rosen, leidenschaftlich und wild,
bilden unser Liebesbild.

In Liebe
Ace

Das Lesen von Ace' Worten lässt die Schmetterlinge in meinem Bauch einen hingebungsvollen Tanz verführen. Meine Lippen zu einem gerührten Schmollmund verzogen und meine Hand auf mein Herz gelegt, drehe ich die Karte in meinen Händen um, um auch die Rückseite lesen zu können.

Weil ich will, dass du alles, was du liebst, nur mit mir in Verbindung bringst. Nichts auf dieser Welt, nicht einmal eine einfache Pflanze, soll dich je wieder an ihn erinnern.
Ich erwarte dich bereits, meine Kleine.
Hochachtungsvoll,
dein Ace.

Das lasse ich mir gewiss nicht zweimal sagen. Ohne zu zögern, verlasse ich mein Zimmer und eile durch die breiten Flure zu den gegenüberliegenden Türmen, in denen sich die Schlafzimmer der Männer befinden. Vor Freude hüpfend, klopfe ich an Ace' Tür und falle ihm sofort um den Hals, als er diese öffnet. Leicht überrumpelt taumelt er ein paar Schritte zurück, ehe er seine Arme fest um mich schlingt und meinen Duft in sich aufsaugt.

»Fuck, habe ich deinen Duft vermisst«, raunt er in mein Haar.

»Und ich habe *dich* vermisst«, erwidere ich an seiner Brust. Der Stoff seines Southside-Academy-Shirts spannt eng um seinen Oberkörper, was das Verlangen in mir erweckt, es ihm umgehend über den Kopf zu ziehen. Um nicht gleich mit der Tür ins Haus zu fallen, zügle ich meine Emotionen und drücke ihm stattdessen einen Kuss auf die Wange.

»Wie geht es dir?«, frage ich vorsichtig und deute auf die Stelle seiner Schussverletzung.

Augenblicklich verdunkelt sich die Farbe seiner Augen für den Bruchteil einer Sekunde, bevor er mein Gesicht in beide Hände nimmt und mich eindringlich ansieht. »Mach dir um mich mal keine Sorgen, mir geht es gut.« Mit den Fingern streicht er mir eine lose Strähne hinters Ohr und legt seine Lippen auf meine, als hätte er nie etwas anderes getan.

Überrumpelt von dieser Geste, vergrabe ich meine Finger in seinen Seiten, woraufhin er einen schmerzerfüllten Laut von sich gibt. »Verdammt, es tut mir leid!« Erschrocken zucke ich zusammen und verziehe mein Gesicht zu einer entschuldigenden Miene.

»Noch ein Kuss von dir und ich vergesse den Schmerz.«

Schmunzelnd stelle ich mich auf die Zehenspitzen, um meine Lippen kaum spürbar über seine gleiten zu lassen. Als hätte nie etwas zwischen uns gestanden, führe ich unsere provokanten Spielchen dort weiter, wo wir vor Wochen aufgehört hatten. Jedes Mal, wenn ich ihn kurz im Glauben lasse, unseren Kuss gleich zu vertiefen, ziehe ich mich wieder ein Stück weit zurück, um ihn noch ein wenig länger zappeln zu lassen.

Ace' Geduldsfaden ist nicht besonders lang, weshalb er mich bereits nach kurzer Zeit am Hinterkopf packt und seine Lippen fest auf meine presst. Die Intensität unseres Kusses entlockt mir ein zufriedenes Seufzen, woraufhin er mich rückwärts gegen die Wand schiebt, um seine Hand in meinem Haar zu vergraben.

»Tut es noch sehr weh?«, frage ich und lasse meine Hände vorsichtig über seine Seiten streichen.

»Weh tat es, wochenlang nicht von dir berührt zu werden«, haucht er an meinem Ohr, was einen angenehmen Schauer durch meinen Körper wandern lässt.

»Ace …«, wimmere ich unter seiner Berührung, meine Knie kaum mehr stabiler als Wackelpudding.

»Ich hoffe, du hast die Geschenke bereits gesehen, die ich dir hinterlassen habe.«

»Ja, das habe ich. Sie sind wunderschön. Ich liebe sie«, erwidere ich mit einem Lächeln auf den Lippen.

»Und ich liebe dich, Kleines.«

Das sind sie. Die Worte, die alle Sicherungen in mir auf einen Schlag durchbrennen lassen. Der Beweis dafür, dass all das, was zwischen uns passiert ist, echt war. Irgendwie schaffe ich es, ihn zu seinem Bett zu drängen, in welchem wir uns lange und innig lieben. In welchem wir die ewige Flamme nähren, die niemals erlischt.

Obwohl der Kampf um die Gerechtigkeit zwischen Southside und Eastside noch lange nicht vorbei ist, weiß ich, dass ich die richtige Entscheidung getroffen habe. Uns wurde die Last auferlegt, die Konsequenzen für Fehler zu tragen, welche wir nicht begangen haben.

Und ich soll verdammt sein, wenn ich zulasse, dass jemand meiner Familie Schaden zufügt. Denn das sind wir. Die Southside ist eine Familie, ein Zuhause.

Ende Band 1

NACHWORT

Liebe Leserinnen, lieber Leser,

in tiefster Dankbarkeit möchte ich diese Worte als Anerkennung und Wertschätzung euch gegenüber ausdrücken. Jeder einzelne von euch bedeutet mir die Welt. Ihr seid der Grund, weshalb ich schreibe. Ohne euch wären die Worte, die ich tippe, wertlos. Denn auch, wenn in jedem Exemplar exakt dieselben Worte geschrieben stehen, seid erst ihr es, die ihnen Leben verleihen. Jeder von euch kreiert einen ganz eigenen Film in seinem Kopf, keiner gleicht dem des anderen. Und ich hoffe, dass meine Worte euch auf eine Reise mitnehmen, die mindestens genauso spannend ist wie die, die ich während des Schreibens durchlebt habe.

Ein besonders gigantischer Dank gilt meinem Verlag. Ich möchte dem gesamten Team danken, dass ihr meiner Geschichte ein so wundervolles Zuhause geschenkt habt.

Dir, Alina, dafür, dass du mir geholfen hast, das Beste aus

meiner Geschichte herauszuholen – und für den Hamster, den ich für immer in Ehren halten werde.

Dir, Ria, dafür, dass du mir so wundervolle Cover gestaltet und meine Geschichte in eine wunderschöne Hülle gepackt hast!

Dir, Sandra, dafür, dass du an mich geglaubt hast und mir diese Chance ermöglicht hast. Dafür, dass ich in dir eine Freundin gefunden habe.

Dir, Fatoş, dafür, dass du mich überhaupt erst auf die Idee gebracht hast, es bei Black Edition zu versuchen. Dafür, dass du mit mir in TikTok-Sprache sprichst, und dafür, dass du mich aufbaust, wenn ich dich brauche.

Dir, Jane, dafür, dass du diesen Verlag gegründet hast, dafür, dass du mir etwas ermöglicht hast, was nicht jeder leichtfällig getan hätte. Dafür, dass du mich inspirierst, und dafür, dass du einfach du bist.

Ebenfalls danken möchte ich meinem geliebten Schreib-Buddy Jasmin. Du bist meine Vertraute, meine Inspiration und mein Ruhepol. Sowohl deine konstruktive Kritik als auch deine Energie, mich während meiner mentalen Zusammenbrüche zu unterstützen, haben mein Manuskript nachhaltig geprägt. Du warst ein wichtiger Bestandteil dieser kreativen Reise. Vielen Dank dafür.

Jess – ich danke dir mit allem, was ich zu geben habe, mein Herz. Danke, dass du mein Buch gelesen hast, und danke, dass du mich bei meiner Reise unterstützt. Von allen Menschen, die ich in der Buchwelt kennengelernt habe, hast du mit das größte Herz. Behalte das unbedingt bei und bereichere die Welt mit deiner liebevollen Art!

Liebe Bloggerinnen und Blogger, jeder einzelne von euch, der meine Bücher in die Kamera hält, trägt in bedeutender Weise zu meinem Traum bei. Ich kann euch gar nicht genug danken! Ich wünschte, ihr hättet nur ansatzweise eine Ahnung, wie sehr ich jeden eurer Beiträge zu schätzen weiß.

A – auch dir möchte ich danken. Du hast mich immer dazu ermutigt, meinen Traum zu leben. Du warst und bist für immer mein Anker.

In Liebe
Lara

WÜRDEST DU AN DIESE ACADEMY ZURÜCKKEHREN?

Camilla
Man hat mir alles genommen. Meine Zukunft. Meine Würde. Mein Zuhause.
Jetzt ist es an der Zeit, dass ich mir all das zurückhole.

Der Narzisst
Ohne dass du auch nur den Hauch eines V erdachtes schöpfst, werde ich dich zerstören. Werde deine Seele vor Hoffnung glühen lassen, ehe ich sie schamlos vor deinen Augen zerschmettere. Doch glaube mir, es geschieht nur zu deinem Besten.

Der Feind
Tief sitzt er, mein Durst nach Rache. Trocknet mich von innen heraus aus und lässt nichts als die kläglichen Überreste meiner einstigen Güte zurück. Mein Ziel? Dich leiden zu sehen, so wie ich gelitten habe.

Der Mentor
Purer Missmut keimt in mir auf, wenn ich dich sehe, Schönheit. Doch mit dir zu arbeiten ist mein Schlüssel zum Erfolg. Du bist das Fundament für meinen Triumph. Kooperiere besser, bevor es für uns beide nicht gut endet.

Trotz ihrer Anklage wegen Beihilfe zum versuchten Mord, kehrt Camilla an die Southside Academy zurück. Um den verpassten Unterrichtsstoff nachzuholen, wird ihr einer der wissenschaftlichen Mitarbeiter der Akademie als Mentor zur Seite gestellt. Sein einziges Ziel dabei ist es, seine eigene Karriere steil voranzutreiben.
Hierfür drillt er sie systematisch dazu, herausragende Leistungen zu erzielen. All das, während sie verzweifelt versucht, ihre Unschuld zu beweisen und ihre beste Freundin zurückzugewinnen.
Regelmäßige Briefe ohne Absenderadresse lassen Camilla auf der dünnen Schwelle zwischen bedingungsloser Liebe und verzehrendem Hass tanzen. Inmitten all diesen Trubels hat einer der Gründungsnachfahren es sich zur Aufgabe gemacht, sie für das, was sie getan hat, zu vernichten.

TRIGGERWARNUNG

Dieses Buch behandelt folgende potentiell triggernde Themen.

- Körperliche Gewalt,
- Erpressung,
- offene Wunden,
- Manipulation,
- selbstzerstörerisches Verhalten,
- Stalking,
- Mobbing oder Ausgrenzung.